JACK VANCE
STELLE NANE
TREDICI RACCONTI RARI E INEDITI

TRADUZIONE DI
MARCO RIVA, STEFANO SACCHINI, MARCO CROSA

I MONDI DI

JACK VANCE

STELLE NANE

TREDICI RACCONTI RARI E INEDITI

Jack Vance

Seven Exits from Bocz © 1952, 2005
DP! © 1953, 2005
The Absent Minded Professor © 1954, 2005
The Phantom Milkman © 1956, 2005
A Practical Man's Guide © 1957, 2005
The House Lords © 1957, 2005
Dover Spargill's Ghastly Floater © 1951, 2005
Sjambak © 1953, 2005
Three-legged Joe © 1953, 2005
The Gift of Gab © 1955, 2005
Golden Girl © 1951, 2002
Meet Miss Universe © 1955, 2002
Alfred's Ark © 1965, 2002
by Jack Vance

Traduzione: Marco Riva, Stefano Sacchini, Marco Crosa
Copertina: Justinas Vitkus

© 2021 Spatterlight, Amstelveen

ISBN 978-1-61947-428-4

www.spatterlight.nl

Jack Vance

Stelle Nane
Tredici racconti rari e inediti

SOMMARIO

SETTE VARCHI DA BOCZ

(*Seven Exits from Bocz*, 1952)
Traduzione di Marco Riva

RIVOLGENDOSI ALLA FORMA INFAGOTTATA nella parte posteriore della macchina, Nicholas Trasek disse:

– Hai capito? Potrai venire quando sentirai tre ronzii ovattati.

La forma si mosse.

Trasek si allontanò lentamente, esitò, si guardò indietro.

– Sei sicuro di potercela fare? Sono una ventina di metri, lungo un sentiero di ghiaia.

Dalla forma rannicchiata fuoriuscì un ronzio.

– Molto bene – asserì Trasek. – Vado.

Ma si fermò ancora un momento, restando in ascolto.

Tutto era tranquillo e silenzioso. La casa bianca e spettrale al chiaro di luna tra alberi senza tempo era adornata da un alone di luce dorata al piano inferiore, in ricordo di un'antica eleganza.

Trasek camminò lungo il sentiero, la ghiaia scricchiolava sotto i suoi piedi. Si fermò al portico di marmo; la luce all'ingresso brillava sul suo volto e rivelava un viso duro e teso, dalla pelle color piombo, dominato da cupi occhi neri. Salì i gradini con cautela, come farebbe un gatto sui tetti, e premette il campanello.

Dopo un po' la porta venne aperta da una donna obesa e di mezza età, infagottata in una vestaglia rosa.

– Sono venuto a trovare il dottor Horzabky – spiegò Trasek.

La donna esaminò incerta il viso pallido.

– Non potrebbe venire in un altro momento? Non credo che voglia essere disturbato a quest'ora della notte.

– Mi riceverà – ribadì Trasek.

La donna lo fissò: – Lei è un vecchio amico?

– No – chiarì Trasek. – Abbiamo… conoscenze reciproche.

– Bene, proverò a chiedere. Aspetti un minuto.

Chiuse la porta e Trasek fu lasciato solo sull'uscio di marmo al chiaro di luna.

Pochi istanti dopo, la porta si aprì e la donna lo fece entrare.

– Da questa parte, prego.

Trasek la seguì in un corridoio, le pantofole della donna grattavano sul tappeto rosso scuro. Aprì una porta e Trasek si ritrovò in una lunga stanza, rischiarata dalla luce dorata di un grande lampadario di cristallo. Il pavimento era coperto da un sontuoso tappeto orientale, color arancio, gelso, indaco, e i mobili erano in antico legno massiccio.

Su una parete erano allineati dei vecchi scaffali in noce pieni di libri: volumi pesanti di varie dimensioni, forme e colori. In giro per la stanza erano appesi un certo numero di grandi dipinti, e uno specchio sul muro più lontano rifletteva la porta da cui Trasek era entrato.

Il dottor Horzabky teneva in mano un libro. Indossava una giacca di velluto rosso sopra i pantaloni neri: era un uomo alto con le spalle strette, un collo sottile e un'ampia testa piatta. Il mento era piccolo e appuntito, i capelli radi. Indossava degli occhiali dalle lenti spesse, sotto i quali si intravvedevano grandi e delicati occhi blu.

Trasek chiuse la porta dietro di se e avanzò con lentezza nella stanza, duro e feroce come un lupo nero.

– Sì? – chiese il dottor Horzabky. – Cosa posso fare per lei?

Trasek sorrise. – Dubito che vorrà farlo.

Horzabky inarcò un poco le sopracciglia.

– In questo caso, non comprendo il motivo per cui sia venuto.

– Potrei essere un appassionato d'arte – disse Trasek, accennando alle immagini sul muro. – Anche se sono qualcosa di strano per i miei gusti… Le dispiace se ci do un'occhiata da vicino?

– Per niente – Horzabky posò il libro. – I dipinti però non sono in vendita.

Trasek si avvicinò al primo, più vicino di quanto un intenditore consiglierebbe. A prima vista sembrava solo una sfumatura di neri, marroni opachi e viola.

– Questo sembra noioso.

– Dipende dai gusti – dichiarò Horzabky, guardando con aria interrogativa, avanti e indietro, dalla foto a Trasek.

– Chi è l'artista?

– Il suo nome è sconosciuto.

– Ah! – e Trasek passò al successivo, un'astrazione. – Questo è un incubo.

In effetti, le forme erano irreali, e quando la mente riusciva ad afferrarle, scivolavano via da qualsiasi comprensione; i colori erano altrettanto strani, anonimi, fuori dalle normali tonalità: tinte brillanti che l'occhio poteva vedere ma non sapeva come definire. Trasek scosse la testa con disappunto e, con gran divertimento di Horzabky, passò al terzo. Anche quello un'astrazione, ma realizzato con uno spirito più mite… linee orizzontali e strisce di oro, argento, rame e altri colori metallici.

Trasek lo esaminò da vicino.

– C'è un'intelligente illusione di spazio e distanze in questo – affermò, guardando Horzabky con la coda dell'occhio. – Quasi si potrebbe pensare di poter entrare e raccogliere l'oro.

– In molti hanno pensato la stessa cosa – disse Horzabky; da dietro gli occhiali gli si scorgevano degli occhi acuti e penetranti, come quelli di un gufo.

Trasek esaminò la quarta immagine con cura ancora maggiore.

– Un altro che non riesco a capire… – precisò alla fine. – Quelli sarebbero alberi?

Horzabky disse: – Sembra che l'artista abbia dipinto tutto come se fosse al rovescio.

– Ah, ah… – Trasek annuì con saggezza e passò al quinto quadro. Qui vide raffigurata un'intricata struttura di luminose barre giallo-bianche su sfondo nero: il quadro riempiva tutto lo spazio con un reticolo cubico, le cui linee andavano a incontrarsi nel punto di fuga dell'immagine. Senza commenti Trasek si girò verso l'ultima opera sul muro, solo una macchia rosa-grigiastra, e scosse la testa in silenzio; poi si voltò.

– Forse ora vorrà spiegarmi il motivo della sua visita – chiese Horzabky con voce melliflua.

Trasek guardò ferocemente verso Horzabky, che sbatté le palpebre per il disagio.

– Un amico mi ha chiesto di venire a trovarla – precisò Trasek.
Horzabky scosse la testa piatta.

– Ha un vantaggio su di me... quale amico?

– Dubito che riconoscerebbe il suo nome. Lui però la conosceva...
dal campo di sterminio di Bocz, a Kunvasy.

– Ah! – disse Horzabky a bassa voce. – Comincio a capire.

Gli occhi di Trasek brillavano come barlumi nell'oscurità accanto a
un fuoco da campo.

– C'erano sessantottomila schiavi indiavolati. Tutti affamati, indu-
riti dalle percosse, marci per il congelamento... esseri da cui scimmie e
sciacalli si sarebbero allontanati.

– Su, su... – Horzabky protestò leggermente, abbassando la sua
figura snella in una sedia. – Di sicuro...

– Uno degli scienziati Kunvasiani se li accaparrò, e gli fu detto che
poteva farne qualsiasi cosa volesse; erano troppo malati e deboli per
poterli far lavorare con profitto ed erano stati mandati a Bocz per essere
uccisi.

Trasek si chinò in avanti. – Le interessa?

– Sto ascoltando – rispose Horzabky non tradendo alcuna emozione.

– Non c'è dubbio che lo scienziato fosse un uomo lungimirante.
Desiderava sondare altre dimensioni, altri universi, ma non c'era strumento o artificio noto che gli permettesse di farlo. Ogni forza terrena
agiva nei limiti delle dimensioni terrestri; aveva bisogno di una forza
che valicasse quei limiti. Pensò al potere mentale, alla telepatia. Tutte
le prove sembravano indicare che la telepatia agisse attraverso dimensioni non umane. Si domandò se, amplificata all'estremo, una tale forza
potesse aprire una strada verso l'ignoto. Forse lo sforzo concentrato di
un gran numero di menti avrebbe potuto essere efficace. Così decise di
prendere i sessantottomila schiavi. Somministrò loro dei farmaci per
stimolare la concentrazione e intorpidire la volontà, rendendoli docili.
Li radunò in un recinto di fronte a un bersaglio dipinto su un pannello
di compensato, ognuno di loro con la guancia appoggiata sulla propria
spalla. Ordinò loro di pensare! Di volerlo fare, di volerlo! Di entrare ma
senza andare oltre! In tre direzioni, poi verso una quarta! Di immaginare l'inimmaginabile!

"Gli schiavi stavano lì ansimando, sudando, con gli occhi che scoppiavano per lo sforzo. Quando una nebbia si raccolse intorno al bersaglio, lo scienziato gridò: – *Avanti! Dentro! Dentro ma non oltre!*

"E il bersaglio si spalancò... un buco del diametro di un metro aperto sul nulla.

"Li lasciò riposare per un giorno, poi li riportò fuori per aprire un ulteriore passaggio in un altro spazio. Riuscì a farlo per sette volte, poi accadde la catastrofe. Lo Stato Maggiore Kunvasiano decise che era giunto il momento. Il primo giorno fecero decollare le loro forze aeree, ma le armi dell'Esercito Unito distrussero l'armata alla Baia di Balt; la guerra fu persa lo stesso giorno in cui iniziò.

"Lo scienziato di Bocz si trovò in difficoltà. Sessantottomila schiavi sapevano di quei sette buchi, oltre a poche guardie. Bisognava mettere tutto sotto silenzio e la loro morte sarebbe stato un ottimo sistema. Gli venne un'idea. Perché non mettere a frutto le loro morti, se non altro per gratificare una capricciosa curiosità? Così divise i sessantottomila in sette gruppi e, nelle notti successive, fece passare ciascun gruppo attraverso un buco differente.

"A questo punto si stava avvicinando l'Esercito Unito di Occupazione, ma quando Bocz venne liberata lo scienziato era ormai scomparso, insieme ai suoi sette buchi. Caso strano, tutte le guardie che avevano aiutato lo scienziato erano alloggiate nella stessa baracca, e quella parte della caserma fu fumigata la stessa notte con del gas letale. Sembra che il caso sia stato chiuso, vero?

– Credo di sì – proferì Horzabky, mostrando con noncuranza una piccola automatica. – Ma questa è la sua storia. Per favore continui.

– Ho quasi finito la parte che mi riguarda – annunciò Trasek, sorridendo di sbieco alla pistola.

Horzabky si alzò in piedi.

– Forse ha ragione. Ammetto che l'accuratezza della sua conoscenza mi lascia perplesso. Forse mi rivelerà la fonte?

– Questa è un'informazione piuttosto preziosa – ribadì Trasek. – Supponiamo di parlare per un po'.

– E... – Horzabky esitò. – Molto bene. Perché no?

Si strinse la vestaglia intorno alle spalle sottili, come se avesse freddo.

– Come ha detto lei stesso, era una concezione grandiosa, davvero nobile, e nessuna persona comune può concepire la mia esultanza quando arrivò il successo la prima volta... Per molto tempo, dopo che i prigionieri si furono ritirati nelle loro baracche, rimasi fermo sulla piattaforma a fissare il mio nuovo universo. E mi domandai: ... e adesso? Pensai che il movimento del pianeta avrebbe lasciato indietro in un istante un buco scavato nello spazio... ma non si era mosso nulla, quindi immaginai che fosse diventato parte del pannello di compensato. Ed ebbi ragione: quando sollevai il pannello, con cautela, centimetro dopo centimetro, anche il buco si spostò. Lo portai nei miei alloggi, e presto ne ottenni altri sei: sette meravigliosi nuovi universi che potrei quasi portare in giro in una cartelletta.

Horzabky guardò le immagini sul muro. Trasek, se in quell'istante gli fosse saltato addosso, avrebbe potuto afferrare la pistola; invece decise di mantenersi a distanza.

– I prigionieri erano stati condannati a morte; non era meglio che partecipassero al mio grande esperimento?

– Nessuno chiese la loro opinione – commentò Trasek. – Però penso che di sicuro avrebbero preferito vivere.

– Puah! – Horzabky strinse le labbra e, spalancando le braccia, ribatté: – Creature come loro...

Trasek lo interruppe e si sedette su una sedia.

– Mi parli dei sette universi.

– Ok, va bene – assentì Horzabky. – Sono una strana collezione, tutti diversi, anche se due di loro sembrano agire secondo le stesse nostre leggi fondamentali. Questo... – e indicò il quadro numero 4 – è identico al nostro, tranne che è visto da un angolo versi-dimensionale. Tutto appare al rovescio. E quello, l'immagine 5... – uno spazio tagliato in innumerevoli cubi da una fettuccia luminosa – è costruito con lo stesso tipo di materiale del nostro, ma si è sviluppato in modo diverso. Quelle barre sono in realtà linee di ioni; l'intero universo è una dinamo tremenda.

Si tirò indietro, infilando le mani nelle grandi tasche della giacca. – Quei due sono gli unici suscettibili di confronto secondo le nostre conoscenze. Guardi il numero 1. Sembra una crosta screziata di ruggine nero violacea. I colori sono un'illusione; non c'è luce in quell'universo, e il colore è dovuto al riflesso della nostra luce. Non ho la minima idea di cosa possa esserci dietro quella sfocatura. Non abbiamo termini per descriverlo. Nessuna parola, nessun pensiero nella nostra lingua può essere di alcuna utilità; anche idee come spazio, tempo, distanza, duro, morbido, qui, là sono inadeguate... Per esaminare quell'universo sarebbe necessario un nuovo linguaggio, un diverso insieme di termini astratti, e sospetto che, quasi per definizione, i nostri cervelli non sarebbero nemmeno in grado di farne uso.

Trasek annuì con sincera ammirazione. – Ben detto, dottore. Mi interessa.

Horzabky sorrise leggermente.

– Abbiamo la stessa difficoltà con il numero 2, che sembra un dipinto moderno particolarmente frenetico; come lo sono anche il 3 e il 6.

– Sono sei – osservò Trasek. – Dov'è il settimo?

Horzabky sorrise di nuovo, come un bambolotto dalle labbra tremule. Si strofinò il mento affilato e indicò lo specchio.

– Quello.

– Ma certo – mormorò Trasek.

– Il quadro 7... – Horzabky scosse la piatta testa calva – così alieno al nostro mondo che la luce si rifiuta di penetrarvi.

– Non è grottesco – commentò Trasek – che ai prigionieri di Bocz sia stata negata questa opzione?

– Solo superficialmente – rispose il suo ospite. – Il paradosso si può risolvere con un momento di riflessione. Purtroppo – aggiunse con tristezza – la natura inflessibile della luce mi ha reso impossibile osservare le esperienze di quei servizievoli prigionieri.

– Cosa succede se ci si spinge dentro un bastone?

– Si dissolve. Si scioglie nel nulla, come carta velina in una fornace. La conservazione dell'energia non è rispettata negli universi dove i concetti di materia ed energia sono impensabili, e dove le leggi che conosciamo non hanno influenza.

– E negli altri?

– Nel numero 1 un bastone, una barra di ferro si sbriciola e cade in polvere. Nel 2 non lo si riesce a trattenere; viene strappato dalle mani, da chi o da che cosa, non ne ho idea. Nel 3, il bastone può essere ritirato invariato, e così anche dal 4. Nel numero 5 il bastone acquisisce una carica elettrica e, se rilasciato, vola via a velocità tremenda lungo uno dei corridoi. Nel 6, quello offuscato, grigio-rosato, il bastone si trasforma in un nuovo materiale, sebbene abbia la stessa struttura. Il diverso spazio altera elettroni e protoni, rende il legno duro come il ferro, anche se dal punto di vista chimico, la sostanza è ancora legno. E nel 7, come ho detto, il materiale si scioglie e basta.

Trasek si alzò in piedi; la mano di Horzabky saltò fuori dalla tasca della vestaglia come un serpente, e con essa la pistola.

– Un peccato – sospirò Horzabky – che i ricordi delle nostre vite intrecciate debbano intromettersi nella discussione. Lei mi sembra un uomo appassionato, un uomo amareggiato, Signor "Come-Si-Chiama"... e la mia arma, anche se di piccolo calibro, è un alleato efficace. È necessario che io stia attento. Di questi tempi un certo numero di cosiddetti criminali di guerra vengono arrestati. Le mie innocenti attività a Bocz verrebbero fraintese e soffrirei molti disagi. Forse ora farebbe meglio a dirmi cosa vuole.

Trasek infilò una mano in tasca.

– Con calma! – sibilò Horzabky.

Trasek fece un sorriso secco.

– Non ho armi. Non ne ho bisogno. Desidero solo tirar fuori un piccolo oggetto... Questo.

Mostrò una piccola scatola rotonda con un pulsante sul coperchio.

– Ora premo questo piccolo pulsante tre volte... così. E fra poco sarà chiaro il motivo della mia visita.

I due si fissarono per un lungo momento, immobili, come congelati in un cristallo; l'uno sospettoso, l'altro beffardo.

– Rivolgiamo la nostra attenzione all'universo 4 – disse Trasek – dove, non molto tempo fa, ha fatto entrare diecimila ospiti. Esamini la scena. Non le dice niente?

Horzabky si astenne dal rispondere, e osservò Trasek minaccioso.

– Quelli sono alberi, è evidente che lo sono, anche se il fogliame sembra crescere all'interno del tronco. Possiamo vedere che siamo sulla terraferma, anche se è tutto quello di cui possiamo essere sicuri, con quell'illuminazione... E vuole sapere dove si trova quel panorama? Glielo dico subito: è Arnhem Land, la parte più isolata dell'Australia. È la nostra Terra!

Risuonò il debole ronzio del campanello.

– Farebbe meglio a rispondere – dichiarò Trasek. – Risparmierà alla sua governante la peggiore paura della sua vita.

Horzabky fece un cenno con la pistola. – Vada avanti lei, apra la porta.

La donna grassa con la veste rosa apparve mentre camminavano lungo il corridoio.

– Torna a letto, Martha – la fermò Horzabky. – Me ne occupo io.

La donna si voltò e si ritirò.

Il campanello suonò di nuovo. Trasek mise la mano sulla porta.

– Un avvertimento, dottore. Stia attento con quella pistola. Non mi importa ricevere un proiettile o due... ma, se ferisce mio fratello, la morte relativamente veloce che ho in mente per lei verrà prolungata a tempo indeterminato.

– Apra la porta! – gracchiò Horzabky.

Trasek la spalancò.

La cosa balzò dentro dall'oscurità e si fermò ondeggiante nell'ingresso. Il respiro di Horzabky era come se qualcuno lo avesse preso a calci nella pancia.

– Questo è un uomo – sostenne Trasek. – Un uomo al rovescio.

Horzabky si spinse di nuovo gli occhiali sulla punta del naso.

– È uno... è del...

Trasek osservava con attenzione la pistola di Horzabky.

– È una delle sue vittime, dottore. Lo ha mandato attraverso il buco numero 4. Indossa una tuta di plastica per tener lontano le mosche dalle sue viscere, perché per se stesso è ancora un uomo normale, è l'universo che è al contrario.

– Quanti altri ce ne sono come lui? – chiese Horzabky con fare incurante.

– Nessuno. Alcuni sono stati sopraffatti dalle mosche, la maggior parte degli altri è perita per eritema solare, e gli indigeni con le cerbottane hanno sparato un sacco di frecce contro di loro. Poi arrivò un ispettore governativo per il bestiame che voleva sapere cosa stava succedendo. Come abbia potuto riconoscerlo... – Trasek indicò suo fratello – ... come un essere umano è un mistero. Ma si è preso cura di lui come meglio ha potuto, e infine mi ha scritto una lettera...

Horzabky strinse la piccola bocca rosa.

– E quale sarebbe il suo progetto per lui?

– Lei e io lo aiuteremo a passare attraverso il buco 4. Questo dovrebbe metterlo di nuovo a posto, in relazione al mondo.

Horzabky sorrise in modo impercettibile.

– Lei è un tipo incredibile. Deve sapere che siete entrambi una minaccia per la vita tranquilla che ho intenzione di vivere quaggiù, e ciò vuol dire che non posso permettermi di lasciarvi vivere... ad ogni costo.

Trasek balzò in avanti con una tale velocità che la sua figura si offuscò. Prima che Horzabky potesse battere ciglio, Trasek gli afferrò il polso e gli tolse la pistola. Quindi si volse verso suo fratello.

– Da questa parte, Emmer.

Poi si rivolse a Horzabky: – Torniamo da lei, dottore, alla sua galleria d'arte.

Rientrarono nella sala della biblioteca. Trasek indicò il quadro 4.

– Tolga il vetro, per favore.

Horzabky ubbidì con lentezza e con un'espressione scontrosa. Trasek si sporse un poco attraverso il buco, scrutò il paesaggio e si tirò indietro.

– Se è così che ti sembrano le cose, Emmer, non riesco a capire la tua continua sanità mentale... beh, ecco qui il tuo buco. Si tratta di una caduta di meno di due metri, ma almeno sarai raddrizzato rispetto al mondo. Prima però ti conviene togliere quella tuta di plastica, o te la ritroverai tutta avvolta all'interno delle tue viscere.

Trasek aprì la cerniera del rivestimento, lo arrotolò e lo lanciò attraverso l'apertura. Trascinò una sedia sotto il buco. Emmer si arrampicò in modo goffo, si introdusse e si lasciò cadere.

Trasek e Horzabky lo guardarono per un momento... era ancora al rovescio, ma tutt'uno con l'ambiente.

– Questo è un brutto momento della vita di chiunque – disse Trasek. La sua bocca sussultò. – Stavo dimenticando gli anni trascorsi come schiavo su Kunvasy... – Aveva una mano in tasca; Horzabky afferrò la pistola, si allontanò, e puntò l'arma.

– Questa volta non me la strapperà, signor mio.

Trasek sorrise aspro.

– No, ha ragione. Può tenere la pistola.

Horzabky rimase fermo a fissare Trasek e lo spazio dietro di lui.

– Mi ha regalato una serata sconvolgente – mormorò. – Ero sicuro che i prigionieri fossero stati tutti eliminati.

Diede un'occhiata alle sette immagini.

– Ora non è più così sicuro, eh dottore? – lo schernì Trasek. – Forse non sono tutti morti quando ci sono passati attraverso... Forse stanno aspettando nascosti, come topi in un buco...

– Impossibile.

– ... magari se li è portati appresso dappertutto, e forse durante la notte escono per mangiare e poi tornano a nascondersi.

– Sciocchezze – sbottò Horzabky. – Li ho visti morire. Nell'universo 1 si sono irrigiditi e sbriciolati, svanendo nell'oscurità. Nel 2 hanno lottato e dato calci, finché sono rimasti del tutto smembrati e le parti staccate si sono disperse in tutte le direzioni. Nel 3 si sono espansi e sono esplosi. Nel 4... beh, già lo sa. Nel 5 sono stati raccolti e sbattuti come pula lungo i corridoi, lontano e fuori vista. Nel 6 è impossibile vedere nella sfocatura, ma qualsiasi oggetto inserito e ritirato viene cambiato in ogni atomo, come pietrificato: ogni pezzetto diventa parte del nuovo spazio. Nel numero 7, la materia si scioglie.

Trasek meditava.

– L'universo 2 sembra sgradevole... Il n. 4... no, Horzabky, nemmeno per uno come lei. Non credo nella tortura, e può ringraziare la sua buona stella... Beh, scegliamo il numero 2. Ci si arrampica da solo o devo aiutarla?

La bocca di Horzabky si contorse come un bocciolo di rosa screziato; i suoi occhi scintillarono.

– Miserabile... insolente... – sputò le parole, che saettarono nell'aria come serpenti biancastri. Alzò il braccio; la pistola ruggì, una, due volte.

Trasek, ancora sorridente, si avvicinò al muro, prese il quadro 2 e lo appoggiò a uno dei tavoli massicci. Le forme violente del mondo all'interno nuotavano e si spostavano, oltraggiando la mente.

Horzabky si mise a piagnucolare con un tono querulo. Fece di corsa alcuni passi avvicinandosi a Trasek, gli puntò la pistola quasi in faccia e sparò di nuovo, e ancora... e ancora...

Dei segni bianchi apparvero sulla fronte e sulle guance di Trasek. Horzabky si dimenò all'indietro.

– Non può uccidermi – dichiarò Trasek. – Non con la materia di questo mondo. Anch'io sono uno dei suoi ex alunni. Mi ha mandato attraverso l'universo 6; sono come quel pezzo di legno: indistruttibile!

Horzabky si appoggiò al tavolo, la pistola gli penzolava dalla mano. – Ma... ma...

– Tutti gli altri sono morti, dottore. Non c'è un fondo in quel buco, si cade per sempre... a meno che non si riesca ad afferrarsi al bordo dell'apertura. Io sono risalito mentre lei eri fuori a gasare le guardie. Ora, dottore... – fece un passo veloce e si avvicinò al paralizzato Horzabky – l'universo 2 la aspetta...

I RIFUGIATI

(*DP!*, 1953)
Traduzione di Marco Riva

UNA VECCHIA TAGLIALEGNA, che cercava funghi sulla biforcazione nord del Kreuzberg, alzò gli occhi e vide gli sconosciuti. Avanzavano passo dopo passo attraverso le felci; avevano braccia lunghe e occhi blu latte, vuoti come gusci di vongole. Quando entravano in zone illuminate dalla luce solare, emettevano un vociare dolente e afferravano i loro scalpi nudi, che erano bianchi come l'avorio e coperti da una rete di vene azzurre.

La vecchia rimase ferma come il tronco di un albero, col respiro che le rantolava in gola. Barcollò all'indietro, quasi cadendo a ogni passo, con le gambe che facevano fatica a sostenerla. Gli strani esseri si fermarono e scrutarono la luce del sole attraverso l'ombra verde scuro. La donna fece un respiro isterico, si voltò e fuggì a rotta di collo sulle sue vecchie gambe nodose.

Dopo essere discesa un centinaio di metri arrivò su un sentiero e ritrovò la voce. Riprese a correre, emettendo urla e grida rauche, barcollando da una parte all'altra. Corse finché non arrivò al santuario lungo la strada, dove si raggomitolò su se stessa sospirando preghiere e frenetiche suppliche.

Due boscaioli, in calzoni di pelle e soprabiti color nero ruggine, che risalivano il sentiero dalla vicina Tedratz, la fissarono con curiosità e divertimento. Lei si inginocchiò e indicò il sentiero:

– Ho visto dei demoni usciti dalle tombe! Camminavano malvagi! Li ho visti coi miei occhi!

– Andiamo – disse il boscaiolo anziano con indulgenza. – Hai bevuto uno o due goccetti, e non è riverente parlare così in un luogo santo.

– Li ho visti davvero! – urlò la vecchia. – Nudi e bianchi come le uova e lo strutto; sono venuti correndo verso di me agitando le braccia e gridando per catturare la mia anima!

– Avevano le corna e la coda? – chiese beffardo quello più giovane. – Ti hanno pungolato con le loro forche o ti hanno sfregiato con le loro fruste?

– Ah, voi mascalzoni! Scherzate pure, prendetemi in giro; salite il pendio e guardate voi stessi... solo cinquecento metri e vi passerà la voglia di ridere!

– Vieni – disse il primo. – Forse qualcuno ha tormentato la vecchia; se è così, gli daremo una lezione.

Proseguirono scomparendo tra gli abeti. La vecchia si alzò in piedi e si diresse zoppicando verso il villaggio.

Trascorsero cinque silenziosi minuti poi si sentì uno scalpiccio; i due boscaioli arrivavano correndo a perdifiato lungo il sentiero.

– E adesso? – Lei rabbrividì, ma loro la superarono e corsero gridando verso Tedratz.

Mezz'ora dopo cinquanta uomini armati di carabine e fucili a pompa risalirono cauti lungo il sentiero, portando con loro dei cani al guinzaglio. Superato il santuario, i cani cominciarono a tirare e ringhiare.

– Da questa parte – sussurrò il più anziano dei due boscaioli. Risalirono l'argine, s'infilarono in un bosco di abeti, attraversarono prati inondati di sole e ombre che profumavano di balsamo.

Da un burrone salivano lamenti terrificanti, tintinnavano e stridevano come lo scroscio dell'acqua di una sorgente.

I cani ringhiavano e gemevano; gli uomini si erano appostati e sbirciavano nel prato. I forestieri erano ammassati sotto una sporgenza a strapiombo, rigirandosi nella sporcizia.

– Che esseri orribili! – sibilò un uomo per primo. – Sembrano gli insetti delle patate!

Puntò la pistola, ma un altro gli deviò la canna.

– Aspetta! Non sprechiamo della buona polvere; lasciamo che i cani li scaccino. Se sono demoni, il loro rancore non si abbatterà su nessuno di noi!

L'idea aveva senso; i cani vennero sciolti. Balzarono in avanti, pieni di odio. Le ombre ribollivano di pelo, zanne e carne bianca scattante.

Uno degli uomini scattò in avanti, con la voce piena di rabbia.

– Guardate... hanno ucciso Tupp, il mio buon vecchio Tupp!

Alzò la pistola e sparò, e quello diede il via a ulteriori sparatorie. E in un attimo tutti gli estranei furono uccisi, in un modo o nell'altro.

Respirando forte, gli uomini tirarono via i cani e si fermarono a guardare i corpi.

– Abbiamo fatto un buon lavoro, qualunque cosa fossero, uomini, bestie o demoni – disse Johann Kirchner, il locandiere. – Ma il punto è... cos'erano? Quando mai sono state viste creature simili prima?

– Strani avvenimenti per questa terra; strani eventi per l'Austria!

Gli uomini fissarono il bianco groviglio di corpi, senza che nessuno si avvicinasse troppo, e con il venir meno dell'urgenza il loro umore divenne inquieto. Il vecchio Alois, il fornaio, si fece il segno della croce e, esaminando furtivo il cielo, bofonchiò dell'Apocalisse.

Franz, l'ateo del villaggio, aveva la sua reputazione da mantenere e affermò: – Non è verosimile che dei demoni possano soccombere così facilmente ai morsi dei cani e ai proiettili; questi devono essere dei rifugiati dalla zona russa, vittime di torture ed esperimenti.

Heinrich, il comunista del villaggio, rabbioso, fece notare quanto il grande carcere americano fosse più vicino, non lontano da Innsbruck, e che quello era l'effetto della Coca-Cola e dei fumetti su degli austriaci perbene.

– Sciocchezze! – sbottò un altro. – Mai un austriaco nato da una donna potrebbe avere una tale testa, simili occhi e una pelle del genere. Questi sono qualcos'altro... sono salamandre!

– Zombie! – mormorò un altro. – Cadaveri, resuscitati dai morti.

Alois alzò la mano.

– Ascoltate!

Nel burrone giungevano i rumori di uno scalpiccio e di un fruscio di passi indecisi, e le grida desolate dei Trogloditi.

Gli uomini si rannicchiarono nell'ombra; lungo il crinale apparvero delle sagome, forme storte e bitorzolute che avanzavano rifuggendo i raggi della luce solare.

Le pistole scoppiettarono e sputarono fuoco; ancora una volta i cani furono sciolti. Balzarono lungo il fianco del burrone e scomparvero.

Ansimando su per il pendio, gli uomini arrivarono sul fondo di una grande rupe a strapiombo dove si fermarono di colpo. Alla base della scogliera c'era un'apertura. Vaghe forme dagli occhi pallidi riempivano il vuoto, ondeggiando, tremando, spingendosi e muovendosi in avanti, passo dopo passo.

– Dinamite! – gridarono gli uomini. – Prendiamo la dinamite, della benzina, del fuoco!

Questi propositi non furono mai messi in atto. Il comandante della guarnigione di occupazione francese arrivò con tre plotoni. Contemplò la fenditura, le facce pallide come le ostriche, gli occhi a conchiglia e alzò le mani. Dettò un messaggio rapido per il quartier generale di Innsbruck, poi chiese agli abitanti del villaggio di mettere via le armi e di andarsene.

Gli abitanti del villaggio si ritirarono imbronciati; i soldati francesi, coraggiosi nei loro pantaloncini azzurri, presero posizione con cautela e riuscirono a trattenere i Trogloditi in un'area opportuna, con un frettoloso recinto di filo spinato e pezzi di rotaia, proprio di fronte alla spaccatura.

L'edizione del 18 aprile dello *Innsbruck Kurier* riportò un paragrafo scettico:

Oggi è stata segnalata una strana tribù di eremiti di montagna che vive in una grotta del Kreuzberg, vicino a Tedratz. Gli abitanti locali professano la più profonda mistificazione. La polizia del luogo, assistita da unità della guarnigione francese, sta indagando.

L'edizione del 18 aprile dello *Innsbruck Kurier*. Un racconto un po' meno cauto venne raccontato con dei telegrammi:

Innsbruck, 19 aprile. Una strana tribù è apparso dai recessi del Kreuzberg vicino a Innsbruck, nel Tirolo. Si dice che siano glabri, ciechi e che parlino una lingua incomprensibile.

Secondo notizie non confermate, sono dei Trogloditi attaccati dai terrorizzati abitanti della vicina Tedratz e che, dopo un'amara resistenza, sono stati respinti nelle grotte.

Le truppe francesi di occupazione hanno isolato l'intera

Kreuzertal. Un portavoce del colonnello Courtin si rifiuta di confermare o negare che i Trogloditi esistano.

Negli uffici dei servizi di stampa i responsabili hanno esaminato
a lungo e con attenzione tutta la storia. Perché le truppe di occupazione francesi avrebbero dovuto interferire in quello che a prima vista
appariva come un disordine puramente civile? Una colonia segreta di
criminali di guerra? Improbabile. Cosa allora? Una misteriosa razza di
Trogloditi? Chiaramente una baggianata. Quindi? La storia potrebbe
svilupparsi o sgonfiarsi. In ogni caso, nel tardo pomeriggio del 19 aprile,
un convoglio di quattro auto si è avviato verso la Kreuzertal, traspor-
tando giornalisti, fotografi, e un membro delle Nazioni Unite della
Commissione per le Minoranze, che si trovava per caso a Innsbruck.

La strada per Tedratz si snodava tra prati erbosi, boschi da favola,
dentro e fuori da piccoli villaggi alpini, con la massiccia cima innevata
del Kreuzberg che a poco a poco si intravvedeva alta nel cielo.

A Tedratz, il gruppo scese e si avviò per l'ormai famigerato sentiero,
dove fu bloccato quasi subito da una barricata presidiata dai soldati
francesi. Era permesso il passaggio solo ai giornalisti, dopo la verifica
delle credenziali. Il commissario delle Nazioni Unite non aveva nulla
da mostrare, e il sottufficiale incaricato della barricata non gli permise
di proseguire.

– Ma io sono un funzionario delle Nazioni Unite! – gridò il commissario indignato.

– Lei può anche essere quello che dice – concordò il sottufficiale –
tuttavia, lei non è un giornalista, e i miei ordini sono precisi.

Al commissario arrabbiato fu chiesto di aspettare a Tedratz finché
la situazione non fosse stata sottoposta al colonnello Courtin che si
trovava nell'accampamento.

Il commissario non si lasciò sfuggire l'occasione:

– Un attendamento? Ma che succede? Pensavo ci fosse solo una
grotta, un buco nel fianco della montagna!

Il sottufficiale si strinse nelle spalle.

– Monsieur le Commissionnaire è libero di fare le congetture che
preferisce.

Un soldato fu incaricato di fare da guida; i reporter e i fotografi si incamminarono per il sentiero, sotto la lunga e gialla luce pomeridiana che filtrava di traverso tra gli abeti.

Era un gruppo allegro e si scambiavano battute l'un l'altro. Rimasero presto senza fiato, poiché il sentiero era ripido ed erano tutti in pessime condizioni fisiche. Si fermarono al santuario lungo la strada per riposarsi.

– Quanto manca? – chiese un fotografo.

Il soldato indicò tra gli abeti un alto contrafforte di granito.

– Solo un altro po' e saremo arrivati... e allora vedrete.

Ripartirono e quasi subito superarono un plotone di soldati che tirava del filo spinato da un albero all'altro.

– Questa è la terza volta che allarghiamo l'area – osservò la guida senza voltarsi. – Ogni giorno escono spingendosi fuori dalla roccia... – cercò le parole più appropriate. – È qualcosa di *formidabile*.

La giocosità e le divergenze terminarono; i giornalisti sbirciarono tra gli abeti, consapevoli dell'improvvisa frescura della sera.

Arrivarono all'accampamento e furono portati dal colonnello Courtin, un ometto molto impulsivo, che allargò le braccia e li apostrofò risoluto:

– Signori miei, ecco quello che siete venuti a vedere; guardatevi bene intorno, perché il mondo ne dovrà venire a conoscenza attraverso i vostri occhi.

Per tre minuti rimasero a fissarsi borbottando l'un l'altro, mentre Courtin ciondolava in punta di piedi.

– Quanti ce ne sono? – domandò uno, sconcertato.

– Secondo le ultime stime sono ventimila, e prolificano sempre di più. Tutti da quel piccolo buco. – Si alzò in punta di piedi e lo indicò.

– È incredibile come si adattano. E ne arrivano ancora altri, sembrano gli oggetti che un mago rimuove dal suo cappello.

– Ma... mangiano?

Courtin tese le mani.

– Spetta a me chiederlo? Noi non forniamo cibo; non ne abbiamo proprio, il nostro budget non lo permetterebbe. Sono una persona compassionevole. Potete notare che ho appeso dei teloni per limitare la luce del sole.

– Con quella pelle, saranno molto sensibili.

– Sensibili! – Courtin alzò gli occhi al cielo. – La luce del sole li brucia come il fuoco.

– Strano che non siano più interessati a quello che a loro sta succedendo.

– Sono storditi, signor mio. Storditi, accecati e completamente confusi.

– Ma cosa *sono*?

– Questa è una domanda a cui non so rispondere.

I giornalisti riacquistarono un po' di compostezza, e studiarono il recinto con sguardi impassibili che sembravano voler dire *abbiamo visto così tante stranezze che ora nulla può sorprenderci*.

– Suppongo siano uomini – mormorò uno di loro.

– Ma certo. Cos'altro?

– Cos'altro? Ma da dove vengono? Atlantide perduta? La terra di Oz?

– Ora – disse il colonnello Courtin – non fate battute. È una cosa seria, signori, e non so proprio come finirà!

– Questa è la vera domanda, colonnello. Chi si occuperà di questi "bambini"?

– Non capisco.

– Chi se ne prenderà la responsabilità? La Francia?

– No, no... – gridò il Colonnello Courtin – non deve accreditarmi una tale dichiarazione.

– L'Austria, allora?

Il colonnello Courtin si strinse nelle spalle.

– Gli austriaci sono un popolo povero. Forse, posso solo supporre, i vostri grandi paesi condivideranno ancora una volta la loro abbondanza.

– Forse, o forse no. L'unico uomo della folla che avrebbe potuto avere qualcosa da dire è giù a Tedratz, il tizio della Commissione per le Minoranze.

La storia invase le prime pagine di tutti i giornali... e cresceva di giorno in giorno.

Dai telex dell'agenzia *United Press*:

Innsbruck, 23 aprile (UP):
Il miracolo avvenuto nella Kreuzertal continua a confondere il mondo. Oggi un numero record di Trogloditi si è spinto attraverso lo squarcio, portando a quarantaseimila la popolazione totale fuoriuscita in superficie...

_____

Dalle notizie d'agenzia, *Science Today* del 28 aprile, di Ralph Dunstaple:

Il mondo scientifico freme per la controversia sui Trogloditi. Secondo la teoria più diffusa, i Trog discendono dagli uomini delle caverne dell'era glaciale, spinti sottoterra dal muro di ghiaccio che avanzava. Altre congetture, più o meno scientifiche, si riferiscono alle tribù perdute di Israele, alla quarta dimensione, all'Armageddon e agli esperimenti nazisti.

Nel frattempo, esperti linguisti riferiscono i progressi compiuti nei loro sforzi per comprendere la lingua dei Trog. Il dottor Allen K. Mendelson del Princeton Institute of Advanced Research, portavoce del gruppo, definisce la lingua Trog un linguaggio agglutinante, con una minima possibile parentela con la lingua basca, affinità così indistinta da essere una vera e propria speculazione e sulla quale vi è un notevole disaccordo tra i filologi. I Trog, per inciso, non hanno parole per "sole", "luna", "lotta", "uccello", "animale" e una miriade di altri concetti che diamo per scontati. "Cibo" e "fungo" sono tuttavia la stessa parola.

_____

Dal *New York Herald Tribune*:

GLI SCIENZIATI PROCLAMANO:
TROGS E UMANI: POSSIBILITÀ DI INCROCIO DELLE RAZZE

di Mollie Lemmon
Milano, 30 aprile: Dal punto di vista fisiologico, i Trog sono identici all'umanità, e il rapporto sessuale tra essere umano e Trog potrebbe essere fertile. Tale è stata l'opinione di un gruppo

di medici e genetisti durante un sondaggio informale che è stato condotto ieri alla Clinica Genetica di Milano, dove un gruppo di Trog è sotto osservazione.

_____

Da *The Trog Story*, 31 aprile, una rubrica quotidiana, di Harlan B. Temple:

Oggi ho visto il centomillesimo Trog spingersi fuori dalle viscere delle Alpi; ovunque nel mondo le persone si chiedono quando smetteranno? Non ho certo una risposta. Questa tremenda migrazione, senza precedenti dai tempi di Alarico il Goto, sembra che si stia muovendo a pieno ritmo solo adesso. Due nuove spaccature si sono aperte nel Kreuzberg; i Trog si spingono fuori a ranghi serrati, le facce vuote come crema pasticcera, e solo Dio sa cosa abbiano in mente.

Ora ci sono sei accampamenti, interconnessi come nodi su una corda; si estendono lungo il fianco della collina e in tutto la Kreuzertal. Visti da lontano, i teloni sopra le cime degli alberi conferiscono al fianco della montagna l'aspetto di un prato con i fazzoletti stesi ad asciugare.

La situazione alimentare è molto migliorata negli ultimi tre giorni, grazie agli sforzi di Croce Rossa e FAO. La razione base è una poltiglia di riso, grano, miglio o altri cereali, mescolati con carote, verdure, uova secche e rinforzata con vitamine; i Trog sembrano prosperare.

Non posso dire che i Trog siano una razza nobile, illuminata o addirittura accattivante. Il loro livello culturale è terribilmente basso; non possiedono attrezzi, non indossano né abiti né ornamenti. A loro merito va detto che sono assolutamente inoffensivi e miti; non ho mai assistito a una lite o visto un Trog esibire null'altro che obbedienza passiva.

Tuttavia aumentano a centinaia, a migliaia. Cosa li fa emergere? Fuggono da un Attila sotterraneo, da uno Stalin malvagio? I linguisti che hanno studiato la lingua Trog tengono la bocca chiusa, ma ho saputo da una fonte altamente informata che verrà pubblicato un rapporto entro pochi giorni.

Relazione dell'*Assemblea delle Nazioni Unite,*
4 maggio, di V.G. Hendlemann, Coordinatore del Comitato degli
Antropologi Associati:

Riporterò le conclusioni provvisorie a cui è arrivato questo comitato. I processi e le induzioni che hanno portato a queste conclusioni sono delineati nell'appendice della presente relazione.

La nostra indagine preliminare della lingua troglodita ha convinto la maggioranza di noi che i Trog sono probabilmente i discendenti di un gruppo di cavernicoli europei che, per scelta o per necessità, si sono stabiliti sottoterra tra cinquantamila e duecentomila anni fa.

Il Trog che vediamo oggi è il risultato dell'evoluzione, o della mutazione, e rappresenta l'adattamento alle condizioni speciali in cui i Trog hanno vissuto. Di sicuro fanno parte della specie homo sapiens, con una capacità cranica più o meno identica a quella dell'uomo di superficie.

Nelle nostre conversazioni con i Trog, abbiamo cercato di accertare la causa della migrazione. Nessuno dei Trog riesce a far chiarezza sull'argomento, ma ci è stato dato di capire che le grandi grotte abitate dalla razza sono state colpite da una convulsione vulcanica e si stanno gradualmente riempiendo di lava. Se ciò fosse vero, i Trog dovranno davvero essere considerati dei "rifugiati".

Nella loro ex casa i Trog si nutrivano di funghi coltivati in "risaie" poco profonde, fertilizzate dai loro stessi rifiuti, da carbone finemente polverizzato e riscaldati dal calore vulcanico.

Non hanno comprensione del "tempo" come lo intendiamo noi. Non hanno tradizioni elaborate e non sono in grado di concepire un futuro più lontano di due minuti. Vivono il presente e non si aspettano nulla, nessuna speranza o terrore, e nemmeno prendono coscienza di quello che potrebbe loro accadere.

Nonostante le loro carenze di background culturale, i Trog sembrano avere un'intelligenza nativa non disdicevole. Il comitato concorda sul fatto che un bambino troglodita, se fosse allevato in un normale ambiente umano e con un'istruzione tipica, potrebbe benissimo diventare un cittadino prezioso, indistinguibile da qualsiasi altro essere umano se non dal suo aspetto.

———————

Estratto da un discorso all'*Assemblea delle Nazioni Unite,* 17 maggio, di Porfirio Hernandez, delegato messicano:

... Abbiamo ignorato la questione troppo a lungo. Lungi dall'essere una curiosità scientifica o un fenomeno da baraccone, questo è un problema molto umano, uno dei più grandi problemi dei nostri giorni e dobbiamo gestirlo come tale. I Trog stanno fuoriuscendo dalla montagna a un ritmo sempre crescente; la Kreuzertal, o valle di Kreuzer, è inondata di Trog come per un'inondazione. Abbiamo ascoltato relazioni, abbiamo deliberato e abbiamo alzato un gran clamore, ma resta il fatto che ognuno di noi è qui seduto a parlare e basta. Queste persone, e dobbiamo chiamarle persone, devono essere alloggiate da qualche parte in modo permanente; devono essere rese autosufficienti. Dobbiamo afferrare questa patata bollente, altrimenti verremmo meno alle nostre responsabilità...

———————

Estratto da un discorso, 19 maggio, di Sir Lyandras Chandryasam, delegato dall'India:

... Il mio stimato collega messicano ha usato parole coraggiose; esibisce un indiscutibile e lodevole altruismo. Ma non propone alcun programma concreto. Posso chiedere di quanti Trog venuti in superficie dovremmo prenderci cura? L'ultima cifra non è forse inferiore al milione? Vorrei sottolineare che, nella sola India, cinque milioni di persone muoiono ogni anno di malnutrizione o malattie prevenibili; ma qui in assemblea nessuno salta su per invocare una crociata in aiuto di queste sfortunate vittime della natura. No, si discute di questa strana razza, senza nessuna pretesa e che non ha contribuito per nulla alla civiltà del mondo, e che ora fa parlare i nostri cuori e allargare i cordoni della borsa. Dico, non è questa una circostanza paradossale...

Da un discorso, 20 maggio, del dottor Karl Byrnisted, delegato dall'Islanda:

... Il fastidio di Sir Lyandras Chandryasam è comprensibile, ma vorrei ricordargli che le strade dell'India pullulano di milioni e milioni di cosiddetti bovini sacri e di scimmie, che mangiano ciò che vogliono e dove lo desiderano, molto probabilmente lo stesso cibo che sfamerebbe quegli stessi cinque milioni di persone. Le carestie ricorrenti in India potrebbero essere alleviate, credo, trattando questi mantenuti in modo razionale e da misure per rendere popolari le nuove cliniche per il controllo delle nascite, e magari anche da una tassa sui bambini. In questo modo e con metodi vigorosi, il governo indiano avrebbe il potere di far fronte al suo terribile problema. Questi Trog, d'altra parte, sono completamente incapaci di aiutare se stessi; sono come bambini appena gettati in un mondo dove persino la brillante luce solare li uccide...

Da un discorso, 21 maggio, di Porfirio Hernandez, delegato dal Messico:

Mi hanno sfidato a proporre un programma concreto per trattare con i Trog. Per prima cosa ritengo che ogni membro dell'ONU debba essere d'accordo a ospitare un numero di Trog in proporzione alla ricchezza nazionale, alle risorse e alla densità di popolazione... e ovviamente le percentuali esatte dovranno essere definite altrove. Con la presente chiedo al Presidente dell'Assemblea di nominare un comitato, incaricarlo di redigere tale risoluzione e dare un responso entro due settimane.

(Mozione respinta, 20 a 35)

Da *The Trog Story*, 2 giugno, di Harlan B. Temple:

Non importa quante volte cammino attraverso la valle dei Trog, l'ex Kreuzertal, non riesco mai a sfuggire a un sentimento di profondo smarrimento e soggezione. Ora il numero dei Trogs supera il milione; ieri quattro nuovi varchi si sono aperti al mondo esterno, e i Trog si stanno riversando al ritmo di migliaia ogni ora. E ovunque si sente la domanda, quando e come finirà? Possiamo ipotizzare che la terra diventi un favo, un alveare, con più Trog che esseri umani?

Prima o poi qualsiasi organizzazione crollerà; verranno fuori più Trog di quanti ne potremmo nutrire. In un certo senso, l'organizzazione ha già fallito. Tutti i Trog ricevono almeno un pasto al giorno, ma non ci sono abbastanza vestiti, non viene fornito abbastanza riparo. Ogni giorno ne muoiono a centinaia per le scottature. Mi risulta che l'ente "Vestiti usati per i Trog" non abbia ancora completato la distribuzione, da nessuna parte, e lo trovo difficile da comprendere. Non c'è alcun sentimento di preoccupazione o simpatia per queste persone solo perché non assomigliano a ragazzi dello sport o ad attrici del cinema?

———

Dal *Christian Science Monitor*:

ALL'ASSEMBLEA DELLE NAZIONI UNITE
PASSA IL CONTROVERSO DISEGNO DI LEGGE TROG

New York, 4 giugno: Con un voto da 35 a 20, esattamente l'opposto della precedente votazione, l'Assemblea delle Nazioni Unite ha accettato ieri la mozione del messicano Hernandez di istituire un comitato allo scopo di delineare la distribuzione percentuale dei Trog tra gli stati membri.

Il conteggio dei voti sulla mozione ha evidenziato l'opposizione del blocco sovietico, allineato con gli Stati Uniti e il Commonwealth britannico, i paesi che avrebbero ricevuto un maggior numero di Trog.

———

Volantino distribuito al raduno del Partito Socialista del Reich (neonazista) a Brema, Germania Ovest, 10 giugno:

UNA NUOVA MINACCIA

CAMERATI!

Ci volle una guerra per ripulire la Germania dalle minoranze etniche! Dobbiamo ora sottometterci a un'invasione di sporcizia troglodita? Tutta la Germania grida no! Tutta la Germania piange! Difendiamo saldamente i nostri confini contro queste talpe deficienti! Mandiamoli in Russia; mandiamoli nelle lande artiche! Che ritornino nelle loro tane; che periscano! Ma custodiamo la Patria; custodiamo il sacro suolo tedesco!

(Raduno interrotto dalla polizia, sequestrati i volantini.)

———

Lettera al *London Times*, 18 giugno:

All'Editore:

Parlo a nome di molti miei conoscenti quando dico che la prospettiva di una grande colonia di "trogloditi" nel nostro paese non suscita alcun sentimento di entusiasmo. Di sicuro l'Inghilterra ha problemi più che sufficienti di per sé, senza l'aggiunta di una minoranza inassimilabile e non produttiva che venga a mangiare le nostre già magre razioni e faccia aumentare le nostre tasse già alle stelle.

Vostro, ecc.,
Sir Clayman Winifred, Bart
Lower Ditchley, Hants

———

Lettera al *London Times*, 21 giugno:

All'Editore:

Prendendo atto della lettera di Sir Clayman Winifred del 18 giugno, ho fatto un rapido controllo con alcuni miei amici e sono rimasto sbalordito nello scoprire quanto siamo lontani dalle idee di Sir Clayman. Non è certo questa la nostra tradizione... di insabbiare la testa ed evitare di aiutare con tutto ciò che abbiamo! I trogloditi sono esseri umani, vittime di un disastro che non abbiamo modo di valutare. Dobbiamo prenderci cura di loro e, se un comitato qualificato di esperti ci fissa una quota, io dico di stringere i denti e fare la nostra parte.

La sezione antiamericana, *Ameriphobe*, della nostra stampa è molto lieta di richiamare l'attenzione dei nostri cugini d'oltremare per la presunta negazione dei diritti civili ai neri che, posso aggiungere, è presente nella sua forma più violenta e virulenta in un paese del Commonwealth britannico: l'Unione del Sud Africa. Cosa dicono questi giornalisti alle prove della stessa indegna emozione qui in Inghilterra?

Vostro, ecc.,
J.C.T. Harrodsmere
Tisley-on-Thames, Sussex

Titolo del *New York Herald Tribune*, 22 giugno:

APERTI QUATTRO NUOVI CAMPI TROG
POPOLAZIONE A DUE MILIONI

Lettera al *London Times*, 24 giugno:

All'Editore:

Ho letto con grande interesse la lettera di J.C.T. Harrodsmere in connessione con la controversia Trog. Nei suoi lodevoli sforzi per fare in modo che l'Inghilterra faccia la sua parte, penso che egli stia trascurando un fatto molto importante: vale a dire che noi inglesi siamo un popolo affiatato, di sangue bianco, pulito e di buona famiglia... una mescolanza di qualsiasi natura potrebbe essere solo per il peggio. So che il Sig. Harrodsmere farà presto a dire che non è prevista alcuna mescolanza. Ma gli errori si verificano e, poiché è stato accertato che l'unione uomini-Trog è teoricamente fertile, prima o poi arriveremmo ad avere un certo numero di piccoli mezzosangue che scorrazzano come topi intorno alle nostre fogne, un brutto spettacolo dappertutto. Ci sono paesi in cui questo tipo di imbastardimento è accettato: gli Stati Uniti, ad esempio, si vantano di essere il "crogiolo" delle razze. Perché non inviare i Trog negli ampi spazi aperti degli Stati Uniti dove c'è spazio e disponibilità e dove potrebbero "fondersi" a piacimento?

Vostro, ecc.,
Col. G.P. Barstaple (pensionato), Ussari del Queens
Mide Hill, Warwickshire

Lettera al *London Times*, 28 giugno:

All'Editore:

In contrasto con i conti in banca e l'aria di generale vitalità dei bastardi U.S.A. e dei galantuomini inglesi, io dico che forse potrebbe farci bene scambiare alcuni colonnelli in pensione con un paio di Trogs extra, oltre alla nostra quota. Qui da noi l'imbastardimento è maggiore e migliore!

Vostra, ecc.,
(Miss) Elizabeth Darrow Brown
London, S.W.

Da *The Trog Story*, 30 giugno, di Harlan B. Temple:

Sarà una sorpresa se dico ai miei lettori che la situazione Trog sta sfuggendo di mano? Non stanno più arrivando a rilento ma sono sempre più numerosi; ogni giorno abbiamo più Trog e sempre con un maggior incremento rispetto al giorno precedente. Se la frase suona confusa, riflette solo il mio stato d'animo.

Bisogna fare qualcosa.

Non si sta facendo niente.

La disputa in corso è una questione di dominio pubblico. Ogni paese è generoso con i consigli ma con poco altro. La Svezia dice di mandarli al centro dell'Australia; l'Australia indica la Groenlandia; la Danimarca preferirebbe gli altipiani etiopi; l'Etiopia designa educatamente il Messico; il Messico dice che c'è molto più spazio in Arizona; e i senatori di Washington, sotto la linea Mason-Dixon, da ora e per sempre, minacciano un definitivo ostruzionismo piuttosto che ammettere un solo Trog nei confini continentali degli Stati Uniti. Ringraziamo per l'efficiente amministrazione alimentare! Le Nazioni Unite e il mondo in generale possono essere orgogliosi dell'organizzazione con cui vengono nutriti i Trog.

Nota marginale: stanno nascendo bambini Trog... solo ieri oltre cinquanta.

Dal *San Francisco Chronicle*:

I RUSSI OFFRONO RIFUGIO AI TROG
LA PROPOSTA FA SCALPORE IN TUTTO IL MONDO

New York, 3 luglio: Ivan Pudestov, il delegato principale dell'URSS all'Assemblea dell'ONU, ha fatto oggi esplodere la disputa con la proposta di assumersi la completa responsabilità dei Trog.

L'offerta ha spaventato le Nazioni Unite e ha colto il mondo completamente di sorpresa, dal momento che fino ad ora la delegazione sovietica si era tenuta in disparte dalle aspre controversie Trog, in apparenza con la speranza che il mondo libero si dividesse in due sul problema...

Editoriale sul *Milwaukee Journal*, 5 luglio, intitolato "Una questione di integrità":

A prima vista l'offerta russa di prendere i Trog sembra alleggerire le nostre spalle da un grande peso. È proprio ciò che stavamo cercando: una soluzione senza sacrifici, un contentino per le nostre coscienze, un comodo tappeto per spazzare la nostra sporcizia. All'improvviso l'uomo della strada e il funzionario responsabile si dicono a vicenda che forse i russi non sono poi così male, che c'è un sacco di spazio in Siberia, che i russi e i Trog sono entrambi barbari e in realtà non così diversi, che forse i Trog derivano dai russi, ecc.

Una volta per tutte rompiamo la bolla dell'illusione. Non possiamo continuare a tenere per sempre la nostra integrità cristiana in una mano e le nostre inclinazioni nell'altra... Non sembra una strana coincidenza che, laddove i russi sono disperatamente a corto di minatori di uranio nei pozzi killer della Germania dell'Est e degli Urali, i Trog abituati alla vita sotterranea potrebbero diventare un'ottima forza lavoro? In effetti, consegneremmo alla Russia milioni di schiavi da far lavorare fino alla morte. Abbiamo rifiutato il rimpatrio forzato in Europa occidentale e in Corea, respingiamo il rastrellamento forzato e la riduzione in schiavitù dei rifugiati.

Titolo del *New York Times*, 20 luglio:

I ROSSI VIETANO LA SUPERVISIONE ONU NELLE COMUNITÀ TROG
LA SOVRANITÀ È IN PERICOLO, DICE PUDESTOV
RITIRA CON RABBIA L'OFFERTA TROG

Titolo del *New York Daily News*, 26 luglio:

IL BELGIO OFFRE IL CONGO PER L'INSEDIAMENTO DEI TROG
CHIEDE FONDI PER RECLAMARE LA GIUNGLA
L'ONU ANNUISCE CON RISERVA

Da *The Trog Story*, 28 luglio, di Harlan B. Temple:

Quattro milioni di Trog (centomila in più o in meno) respirano aria di superficie. Gli accampamenti nella Kreuzertal ora costituiscono una delle più grandi città del mondo, classificandosi sotto New York, Londra e Tokyo. La tranquilla valle tirolese è diventata una vasta estensione di teloni, tende da circo, capanne Quonset,* serbatoi d'acqua e disordine generale. Anche Trog City non ha un buon odore.

La giornata di oggi potrebbe segnare l'alta marea in quella che gli austriaci chiamano "l'invasione dall'inferno". I Trog continuano a fuoriuscire da una dozzina di spaccature, ma la pressione non sembra più così intensa. Di tanto in tanto uno spazio appare nei ranghi dei trogloditi, mentre prima assomigliavano a degli asparagi confezionati in una cassetta. Un'altra differenza: i primi Trog erano in carne e abbastanza ben nutriti. Questi ultimi arrivati sono magri e famelici. Qualunque strana economia sotterranea praticassero, sembra che ora stia terminando...

---

* Riparo prefabbricato avente un tetto ad arco semicircolare di metallo ondulato. [N.d.T.]

Da *The Trog Story*, 1 agosto, di Harlan B. Temple:

Qualcosa di orribile sta accadendo sotto la superficie. I Trogs avanzano barcollando con monconi grezzi al posto delle braccia e con grandi ferite...

———————

Da *The Trog Story*, 8 agosto, di Harlan B. Temple:

Oggi è iniziata l'operazione Esodo. Un migliaio di Trog hanno lasciato la Kreuzertal diretti alla loro nuova casa, vicino a Cabinda, alla foce del fiume Congo. Camion e autobus li hanno portati a Innsbruck, dove saliranno su treni speciali per Venezia e Trieste. Qui le navi fornite dalla Commissione marittima degli Stati Uniti li porteranno nella loro nuova casa.

Mentre mille Trog partivano da Trog City, altri ventimila ne spuntavano dalla loro terra sotterranea e gli ufficiali dell'accampamento esprimono, in confidenza, una grande preoccupazione per le loro condizioni. Trog City si è espansa due, tre, dieci volte rispetto alle stime originali. La macchina dell'approvvigionamento, dei servizi igienico-sanitari e degli alloggi si sta sfasciando. D'ora in poi, ogni tentativo di rimediare alla situazione è nel migliore dei casi solo un "tappabuchi", come il nastro adesivo su un tubo marcio, quando ciò che servirebbe è un tubo nuovo o, meglio ancora, un nuovo tubo da quattro pollici.

Anche solo per mantenere l'equilibrio, dagli accampamenti della Kreuzertal dovranno essere spostati trentamila Trog al giorno, un'evidente impossibilità con i budget e gli sforzi attuali...

———————

Da *Newsweek*, 14 agosto:

La scorsa settimana, nella boscaglia vicino a Cabinda, il campo profughi Camp Hope ha assunto le sembianze della base militare di Guadalcanal durante la seconda guerra mondiale. C'erano il vecchio e familiare senso di enorme confusione, il rumore di bulldozer, pelli sudate bianche, rosse, marroni e nere, il terriccio scaricato contro la vegetazione primordiale, gli insetti, le compresse di sale e di antimalarici...

———————

Dai telex dell'agenzia *United Press*:

Cabinda, Congo Belga, 20 agosto (UP):

Il primo contingente di Trog è sbarcato la scorsa notte al riparo dell'oscurità e ha marciato verso dei quartieri temporanei, sotto il comando di capitani di gruppo appositamente addestrati.

Gli ufficiali di collegamento affermano che i Trog sono felicissimi alla prospettiva di una casa permanente e mostrano il desiderio di mettersi al lavoro. Secondo i piani attuali, lavoreranno alle fattorie collettive e ripuliranno senza sosta la giungla per ulteriori coloni.

Dall'altro lato del libro mastro, si dice che gli uomini delle tribù indigene stiano causando disordini. Gli agitatori, che si dice siano di inclinazione comunista, sfruttano le paure superstiziose di un popolo non lontano dalla barbarie...

———————

Titolo del *New York Times*, 22 agosto:

I GUERRIERI DEL CONGO IMPAZZISCONO A CAMP HOPE
UCCISI 800 COLONI IN UN'ORA
Istituita la legge militare
Proteste del governatore belga
Congo inadatto

———————

Dai telex dell'agenzia *United Press*:

Trieste, 23 agosto (UP):

Tre carichi di Trog diretti a Trogland in Congo hanno segnato oggi un numero record di imbarchi. Il numero totale di Trog che ora partono dai porti europei è 24.965...

Cabinda, 23 agosto (UP):

La bellicosa Confederazione Matemba è in uno stato di rivolta contro l'ulteriore immigrazione Trog, e il Residente-Generale Bernard Cassou professa grave pessimismo sulle conseguenze.

Monte Bianco, 24 agosto (UP):
Oggi dieci Trog hanno preso una residenza di prova in una baita da sci per vedere come riescono a sopportare i rigori del freddo.

L'annuncio di questo esperimento va a confermare una voce secondo la quale la Danimarca ha offerto la Groenlandia ai Trog, se si scopre che sono in grado di sopravvivere alle condizioni dell'Artico.

Cabinda, 28 agosto (UP):
Il Congo, patria di stregoni, danze tribali, cannibalismo e di Tarzan, brulica di disordini indigeni. Un cupo sentimento di rabbia cova nei villaggi, le rivolte sono frequenti e a Camp Hope dozzine di operai indigeni sono stati uccisi o ricoverati in ospedale.

Inutile dire che i Trog, il cui avvento ha fatto precipitare la crisi, sono separati dal contatto con i nativi, per evitare il ripetersi del bagno di sangue del 22 agosto...

Cabinda, 29 agosto (UP):
Il generale residente Bernard Cassou ha oggi rifiutato di permettere lo sbarco dei Trog da quattro navi al largo della rada di Cabinda.

Monte Bianco, 2 settembre (UP):
Il velo di segretezza sulla residenza di prova dei Trog è stato sollevato in modo significativo questa mattina, quando due Trog sono stati portati a Chamonix tramite lo ski-lift...

Da *The Trog Story*, 10 settembre, di Harlan B. Temple:

È l'una di notte; sono appena sceso dall'accampamento n. 4. Le colonne Trog si sono ridotte a un gruppo di vecchi, storpi, malati. Il fetore è spaventoso... Ma perché continuare? Sono proprio afflitto. Vorrei non aver mai accettato questo incarico.

Sta facendo qualcosa di terribile alla mia anima; i miei capelli stanno diventando del tutto grigi. Mi fermo un attimo, il rumore della mia macchina da scrivere si interrompe, ascolto il vasto mormorio attraverso la Kreuzertal; lo sconforto, la futilità e la disperazione continuano ad assalirmi come se fossero onde inarrestabili. Credo che la maggior parte di noi qui a Trog City la pensi allo stesso modo.

Adesso ci sono cinque o sei milioni di Trog nell'accampamento; nessuno ne conosce il numero esatto; nessuno se ne preoccupa. La situazione ha superato il punto di non ritorno. Il flusso si è ridotto, una concessione misericordiosa... infatti, all'accampamento n. 4 si sente il rombo della lava che sale nelle caverne dei Trog.

Qui a Trog City il morale sta precipitando. Ogni giorno una dozzina di volontari non pagati alza le mani e torna a casa. Non posso dire di biasimarli. Il Signore sa che hanno fatto del loro meglio, e nessuno li sostiene. Ovunque nel mondo è la stessa storia, con tutti che puntano il dito contro qualcun altro. È abbastanza per far ammalare un uomo. E in effetti è successo: sono malato, disperatamente malato.

Ma voi non leggete la Trog Story per sentirmi lamentare. Volete un resoconto dei fatti? Molto bene, eccolo. La grande notizia di oggi è che il viaggio dei Trog dall'accampamento a Trieste è stato bloccato in attesa di chiarimenti sulla situazione nel Congo. Per il resto qui tutto è rimasto uguale... fame, odore, Trog disattenti che muoiono di scottature...

———

Titolo del *New York Times*, 20 settembre:

RIENTRATO IL PROBLEMA DEL CONTINGENTE DEI TROG
GRUPPO DI STUDIO PER L'ADEGUAMENTO

———

Dai telex dell'agenzia *United Press*:

Cabinda, 25 settembre (UP):
Otto navi, cariche di 9.462 rifugiati Trog, attendono ancora

all'ancora, mentre i capi indigeni ribadiscono la loro opposizione all'immigrazione Trog...

Trog City, 8 ottobre (UP):
La migrazione dei Trog è giunta al termine. Ieri, per la prima volta, non sono giunti nuovi Trog e la stima sulla popolazione di Trog City è ancora di sei milioni.

New York, 13 ottobre (UP):
Il Comitato di Reinsediamento Trog è ancora in stallo sulle posizioni originali, per la maggior parte invariate. I paesi densamente popolati affermano di non avere né spazio né posti di lavoro; gli stati sottosviluppati insistono sul fatto che non hanno nemmeno il denaro per sfamare se stessi. Gli Stati Uniti, con tanto di soldi quanto di spazio, hanno già gravi grattacapi con le loro minoranze e non ne vogliono di nuove...

Chamonix, Francia, 18 ottobre (UP):
Ieri la Stazione Sperimentale, la residenza di prova per i Trog, ha chiuso i battenti: un solo sopravvissuto dei dieci Trog originali ha guidato lo ski-lift lungo le pendici del Monte Bianco.
Il dottor Sven Emeldson, direttore della Stazione, ha rilasciato una dichiarazione in cui descrive il lavoro svolto. Viene dimostrato che i Trog, anche se forniti un riparo adeguato per un europeo, non possono sopportare i rigori del Nord e sembrano particolarmente sensibili ai disturbi polmonari...

New York, 26 ottobre (UP):
Dopo settimane di acrimonia, una riveduta serie di quote di immigrazione Trog è stata rilasciata dall'Assemblea delle Nazioni Unite. Le cifre tipiche sono: USA 31%, URSS 16%, Canada 8%, Australia 8%, Francia 6%, Messico 6%...

New York, 30 ottobre (UP):
L'URSS si rifiuta in modo categorico di sottostare al controllo delle Nazioni Unite nelle aree di reinsediamento dei Trog all'interno dell'URSS...

New York, 31 ottobre (UP):

Oggi il senatore Bullrod del Mississippi ha promesso di parlare finché avrà aria nei polmoni, prima di consentire al progetto di reinsediamento dei Trog di essere votato davanti al Senato. Un controllo informale ha rivelato una forza insufficiente per imporre la chiusura del dibattito...

St. Arlberg, Austria, 5 novembre (UP):

Ieri notte è caduta la prima neve della stagione...

Trog City, 10 novembre (UP):

La scorsa notte, il gelo ha steso una guaina scintillante attraverso la valle...

Trog City, 15 novembre (UP):

I Trog malati di influenza sono stati isolati in una sezione speciale...

Buenos Aires, 23 novembre (UP):

Oggi il dittatore Peron si è rifiutato categoricamente di soddisfare la quota argentina di aiuti umanitari a Trog City finché l'ONU non avrà preso un impegno definitivo...

Trog City, 2 dicembre (UP):

L'influenza a seguito della neve e della pioggia dell'ultima settimana ha provocato un ulteriore attentato alla vita dei Trog; le autorità dell'accampamento stanno cercando disperatamente di far fronte all'epidemia...

Trog City, 8 dicembre (UP):

Due forni crematori, alimentati a olio combustibile, stanno bruciando a tempo pieno nel tentativo di stare al passo con le crescenti vittime dell'influenza...

———————

Da *The Trog Story*, 13 dicembre, di Harlan B. Temple:

Questo è tutto.

———————

Dai telex dell'agenzia *United Press*:

Los Angeles, 14 dicembre (UP):
La corsa agli acquisti natalizi è iniziata presto quest'anno, nonostante il maltempo fuori stagione...

Trog City, 15 dicembre (UP):
Oggi il comandante dell'accampamento Howard Kerkovits ha lanciato un appello disperato per ricevere penicillina, sulfamidici, coperte, stufe a cherosene e personale addestrato. Ha ammesso che la malattia tra i Trog è completamente fuori controllo, al di là di ogni umana possibilità di affrontarla...

Da *The Trog Story*, 23 dicembre, di Harlan B. Temple:

Non so perché dovrei stare qui seduto a scrivere queste cose perché... dal momento che non ci sono più Trog, non c'è più alcuna storia Trog.

IL PROFESSORE DISTRATTO

(*The Absent Minded Professor*, 1954)
Traduzione di Marco Riva

ERO RIMASTO IN PIEDI al buio, di fronte all'osservatorio, osservando le veloci scie di meteoriti infuocate che scendevano da Perseo. I miei piani erano completati. Ero stato meticoloso, sistematico.

La notte era straordinaria: limpida e serena... una notte perfetta per quello che io e il cosmo avevamo organizzato. Ed ecco arrivare il dottor Patcher, il vecchio "Cagnaccio" Patcher, come lo chiamano gli studenti... le luci della sua affidabile berlina illuminavano la strada su per la collina. Guardai l'orologio: le dieci e un quarto. Il vecchio mascalzone era in ritardo, probabilmente aveva passato tre minuti in più a lucidarsi le scarpe o a spazzolarsi meticolosamente il ruvido pennacchio bianco dei suoi capelli.

La macchina s'inerpicava sopra la collina, i fari mandavano velocissime forme e ombre gialle oltre il punto dove mi trovavo. Per fortuna avevo sentito il motore ansimare e spegnersi... e poi, dopo un momento di calma, lo sbattere della portiera e lo scalpiccio dei piedi del dottor Patcher sulla ghiaia. Sembrò sorpreso di vedermi in piedi sulla soglia e mi guardò di traverso tanto da dire: – Non hai niente di meglio da fare, Sisley?

– Buona sera, dottor Patcher – dissi con calma. – È una bella notte. Si vedono benissimo le Perseidi... Ah! Ce n'è una adesso.

Indicai una delle rapide bianche strisce di meteoriti.

Il dottor Patcher scosse la testa con quella gentilezza maligna che mi aveva fatto infuriare da quando l'avevo visto per la prima volta.

– Scusa, Sisley, non posso sprecare un momento di questo meraviglioso spettacolo.

Mi spinse di lato e disse, senza voltarsi: – Spero che tutto sia in ordine.

Rimasi in silenzio. Non potevo certo dire di no, ma se avessi annuito, si sarebbe messo a curiosare e a frugare fino a quando non avesse trovato qualcosa – qualsiasi cosa – per la quale poteva alzare le sopracciglia: una macchia d'olio, l'apertura del tetto non esattamente simmetrica al telescopio, un mozzicone di sigaretta sul pavimento.

Qualsiasi cosa. A quel punto avrei sentito un grugnito di disprezzo... mi avrebbe lanciato un'occhiata velenosa e avrebbe posto rimedio alla mia mancanza in modo sgarbato. Alla fine si sarebbe dedicato al suo lavoro, se lo si poteva chiamare lavoro. Io stesso lo consideravo banale, una ridicola perdita di tempo, una ripetizione di ciò che uomini migliori con strumenti migliori avevano già realizzato. Il dottor Patcher stava cercando le novae. Non si sarebbe sentito appagato fino a quando una nova non avesse portato il suo nome: "La Nova di Patcher". E notte dopo notte, quando la visibilità era al meglio, il dottor Patcher mi allontanava dal telescopio... allontanava me che avevo una ricerca significativa e importante. E stasera avrei mostrato davvero una nova al dottor Patcher.

Era appena entrato, frugava e sondava; stanotte non avrebbe trovato nulla fuori posto di un millimetro. Mi sbagliavo.

– Oh, Sisley – mi chiamò. – Sei occupato?

Mi affrettai dentro. Patcher era in piedi accanto all'armadio della facoltà con il suo vecchio cappotto di tweed già accuratamente sistemato su una gruccia. Ho subito immaginato la sua lamentela. Patcher indicava un camice bianco da laboratorio, quello che chiamava il suo "spolverino". Circa due volte al mese il custode, nel ripulire l'armadio di facoltà dei professori senior, rimuoveva lo spolverino e lo riponeva nell'armadio degli junior: non avevo mai capito se per un atto di astuta malizia o soltanto perché non ci faceva caso più di tanto. In ogni caso il rituale si svolse come al solito.

– Hai visto il mio spolverino, Sisley? Non è nell'armadio dei vestiti dove dovrebbe essere.

Ero sul punto di ribattere "Dottor Patcher", sono un professore di astronomia, non il suo cameriere". Al che mi avrebbe corretto in tono penoso: "Assistente professore, mio caro Sisley", facendomi così

— 39 —

infuriare. Ma quella notte doveva sembrare tutto in uno stato di normalità, perché ciò che stava per accadere sarebbe stato così curioso e unico che solo un quadro di assoluta monotona routine avrebbe reso le circostanze convincenti.

Così ingoiai la mia rabbia e, aprendo l'armadio junior, consegnai a Patcher il suo spolverino.

– Bene, bene – disse Patcher come al solito. – Che cosa diavolo ci fa lì dentro?

– Suppongo che il custode sia stato negligente.

– Dovremo risolvere presto questa cosa – disse Patcher. – Un osservatorio è un posto dove la negligenza non può mai essere tollerata.

Sono un uomo sistematico, con ogni aspetto della mia vita condotto secondo le linee della più rigorosa efficienza e quindi, come facevo sempre, gli risposi: – Sono completamente d'accordo.

Abbottonandosi lo spolverino, il dottor Patcher mi squadrò dall'alto in basso.

– Sembri irrequieto stasera, Sisley.

– Io? Certo che no. Forse un po' stanco, un po' affaticato. Oggi stavo esplorando il Monte Tinsley e ho trovato diversi eccellenti esemplari di sfalerite.

Forse dovrei dire che il mio hobby è la mineralogia, che sono un assiduo "segugio delle rocce" e che dedico molto tempo alla mia collezione di rocce, minerali e cristalli.

Il dottor Patcher scosse leggermente la testa: – Personalmente non potrei permettermi di indebolire le mie energie in cose del genere. Sento che ogni grammo di attenzione appartiene al mio lavoro.

Questo era un'inesattezza, solo per provocarmi. Il dottor Patcher era un ardente orticoltore ed era arrivato al punto di piantare un bordo di rose intorno all'osservatorio.

– Bene, bene – dissi, forse in maniera un po' pesante. – Suppongo che ognuno di noi debba andare per la sua strada. – Diedi un'occhiata al mio orologio. Venticinque minuti. – Lascerò il posto nelle sue mani, dottore. Se la visibilità è buona sarò qui verso le tre…

– Temo che dovrò usare lo strumento – disse Patcher. – Questa è una notte perfetta nonostante la brezza…

Ho pensato: è proprio una notte perfetta a causa della brezza.

– ... non posso permettermi di perdere un minuto.

Annuii: – Ottimo. Può telefonarmi se cambia idea.

Mi guardò in modo strano; aveva raramente mostrato tanta buona grazia.

– Buonanotte, Sisley.

– Buonanotte, dottor Patcher. Forse guarderò un po' le Perseidi.

Non rispose. Uscii, gironzolai per l'osservatorio, rientrai e urlai: – Dottor Patcher, dottor Patcher!

– Sì, sì, che cosa c'è?

– Qualcosa di straordinario! Ovviamente non sono un giardiniere, ma non ho mai visto niente di simile prima, una rosa luminescente!

– Che cosa?

– Sembra che uno dei cespugli di rose abbia prodotto dei fiori luminosi.

– Oh, sciocchezze – mormorò Patcher. – È un inganno della percezione.

– Se fosse così sarebbe un'illusione notevole.

– Mai sentito parlare di una cosa del genere – disse Patcher. – Non vedo come sia possibile. Dov'è questo "rosaio luminescente"?

– È proprio qui intorno – risposi. – Non potevo credere ai miei occhi.

Lo condussi per qualche metro intorno all'osservatorio, dove il letto di rose frusciava e ondeggiava nella brezza. – È proprio lì dentro.

Il dottor Patcher pronunciò le ultime parole della sua esistenza sulla terra. – Non vedo niente...

Corsi alla mia macchina, che avevo parcheggiato in discesa. Avviai il motore e scesi con un gran rumore giù per la collina, veloce quanto la strada e i miei ottimi riflessi me lo potevano permettere. Tre giorni prima mi ero cronometrato: sei minuti dall'osservatorio alla periferia della città. Stasera ce la feci in cinque.

Rallentai a una velocità normale e, girato l'ultima curva, entrai nella stazione di servizio di Sam, fermando l'auto in un punto che avevo calcolato con precisione diverse settimane prima. E in quel momento ebbi un colpo di fortuna. Ferma nella corsia interna c'era un'auto bianca della polizia, con un poliziotto appoggiato al paraurti.

– Salve, signor Sisley – disse Sam. – Come procedono stasera le stelle nei loro tragitti?

In qualsiasi altro momento avrei potuto trattare quella spiritosaggine con la fredda replica che meritava. Sam, un giovane corpulento con un perenne moccio al naso, era il tipico profano, del tutto all'oscuro di un lavoro impegnativo e importante come quello svolto all'osservatorio. Stanotte, tuttavia, la sua osservazione mi fece comodo.

– Le stelle sono come al solito, Sam, ma se tiene gli occhi aperti, stasera vedrà un gran numero di stelle cadenti.

–Dice sul serio? – Sam guardò il cielo meravigliato.

– Sì – risposi, e guardai l'orologio. – Gli astronomi le chiamano Perseidi. Ogni anno in questo periodo ci imbattiamo in una pioggia di meteoriti che sembra provenire dalla costellazione del Perseo, proprio lassù. Un po' più tardi nell'anno arrivano le Leonidi, da quella del Leone.

Sam scosse la testa con ammirazione.

– Mia madre va matta per quella roba, ma non sapevo che l'avesse avuta da voi.

Si rivolse al poliziotto: – Che ne dici? Ho sempre pensato che questi tizi all'osservatorio fossero… beh, che stessero lì solo per far passare il tempo, ma ora il professor Sisley mi dice che pubblicano questi libri sui Segni Zodiacali, sai, roba del tipo "non-investire-soldi-con-una-bionda-oggi". In pratica una vera droga.

Il poliziotto rispose: – Cosa ne sai? Ho sempre pensato che quelle cose fossero tante scempiaggini.

– Certo che lo sono – dissi con calore. – Tutte sciocchezze. Ho detto che quella lassù è la costellazione del Leone, non il "segno del Leone"!

Controllai l'ora. Una trentina di secondi.

– Mi servono venti litri di super, Sam.

– Giusto – disse Sam. – Può spostare la macchina un po' indietro? Aspetti! Immagino che il tubo della pompa ci potrebbe arrivare…

Rimase in piedi nella direzione in cui desideravo guardasse.

Il bagliore illuminò la notte; un getto fiammeggiante di fuoco bianco scese dal cielo, seguito un istante dopo da una macchia di luce arancione.

– Per amor del cielo! – gridò Sam, in piedi con la bocca aperta e il tubo in mano. – Che cos'è stato?

– Una meteora – spiegai. – Una stella cadente.

– È stata una cosa formidabile – disse il poliziotto. – Non se ne vedono molte così vicine!

Dal cielo arrivò un rumore secco, un'esplosione.

Sam scosse la testa e, come intorpidito, fece entrare la benzina nel serbatoio.

– Mi pare che sia precipitata a terra vicino all'osservatorio.

– Sì – dissi – sembra proprio di sì. Penso che telefonerò al dottor Patcher e gli chiederò se l'ha notata.

– Notarla! – esclamò Sam. – È stato fortunato se non ci si è trovato in mezzo!

Entrai nella stazione, lasciai cadere una monetina nel telefono e chiamai l'osservatorio.

– Mi spiace – disse l'operatore un momento dopo. – Non risponde nessuno.

Tornai fuori. – Non mi ha risposto. Probabilmente è nel gabbiotto e non vuole essere disturbato.

– Vecchio diavolo irascibile – disse Sam. – E poi... mi scusi, professore, tutti voi astronomi vi comportate un po' stranamente, in un modo o nell'altro. Non intendo folle o qualcosa del genere, ma solo, beh, eccentrico. Distratto.

– Ah, ah – dissi. – Ecco dove si sbaglia. Penso che pochissime persone siano metodiche e sistematiche come me.

Sam scrollò le spalle. – Non sono in grado di discutere con lei, dottore.

Salii in macchina e attraversai la città verso l'Università; parcheggiai davanti al Club della Facoltà, entrai nel salone e ordinai una tazza di tè.

John Dalrymple del dipartimento di inglese si unì a me.

– Ciao Sisley, ho qualcosa da raccontarti... ho visto una grande impressionante palla di fuoco pochi minuti fa. Ha illuminato tutto il cielo, una cosa meravigliosa.

– Sì, l'ho vista alla stazione di servizio. Apparentemente ha colpito il suolo da qualche parte vicino all'osservatorio. Lo sai che questo è il loro periodo dell'anno.

Dalrymple si strofinò il mento.

– Mi sembra di vederne sempre.

– Oh davvero! Ma queste sono le Perseidi, una speciale cintura di meteoriti, o forse una piccola cometa che percorre un'orbita regolare. La terra, entrando in questa orbita, si scontra con le rocce e i ciottoli che compongono la cometa. Quando le osserviamo, sembra che le meteore provengano dalla costellazione di Perseo, quindi le chiamiamo Perseidi.

Dalrymple si alzò in piedi. – Ben detto, vecchio mio, terribilmente interessante e tutto il resto, ma devo andare a parlare con Benjamin. Ci vediamo.

– Buona sera, Dalrymple.

Mi misi a leggere una rivista, giocai a scacchi con Hodges del dipartimento di economia e infine notai che erano le dodici e mezzo. Mi alzai in piedi.

– Chiedo scusa, il dottor Patcher è solo all'osservatorio. Penso che farò una telefonata e gli chiederò per quanto tempo ci rimarrà.

Chiamai ancora una volta l'osservatorio e l'operatore mi rispose: – Mi spiace, signore, nessuna risposta.

– Probabilmente è nel gabbiotto – dissi a Hodges. – Se ha da fare, si rifiuta di muoversi.

– Un vecchio uccello piuttosto scontroso, non è vero?

– Non è la persona più facile al mondo con cui lavorare. Non c'è dubbio, ma a volte la cosa ha i suoi lati positivi. Ebbene, buonanotte, Hodges; grazie per aver giocato con me. Penso che farò un pisolino su una delle sedie prima di salire su per la collina. Devo rientrare al lavoro fra circa tre ore.

Alle due Jake, il custode notturno, mi svegliò.

– Sono andati tutti a casa, signore, e il riscaldamento è stato spento. Potrebbe morire di freddo restando seduto qui.

– No, certo che no. Grazie, Jake. – Guardai il mio orologio. – Devo tornare al lavoro.

– Io e lei – disse Jake – abbiamo orari strani.

– La notte è il momento migliore della giornata – risposi. – Per "giornata", naturalmente, intendo il giorno siderale.

– Oh, la capisco, signore. Sono abituato a sentire ogni sorta di discorsi strani e capisco molto meglio di quanto alcuni di loro pensino.

– Ne sono sicuro, Jake.

– Le cose che ho sentito, signor Sisley.

– Sì, davvero interessante. Bene, buonanotte, Jake. Devo andare al lavoro.

– Prenda il cappotto, signor Sisley.

– Grazie, Jake.

La notte era splendida oltre ogni descrizione. Stelle, stelle, e ancora stelle: magnifici fiori del cielo che palpitano di colori dalle loro posizioni designate nella volta celeste. Conosco i cieli notturni come conosco il mio viso; conosco tutta la tradizione, la favola, il mistero. So dove aspettarmi Arturo, in un angolo del Grande Diamante, con Denebola a lato, Spica sotto, Cor Caroli sopra. Conosco Argo Navis e la Croce del Nord, talvolta chiamata Cygnus, e il cavallino a dondolo della Lyra, con Vega al posto della testa. So come mirare le tre stelle dell'Aquila, con Altair al centro, come trovare Fomalhaut, quando arriva facendo brevemente capolino sopra l'orizzonte meridionale. Conosco la Tana del Cane Ululante, con Vindemiatrix nelle vicinanze; riesco a trovare la stella demone Algol e la meravigliosa Mira sulla spina dorsale di Cetus, la balena. Conosco Orione e il suo braccio alzato, con il fiume Eridano che si snoda attraverso venti milioni di anni luce di desolazione. Ah, le stelle! Poesia che il povero abitante di tutti i giorni non potrà mai sognare! Poesia nei nomi delle stelle: Alpheta, Achernar, Alpheratz; Canopo, Antares, Markab; Sirius, Rigel, Bellatrix; Aldebaran, Betelgeuse, Fomalhaut; Alphard, Spica, Procione; Deneb Kaitos, Alpha Centauri… astri magnifici che vagano nell'universo, ognuno re di una miriade di mondi. E ora, con il vecchio "Cagnaccio" Patcher che ha avuto ciò che meritava, i cieli sarebbero stati miei, da esplorare a mio piacimento; forse con l'aiuto del giovane Katkus, che sarebbe stato promosso al mio posto quando io avessi avuto la nomina a capo del dipartimento.

Guidai lungo la strada familiare, serpeggiando tra gli aromatici eucalipti, e superai l'area del parcheggio.

L'osservatorio era come l'avevo lasciato, con la vecchia berlina lucida di Patcher affiancata al muro, molto più solitario e patetico di quanto il corpo di Patcher non potrà mai sembrare.

Ma non dovevo lanciare l'allarme troppo in fretta; prima avevo una o due faccende di cui occuparmi.

Trovai la mia torcia e uscii sul pendio dietro l'osservatorio. Sapevo più o meno dove guardare e cosa stavo esattamente cercando... ed eccolo lì: un pezzo di cartone, un pezzo di carta rossa, un pezzo di bastone. Tutto stava procedendo come avevo pianificato e, dopo tutto, perché non avrebbe dovuto? È molto facile uccidere un uomo, come avevo scoperto. Avevo semplicemente scelto uno dei tanti modi, forse un po' più elaborato del necessario, ma sembrava una fine così adatta per il vecchio "Cagnaccio". Avrei potuto fare in modo che la sua macchina uscisse fuori strada, ma ci sarebbe stato un precedente con la morte del professor Harlow T. Kane, predecessore di Patcher come astronomo anziano, che aveva perso la vita proprio in quel modo... questi pensieri mi passarono per la testa mentre bruciavo il bastone, il cartone e la carta. Poi sparsi le ceneri.

Tornai all'osservatorio, gironzolai all'interno, guardai oltre il grande riflettore con un senso di padronanza... era ora che dessi l'allarme.

Feci un giro fuori e puntai la mia torcia sul corpo. Solo questo. Rientrai di corsa e telefonai all'ufficio dello sceriffo, dato che l'osservatorio è fuori dai confini della città.

– Sceriffo?

Una voce assonnata borbottò: – Sam Hill, perché mi svegli a quest'ora della notte?

– Sono il professor Sisley all'osservatorio. È successo qualcosa di terribile! Ho appena scoperto il corpo del dottor Patcher!

Lo sceriffo era un uomo grasso e amabile, molto più preoccupato delle sue vincite alle slot machine e dalle sale da poker che dalla prevenzione del crimine. Arrivò all'osservatorio con un medico. Rimasero a guardare il cadavere, lo sceriffo con in mano una torcia, e nessuno dei due mostrava disinvoltura o fervore.

– Sembra che sia stato preso a pugni con una pietra – disse lo sceriffo. – Può scoprire da quanto tempo è morto, dottore?

Si rivolse a me: – Cos'è successo, professore?

– Sembra – dissi – come se fosse stato colpito da un meteorite.

– Un meteorite? – si strofinò il mento dubbioso. – Non è un po' inverosimile? Una possibilità su mille, non crede?

– Non posso esserne sicuro, naturalmente. Dovrà chiedere a un esperto di controllare quel pezzo di metallo o di roccia, qualunque cosa sia.

Lo sceriffo continuava a strofinarsi il mento.

– Quando l'ho lasciato verso le dieci e mezzo, ha detto che sarebbe andato a guardare le meteore... stiamo attraversando le Perseidi... e subito dopo ero giù in città alla stazione di servizio di Sam... abbiamo visto scendere dal cielo un una stella cadente molto grande, una meteora, una palla di fuoco, o come vuole chiamarla. Sam l'ha vista, e anche un poliziotto che era lì l'ha vista...

– Sì – disse lo sceriffo – l'ho vista io stesso. Una cosa mostruosa...

Si chinò sul cadavere del dottor Patcher.

– Pensa che questo potrebbe essere un meteorite, eh?

– Non potrei certo dirlo a colpo d'occhio, ma il professor Doheny del Dipartimento di Geologia potrebbe confermarlo in un attimo.

Lo sceriffo sbuffò. Poi chiese ancora al dottore: – Ha idea di quando è morto?

– Oh, circa cinque o sei ore fa.

– Uffa. Fra le dieci e trenta e le undici e mezzo... quella meteora è scesa alle, vediamo...

– Alle undici meno dodici...

– Bene – disse lo sceriffo, guardandomi con una cauta valutazione.

Mi zittii subito... mi dissi che sarebbe stato meglio non fornire ulteriori informazioni. Ma a chi poteva importare, non avevo detto niente di male.

– Immagino – disse lo sceriffo – che faremmo meglio ad aspettare che faccia luce, e poi potremo dare un'occhiata migliore in giro.

– Se verrà all'osservatorio – dissi – preparerò del caffè. Quest'aria notturna è un po' frizzante.

Venne l'alba; lo sceriffo chiamò il suo ufficio; un'ambulanza salì sulla collina. Mi fecero qualche altra domanda, furono scattate delle fotografie e il corpo venne spostato.

I giornali da costa a costa riportarono i resoconti dello "strano incidente". La battuta "l'uomo che morde il cane" fu particolarmente sfruttata: l'astronomo che aveva fatto carriera dando la caccia alle "comete" aveva avuto un assaggio della sua stessa medicina. Naturalmente una meteora non è affatto una cometa, e il dottor Patcher non era interessato alle comete, ma nel clamore generale non importò molto a nessuno, e suppongo che per quanto riguarda la gente comune comete e meteore siano la stessa cosa.

Il rettore dell'Università inviò le condoglianze per telefono.

– Prenderà il posto di Patcher, naturalmente; spero che non rifiuterà per sentimenti di delicatezza fuori luogo. Ho contattato il giovane Katkus che prenderà il posto che occupa lei adesso.

– Grazie, signore – risposi. – Farò del mio meglio. Con il suo incoraggiamento e l'aiuto del giovane Katkus farò in modo che il lavoro di Patcher continui; anzi, penso che sarebbe un memoriale appropriato se la prima nova che trovassimo prendesse il nome dal povero vecchio Patcher.

– Eccellente – disse il rettore. – Metterò subito a verbale il suo nuovo incarico.

Così gli eventi fecero il loro corso. Tirai via dallo studio gli appunti e i libri di Patcher e ci trasferii i miei. Il giovane Katkus si presentò e fui compiaciuto del modo modesto con cui accettò la sua fortuna.

Passò una settimana e lo sceriffo venne a casa mia.

– Entri, sceriffo, entri. Sono contento di vederla. Ecco… – Spostai alcuni diari. – … Si sieda.

– Grazie, grazie mille.

Appoggiò con cautela il suo corpo grassoccio sul sedile.

Non avevo ancora finito di fare colazione.

– Prende una tazza di caffè?

Esitò. – No, penso che sia meglio di no. Non oggi.

– Cosa ha in mente, sceriffo?

Appoggiò le mani sulle ginocchia.

– Be', professore, è l'incidente di Patcher. Vorrei parlarne con lei.

– Certo, se lo desidera… ma pensavo che fosse tutta acqua passata.

– Be', non del tutto. Ci abbiamo pensato su, si potrebbe dire. Forse è stato un incidente e, di nuovo, forse non lo è stato.

Domandai con grande interesse: – Cosa intende, sceriffo? Certamente…

Come ho già detto, lo sceriffo è un uomo mite e sembra più un venditore di assicurazioni che un ufficiale delle forze dell'ordine. Ma in quel momento un'espressione un po' ostinata e sgradevole gli irrigidiva i lineamenti.

– Ho fatto qualche indagine e ci ho ragionato su. E devo ammettere che sono perplesso.

– Come mai?

– Beh, non c'è dubbio che il dottor Patcher sia stato ucciso con un meteorite. Quel pezzo di roccia era una strana specie di miscuglio di nichel e ferro e al microscopio mostrava una serie di segni particolari. Il professor Doheny ha detto che si trattava di un meteorite, e su questo non ci sono incertezze.

– Oh? – dissi, sorseggiando il mio caffè.

– Non c'è dubbio che una striscia di fuoco sia stata vista precipitare dal cielo all'incirca nel momento in cui il dottor Patcher è stato ucciso.

– Sì, credo di sì. In effetti, l'ho vista io stesso. Un fenomeno piuttosto impressionante.

– All'inizio pensavo che un meteorite fosse caldo, e mi chiedevo perché i capelli di Patcher non fossero bruciacchiati, ma ho scoperto che quando un meteorite precipita, solo una piccola parte della superficie si riscalda e si illumina, e il resto rimane freddo.

– Giusto – dissi cordialmente. – Completamente giusto.

– Ma supponiamo... – disse lo sceriffo, guardandomi di traverso con un'espressione che posso solo definire furba – ... supponiamo che qualcuno volesse uccidere il povero vecchio dottor Patcher...

Scossi la testa dubbioso. – Inverosimile.

– ... e voleva fingere l'omicidio in modo che sembrasse un incidente. Come avrebbe fatto?

– Ma... chi avrebbe voluto farla finita con Patcher?

Lo sceriffo rise a disagio. – Questo è ciò che ci ha reso perplessi. Non c'è nessuno con un briciolo di movente, tranne, forse, lei.

– Ridicolo.

– Certo, certo. Ma stavamo solo...

– Perché avrei voluto uccidere il dottor Patcher?

– Mi hanno detto – disse lo sceriffo, guardandomi di sottecchi – che fosse un uomo difficile con cui andare d'accordo.

– Non quando si capivano le sue debolezze.

– Ho sentito dire che voi due avete avuto qualche problema durante il lavoro all'osservatorio.

– Oh be'... – dissi con sentimento – erano solo pretenziose sciocchezze. Naturalmente, avevamo le nostre differenze. Come molti dei nostri colleghi percepivo che Patcher stava diventando un po' rimbambito, e lo si vedeva dalla natura piuttosto banale del lavoro che stava facendo.

– In parole semplici, qual era esattamente il lavoro del professore?

– Beh... – e risi – in realtà stava solcando il cielo con un pettine a denti fini, in cerca di novae, e ammetto che a volte era una seccatura, quando io avevo un lavoro importante da fare...

– Ehm, e il suo lavoro, professore, qual è?

– Sto conducendo un conteggio statistico delle variabili Cefeidi nella Grande Nebulosa di Andromeda.

– Ah, capisco – disse lo sceriffo. – Lavoro piuttosto difficile, sembra.

– Il lavoro sta procedendo, ovviamente. Ma di certo non penserà... non può presumere...

Lo sceriffo agitò la mano. – Non supponiamo nulla. Noi, beh, diciamo che è un po' troppo...

– Come potrei io o come potrebbe qualcuno controllare qualcosa che potrebbe essere letteralmente chiamato un fulmine a ciel sereno?

– Ah, ora ci occupiamo di cose importanti. Come potrebbe lei, infatti? Ammetto di essermi scervellato, e penso di aver risolto il problema.

– Mio caro sceriffo, mi sta accusando...

– No, no, stia tranquillo. Stiamo solo facendo quattro chiacchiere. Le stavo dicendo come avrebbe potuto fare, volendolo... badi bene, *se* avesse voluto simulare una meteora.

– Beh... – chiesi con disprezzo – come avrei potuto inventarmi una meteora?

– Avrebbe avuto bisogno di qualcosa per creare una buona striscia di luce, di qualcosa per portarla lassù. E bisogno di un modo per farla precipitare al momento giusto.

– E...?

– Beh, quel "qualcosa" avrebbe potuto essere un buon razzo spaziale vecchio stile.

– Perché... beh, in teoria, suppongo di sì. Ma...

– Ho pensato a tutte le cose possibili – disse lo sceriffo. – Aerei, palloncini, uccelli, tutto tranne i pesci volanti. La risposta giusta poteva essere una sola: un aquilone. Un grande aquilone.

– Ammiro il suo ingegno, sceriffo. Ma...

– Poi avrebbe avuto bisogno di un modo per far scendere questa cosa e mirare bene. Ora, su questo potrei essere del tutto in errore, ma immagino che il suddetto razzo possa essere stato allacciato in qualche modo alla corda dell'aquilone, in modo che ne seguisse la corda fino a terra.

– Sceriffo, io...

– Ora, per quanto riguarda l'accensione... è una questione semplice. Probabilmente potrei organizzare qualcosa del genere da solo. Un orologio da polso senza il vetro, una pila da torcia, un contatto bloccato sul quadrante e isolato dal resto dell'orologio, in modo che quando la lancetta dei minuti lo incontrasse, il circuito si potesse aprire. Quindi userei filo e nastro di magnesio per accendere la miccia del razzo... e questo è praticamente tutto.

– Mio caro sceriffo – dissi con tutta la mia dignità – se fossi colpevole di un crimine così malefico, come diamine mi libererei dell'aquilone?

– Beh – disse lo sceriffo grattandosi il mento – non ci avevo pensato. Immagino che si potrebbe tirarlo giù e bruciarlo insieme allo spago.

Fui preso alla sprovvista. In realtà, non avevo pensato a niente di così semplice. L'aquilone lo avevo fatto esplodere con mezzo candelotto di dinamite, pronto per detonare dopo che il razzo fosse partito; lo spago l'avevo immerso in una soluzione di clorato di potassio; era ridotto in cenere come una miccia di polvere da sparo.

– Uffa. Ebbene, se mi sta accusando di aver concepito questo crimine...

– No, no, no! – gridò lo sceriffo. – Non sto accusando nessuno. Stiamo solo seduti qui a rimuginare su questa cosa. Ma ammetto che devo domandarle perché ha comprato tutta quella corda da aquilone da Fuller's Hardware circa tre settimane fa.

Lo fissai indignato. – Corda da aquilone? Assurdo. Ho comprato quella corda su richiesta del dottor Patcher in persona, con la quale intendeva legare i suoi piselli dolci, e se controlla a casa sua le racconteranno la stessa storia.

Lo sceriffo annuì. – Capisco. Bene, solo un altro punto che sono felice di aver chiarito. Ho anche saputo che lei è un cercatore amatoriale di rocce.

– Questo è del tutto vero – dissi. – Ho una collezione piccola ma abbastanza rappresentativa.

– Ha dei meteoriti? – chiese con noncuranza lo sceriffo.

Altrettanto distrattamente risposi: – Credo di sì. Uno o due.

– Le chiedo se potrei vederli.

– Certo, se lo desidera. Conservo la mia collezione qui, nelle stanze sul retro. Sono molto metodico su questo; non lascio che le rocce si intromettano nell'astronomia, o viceversa.

– Ecco come dovrebbero essere gli hobby – disse lo sceriffo.

Uscimmo nella veranda sul retro, convertita in una sala espositiva. Su tutti i lati ci sono cassettiere strette, tavoli con ripiani in vetro dove sono esposti i miei pezzi migliori, carte geologiche e simili. In fondo c'è il mio piccolo laboratorio, con i reagenti, la bilancia e la fornace. In mezzo c'è lo schedario dove ho indicizzato e catalogato ogni pezzo della mia collezione.

Lo sceriffo guardò i vassoi e gli scaffali con una dimostrazione di interesse non convincente.

– Ora, vediamo i meteoriti.

Sebbene sapessi alla perfezione dove si trovassero, mostrai un momento di indecisione.

– Devo controllare nel catalogo; temo che mi sia sfuggito di mente. Aprii lo schedario, girando i divisori fino alla M.

– Meteoriti… RG-17. Ah sì, proprio qui, sceriffo. Cassa R, vassoio G, spazio 17. Come vede, sono molto preciso.

– Che c'è? – chiese lo sceriffo.

Immagino che stessi fissando il foglio di carta su cui era scritto:

RG-17-A – METEORITE – NICHEL-FERRO

PESO – 171 GRAMMI

ORIGINE – BURNT ROCK RANCH, ARIZONA

RG-17-B – METEORITE – PIETRA GRANITICA

PESO – 216 GRAMMI

ORIGINE – KELSEY, NEVADA

RG-17-C – METEORITE – NICHEL-FERRO

PESO – 1.842 GRAMMI

ORIGINE – KILGORE, DESERTO DEL MOJAVE

In modo meticoloso e sistematico, su RG-17-C avevo scritto in rosso *Rimosso dalla raccolta, 9 agosto*. Tre giorni prima che il dottor Patcher fosse ucciso da un meteorite del peso di 1.842 grammi.

– Che problema c'è? – chiese lo sceriffo. – Non si sente bene?

– I meteoriti – gracchiai – sono qui.

– Vediamo quel foglio di carta.

– No... è solo un memorandum.

– Certo... ma voglio vederlo.

– Le mostrerò i meteoriti.

– Mi mostri quel foglio.

– Vuol vedere i meteoriti o no?

– Voglio vedere quel foglio.

– Vada al diavolo.

– Professor Sisley...

Andai al vassoio e l'aprii: – I meteoriti. Li guardi!

Lo sceriffo si avvicinò, chinò la testa.

– Hm. Sì. Solo rocce. – Alzò un'occhiata al foglio di carta che stringevo in mano. – Ha intenzione di mostrarmi quel foglio o no?

– No. Non ha niente a che fare con tutto questo. È un appunto di dove ho ottenuto queste rocce. Sono informazioni preziose e ho promesso di non rivelarne la fonte.

– Bene bene. – Lo sceriffo si voltò. Andai velocemente in bagno, chiusi a chiave la porta, strappai velocemente la carta a brandelli e la gettai nello scarico.

– Ecco – dissi, rientrando – la carta è sparita. Se era una prova, è sparita anche quella.

Lo sceriffo scosse la testa un po' tristemente. – Avrei dovuto far di meglio che venire a parlare in modo amichevole. Avrei dovuto avere una pistola, un mandato di perquisizione e i miei due grossi vice. Ma ora... – si fermò pensieroso, masticando qualcosa in bocca.

– Beh... – chiesi con impazienza – mi vuole arrestare o no?

– Arrestarla? No, professor Sisley. Sappiamo quel che sappiamo, io e lei, ma come potrei fare in modo che una giuria lo accetti? Lei sostiene che un meteorite abbia ucciso il dottor Patcher e che un migliaio di persone abbiano visto un meteorite dirigersi verso di lui. Potrei dire che il professor Sisley era arrabbiato con il dottor Patcher, che il professor Sisley avrebbe potuto colpire il dottor Patcher con un sasso e poi sparare un razzo da un aquilone. E lei potrebbe ribattere che non posso dimostrarlo. E potrei dire che il professor Sisley ha buttato un pezzo di carta nel water. E poi il giudice batterebbe il martelletto un paio di volte e questo sarebbe tutto. No, professore, non l'arresterò. Il mio lavoro non varrebbe un soldo. Ma le dirò cosa farò, proprio quello che ho detto al dottor Patcher quando il capo prima di lui morì così all'improvviso.

– Bene, vada avanti, me lo dica! Che cosa ha intenzione di fare?

– Non posso fare un granché – disse modestamente lo sceriffo. – Lascerò che gli eventi seguano il loro corso.

– Non posso dire di capire cosa significhi.

Ma lo sceriffo se n'era andato. Mi soffiai il naso, mi asciugai la fronte e ripensai allo scritto che mi aveva quasi tradito. Anche in questo frangente, provai una certa soddisfazione nel fatto che fossero stati il sistema e il metodo ad arrivare così vicini a distruggermi, e non la distrazione che un pubblico ignorante attribuisce agli uomini di cultura.

Sono astronomo anziano presso l'osservatorio. Il mio lavoro sta procedendo. Ho il controllo del telescopio. Ho la vastità dell'universo sotto la punta delle dita.

Il giovane Katkus si sta perfezionando, anche se da un po' di tempo mostra una caparbietà e un'indipendenza particolarmente irritanti. Il giovane idiota pensa di essere sulle tracce di un pianeta sconosciuto oltre Plutone e, se gliene dessi la possibilità, sprecherebbe ogni minuto di osservazione scrutando avanti e indietro lungo l'eclittica. Di tanto in tanto tiene il broncio, ma dovrà aspettare la sua occasione, come ho fatto io, come ha fatto il dottor Patcher prima di me e, presumibilmente, il dottor Kane prima di lui.

Il dottor Kane... Non ho pensato a lui dal giorno in cui la sua macchina ha perso il controllo e lui è finito giù dalla scogliera. Devo sapere chi lo ha preceduto come astronomo anziano. Una telefonata a Nolbert alla *Administration Hall* mi diede la risposta… Scopro che il dottor Kane è succeduto a un certo Professor Maddox, annegato nel Lago Niblis quando si è capovolta la barca dove lui e Kane stavano remando. Nolbert dice che la tragedia ha pesato sul dottor Kane fino al giorno della sua morte, che è stata uno shock altrettanto violento per il dipartimento. Stava calcolando l'orientamento magnetico degli ammassi globulari, un argomento profondamente interessante, sebbene non fosse un segreto che il dottor Patcher lo considerasse un lavoro infruttuoso e didattico. A volte si è tentati di fare congetture… ma no, sono tutti decorosamente nelle loro tombe, e ho delle richieste più serie alla mia attenzione. Come Katkus, che viene a chiedere il telescopio proprio nel momento in cui l'aria e il cielo sono nel momento migliore. Gli dico con decisione che le indagini fuori pista come la sua devono essere condotte quando il telescopio è altrimenti inattivo. Se ne va imbronciato. Non riesco a provare profonda preoccupazione per i suoi sentimenti feriti; deve imparare ad adattarsi al programma di ricerca come tracciato dall'astronomo anziano.

Ho visto lo sceriffo oggi che annuiva piuttosto educatamente. Mi chiedo cosa volesse dire con "Lascerò che gli eventi seguano il loro corso"… Criptico e sgradevole; mi ha mandato abbastanza fuori di testa. Forse, dopotutto, sono stato troppo brusco con Katkus. È seduto alla sua scrivania, finge di controllare le nuove tavole nel glossario, guardandomi con la coda dell'occhio.

Chissà cosa gli passa per la mente.

IL LATTAIO FANTASMA

(*The Phantom Milkman*, 1956)
Traduzione di Marco Riva e Stefano Sacchini

HO SOPPORTATO TUTTO il possibile. Devo uscire, lontano dai muri, dal vetro, dalla pietra bianca, dall'asfalto nero. All'improvviso vedo la città per il posto terribile che è. Le luci mi bruciano gli occhi, le voci strisciano sulla mia pelle come insetti appiccicosi e anche le persone mi sembrano insetti. Robusti coleotteri marroni, esili uomini-zanzara in pantaloni neri attillati, acide donne raggomitolate come pidocchi, mantidi e scorpioni, piccoli e grassi scarabei stercorari, ragazze-vespa che volteggiano con velenosa delicatezza, bambini che assomigliano a piccole mosche ripugnanti... Non è un pensiero piacevole; non devo pensare alle persone in questo modo; l'immagine potrebbe continuare a tormentarmi. Penso di essere cento volte più sensibile di chiunque altro al mondo e sono portata a fantasie molto strane. Potrei elencarne alcune che vi spaventerebbero ma è meglio che non lo faccia. Però ho questa voglia frenetica di fuggire dalla città; è deciso. Vado.

Consulto le mie mappe... ci sono le Ande, l'Atlante, gli Altaj; il monte Godwin-Austin, il Kilimangiaro; lo Stromboli e l'Etna. Metto a confronto la Siberia sopra il lago Bajkal con il Pacifico tra Antofagasta e l'Isola di Pasqua. L'Arabia è calda; la Groenlandia è fredda. Tristan da Cunha è troppo remota; Bouvet ancora di più. Ci sono Timbuktu, Zanzibar, Bali e la Grande Baia Australiana.

Lascio definitivamente la città. Ho trovato un cottage a Maple Valley, a poco più di sei chilometri a ovest di Sunbury. Si trova a trenta metri dalla Maple Valley Road, sotto due alberi ad alto fusto. Ha tre stanze e una veranda, un caminetto, un buon tetto, un pozzo funzionante e un mulino a vento.

La signora Limpscomb è scettica e anche un po' scioccata.

– Una bella ragazza come lei non dovrebbe starsene da sola; il tempo di nascondersi arriva quando si diventa vecchi e nessuno ti vuole.

Predice sventure da far rizzare i capelli, ma non me ne curo. Sono stata sposata con Poole per sei settimane; non mi può succedere niente di peggio.

Sono nella mia nuova casa. C'è tanto lavoro da fare: pulire, tagliare la legna. Di sicuro prima della fine dell'inverno mi si svilupperanno dei bei muscoli. I miei gatti sono felicissimi. Sono Homer e Moses. Homer è giallo. Moses è bianco e nero. Il che mi ricorda una cosa: il latte. Ho visto sull'autostrada un camion delle consegne della Sunbury Dairy. Gli scriverò subito un ordine.

> *14 novembre*
> *Spett.le Sunbury Dairy*
> *Sunbury*
>
> Egregi Signori:
> *Vogliate per cortesia consegnarmi un litro di latte tre volte alla settimana, nei giorni che vi è più comodo. Per favore, mandatemi la fattura.*
>
> Isabel Durbrow
> *RFD Route 2, Box 82*
> *Sunbury*

La mia cassetta della posta è ammaccata e polverosa; un giorno la dipingerò di rosso, bianco e blu, per rallegrare il postino che fa le consegne alle dieci del mattino, su un vecchio furgone blu.

Al momento di inviare la lettera vedo che ce n'è già una nella cassetta. È per me, spedita dalla città dalla signora Limpscomb. La prendo lentamente. Non la voglio; riconosco la calligrafia di Poole, il bruto dalla faccia scura con il quale mi sono svegliata dall'infanzia per ritrovarmi sposata. La faccio a pezzi; non sono nemmeno curiosa. Sono ancora giovane e molto carina, ma in questo momento non voglio nessuno, Poole meno di tutti. Mi metterò in bluejeans a scrivere vicino al caminetto per tutto l'inverno; e in primavera, chi lo sa?

Durante la notte si alza il vento; il mulino cigola per il freddo. Sono a letto, con Homer e Moses ai miei piedi. Le braci nel camino tremolano... domani scriverò alla signora Limpscomb; non deve dare il mio indirizzo a Poole, per nessun motivo.

Ho scritto la lettera. Corro giù per il pendio, fino alla cassetta della posta. È una splendida giornata di tardo autunno. Il vento è frizzante, le colline ricordano un oceano d'oro e gli alberi assomigliano a cavalloni scarlatti e gialli.

Apro la cassetta della posta... Che strano! La mia lettera alla Sunbury Dairy non c'è più. Che il ritiro sia avvenuto prima? Ma sono solo le nove. Lascio la lettera per la signora Limpscomb e mi guardo attorno... Nessuno. Chi vorrebbe la mia lettera? I miei gatti stanno con la coda dritta, guardando intensamente la strada, prima in una direzione e poi nell'altra, come dei geometri che stiano progettando una nuova autostrada. Beh, venite gattini, oggi c'è solo latte in polvere.

Alle dieci passa il postino, alla guida del suo polveroso furgone blu. Significa che non era arrivato prima e che qualcuno ha preso la mia lettera.

È chiaro; ho capito tutto. Sono davvero piuttosto arrabbiata. Questa mattina ho trovato il latte sulla mia veranda... un litro, imbottigliato dalla Maple Valley Dairy. Non hanno il diritto di ficcare il naso nella mia cassetta della posta... pensavano che non me ne sarei accorta? Non userò il loro latte; può rimanere lì e inacidirsi; anzi, li denuncerò alla Sunbury Dairy e anche all'ufficio postale...

Ho lavorato sodo. Non sono per niente una donna atletica, non quanto mi piacerebbe. La catasta di legna è ben poca cosa rispetto al tempo che ho speso a tagliare e segare. Homer e Moses non mi aiutano affatto. Si siedono sui tronchi e mi stanno sempre in mezzo ai piedi. È ora del pranzo di mezzogiorno. Darò loro il latte in polvere, anche se lo detestano.

Rovistando mi accorgo che non c'è nemmeno quello; l'unico latte in casa è quello della Maple Valley Dairy... vabbè, lo userò, anche se solo per questo mese.

Verso il latte in una ciotola; i gatti mi si strusciano addosso.

Immagino che non abbiano fame. Homer fa cinque o sei giri intorno, poi si allontana facendo le smorfie. Moses alza lo sguardo per vedere se lo sto prendendo in giro. Conosco bene i miei gatti; fino a un certo punto ne posso capire il linguaggio. Non sono solo i miagolii e le fusa: c'è anche l'inclinazione dei baffi e la piega delle orecchie. Ovviamente tra loro si capiscono meglio, ma il più delle volte io riesco a capirne il senso.

Non gli piace il latte.

– D'accordo... – li redarguisco – non sprecherete del buon latte; non ve ne darò più.

Attraversano la stanza e si siedono. Forse il latte è acido; se fosse così, sarebbe la goccia che fa traboccare il vaso. Annuso il latte ma il profumo è molto buono: sa di fieno e foraggio. Sicuramente non è latte pastorizzato! Guardo il tappo. C'è scritto: *Maple Valley Dairy. Latte fresco. Dolce e puro, da mucche spensierate.*

Presumo che *spensierate* sia da intendere "allo stato libero" e non "poco accudite".

Comunque, che le mucche siano trascurate o meno, Homer e Moses hanno storto il naso. Che meraviglioso poema potrei scrivere, in stile edoardiano.

> *Homer e Moses hanno storto il naso;*
> *Sono piuttosto delusi dal tè.*
> *Le loro focaccine sono come pietre, il pesce è tutto lische;*
> *Il latte che hanno assaggiato, è sicuramente sprecato,*
> *Ma non otterranno altro da me.*

Semplicemente impareranno ad apprezzare il latte fresco oppure a farne a meno, piccoli furfanti ingrati.

✳

Ho lavato i pavimenti e lustrato la cucina. Basta con il tagliare e segare. Ho ordinato la legna da un contadino in fondo alla strada. Il cottage ora sembra molto allegro. Ho tende alle finestre, libri sulla mensola del camino e frammenti di foglie autunnali in una grande bottiglia blu che ho trovato nel capanno.

A proposito di bottiglie: domattina consegnano il latte. Devo mette fuori la bottiglia.

Homer e Moses continuano a non bere il latte della Maple Valley Dairy... mi guardano tristi quando lo verso; immagino che dovrò darmi da fare e trovare qualcos'altro. È un latte delizioso; lo berrei io stessa, se mi piacesse il latte.

Oggi sono andata in macchina fino a Sunbury e, solo per fare una prova, ho portato a casa una bottiglia di latte della Sunbury Dairy. Ora vedremo... riempio la ciotola. Homer e Moses si chiedono in modo quasi udibile se questa sia la stessa roba disgustosa che avevo servito loro la scorsa settimana. Metto giù la ciotola; ci si avventano con tale gusto che il latte schizza sui loro baffi e gocciola su tutto il pavimento. Questo spiega tutto. Stasera metterò un messaggio nella bottiglia, per interrompere la consegna da parte della Maple Valley Dairy.

Non capisco! Ho scritto molto chiaramente: *Per favore, non consegnate più il latte.* Ed ecco che l'autista ha il coraggio di lasciarmene due bottiglie. Di certo non le pagherò. Che ineffabile e incredibile faccia tosta ha quell'uomo!

La Sunbury Dairy non consegna a Maple Valley. Compro il loro latte solo quando faccio la spesa. E stasera scriverò un deciso ammonimento alla Maple Valley Dairy.

21 Novembre
Non lasciate più il latte! Non lo voglio. I miei gatti non lo bevono. Ecco cinquanta centesimi per le due bottiglie che ho usato.
Isabel Durbrown

Sono perplessa e arrabbiata. L'insolenza della gente è incredibile. Hanno ritirato le due bottiglie ma me ne hanno lasciata un'altra insieme a un messaggio su carta grigia e ruvida che dice:

LO HA CHIESTO; LO AVRÀ.

Il messaggio ha un tono piuttosto sgradevole. Di sicuro non può essere una minaccia... non credo che queste persone mi piacciano... devono consegnare molto sul presto; non ho mai nemmeno sentito i loro passi.

Il contadino giù sulla strada sta scaricando la mia legna.

Gli chiedo: – Signor Gable, questa Maple Valley Dairy ha un modo molto strano di condurre gli affari.

– Maple Valley Dairy? – Il signor Gable ha uno sguardo inespressivo. – Non mi pare di conoscerli.

– Oh! – gli domando. – Non compra il loro latte?

– Ho quattro mucche mie da mungere.

– La Maple Valley Dairy dovrebbe essere in alto, lungo la strada.

– Non credo proprio – risponde il signor Gable. – Non ne ho mai sentito parlare.

Gli mostro la bottiglia; sembra sorpreso e alza le spalle.

Molti di questi campagnoli non viaggiano a più di un miglio o due da casa nell'arco della loro vita.

Domani è il giorno del latte; penso che mi alzerò presto e dirò all'autista cosa penso di questa situazione.

Sono le sei in punto; un mattino oltremodo grigio e fa freddo. Trovo il latte sotto il portico. A che ora consegnano, in nome del cielo?

Domani è di nuovo il giorno del latte. Questa volta mi alzerò alle quattro e aspetterò che il tizio arrivi.

Suona la sveglia e mi spaventa. La stanza è ancora buia. Sono accaldata e assonnata. Per un momento non riesco a ricordare perché mi sono svegliata così presto... il latte, l'insopportabile Maple Valley Dairy. Magari ci riproverò la prossima volta... percepisco un tonfo sotto il portico. Eccolo! Balzo in piedi, mi infilo una vestaglia e corro attraverso la stanza.

Apro la porta. Il latte è nel portico. Non vedo il lattaio. Nemmeno il furgone. Non sento nulla. Come può dileguarsi così in fretta? È incredibile. Trovo l'intera faccenda molto inquietante.

A peggiorare le cose, nella posta c'è un'altra lettera di Poole. Questa la leggo; mi ha dato fastidio averlo fatto. Ha intenzione di rifiutare il divorzio. Vuole tornare a vivere con me. Si dilunga a spiegare l'effetto che io ho su di lui; il tono è arrogante e i passaggi sono piuttosto disgustosi. Mi chiede dove mi sono nascosta. È stufo di questo prendere tempo. La lettera è tipica di Poole, un'anima miserabile in un corpo appariscente. Per lui non sono mai stata una persona; solo un vaso ornamentale nel quale poteva sfogare la sua passione... un pezzo di argilla terapeutica che poteva impastare, battere, torcere. È un uomo orribile; sono stata sua moglie per sei settimane... non vorrei che mi trovasse quaggiù. Ma la signora Lipscomb non glielo dirà...

Il contadino Gable mi ha portato un altro carico di legna. Sostiene di sentire l'odore dell'inverno nell'aria. Immagino che tra non molto nevicherà. Allora sarà splendido stare davanti al fuoco!

Suona la sveglia. Tre e trenta. Acciufferò quel lattaio, fosse l'ultima cosa che faccio.

Mi avventuro sul pavimento freddo. Homer e Moses si chiedono cosa diavolo stia succedendo. Trovo le pantofole, la vestaglia. Esco in veranda.

Ancora niente latte. Bene, sono in tempo. Quindi aspetto. L'est è appena tinto di grigio; una pallida luna splende sul portico. La collina dall'altra parte della strada è color argento opaco, gli alberi neri.

Aspetto... sono le quattro. La luna sta tramontando.

Aspetto... sono le quattro e trenta.

Poi le cinque.

Nessun lattaio.

Ho freddo e sono intirizzita. Mi fanno male le articolazioni. Attraverso la stanza e accendo il fuoco nella stufa a legna. Vedo Homer che guarda la porta. Corro alla finestra. Il latte è al solito posto.

Qui c'è qualcosa di molto sbagliato. Guardo su e giù per la valle. Il cielo è vasto e cupo. Gli alberi in cima alle colline sembrano persone che guardano il mare. Non riesco a credere che qualcuno mi stia prendendo in giro... Oggi andrò a cercare la Maple Valley Dairy.

Non l'ho trovata. Ho guidato lungo la valle da un capo all'altro. Nessuno ne ha mai sentito parlare.

Ho fermato il furgone delle consegne della Sunbury Dairy. Nemmeno loro ne hanno mai sentito parlare.

Nell'elenco telefonico non sono elencati.

Nessuno li conosce all'ufficio postale... o alla stazione di polizia... o al negozio di alimentari.

Sembra quasi che non esista alcuna Maple Valley Dairy. Se non per il latte che lasciano sotto il mio portico tre volte la settimana.

Non mi viene in mente niente da poter fare... tranne che ignorarli... Sarebbe quasi interessante se non fosse così spaventoso... non andrò via; non tornerò in città...

Stanotte nevica. I fiocchi scivolano oltre la finestra, il fuoco scoppietta nella canna fumaria. Mi sono preparata un meraviglioso rum caldo al burro. Homer e Moses stanno seduti facendo le fusa. È tutto molto accogliente, tranne per il fatto che continuo a guardare la finestra, chiedendomi chi o cosa mi sta osservando.

Domani ci sarà altro latte. Non possono farlo in cambio di niente! Potrebbe essere che... no... per un momento ho sentito un fremito. Poole. È abbastanza crudele e altrettanto astuto, ma non capisco come avrebbe potuto farmi questo.

Sono sdraiata a letto, sveglia. È mattina presto. Non credo che il latte sia arrivato; non ho sentito niente.

Ha smesso di nevicare; fuori c'è un silenzio meraviglioso.

Un debole tonfo. Il latte. Corro fuori dal letto, ma sono terribilmente spaventata. Mi costringo ad andare alla finestra. Non ho idea di cosa vedrò.

Il latte è lì; la bottiglia risplende, bianca... nient'altro. Mi volto dall'altra parte. Torno a letto. Homer e Moses sembrano annoiati.

Un'improvvisa eccitazione mi fa tornare indietro; dov'è la mia torcia? Ci saranno pure delle orme.

Apro la porta. La neve è ovunque una coltre uniforme: scintillante, luccicante, pallida e chiara. Nessuna traccia ... Nemmeno un'impronta!

Se avessi un po' di buon senso lascerei Maple Valley e non ci tornerei mai più...

Attorno al collo della bottiglia è appeso un modulo stampato.

Allungo la mano nel freddo.

CARO CLIENTE:
IL NOSTRO SERVIZIO LA SODDISFA?
HA QUALCHE RECLAMO?
POSSIAMO LASCIARLE QUALSIASI ALTRA MERCE?
CE LO FACCIA SOLO SAPERE; LA CONSEGNEREMO E LE VERRÀ FATTURATO.

Scrivo sul cartellino:

Ai miei gatti non piace il vostro latte e a me non piacete voi. L'unica cosa che voglio è che voi lasciate le vostre impronte. Niente più latte! Non lo pagherò!
Isabel Durbrow

Non riesco a far partire la macchina; la batteria è morta. Nevica di nuovo. Aspetterò che smetta poi chiederò a Gable un passaggio.

Sta ancora nevicando. Domani il latte. Ho chiesto le impronte. Domattina...

Non ho dormito. Sono ancora sveglia, in ascolto. Ci sono rumori nel bosco e il mulino a vento scricchiola e geme, un suono lugubre.

Le tre in punto. Homer e Moses saltano a terra: due leggeri tonfi. Si muovono avanti e indietro, poi saltano di nuovo sul letto. Stanotte sono irrequieti. Homer sta dicendo a Moses: *Non mi piace affatto. In città non abbiamo mai visto accadere cose del genere.*

Moses è d'accordo, senza riserve.

Giaccio in silenzio, rannicchiata sotto le coperte, in ascolto. La neve scricchiola leggermente. Homer e Moses si voltano a guardare.

Un tonfo. Sono fuori dal letto; mi precipito alla porta.

Il latte.

Corro in pantofole.

Le impronte.

Ce ne sono due nella neve, proprio sotto la bottiglia del latte. Due impronte, il segno di due piedi. Piedi nudi!

Urlo: – Vigliacchi! Miserabili vipere! Non ho paura di voi!

Sebbene ne abbia. È facile urlare quando sai che nessuno risponderà... ma non ne sono sicura... E se non...

C'è un messaggio sulla bottiglia. C'è scritto:

HA ORDINATO IL LATTE; SARA' FATTURATO.

HA ORDINATO LE IMPRONTE; SARANNO FATTURATE.

IL PRIMO DEL MESE TUTTI I CONTI SARANNO ADDEBITATI E PAGABILI.

Mi rifugio sulla sedia, accanto al fuoco.

Non so cosa fare. Sono terribilmente spaventata. Non mi azzardo a guardare la finestra per paura di vedere una faccia. Non oso vagare nel bosco.

So che dovrei andarmene. Ma odio lasciare che qualcuno o qualcosa mi costringa ad andar via. Qualcuno mi sta prendendo in giro... o forse no... Mi chiedo come si aspettino che io paghi; con quale moneta?... Qual è il valore di un'impronta? E di sei litri di latte stregato che i gatti non berranno mai? Oggi è il 30 novembre.

Domani è il primo del mese.

Alle dieci passa il postino. Corro giù e lo supplico di aiutarmi ad avviare la macchina. Ci vuole solo un minuto; il motore parte subito.

Guido fino a Sunbury e faccio una chiamata interurbana, a Howard Mansfield. È un giovane ingegnere che conoscevo prima di sposarmi. Gli racconto tutto in fretta. È interessato e suggerisce la cosa più concreta da fare. Dice che domani verrà a controllare la situazione. Penso che sia più interessato a controllare me. Non mi dispiace; so che si comporterà bene se glielo chiedo. Voglio qualcuno qui la prossima volta che arriverà il latte... che dovrebbe essere la mattina di dopodomani.

È sereno e freddo. Ho ricaricato la batteria; ho comprato dei generi alimentari; guido verso casa. Il fuoco nella stufa si è spento; la carico e accendo un fuoco anche nel camino.

Friggo due costolette di agnello e preparo un'insalata. Do da mangiare a Homer e Moses e consumo la mia cena.

Adesso è molto tranquillo. Il freddo fuori provoca piccoli scricchiolii; verso le dieci comincia ad alzarsi il vento. Sono stanca ma troppo nervosa per andare a dormire. Queste sono le ultime ore del 30 novembre, manca poco...

Sento un suono sommesso fuori, un colpetto alla porta. La maniglia gira ma la porta è chiusa. Per qualche ragione guardo l'orologio. Le undici e mezza. Non è ancora il primo di ottobre. Sarà arrivato Howard?

Mi avvicino lentamente alla porta. Vorrei avere una pistola.

– Chi è? – La mia voce suona strana.

– Sono io.

Riconosco la voce.

– Va via.

– Apri o sfondo la porta.

– Va via.

All'improvviso sono molto spaventata. È tutto così buio e remoto; come ha potuto trovarmi? La signora Lipscomb? O tramite Howard?

– Io entro, Isabel. Apri, o faccio un buco nel muro!

– Ti sparo...

Ride: – Non mi sparerai... sono tuo marito.

La porta scricchiola mentre la spinge con la spalla. Le viti escono dal legno vecchio; il chiavistello si allenta e la porta si spalanca.

Si mette in posa per un momento, mezzo sorridente. Ha i capelli nerissimi, un naso sottile e affilato, la pelle pallida. Le sue guance sono rosse per il freddo. Ha l'aspetto di un giovane e decadente senatore romano, e so che è capace di qualsiasi cosa bizzarra e crudele.

– Ciao dolcezza. Sono venuto per riportarti indietro.

So che mi aspetta un compito lungo e difficile. Dirgli di uscire, di andarsene, è uno spreco di fiato.

– Chiudi la porta.

Torno vicino al fuoco. Non gli darò la soddisfazione di vedere che sono spaventata.

Attraversa lentamente la stanza. Homer e Moss si accovacciano sul letto, con la speranza di non essere notati.

– Ti sei nascosta abbastanza bene.

– Non mi stavo nascondendo...

Mi chiedo se dopotutto ci sia lui dietro alla Maple Valley Dairy. Deve essere così.

– Sei venuto a ritirare il latte, Poole?

Provo a parlare a bassa voce, come se lo avessi saputo da sempre.

Mi guarda ancora con un mezzo sorriso ma vedo che è perplesso. Fa finta di capire.

– Sì. Mi è mancata la crema.

Mi siedo a guardarlo, cercando di trasmettere il mio disprezzo. Vuole che abbia paura di lui. Sa che non lo amo. Paura o amore... entrambe gli si addicono. È l'indifferenza che non accetta.

La sua bocca inizia ad abbassarsi. Sembra che abbia pensieri malinconici, ma so che si sta arrabbiando.

Io non voglio che si arrabbi. Dico: – È quasi ora di andare a letto, Poole.

Annuisce: – Questa è una buona idea.

Non dico nulla.

Fa dondolare una sedia, ci si mette a cavalcioni con gli avambracci lungo lo schienale, il mento sulle braccia. La luce del fuoco brilla sul suo viso.

– Non sei niente male, Isabel.

– Non ho motivo di essere altrimenti.

– Tu sei mia moglie.

– No.

Salta su, mi afferra i polsi e mi guarda negli occhi. Sta giocando con me. Sappiamo entrambi cosa sta progettando; ci si avvicina a piccole tappe.

– Poole – dico con voce fredda – mi fai star male.

Mi schiaffeggia la faccia. Non duramente. Quanto basta per indicare che il padrone è lui. Lo fisso; non intendo perdere il controllo. Può uccidermi; non mostrerò paura, solo disprezzo.

Mi legge nella mente e la prende come una sfida; lentamente le sue labbra si abbassano silenziose. Mi rilascia le braccia, si siede e mi sorride. Qualunque cosa abbia provato prima, da quando è arrivato qui è solo odio. Perché vedo attraverso le sue pose, oltre il suo bell'aspetto, la sua bellezza nera, bianca e rosa.

– Per come la vedo io – dice Poole – tu sei qui a giocare con altri due o tre uomini.

Arrossisco; non posso farci niente.

– Pensa quello che ti pare.

– Forse uno solo.

– Se ti trova qui, ti prenderà a pugni.

Mi guarda con interesse; poi ride, allunga le sue magnifiche braccia, contorce i muscoli delle spalle. È orgoglioso del suo fisico.

– È una sbruffonata, Isabel. Conoscendo te e la tua mente verginale...

L'orologio batte le dodici. Qualcuno bussa alla porta. Poole si volta di scatto, guarda prima la porta, poi me.

Salto in piedi. Guardo la porta.

– Chi è?

– Io... davvero non... non lo so.

Non sono sicura. Ma sono le dodici in punto; è il primo dicembre. Chi altro potrebbe essere?

– È... il lattaio.

Mi dirigo verso la porta, lentamente. Di sicuro non ho intenzione di aprirla.

– Il lattaio, eh? A mezzanotte?

Balza in piedi e mi afferra il braccio.

– Viene a ritirare il conto del latte, immagino.

– Esatto.

La mia voce suona strana e secca.

– Forse gli piacerebbe farsi pagare da me.

– Mi occupo io di lui, Poole.

Cerco di allontanarmi, sapendo che qualsiasi cosa io voglia fare, lui non lo permetterà.

– Lasciami andare.

– Pagherò io il tuo conto del latte... dopotutto, cara – dice con voce vellutata – sono tuo marito.

Mi spinge attraverso la stanza, va alla porta. Seppellisco il viso tra le braccia.

La porta si spalanca.

– Allora sei il lattaio – dice.

La sua voce si spegne. Sento un rantolo improvviso. Io non guardo.

Poole sta pagando il conto del latte.

La porta si chiude lentamente. Un rapido rumore di passi sotto il portico, uno scricchiolio nella neve.

Dopo un po' mi alzo, appoggio una sedia sotto il pomello della porta, alimento il fuoco. Mi siedo a guardare le fiamme. Non mi avvicino alla finestra.

Il sole freddo e giallo dell'alba splende attraverso la finestra. La stanza è gelida. Accendo un fuoco scoppiettante, metto su il caffè e mi guardo intorno nel cottage. Ho lavorato molto, ma non ho molto da mettere in valigia. Oggi arriva Howard. Può aiutarmi.

Il sole splende luminoso attraverso la finestra. Poi infine... apro la porta, esco in veranda. Il sole luccica sulla neve. Mi chiedo dove sia finito Poole. C'è un miscuglio di impronte vicino alla porta, ma attorno al portico la neve è intatta e immacolata. La sua decappottabile è ferma in strada.

Il conto del latte è chiuso in una bottiglia e porta scritto:

CONTO SALDATO

Entro in casa, bevo del caffè, accarezzo Homer e Moses e cerco di fermare le mani che mi tremano.

UNA GUIDA PER L'UOMO PRATICO

(*A Practical Man's Guide*, 1957)
Traduzione di Marco Riva

RALPH BANKS, REDATTORE DEL MENSILE *Popular Crafts*, era un uomo minuto e tarchiato dal viso rubizzo, i capelli tagliati a spazzola e con un modo di fare vigoroso. Indossava abiti in gabardine e un papillon; viveva a Westchester con una moglie, tre figli, un setter irlandese e una coppia di gatti siamesi. Era rispettato dai suoi subalterni, anche se non altrettanto amato.

La quintessenza di Ralph Banks era la praticità... una discriminazione infallibile tra verità e finzione, fattibilità e insensatezza. Era una facoltà essenziale per il suo lavoro, senza la quale non avrebbe trascorso nemmeno un giorno senza gravi problemi. Attraverso la sua scrivania scorreva una marea di articoli, idee, schizzi, fotografie, modelli di lavoro, ognuno dei quali doveva essere valutato a colpo d'occhio. Guardando i progetti per case, garage, pozzi per barbecue, serre per orchidee, incrociatori off-shore, alianti e catamarani, vedeva il progetto completato, funzionale o meno, a seconda dei casi... un lavoro che lui stesso eseguiva con disegni tecnici per turbine a benzina, arieti idraulici, telescopi amatoriali, frizioni magnetiche, sistemi monorotaia e sottomarini monoposto. Data una formula poteva predirne l'efficacia, che fosse per diserbanti, composti antigelo, inchiostri invisibili, sviluppatori di grana fine, foraggi sintetici, smalti in grès o vernici a base di gomma. A sua disposizione c'erano specifiche e dati sulle prestazioni per Stutz Bearcat, Mercer, S.G.V., Doble e Stanley Steamer; anche per Bugatti, Jaguar, Porsche, Nash-Healey e Pegaso; per non parlare di Ford, Chevrolet, Cadillac, Packard, Chrysler Imperial. Poteva costruire mobili da giardino, martellare il rame, smaltare l'agata, tessere i vestiti Harris tweed, riparare orologi, fotografare delle amebe, eseguire delle litografie, tingere tessuti *batik*, incidere il vetro, rilevare contraffazioni con la luce infrarossa, e mettere del tutto fuori gioco un oppositore. Era vero che Banks affidava gran parte del suo lavoro a esperti e direttori di dipartimento, ma la responsabilità restava sua. Gli errori lo esponevano alle burle silenziose dei concorrenti e alle lettere sprezzanti dei lettori; Banks si era sbagliato di rado. Per dodici anni era stato sulla cresta dell'onda, e in quel tempo aveva sviluppato una capacità per il suo lavoro che era come una seconda vista; ormai era in grado di rilassarsi, appassionarsi, e indulgere nel suo hobby: la raccolta di invenzioni bizzarre.

Ogni mattina la segretaria setacciava la posta, e quando Ralph Banks arrivava, trovava sulla scrivania il materiale già organizzato per categorie. Un grande cesto speciale era etichettato "l'angolo degli svitati", dove l'editore Banks avrebbe trovato le gemme più rare della sua collezione.

La mattina di martedì 27 ottobre era iniziata come tutte le altre. Ralph Banks arrivò in ufficio, appese cappello e cappotto, si sedette, afferrò la sedia, allentò la cintura e si mise in bocca una caramella alle erbe. Consultò l'elenco degli impegni: alle 10, Seth R. Framus, consulente di alto livello dell'AEC, che aveva accettato di scrivere un articolo sulle centrali atomiche. Framus aveva ottenuto un'autorizzazione speciale e proposto di accennare ad alcuni nuovi e piuttosto sorprendenti sviluppi, qualcosa come la pianificazione di una perdita. L'articolo avrebbe aumentato il prestigio di *Popular Crafts* e costituito un bel fiore all'occhiello per l'editore Banks.

Banks premette il tasto dell'interfono.

– Lorraine.

– Sì, Mr. Banks.

– Seth R. Framus si farà vivo questa mattina alle dieci. Lo faccia passare appena arriva.

– Molto bene.

Banks si mise a controllare la corrispondenza. Per prima cosa guardò nell'"angolo degli svitati", ma quella mattina sembrava non ci fosse niente di interessante. Un dispositivo per il moto perpetuo, ma era stufo di progetti del genere. Però... uno non era malaccio: un orologio per ciechi, da collocare contro le tempie, con un piccolo ago per pungere il cranio ogni quarto d'ora e un martelletto per dare un leggero colpo ogni ora... Quello successivo era un progetto per irrigare la Death Valley installando apparecchiature di condensazione delle nuvole lungo la cresta dei Monti Panamint... Quindi un manoscritto su una ruvida carta beige, intitolato *Dietro la maschera: Una guida per l'uomo pratico*.

Ralph Banks alzò le sopracciglia, guardò il messaggio fissato sulla pagina del titolo.

Caro Signore,

nel corso di una lunga vita ho imparato che la modestia esagerata porta poche ricompense. Quindi non farò voto di umiltà o, come si dice, non cercherò di astenermi, ma dirò pane al pane e vino al vino. Il documento allegato è un enorme contributo alla conoscenza umana. In realtà, esso mina le basi della nostra esistenza, le fondamenta del nostro ordine morale. Le implicazioni – anzi i fatti nudi e crudi – con la loro devastazione, saranno uno shock supremo per tutti tranne che per pochi. Osserverete, e non ho bisogno di sottolinearlo, che questo è un *argomento da non perseguire con leggerezza*! Ho quindi anticipato la descrizione delle tecniche con un breve resoconto delle mie stesse scoperte per avvertire chi cerca di soddisfare una curiosità da dilettante. Vi chiederete perché ho scelto il vostro periodico come sbocco per il mio lavoro. Sarò franco. La vostra è una rivista pratica; voi siete un uomo pratico... quindi vi presento quanto allegato come una guida pratica. Devo aggiungere, inoltre, che alcune altre case editrici, dirette da uomini meno capaci di lei, hanno restituito il mio lavoro con note educate ma ottuse.

Distinti saluti,
Angus McIlwaine,
c/o Archivi,
Smithsonian Institution,
Washington D.C.

Una lettera interessante, pensò Banks. Il lavoro di un imbecille, ma con un sapore interessante... Guardò il manoscritto e sfogliò le pagine. La tipografia usata da McIlwaine aveva fatto un bel lavoro. I margini consistevano in cinque centimetri di spazio beige su entrambi i lati. Dei paragrafi in rosso inframmezzavano il testo in nero, e alcuni di questi erano stati sottolineati con inchiostro viola. Delle piccole stellette verdi si trovavano di volta in volta nel margine sinistro, indicando ulteriore enfasi. L'effetto era colorato e drammatico.

Girò le pagine, scorse i paragrafi, le frasi.

Banks lesse:

Ho avuto seri dubbi, ma non posso tollerare la codardia o il battere in ritirata. Non voglio dire che Masquerayne sia un male senza sofferenze. Masquerayne è la conoscenza e gli uomini non dovrebbero mai rifiutare la conoscenza che, chissà, potrebbe portare al bene supremo. Il fuoco ha fatto più bene che male all'umanità: abbiamo avuto gli esplosivi e, alla fine, potremo sperare di avere l'energia atomica. Pertanto, come Einstein si fece coraggio contro i suoi scrupoli per scrivere l'equazione $E = mc^2$, così io riporto i miei risultati.

Banks sogghignò. Un vero e proprio imbecille, direttamente dal vaso delle assurdità. Si accigliò notando "c/o Archivi, Smithsonian Institution". Un'incongruenza... Continuò a leggere, sfogliando i paragrafi, assimilando una frase qui, una frase lì.

Un processo di guardarsi dentro, e sempre più in profondità; farsi forza, sforzarsi di più, arrivare poi al limite e rigirarsi, fermarsi sul posto, e guardare fuori...

Banks alzò lo sguardo all'improvviso; l'interfono stava squillando. Premette il tasto.

– Mr. Seth R. Framus è qui, Mr. Banks – disse la voce di Lorraine.

– Gli chieda di accomodarsi, per favore – le comunicò Banks. – Sarò da lui tra un minuto.

Lorraine, che aveva già un "Entri pure, Mr. Framus" sulle labbra, ne rimase sorpresa. Mr. Framus stesso sembrava stupito; tuttavia si sedette con buona grazia, picchiettandosi il ginocchio con un giornale ripiegato.

Banks tornò al manoscritto.

Lesse ancora:

A volte è molto tranquillo, ma solo quando l'Ego può sfuggire dietro quelle viscide colonne lattiginose che ho menzionato. Qui è assai probabile perdersi, e in un modo molto banale. Cosa potrebbe essere più ridicolo, più tragico? Una forma di auto prigionia, per così dire!

Banks parlò a Lorraine attraverso l'interfono: – Mi chiami lo Smithsonian Institution.

– Subito, Mr. Banks – rispose Lorraine, guardando se Seth R. Framus l'avesse sentito. Così era stato, infatti, e il tamburellare del giornale sul ginocchio era aumentato.

Banks sfogliò le pagine.

Naturalmente questo non mi ha mai fermato. Mi sono temprato; ho calmato i nervi, rilassato lo stomaco. Ho continuato. E qui, come fosse una nota a piè di pagina, vorrei dire che non è difficile andare e venire, e tornare con molti dei dispositivi rossi, molti dei quali ancora caldi.

Il suono del telefono riscosse Banks che rispose con una traccia di irritazione:

– Sì, Lorraine?

– Lo Smithsonian Institution, Mr. Banks.

– Oh… Salve! Vorrei parlare con qualcuno del Dipartimento degli Archivi… magari Mr. McIlwaine?

– Solo un minuto – rispose una voce femminile. – Le passo Mr. Crispin.

Banks si presentò appena fu in linea e Mr. Crispin chiese in che cosa avrebbe potuto essere utile.

– Vorrei parlare con Angus McIlwaine – domandò Banks.

Crispin chiese con una voce perplessa: – McIlwaine? In quale dipartimento?

– Gli Archivi, credo.

– Questo è strano... naturalmente abbiamo un certo numero di progetti speciali in corso, gruppi di ricerca e cose simili.

– Potrebbe fare un controllo?

– Certamente, Mr. Banks, se è necessario.

– Sì, per favore, e mi richiami... o posso restare in attesa?

– Ci vorranno cinque o dieci minuti.

– Benissimo.

Banks parlò di nuovo nell'interfono. – Tenga d'occhio la linea esterna, Lorraine, e mi faccia sapere quando richiamerà un certo Mr. Crispin.

Lorraine guardò verso Seth R. Framus, il cui viso mostrava forti segni di nervosismo.

– Molto bene, Mr. Banks.

Seth R. Framus parlò con voce gentile: – Che cosa sta facendo Mr. Banks con lo Smithsonian, se posso chiedere?

Impotente, Lorraine rispose: – Non lo so con certezza, Mr. Framus... credo sia qualcosa di molto importante; mi aveva ordinato di farla entrare subito.

Mr. Framus sbuffò e aprì il giornale.

Banks stava ora sfogliando le pagine finali:

E adesso... la conclusione inevitabile. È molto semplice; si può vedere che siamo tutti vittime di uno scherzo raccapricciante...

Girò l'ultima pagina:

Per dimostrare a te stesso...

Lorraine lo richiamò all'interfono: – Ho Mr. Crispin di nuovo in linea, e penso che Mr. Framus abbia fretta, Mr. Banks.

– Ho quasi finito! – esclamò Banks. – Chieda a Mr. Framus di avere la bontà di aspettare ancora un momento.

Riprese il telefono e disse: – Salve, Mr. Crispin!

– Mi dispiace, Mr. Banks, ma non c'è nessun Angus McIlwaine da noi.

Banks si grattò la testa.

– C'è la possibilità che stia usando uno pseudonimo?

– In questo caso, presumo che voglia preservare un certo anonimato. – Crispin rispose educatamente.

– Mi dica solo questo: supponiamo che io scriva a Angus McIlwaine, curatore negli Archivi, Smithsonian Institution. Chi riceverebbe la lettera?

Crispin rise. – Nessuno, Mr. Banks! Le ritornerebbe indietro! Perché non abbiamo nessun McIlwaine. A meno che, naturalmente, chiunque egli sia, abbia preso degli accordi speciali… Ora solo un minuto; forse conosco il suo uomo. Cioè, se è davvero uno pseudonimo.

– Bene. Me lo può passare?

– Beh… Mr. Banks, penso che prima dovrei controllare… forse, dopotutto, vuole mantenere il suo anonimato.

– Sarebbe così gentile da scoprire se Angus McIlwaine è il suo pseudonimo e, nel caso, dirgli di richiamarmi a mie spese?

– Sì. Questo lo posso fare, Mr. Banks.

– La ringrazio moltissimo.

Banks esitò con l'interfono. Doveva davvero vedere Mr. Framus… ma non era rimasto molto da leggere nel manoscritto e tanto valeva finire di sfogliarlo… McIlwaine, chiunque fosse, era pronto per la gabbia dei matti… ma aveva talento; uno stile incalzante e convincente. Banks aveva letto un po', pochissimo, di psicologia anormale e sapeva che le allucinazioni generavano una realtà spaventosa. Senza dubbio McIlwaine era impregnato di tutto quello che c'era nel libro… Beh, pensò Banks, solo per il gusto di farlo, vediamo come raccomanda di smascherare questa "macabra barzelletta sull'umanità". Vediamo cosa riesco a trovare relativo a Masquerayne…

Ci vogliono solo pochi minuti per dimostrare l'intero terribile e scadente trabocchetto, in modo semplice e inequivocabile. Se siete audaci – diciamo, avventati – se volete togliervi le fette di prosciutto dagli occhi, allora fate come vi dico.

In primo luogo, recuperate alcune cose: una bacinella o una caraffa di acqua chiara, sei bicchieri, sei spilli, un ferro da maglia in acciaio, un quadrato di circa 120 centimetri di lato, di cartone nero opaco...

Lorraine richiamò attraverso l'interfono. – Mr. Banks, Mr. Framus dice...

– Gli chieda di aspettare! – urlò Banks in fretta. – Scriva questa lista, Lorraine. Voglio un litro d'acqua in una brocca di vetro, sei bicchieri, sei spilli, un ferro da maglia in acciaio, un foglio di cartone nero, che sia opaco e non lucido... vada a prendere tutto nel magazzino del dipartimento artistico, e anche... un pezzo di gesso bianco, una lattina di etere...

– Ha detto etere, Mr. Banks?

– Sì, ho detto etere.

Lorraine fece una lista in fretta e furia, mentre Banks continuava l'elenco: – Ho bisogno di un po' di olio rosso e un po' di olio giallo. Prenda anche questi nello stesso magazzino. Una dozzina di chiodi nuovi, grandi. Una bottiglia di profumo buono e forte. E mezzo chilo di riso. Capito?

– Mezzo chilo di riso, sì, Mr. Banks.

– Cosa diavolo vuol fare con tutta quella robaccia? – ringhiò Framus.

– Proprio non lo so – disse Lorraine quasi senza fiato. – Mi scusi, Mr. Framus. Devo andare a prendere questa roba.

Lorraine corse fuori dalla stanza. Framus si alzò in piedi, indeciso se rimanere o andarsene. Poi si risedette lentamente, schiaffeggiandosi il ginocchio con colpi risonanti e misurati. Decise di aspettare ancora un quarto d'ora.

Nell'ufficio interno, Banks arrivò alla frase finale.

Seguire queste istruzioni vi porterà oltre le barriere di Vista, Direzione, Confusione e Illusione del Dolore. Troverete dei canali gemelli – io consiglio di chiamarli arterie – e entrambi vi porteranno sani e salvi all'interno del Cordone, dove potrete vedere le progressioni, gli eventi che vi riempiranno di disgusto al pensiero di ritornare, ma da cui vi ritirerete per un disgusto peggiore.

La parte finale era tutta lì.

Lorraine arrivò con l'attrezzatura. Un ragazzo del dipartimento artistico l'aveva aiutata.

– Mr. Banks – disse Lorraine – forse non dovrei parlarne, ma Mr. Framus si sta comportando in modo terribilmente impaziente.

– Lo vedrò tra un minuto – mormorò Banks – un minuto.

Lorraine tornò all'ufficio esterno. Guardando oltre le proprie spalle, mentre usciva dalla porta, vide Banks versare acqua in ciascuno dei bicchieri.

I quindici minuti erano passati. Seth R. Framus si alzò in piedi. – Sono spiacente, signorina, non posso aspettare di più.

– Mr. Banks ha detto che ci avrebbe messo solo un minuto, Mr. Framus – dichiarò Lorraine ansiosa. – Penso che sia una specie di dimostrazione...

Framus ribadì con calma: – Aspetterò esattamente un altro minuto.

Il minuto passò.

– C'è uno strano odore qui – affermò Seth R. Framus.

Lorraine annusò l'aria e sembrava imbarazzata. – Deve essere qualcosa dovuto al vento... dal fiume...

– Cos'è questo rumore? – chiese Framus, fissando la porta di Banks.

– Non lo so – disse Lorraine – non sembra essere Mr. Banks.

– Qualunque cosa sia – dichiarò Framus – non posso aspettare. – Si mise in testa il cappello. – Mr. Banks può chiamarmi quando sarà libero.

Se ne andò via.

Lorraine era seduta ad ascoltare i suoni provenienti dall'ufficio di Banks: un gorgoglio d'acqua, mescolato a un sibilo, un suono come di una frittura. Poi le arrivò la voce di Banks, sottomessa e ovattata; poi un vago ruggito, come se qualcuno nel frattempo avesse aperto la porta nella sala macchine di una nave.

Poi un mormorio, poi silenzio.

Il telefono squillò. – Ufficio di Mr. Banks – disse Lorraine.

Mr. Crispin disse. – Salve! Per favore mi passi Mr. Banks. Ho in linea la persona che stava cercando.

Lorraine passò la linea.

– Salve, Mr. Banks?

Dopo quella di Crispin era la voce più profonda e malinconica che Lorraine avesse mai sentito.

– Non ha ripreso la linea – ribadì Lorraine.

– Gli dica che sono Angus McIlwaine Hunter.

– Lo farò, Mr. Hunter, non appena mi risponderà.

Riprovò con l'interfono, quindi ribadì: – Non risponde... credo che sia uscito per un minuto.

– Beh, non è troppo importante. Mi chiedo se abbia letto il mio manoscritto.

– Credo di sì, Mr. Hunter. Sembrava affascinato.

– Bene. Gli può dire che le ultime due pagine arriveranno domani? Senza volere le ho omesse, e sono molto importanti per l'articolo... cruciali, se posso dirlo... qualcosa come un antidoto...

– Glielo dirò, Mr. Hunter.

– La ringrazio molto.

Lorraine ancora una volta fece suonare l'interfono nell'ufficio di Mr. Banks, poi andò alla porta, bussò e guardò dentro. La roba che Mr. Banks aveva ordinato era sparsa in un caos terribile. Mr. Banks non c'era. Probabilmente era uscito per una tazza di caffè.

Lorraine tornò alla sua scrivania, e si sedette in attesa che Mr. Banks tornasse. Dopo un po' tirò fuori una limetta e iniziò a stuzzicarsi le unghie per ingannare l'attesa.

I SIGNORI DELLA CASA

(*The House Lords*, 1957)
Traduzione di Marco Crosa

1

SENZA DIRE UNA PAROLA, i due uomini furono presi da una grande inquietudine. Caffridge, l'anfitrione, si alzò in piedi e camminò velocemente avanti e indietro nella stanza. Andò alla finestra, guardò il cielo verso la remota stella BGD 1169. L'ospite, Richard Emerson, ne fu influenzato a un grado persino più intenso. Ripiombò a sedere, la faccia bianca, la mascella pendula, gli occhi sgranati e luccicanti.

Nulla era stato detto e nulla di visibile spiegava le loro emozioni. I due sedevano in un normale soggiorno di periferia, degno di nota solo per la profusione di oggetti curiosi, stranezze e gingilli appesi ai muri, stipati sulle mensole e penzolanti dal soffitto.

Al rumore di unghie che grattavano, Caffridge voltò le spalle alla finestra. Esclamò aspro: – Sarvis!

Il gatto bianco e nero, che si stava affilando le unghie su una colonna di legno esotico intagliato, piegò indietro le orecchie, ma continuò a grattare.

– Brutto mascalzone! – Caffridge raccolse il gatto e lo spinse senza tanti complimenti fuori dalla sua porticina speciale. Poi tornò da Emerson.

– A quanto pare pensiamo la stessa cosa. – Emerson si aggrappava ai braccioli della poltrona. – Come ha fatto a sfuggirmi prima? – borbottò.

– È una ben strana faccenda – disse Caffridge. – Non so proprio cosa dovremmo fare.

– Ormai non dipende più da me, grazie al cielo! – disse Emerson con voce atona. E dopo un attimo aggiunse: – Non tornerò nello spazio. Per molti anni.

Caffridge prese la scatoletta bianca che conteneva il rapporto di Emerson. – Vuole accompagnarmi?

Emerson scosse il capo. – Non ho nient'altro da dire. Non voglio vederlo di nuovo. – Fece un cenno verso la scatola.

– D'accordo – disse tetro Caffridge. – Stasera lo mostrerò al Consiglio. Dopodiché...

Emerson sorrise, spossato e scettico. – Dopodiché?

– Che mi impicchino se capisco cosa si può fare. O cosa si dovrebbe fare. Immagino sia meglio farlo vedere a qualcuno del governo.

Sarvis il gatto rientrò dalla sua porticina speciale e sedette in silenzio mentre Caffridge e Emerson riflettevano sul loro problema.

II

La Società Astrografica operava come organizzazione non-profit dedicata all'esplorazione e ricerca extra-terrestre. Le quote versate da un milione di membri attivi erano rimpolpate dagli introiti di brevetti e concessioni speciali, licenze e parcelle di consulenza, con il risultato che, negli anni, la Società era diventata alquanto facoltosa. Una dozzina di navi spaziali portava lo scudo verde-azzurro della S.A. nei luoghi più remoti; la sua rivista mensile era studiata da alunni e scienziati senza distinzioni; il Museo Astrografico ospitava una mirabile mescolanza di oggetti raccolti in tutto l'universo.

Sotto una cupola appositamente attrezzata sul tetto del museo, il Consiglio Direttivo si riuniva una volta al mese per discutere di affari e guardare e ascoltare i rapporti vitaliscopici delle squadre di ricerca. Theodore Caffridge, presidente del Consiglio, lasciò cadere la scatoletta con il rapporto del comandante di squadra Richard Emerson nel lettore vitaliscopico. Rimase in piedi in silenzio, una figura alta e severa, aspettando che il chiacchiericcio attorno al tavolo si chetasse.

– Signori – disse Caffridge a voce piatta e monotona – ho già esaminato questo rapporto, e nella mia esperienza non ho visto nulla di più strano. Sono seriamente preoccupato e posso sottolineare che il comandante Emerson condivide i miei sentimenti. – Fece una pausa. I direttori lo guardarono incuriositi. – Santo cielo, Caffridge – disse uno. – Sembri davvero piuttosto lugubre.

Un altro provò a fare dell'umorismo. – Che problema c'è? I robot invaderanno la Terra?

– Vorrei che fosse così semplice – disse Caffridge.

– Che cosa, allora?

– Andiamo, Caffridge, non fare il misterioso!

– Sentiamo, Theodore!

Caffridge offrì il più fievole, il più remoto dei sorrisi possibili. – Il rapporto è qui: potete guardarlo da voi.

Premette un bottone. I muri della stanza si dissolsero in una foschia grigia, i colori turbinarono e divennero più chiari. Il Consiglio Direttivo divenne un grappolo di occhi e orecchie invisibili sulla plancia della nave spaziale *Gaea*. Il loro punto di osservazione era il globo registratore in cima al casco di Emerson. Vedevano ciò che lui vedeva e sentivano ciò che udiva.

La voce di Emerson uscì da un altoparlante. – Siamo in orbita attorno al secondo pianeta della Stella BGD 1169, in Argo Navis IV. Ci ha attirato qui una serie di impulsi irradiati nella fase c^3. Sembra esserci una civiltà tecnologica altamente organizzata, dunque ovviamente ci siamo fermati a investigare.

Le immagini attorno alle pareti della sala dei direttori cambiarono quando Emerson salì sulla pedana di comando. Dall'oblò di osservazione, i direttori videro un mondo che ruotava di sotto, immerso nella piena luce di un sole non visibile. Emerson declinò le caratteristiche fisiche del pianeta, che erano simili a quelle della Terra. – L'atmosfera sembra respirabile. Esiste una vegetazione grosso modo paragonabile alla nostra.

Emerson si avvicinò al teleschermo; le immagini sulle pareti mutarono ancora. – I segnali ci avevano portato ad aspettarci qualche tipo di vita indigena intelligente. Non siamo rimasti delusi. Gli autoctoni non vivono in insediamenti organizzati, ma in abitazioni isolate. Per mancanza di un termine migliore, le abbiamo chiamate palazzi. – Emerson regolò un potenziometro sul pannello: l'immagine sul teleschermo ingrandì diventando enorme. I direttori si ritrovarono a osservare una foresta densa quanto una giungla. Sorvolando le chiome degli alberi, la scena si spostò su una radura di circa due chilometri di diametro. Il "palazzo" sorgeva al centro della radura: una dozzina di alte mura, ripide ed erte come scogliere, erano unite apparentemente a casaccio. Sembravano fatte di qualche sostanza metalloide luccicante ed erano aperte al cielo. Non si vedevano portali o aperture.

– È il massimo della risoluzione ottenibile da questa quota – commentò la voce di Emerson. – Si notino l'assenza di tetto, l'apparente mancanza di arredamento interno. Non sembra affatto un'abitazione. Si noti inoltre quanto è curata la radura, come un giardino all'inglese.

L'uomo arretrò dal teleschermo. I direttori sedettero nuovamente nella plancia della Gaea. – Abbiamo trasmesso simboli internazionali su tutte le lunghezze d'onda – disse Emerson. – Finora non c'è stata risposta. Penso che atterreremo in quella radura. Esiste ovviamente un elemento di rischio, ma ritengo che una razza apparentemente così sofisticata non sarà sorpresa o sconvolta dall'apparizione di una nave spaziale sconosciuta.

III

La Gaea si adagiò nell'atmosfera di BGD 1169-2 e lo scafo fremette nella scia dei gas rarefatti che la sferzavano al passaggio. Emerson parlò nel microfono del vitaliscopio, dichiarando che la nave era sospesa sopra l'area precedentemente osservata e si apprestava a toccare terra.

I parabordo colpirono il terreno solido. Ci fu una momentanea fluttuazione quando entrarono in funzione gli stabilizzatori, poi una sensazione di ancoraggio. Gli interruttori automatici spensero la propulsione e il loro ronzio a stento udibile si affievolì gradualmente nel silenzio. L'equipaggio si accalcò nei posti di osservazione, guardando fuori, nella radura.

Al centro sorgeva il "palazzo": gli altissimi pannelli di metalloide scintillante. Anche da così vicino non si vedevano aperture, finestre, porte o prese d'aria. Il terreno circostante il palazzo era tenuto con cura. Filari di alberi dai tronchi bianchi, dai cui rami spuntavano foglie squadrate grosse come vassoi rivolti verso il sole. C'erano tappeti irregolari di muschio nero, brune felci piumose, delicate escrescenze bianche e rosa simili a zucchero filato. Sullo sfondo cresceva la foresta:

un groviglio di alberi verdazzurri e arbusti a foglia larga, rossi, neri, grigi e gialli. All'interno della *Gaea*, l'equipaggio restò vicino ai portelli, pronto a decollare al minimo segno di ostilità.

Il palazzo rimase silenzioso.

Passò una mezz'ora. Una piccola sagoma apparve brevemente fuori dalle mura del palazzo. Cope, il giovane terzo ufficiale, la vide per primo e avvisò Emerson. – Guardi là! – Emerson mise a fuoco il mirino telescopico. – È un bambino. Un bambino umano!

L'equipaggio corse a vedere. La vita intelligente tra le stelle era una rarità e scoprirla in forma umana era motivo di stupore.

Emerson aumentò l'ingrandimento del pannello telescopico. – È un ragazzino di sette, otto anni – disse. – Sta guardando noi... ma non sembra particolarmente interessato.

Il bambino si girò verso il palazzo e scomparve.

Emerson si lasciò sfuggire una lieve esclamazione. – Avete visto?

– Cos'è successo? – chiese Wilhelm, il solido e biondo secondo ufficiale.

– È passato attraverso il muro! Come se fosse d'aria!

Il tempo passò. Non ci furono altri segni di vita. L'equipaggio cincischiava.

– Perché non mostrano qualche interesse? – si lagnò Swett, l'assistente di volo. – Persino i bambini vanno via.

Emerson scosse la testa, perplesso. – Certo le navi spaziali non scendono dal cielo tutti i giorni.

All'improvviso Wilhelm avvisò: – Ce ne sono altri. Due, tre, sei... un'intera dannata tribù!

Uscivano dalla foresta in silenzio, quasi furtivi, uno o due alla volta, finché una dozzina non si fermò vicino alla nave. Indossavano grembiuli di fibra ruvida e rudimentali calzature di pelle dall'orlo scampanato. Appesi alle cinture avevano pugnali di varie dimensioni e piccoli congegni complessi fatti di legno e budello intrecciato. Era un gruppo aguerrito, dai volti ossuti e gli occhi luccicanti. Camminavano flettendo cautamente le ginocchia, il che dava loro un aspetto furtivo. Tennero sempre la nave tra loro e il palazzo, come ansiosi di non farsi vedere.

Emerson disse: – Non capisco. Questi non sono semplici tipi

umanoidi: sono umani a tutti gli effetti! – Spostò gli occhi sulla postazione dove Boyd, il biologo, stava terminando i suoi ultimi test. – Novità?

– Nulla osta sanitario – disse Boyd. – Niente pollini pericolosi, niente proteidi aerobici, nulla di notevole da segnalare.

– Io vado fuori – annunciò Emerson.

Wilhelm protestò: – Hanno un aspetto poco raccomandabile e sono armati.

– Correrò il rischio – disse Emerson. – Se fossero ostili, non credo che uscirebbero allo scoperto.

Wilhelm non era convinto. – Non si può mai dire cosa passi per la mente di una razza aliena.

– Ciononostante – ribatté Emerson – io esco. Voi copritemi dalle torrette. E state pronti ai motori, nel caso volessimo decollare in fretta.

– Ha intenzione di uscire da solo? – chiese dubbioso Wilhelm.

– Non c'è motivo di rischiare due vite.

Il volto grezzo e squadrato di Wilhelm assunse un'espressione caparbia. – Esco con lei. Due occhi vedono meglio di uno.

Emerson rise. – Due occhi ce li ho già. Inoltre, lei è il secondo in comando. Il suo posto è qui sulla nave.

Cope, il giovane terzo ufficiale, scuro e magrolino, poco più che adolescente, parlò. – Vorrei venire fuori con lei.

– Molto bene, Cope – disse Emerson. – Andiamo.

Dieci minuti dopo i due uomini uscirono dalla nave, scesero la rampa, sostarono sul terreno di BGD 1169-2. Gli uomini e le donne della foresta erano ancora immobili dietro la nave, sbirciando di tanto in tanto il palazzo. Quando Emerson e Cope apparvero, si raggrupparono, pronti alternativamente ad attaccare, difendersi o fuggire. Due di loro posarono le dita sugli arnesi di legno che avevano alle cinture ed Emerson vide che erano fionde a dardi. Ma a parte ciò non fecero mosse, amichevoli o no.

Gli spaziali si fermarono a sei metri di distanza. Emerson alzò la mano e sorrise, in quello che sperò essere un gesto amichevole. – Salve.

Loro lo guardarono, poi cominciarono a parlottare tra loro. Emerson e Cope avanzarono di uno o due passi e le voci divennero udibili. Un uomo smagrito dai capelli grigi, che sembrava esercitare un certo grado di autorità, parlò con energia stizzosa, come a rifiutare una sciocchezza. – No, no. È impossibile che siano Liberi!

L'uomo curvo dagli occhi porcini a cui si era rivolto ribatté: – Impossibile? Cosa credi che siano allora, se non Liberi?

Emerson e Cope li fissarono a occhi sgranati. Quegli uomini parlavano inglese!

Qualcun altro rimarcò: – Non sono Signori della Casa! Chi ha mai visto Signori come questi?

Una quarta voce fu altrettanto decisa: – Ed è sicuro che non sono servi.

– Quante chiacchiere inutili – sbottò una delle donne. – Perché non lo chiedete a loro e la fate finita?

Inglese! L'accento era indistinto, l'intonazione insolita. La lingua, tuttavia, era la loro! Emerson e Cope si avvicinarono di un passo e la gente della foresta tacque, dondolandosi nervosamente sui piedi.

Emerson prese la parola: – Mi chiamo Richard Emerson – disse. – Questo è Howard Cope. Voi chi siete?

L'uomo dai capelli grigi li scrutò con scaltra impudenza. – Chi siamo noi? Siamo Liberi, come saprete molto bene. Cosa ci fate qui? Da quale Casa venite?

Emerson disse: – Veniamo dalla Terra.

– "Terra"?

Emerson si guardò attorno e vide facce che non capivano. – Non conoscete la Terra?

– No.

– Ma parlate una lingua terrestre!

Il capo sogghignò. – In quale altro modo dovrebbero parlare gli uomini?

Emerson rise debolmente. – Esistono molte altre lingue.

Il capo scosse la testa, scettico. – Non ci posso credere.

Emerson e Cope si scambiarono sguardi di divertito sbalordimento. – Chi vive nel palazzo? – chiese Emerson.

Il capo parve incredulo di fronte all'ignoranza di Emerson. – I Signori della Casa, naturalmente. Genarro, Hesphor e gli altri.

Emerson rifletté sulle alte mura, le quali sembravano, nel complesso, poco adatte ai requisiti umani. – Sono uomini come noi?

Il capo fece una risata di scherno. – Se volete chiamare "uomini" quei debosciati amanti del lusso! Li tolleriamo solo per le loro femmine. – Dagli uomini del gruppo si alzò un mormorio lascivo. – Le dolci, morbide ragazze dei Signori della Casa!

Le donne della foresta sibilarono di rabbia. – Sono inutili come gli uomini! – esclamò una vecchia coriacea.

Ci fu un improvviso trambusto nervoso ai margini del gruppo. – Eccoli che arrivano! I Signori della Casa!

Veloci, a lunghi passi con le ginocchia piegate, i selvaggi batterono in ritirata e scomparvero tra gli alberi.

Emerson e Cope girarono attorno alla nave. Un giovane e una donna della stessa età attraversavano con calma la radura accompagnati da una ragazza e dal bambino che avevano visto prima. Il giovane indossava una veste aderente di lustrini verdi e un elaborato copricapo di spine argentate; il bambino portava calzoncini rossi, una giubba blu scuro e un berretto azzurro a punta lunga. La giovane donna e la ragazzina portavano semplici vesti bianche e blu che si allungavano con comoda elasticità seguendone i movimenti. Avevano il capo scoperto e i capelli chiari lunghi fino alle spalle.

Si fermarono a pochi metri dalla nave e studiarono gli spaziali con sobria curiosità. Le loro espressioni erano identiche: intense, intelligenti, con un vago fondo di alterigia. Il giovanotto lanciò un'occhiata disinvolta alla foresta, poi alzò una piccola verga. Si sprigionò uno sbuffo di oscurità e una bolla nera aleggiò verso gli alberi, diventando sempre più enorme man mano che avanzava.

Dalla foresta giunsero grida di terrore e il tramestio di piedi in fuga. La bolla nera scoppiò in mezzo agli alberi, sprigionando centinaia di bolle più piccole che crebbero ed esplosero a loro volta.

Il rumore della fuga si affievolì in lontananza. I quattro giovani Signori della Casa, sorridendo appena, tornarono da Emerson e Cope.

– E voi chi sareste? Non certo Selvaggi.

– No, non siamo Selvaggi – disse Emerson.

Il bambino disse: – Ma non siete Signori della Casa.

– E di certo non siete servi – aggiunse la ragazza, che era di parecchi anni più grande del bambino, forse quattordici o quindici.

— 87 —

Emerson spiegò pazientemente: – Siamo astrografi, scienziati, e veniamo dalla Terra.

Come la gente della foresta, i Signori della Casa furono perplessi. – "Terra"?

– Santo cielo! – esclamò Emerson. – Certo avrete sentito parlare della Terra!

Gli altri scossero il capo.

– Ma siete esseri umani! Gente della Terra!

– No – disse il giovane uomo. – Siamo Signori della Casa. "Terra" non significa nulla per noi.

– Ma... parlate la nostra lingua... una lingua terrestre!

Loro alzarono le spalle e sorrisero. – Esistono centinaia di modi in cui la vostra gente può avere appreso il nostro idioma. – La questione sembrava destare molto poco il loro interesse. La giovane donna guardò la foresta. – Meglio stare attenti ai Selvaggi. Vi faranno del male, se potranno. – Si girò. – Venite, rientriamo.

– Aspettate! – gridò Emerson.

Quelli lo guardarono con austera cortesia. – Sì?

– Non siete curiosi sul nostro conto? Non vi interessa da dove veniamo?

Il giovane scosse la testa sorridendo e le spine d'argento sul suo copricapo tintinnarono come campanelle. – Perché dovrebbe interessarci?

Emerson rise, un misto di sbigottimento e irritazione. – Siamo stranieri venuti dallo spazio... dalla Terra, della quale affermate di non aver mai sentito parlare.

– Esatto. E se non abbiamo mai sentito parlare di voi, come potremmo essere interessati?

Emerson alzò le braccia al cielo. – Come volete. Tuttavia, noi siamo interessati a voi.

Il giovane annuì, accettandolo come un dato di fatto. Il bambino e la ragazza si erano già incamminati; la giovane donna si era voltata per metà e stava aspettando. – Vieni, Hesphor – chiamò dolcemente il compagno.

– Vorrei parlare con voi – disse Emerson. – Qui c'è un mistero... qualcosa che dovremmo chiarire.

– Non c'è nessun mistero. Noi siamo Signori della Casa e questa è la nostra Casa.

– Possiamo entrare in casa vostra?

Il giovane esitò, guardò la giovane donna. Lei strinse le labbra, scosse la testa. – Lord Genarro.

Il giovane fece una lieve smorfia. – I servi se ne sono andati. Genarro dorme. Potrebbero entrare per poco tempo.

La giovane alzò le spalle. – Se Genarro si sveglia, non sarà contento.

– Ah, ma Genarro...

– Ma Genarro – lo interruppe in fretta la donna – è il Primo Signore della Casa!

Hesphor sembrò accigliarsi per un momento. – Genarro dorme e i servi se ne sono andati. Questi selvaggi esseri stranieri possono entrare.

Fece un cenno a Emerson e Cope. – Venite.

I Signori della Casa avanzarono nel giardino, parlottando piano tra loro. Emerson e Cope li seguirono, metà arrabbiati, metà imbarazzati.
– Tutto questo è incredibile – borbottò Emerson. – Snobbati dall'aristocrazia neanche mezz'ora dopo l'atterraggio.

– Immagino che dovremo mandarla giù – disse Cope. – Conoscono cose che noi non abbiamo mai neppure immaginato. Quella bolla nera, per esempio.

Il bambino e la ragazza raggiunsero il muro del palazzo. Senza esitazione, passarono attraverso la sua superficie scintillante. Il giovane e la donna li seguirono. Quando Emerson e Cope raggiunsero la parete, questa era solida e fredda molto più del normale. Passarono le dita sulla superficie levigata, spingendo e tastando esasperati.

Il bambino riapparve attraverso il muro. – Venite dentro o no?

– Ci piacerebbe – disse Emerson.

– Lì è solido – disse il bambino, divertito. – Non distinguete dov'è permeabile?

– No – disse Emerson.

– Non ci riescono neanche i Selvaggi – disse il bambino. Puntò il dito. – Entrate da lì.

Emerson e Cope attraversarono il muro, che diede loro la sensazione di una sottile patina di acqua fresca.

Si ritrovarono su un pavimento azzurro opaco, percorso da filamenti argentini che tracciavano un disegno circolare. I muri svettavano tutto intorno. Trenta metri più su, sbarre di una sostanza nera spuntavano dal metallo e l'aria attorno alle estremità sembrava tremolare, come l'aria sopra una strada rovente. La stanza non era arredata, non c'era alcuna traccia di abitazione umana.

– Venite – disse il bambino. Percorse la stanza e camminò attraverso la parete opposta. Emerson e Cope lo seguirono.

– Spero che riusciremo a ritrovare la via d'uscita – disse Cope. – Non mi piacerebbe scalare queste mura.

Sbucarono in un salone simile al primo, ma con il pavimento di un robusto materiale bianco. Si sentivano il corpo leggero e i loro passi li portavano più lontano di quanto si aspettassero. Il giovane e la donna li stavano aspettando. Il bambino era arretrato attraverso il muro, la ragazza non si vedeva da nessuna parte.

– Possiamo restare con voi solo un momento o due – disse il giovane. – I nostri servi se ne sono andati e la casa è silenziosa. Forse gradireste mangiare? – Senza attendere una risposta tese le braccia. Le sue mani scomparvero nel nulla. Le tirò indietro, trascinando una rastrelliera piena di vassoi e caraffe di cibarie: porzioni di budino rosso, alti coni bianchi, wafer neri, piccoli frutti verdi e bulbosi, boccali pieni di liquidi variopinti.

– Potete mangiare – disse la giovane donna facendo un cenno con la mano.

– Vi ringraziamo – disse Emerson. Lui e Cope assaggiarono titubanti il cibo. Era strano e gustoso e pizzicava in bocca come acqua gassata.

– Da dove viene questo cibo? – chiese Emerson. – Come riuscite a tirarlo fuori dal nulla a quel modo?

Il giovane Signore della Casa si guardò le mani. – I servi lo hanno messo lì.

– Ma i servi dove lo prendono?

Il giovane fece spallucce. – Perché dovremmo preoccuparcene, finché c'è?

Cope chiese sarcasticamente: – Cosa fareste se i vostri servi se ne andassero?

– Una cosa simile non potrebbe mai accadere.

– Mi piacerebbe vedere i vostri servi – disse Emerson.

– Adesso non sono qui. – Il giovane si tolse il copricapo e lo ripose in una nicchia invisibile. – Diteci di questa vostra "Terra".

– È un pianeta come questo – rispose Emerson – anche se uomini e donne ci vivono diversamente.

– Avete servitù?

– Oggi nessuno di noi ne ha.

– Ummf – disse la donna con disprezzo appena celato. – Come i Selvaggi.

Cope chiese: – Da quanto tempo vivete qui?

La domanda sembrò confondere i Signori della Casa. – "Da quanto tempo"? Cosa intendete?

– Da quanti anni.

– Che cos'è un "anno"?

– Un'unità di tempo. L'intervallo che impiega un pianeta per compiere una rivoluzione attorno al suo sole. Così come un giorno è il tempo che il pianeta impiega a ruotare sul proprio asse.

I Signori della Casa erano divertiti. – Questa è un'idea bizzarra: magnificamente arbitraria. Quale utilità può avere un'idea del genere?

Emerson disse seccamente: – Noi troviamo utili le misure di tempo.

I Signori della Casa si scambiarono un sorriso. – Può anche essere – sottolineò Hesphor.

– Chi sono i Selvaggi? – chiese Cope.

– Semplice marmaglia – disse la donna con un brivido. – Banditi da altre Case dove non c'era posto.

– Ci tormentano, cercano di rapire le nostre donne – disse il giovane. Alzò una mano. – Ascoltate. – Lui e la donna si guardarono.

Emerson e Cope non riuscivano a sentire niente.

– Lord Genarro – disse la giovane donna. – Arriva.

Hesphor guardò inquieto la parete, sbirciò Emerson e Cope, poi si piantò ostinatamente al centro del salone.

Si udì un leggero rumore. Un uomo di alta statura incedette attraverso il muro. Portava indumenti neri e lucenti, un elmo dello stesso colore. Aveva i capelli di rame dorato, gli occhi azzurro ghiaccio. Vide Emerson e Cope e fece un gran passo avanti. – Che fanno qui dentro queste due creature selvagge? Siete impazziti tutti? Fuori, sbatteteli fuori subito!

Hesphor intervenne. – Sono stranieri di un altro mondo. Non hanno cattive intenzioni.

– Buttateli fuori, ho detto! Mangiano il nostro cibo! Concupiscono con lo sguardo Lady Faelm! – Avanzò minaccioso. Emerson e Cope fecero un passo indietro. – Esseri selvaggi, andatevene!

– Come volete – disse Emerson. – Mostrateci la via di uscita.

– Un momento! – disse Hesphor. – Io li ho invitati a entrare, sono sotto la mia protezione.

Genarro rivolse il suo disappunto sul giovane Signore della Casa. – Desideri unirti ai Selvaggi?

Hesphor lo fissò. I loro sguardi si incrociarono, poi Hesphor cedette e gli voltò le spalle.

– Molto bene – mormorò. – Se ne andranno. – Fece un fischio, e dal muro apparve il bambino. – Riporta gli stranieri alla loro nave.

– Di corsa! – ruggì Genarro. – L'aria puzza, sono coperti di lerciume!

– Da questa parte! – Il bambino si affrettò a uscire dal muro. Emerson e Cope lo seguirono con alacrità.

Attraversarono due muri e sbucarono di nuovo all'aria aperta. Cope emise un forte sospiro. – L'ospitalità di Genarro lascia molto a desiderare.

La ragazza uscì dal palazzo e si unì al bambino. – Venite – disse questi. – Vi riportiamo alla vostra nave. Fareste meglio ad andarvene prima che tornino i servi.

Emerson si girò a guardare il palazzo, poi alzò le spalle. – Andiamocene.

Seguirono il bambino e la ragazza nel giardino all'inglese, oltre gli alberi dai bianchi fusti, i tappeti di muschio nero, lo zucchero filato bianco e rosa. La *Gaea*, in fondo alla radura, aveva l'aspetto familiare di una casa. Emerson e Cope affrettarono il passo.

Oltrepassarono un cespuglio di bambù dagli steli grigi. Ci fu un fruscio di movimenti, un rapido sfrecciare e si ritrovarono circondati dai Selvaggi. Delle mani agguantarono Emerson e Cope e strapparono loro le armi.

Il bambino e la ragazza, lottando, scalciando, urlando, furono catturati. Dei cappi avvolsero i loro corpi e furono trascinati verso la giungla.

– Lasciateci! – strillava il bambino. – I servi vi ridurranno in polvere.

– I servi sono andati via – gridò felice il capo dei Selvaggi. – E io ho preso quello che volevo da anni: una bella ragazza giovane dei Signori della Casa.

La ragazza singhiozzava, gridava e strattonava i legacci. Il bambino lottava e scalciava. – Buono, ragazzo – avvertì il capo. – Siamo già a un niente dal tagliarti la gola.

Braccia li spingevano. Il gruppo procedette al trotto attraverso il giardino, verso la giungla. – Perché ci avete preso? – ansimò Emerson. – Che utilità abbiamo per voi?

– Solo ciò che i vostri amici ci daranno per riavervi. – Il capo sogghignò da sopra la spalla con l'aria di chi la sapeva lunga. – Armi! Bei vestiti! Belle scarpe!

– Non trasportiamo queste cose con noi!

– Aspetterete finché non le avremo!

La foresta era lontana solo cinquanta metri. Il bambino si gettò a terra, la ragazza fece lo stesso. Emerson sentì allentarsi la presa sulle braccia e si liberò con uno strattone, mulinando i pugni. Centrò uno dei Selvaggi, che cadde a terra. Il capo afferrò la sua fionda e la puntò. – Una mossa e sei morto!

Emerson si irrigidì. I Selvaggi sollevarono il bambino e la ragazza e il gruppo si rimise in marcia.

Ma ormai la scorreria era stata notata dal palazzo. L'aria pulsò di uno strano sibilo acuto. I Selvaggi affrettarono il passo.

Dal palazzo scaturì un ventaglio nero che si abbatté come una immensa vanga sul terreno al limite della foresta. I Selvaggi si fermarono di colpo. In quel punto la via di fuga era bloccata. Si voltarono e si misero a correre parallelamente al margine della radura. Dal palazzo uscirono Genarro e Hesphor, e dietro di loro Faelm e un'altra donna. Attraverso la radura giunse la voce di Genarro, colma di passione e minaccia. I Selvaggi cominciarono ad ansimare e a emettere suoni rauchi.

– Presto, presto, presto! – gracchiò il capo. – Quello è Genarro, il Signore della Casa!

– Uccidili – gridò uno degli uomini. – Uccidili e scappiamo!

Emerson si liberò con uno scrollone e balzò addosso al capo. Rotolarono sul tappeto erboso come scarafaggi.

Anche Cope si era liberato. Il suo rapitore si allontanò da lui a passo di danza, impugnando la fionda. Cope si gettò a terra e il dardo sibilò sopra la sua testa.

Gli altri Selvaggi esitarono, girando in tondo indecisi.

Genarro e Hesphor erano ormai vicini. I Selvaggi puntarono le fionde e scoccarono una raffica di dardi. Genarro barcollò, artigliandosi il collo. Hesphor puntò un'arma, ma non osò sparare per paura di colpire il bambino e la ragazza. Genarro cadde sulle ginocchia e si accasciò lentamente in avanti. Hesphor lo guardò con stupore. I Selvaggi inserirono nuovi dardi nelle fionde e le puntarono. Poi le braccia ricaddero flaccide. I loro volti si riempirono di orrore. – I servi!

Ci fu un fuggi fuggi verso la foresta. Emerson si sollevò dal corpo inerte del capo e guardò verso il palazzo.

Sopra le mura baluginò il fremito di un'ombra mostruosa. Emerson afferrò il braccio di Cope. – Andiamocene da qui!

– Sono d'accordo!

Fuggirono come conigli verso la *Gaea*, che non era molto lontana. L'aria dietro di loro tremò e udirono un immane mormorio furioso.

Emerson osò guardare solo una volta sopra la spalla: colse una confusa impressione dei Selvaggi che correvano pazzamente in tondo. Sotto i suoi occhi, uno di loro si accartocciò, schiacciato nel terreno, come colpito da un martello gigantesco. Emerson e Cope corsero come in un incubo. La *Gaea* incombeva davanti a loro. Sfrecciarono su per la rampa e si tuffarono all'interno dello scafo.

– Decollo immediato! – gridò Emerson. – Andiamo via da qui!

L'equipaggio, i volti pallidi e ansiosi, li stava aspettando. Non ci fu un solo secondo di ritardo. Il portello scivolò e si richiuse, l'energia affluì nei condotti. La *Gaea* si sollevò dalla radura.

Un'ombra cupa avviluppò gli oblò e la nave rabbrividì, diede un tremendo sobbalzo e ruotò in una dozzina di direzioni impossibili. Gli uomini a bordo provarono un dolore abbacinante, un nauseante strappo al cervello, un intervallo di confusione.

Poi ci furono solo tranquillo movimento e pace.

La *Gaea* era nello spazio, lontana da qualunque stella.

L'equipaggio recuperò gradualmente le sue facoltà, e tutti guardarono le facce pallide dei compagni.

Emerson fece una rilevazione del punto astrale. Erano molto, molto lontani dalla stella BGD 1169. Senza fare commenti, inserì la rotta per la Terra.

IV

Le immagini del vitaliscopio svanirono. I direttori della Società Astrografica sedevano rigidi sulle loro poltrone.

Theodore Caffridge parlò. La sua voce suonò fredda e prosaica. – Come avete visto, il comandante Emerson e il suo equipaggio hanno vissuto un'esperienza alquanto peculiare.

– Peculiare! – sibilò Ben Haynault. – Se questo non è minimizzare, non so cosa sia.

– Ma cosa significa? – volle sapere Pritchard. – Quella gente parlava inglese!

– E non sapeva nulla della Terra!

Caffridge rispose con la sua voce atona: – Emerson e io abbiamo formulato un'ipotesi provvisoria.

La stanza si riempì di silenzio.

– Andiamo, su, Caffridge – lo incitò Ben Haynault. – Non tenerci sulle spine.

Caffridge sorrise torvo. – Cercavo di riordinare le idee… A livello cronologico, ciò che è avvenuto è questo. Come voi, anche noi eravamo sconcertati. Chi erano quei Signori della Casa? Come potevano parlare una lingua terrestre ma non sapere nulla della Terra? Come facevano a controllare i loro servi, quelle spaventose creature visibili solo come tremolii di luce e ombra? – Caffridge si interruppe. Nessuno parlò e lui proseguì. – Il comandante Emerson non aveva risposte a queste domande, e nemmeno io. La nostra confusione era totale. Poi accadde qualcosa di molto banale, un evento di per sé piuttosto insignificante. Ma sufficiente a scatenare un cambiamento nei nostri pensieri. Ciò che accadde è che il mio gatto, Sarvis, rientrò in casa. Passò dall' apposita porticina girevole. Sarvis, il mio piccolo Signore della Casa. Rientrò nel suo palazzo, andò alla sua ciotola e cercò la sua cena.

La Sala del Consiglio restò immobile e silenziosa, il fermarsi del tempo che viene dalla sorpresa e dallo shock.

Poi qualcuno tossì. Ci fu un respiro sibilante, una risatina nervosa, un movimento inquieto generale.

– Theodore – chiese Ben Haynault con voce roca. – Cosa stai insinuando?

– Vi ho riferito i fatti. Ognuno di voi tragga le sue conclusioni.

Paul Pritchard mormorò: – Era sicuramente un imbroglio. Non c'è altra spiegazione. Una società di svitati... gli Escapisti...

Caffridge sorrise. – Dovresti discutere di questa teoria con Emerson. – Pritchard tacque.

– Emerson si considera fortunato – proseguì pensoso Caffridge. – Sono incline a concordare con lui. Se una creatura selvatica entrasse in casa mia e uccidesse Sarvis, la riterrei un'invasione domestica della peggior specie. Probabilmente non sarei stato altrettanto comprensivo.

– Cosa possiamo fare? – chiese sottovoce Haynault.

Caffridge andò alla finestra e restò a guardare il cielo del meridione. – Possiamo solo sperare che abbiano già tutti i Signori della Casa che vogliono. In caso contrario... nessuno di noi è al sicuro.

IL LUNATICO ACCORDO DI DOVER SPARGILL

(*Dover Spargill's Ghastly Floater*, 1951)
Traduzione di Marco Riva e Stefano Sacchini

IL VENTUNENNE DOVER SPARGILL camminava avanti e indietro davanti al camino, schiaffeggiando i pantaloni da cavallerizzo con un frustino. In un angolo, chino su una poltroncina dallo schienale rialzato, l'avvocato James Offbold guardava in alto, come a invocare l'aiuto del cielo.

Dover si fermò bruscamente; l'espressione dell'avvocato Offbold si fece subito attenta: quel giovane e insopportabile somaro rappresentava per lui trentamila dollari l'anno di onorario. Diversamente, il signor Offbold avrebbe preferito sudare all'inferno prima di scattare agli ordini di Dover Spargill.

– Allora, questo è tutto? – chiese Dover con un colpo deciso sugli stivali.

– Questo è il documento completo, signor Spargill. Posso congratularmi con lei?

Dover si fermò di nuovo e l'osservò con un'espressione interrogativa.

– Congratulazioni? Per cosa?

– Per il fatto che ora, essendo maggiorenne, lei diventa uno degli uomini più ricchi del mondo.

– Ah, il denaro... – Dover fece un movimento laterale con il frustino, a indicare come la ricchezza occupasse un piccolo spazio nei suoi pensieri. – Certamente aiuta; non dovrò mai più preoccuparmi per il futuro. Nonostante ciò, penso che mio padre fosse privo di immaginazione; più e più volte gli avevo suggerito dei modi per raddoppiare la sua fortuna.

Offbold tossì, ricordando il vecchio Howard Spargill "occhio-di-tigre" e le sue manovre spregiudicate.

– Beh, non sono del tutto d'accordo, signor Spargill; all'epoca vostro padre è stato certamente l'uomo d'affari più intelligente di tutti. Ha iniziato come esploratore e ha finito per possedere la *Moon Mines*. Quasi un terzo dell'intera Luna.

Dover scosse la testa e arricciò le labbra.

– Ha permesso a Thornton Bray di fondare la *Lunar Mineral Cooperative*, quando avrebbe potuto facilmente comprare lui stesso le altre concessioni rimaste.

Offbold osservò con aria di superiorità: – Non pensa che conquistare un terzo della Luna sia stato sufficiente? Un'area più grande di tutta l'Europa!

Dover si accigliò.

– "Sufficiente" è una parola inapplicabile nel moderno contesto commerciale, e lei dovrebbe essere il primo a saperlo, signor Offbold.

L'avvocato emise un brontolio in gola e rimase seduto a fissare cupamente il fuoco mentre Dover procedeva a sviluppare l'argomento, sottolineando i punti salienti con i movimenti del frustino. Spiegò che, nell'alta finanza, l'accumulare ricchezza richiedeva un'abilità di poco superiore a quella richiesta per giocare a flipper.

Offbold annuiva a scatti. Alla fine fece scattare la serratura della propria valigetta e si alzò in piedi.

– Adesso, signor Spargill, la saluto; probabilmente ha dei programmi per l'ora di cena.

Dover lo accompagnò alla porta. Offbold si voltò per un'ultima serie di consigli.

– Senza dubbio, signor Spargill, sarà avvicinato da promotori e lestofanti; non ho certo bisogno di raccomandare cautela al suo... – fece una smorfia – ... acume.

Dover annuì frettolosamente.

– In ogni caso, eseguirò le formalità. Le miniere sono gestite con competenza dal personale in carica; gli interessi terrestri sono tutelati dalla *Calmus Associates*. Sconsiglio fortemente ogni cambiamento e qualsiasi nuovo impegno. Se verrà avvicinato da qualcuno con un pretesto qualsiasi, che voglia denaro o altro... me lo riferisca, e io me ne occuperò nel modo più opportuno.

Offbold continuò su questa linea per un minuto o due mentre Dover, in ascolto con gli occhi mezzo socchiusi, dondolava il frustino avanti e indietro.

Infine Offbold gli strinse la mano e se ne andò. Dover lo guardò salire sul taxi.

– Vecchio idiota imbranato... – diede una frustata agli stivali – senza dubbio ha buone intenzioni.

Thorthon Bray, presidente del Consiglio dei Direttori della *Lunar Mineral Cooperative*, era un uomo imponente, florido e appicciicaticcio come una fetta di cocomero. Aveva occhi sporgenti e privi di ciglia; le guance erano lisce e paffute come il sederino di un neonato. Si era infilato in tasca l'accordo firmato e aveva piegato la testa, mostrando un ambiguo sorrisetto.

– Sì signore, tale e quale suo padre. Temo di aver fatto il passo più lungo della gamba nel tentativo di sconfiggerla.

Dover lasciò filtrare il fumo di un costoso sigaro dall'angolo della bocca. Aveva adottato un atteggiamento noncurante, come a disapprovare la propria vittoria su Bray e la *Lunar Mineral Cooperative*.

– Sì signore – proseguì Bray – ora lei è un pezzo grosso. Passerà alla storia come il primo uomo a detenere i diritti su un intero mondo. Pensi! 38 milioni di chilometri quadrati. Padrone di tutto quello che vede!

Dover osservò sulla sua scrivania il globo di quasi un metro che raffigurava la Luna. La superficie era divisa in aree irregolari colorate in blu e grigio, per distinguere le concessioni della *Moon Mines* da quelle della *Lunar Mineral Cooperative*.

– Sì, ora sarà tutta dello stesso colore. Mi chiedo... – fece una pausa – ... ma suppongo che non sarebbe davvero di buon gusto.

– Che cosa?

– Cambiare il nome da "Luna" a "Spargill".

Bray si fece pensieroso: – Avrebbe un bel da fare.

Gli strinse la mano, con un movimento ampio e caloroso.

– Bene, le auguro buona fortuna, signor Spargill. – Scosse la testa con ammirazione. – Non che ne abbia bisogno, con la mente affilata che si ritrova.

Dover fece un gesto affabile con il sigaro.

– Quando vedo una cosa buona, ci vado dietro e me la prendo.

– Allora buona giornata, signor Spargill.

Dover mosse la mano in un gesto disinvolto e tornò vicino al globo. Un attimo dopo il videotelefono ronzò.

Dover rispose rimanendo in piedi.

– Sì?

– L'avvocato Offbold, signore – disse la voce della sua segretaria privata.

Dover sbadigliò e ritornò alla scrivania.

– Me lo passi.

Lo schermo rivelò una faccia stravolta dalla rabbia e dalla disperazione.

– Mi dica – urlò il signor Offbold – non avrà firmato alcun foglio, vero?

Dover poggiò i piedi sulla scrivania, facendo cadere la cenere dal sigaro.

– Ho appena concluso un accordo vantaggioso, se intende questo. Di grande portata.

Il volto di Offbold si afflosciò.

– Si spieghi...

– La *Moon Mines Company* ora possiede legalmente 38 milioni di chilometri quadrati, 22 miliardi di miliardi di metri cubi e $7,3 \times 10^{19}$ tonnellate di satellite. In breve, ho comprato la *Cooperative*. Sono l'unico proprietario della Luna.

Gli occhi di Offbold erano colmi di lacrime.

– Mi dica quanto ha pagato? Quanto?

– Una somma non piccola – ammise Dover – ma sono stato sulla Luna, ho visto i giacimenti di minerale nelle mie terre e in quelle della *Cooperative* e le dico, Offbold, che ne siamo usciti alla grande.

– Quanto?

– Oh... – Dover sbuffò fortemente dal sigaro. – 200 milioni in contanti...

Offbold si mise le mani sulla fronte.

– ... e gli interessi della *Antarctic Energy*.

– *Oh!*

Dover domandò aspramente – Che le succede, Offbold?

L'avvocato emise un profondo sospiro.

– Ora che possiede la Luna, cosa intende farne?

– Che domanda, continuerò con le estrazioni naturalmente.

– Giovane stupido! – ruggì Offbold. – Non legge i giornali?

– Certo, ogni volta che ho tempo.

– Bene, trovi il tempo di farlo, ora!

Lo schermo si spense.

– Miss Foresythe... – chiamò Dover.

– Sì, signor Spargill?

– Il giornale del pomeriggio per favore.

Lo schermo s'illuminò. Gli occhi di Dover caddero sulla notizia principale.

LA SCIENZA RIVELA
UNA NOTIZIA SCONVOLGENTE
Presentato il Processo di Trasmutazione

. . . .

Un metodo per la conversione della massa di un elemento in un altro è stato oggi presentato da Fredrick Dexter, direttore della Applied Research Foundation. Menti autorevoli sostengono che la scoperta comporterà cambiamenti sociali paragonabili a quelli della Rivoluzione Industriale.

Dexter ha fatto lo storico annuncio durante la conferenza stampa di questa mattina. Ha precisato che la necessaria apparecchiatura funziona grazie a un principio di auto-sostentamento, senza richiesta di energia esterna, a condizione che sia mantenuto un corretto bilanciamento interno secondo la conosciuta teoria atomica. Viene raggiunta una condizione equivalente alla temperatura di centinaia di milioni di gradi, ma l'energia prodotta, sia per fusione che per fissione, è assorbita dal processo di bilanciamento e la cella rimane a una temperatura prossima a quella ambiente.

Dexter ha rivelato che la fondazione stessa costruirà e distribuirà le unità di trasmutazione. Dexter ha anche annunciato che inizierà subito la produzione di tutte le appa-recchiature, dai semplici dispositivi domestici ai mostri in grado di inghiottire molte tonnellate al minuto.

Sono stati chiesti a Dexter quali sarebbero stati gli effetti tecnologici ed economici della scoperta. Lo scienziato ha risposto che, secondo la sua opinione, il mondo sta ora per entrare in una nuova Età dell'Oro: il platino sarà economico come il ferro e, fin da subito, sarà possibile utilizzare i rifiuti e i mucchi di scorie dei già antiquati sistemi di purificazione chimica per ottenere una gran quantità di materiali allo stato puro. Certamente le miniere saranno...

Dover disse gentilmente: – Può spegnere lo schermo, miss Foresythe.

Camminò lentamente sino al globo di quasi un metro e lo fece girare, sfiorando la superficie butterata con il palmo della mano.

– 38 milioni di chilometri quadrati – rifletté Dover – 22 miliardi...

– Signor Spargill – disse la voce della segretaria – l'avvocato Offbold è di nuovo in linea.

– Va bene – rispose Dover – me lo passi.

Offbold sembrava calmo; solo il rigonfiamento del collo tradiva lo sforzo con il quale si teneva sotto controllo. Parlò con voce affannata, pronunciando ogni parola con attenzione.

– Signor Spargill, è mio dovere comunicarle lo stato esatto dei suoi affari. Primo, la *Moon Mines* non vale più nulla. Zero! La sua nuova acquisizione, la *Lunar Mineral Cooperative*, è parimenti senza valore.

– Ma... possiedo l'intero satellite! – protestò Dover.

Gli occhi di Offbold brillarono, le labbra si arricciarono per il disgusto.

– Potrebbe esibire il certificato all'intera Nube di Magellano e non migliorerebbe il conto in banca di un centesimo.

Dover rimuginò sulla situazione.

– Non riuscirebbe a vendere l'intera Luna per dieci dollari! – sbraitò Offbold. – Anzi no, mi scusi... rimangio quello che ho detto. Senza dubbio al college ci sono studenti spendaccioni che offrirebbero dieci dollari, forse anche venti, fosse solo per vantarsi di possedere la Luna.

Se riceve un'offerta di questo tipo, le consiglio di accettare: è l'unico modo intelligente con il quale la Luna possa riacquistare un qualche valore. Eliminiamo la *Moon Mines*, la *Lunar Cooperative* e l'*Antarctic Energy* dal suo patrimonio. Oltre ovviamente ai... 200 milioni di dollari in contanti.

"Rimangono forse 70 o 80 milioni di denaro liquido, fra svalutazioni varie, costruzioni, fondi di ammortamento, ecc... – fece una pausa carica di emozione. – Ho fatto un calcolo approssimativo e ho constatato che quando avrà venduto le altre partecipazioni, in modo da saldare tutti i debiti, le resteranno solo... la *South Sahara Pest Control Agency* a Timbuctù e un numero considerevole di acri nell'Arizona settentrionale, entrambi presi da suo padre come pagamenti di debiti altrimenti irrecuperabili.

– Li venda entrambi – ordinò Dover. – Venda quanto possibile. Paghi tutti i conti e depositi il rimanente sul mio conto personale.

Quindi aggiunse, con voce impavida: – Andrà tutto bene, proprio come avevo previsto, infatti...

– Non riesco a capire – Sbottò Offbold gelido.

La voce di Dover si fece piatta.

– Bene, ogni tanto uno scossone è salutare a una grande organizzazione. Tonifica, per così dire...

Offbold passò a un linguaggio più familiare.

– È stato lei a dare lo scossone, signor Spargill, lei e nessun altro.

Roger Lambro, durante una conversazione a metà pomeriggio con la signorina Deborah Fowler al *Tivoli Terrace*, chiese: – In quale parte del mondo si trova Dover Spargill in questi giorni? Non lo vedo da secoli.

La signorina Fowler scosse la testa distrattamente.

– È sparito dalla circolazione. Ho sentito delle chiacchiere... – si fermò un attimo, riluttante a riferire pettegolezzi poco piacevoli.

Roger Lambro non fu così delicato.

– Cioè?

La donna fece ruotare lo stelo del suo bicchiere di Martini.

– Beh... dicono che, dopo quella monumentale cantonata, si sia ritirato a vivere nella sua proprietà.

Alzò gli incantevoli occhi verso un punto preciso del cielo limpido della sera, proprio là dove la Luna faceva capolino, chiara come un'ostrica. – Ci pensi Roger, forse in questo momento lui è lassù e ci sta guardando...

Thornton Bray era sulla terrazza di marmo della sua villa sul Lago Maggiore, un *Armagnac* in una mano e un *Rosa Panatela Suprema* nell'altra. Stava intrattenendo un gruppo di soci d'affari con un aneddoto della sua carriera.

– ... avrei potuto essere anche più caritatevole se quel giovane somaro, con la bocca ancora sporca di latte, non avesse creduto tutto il tempo di fregarmi. A me, Thornton Bray!

Rise in maniera perfida.

– Pensava di ottenere tutto in cambio di niente. Così ho giocato con lui; dopo tutto, gli affari sono affari. Lui ha fatto la prima mossa e io gli sono andato dietro... Sì signori, vorrei aver potuto vedere la sua faccia quando si è reso conto di ciò che era successo.

– A proposito della Luna – disse uno dei suoi amici – ha veramente un aspetto splendido stasera. Non posso dire di averla mai vista... beh, così tranquilla, così perlata.

Thornton Bray alzò gli occhi verso la Luna piena.

– Sì, è magnifica. Da qui, comunque. Se aveste lavorato lassù, tornereste sulla Terra con un'idea differente. Un luogo infernale, cupo, arido.

– Ha dei colori graziosi – osservò un altro membro del gruppo – verde, blu, rosa, tutti amalgamati insieme.

Bray ribatté scherzosamente: – Suvvia, Jonesy. Hai alzato il gomito più del dovuto... Un altro goccio? Cribbio, credo che mi unirò a te.

Cornelius Armitage, professore di astronomia presso la *Hale University*, borbottò irritato e pulì l'oculare del telescopio con un po' di ovatta.

Un assistente gli era seduto accanto, intento a contare le stelle in un campione di cielo.

– Qual è il problema?

– Le lenti sono appannate, in una condizione orribile. La Luna sembra tutta sfocata.

Controllò il vetro.

– Ecco, così va meglio.

Tornò alle sue osservazioni.

L'assistente alzò lo sguardo sentendo un nuovo rumore. Il professor Armitage era seduto in posizione eretta, gli occhiali sul tavolo, e si stava stropicciando gli occhi.

– Ho letto veramente troppo, devo andarci più piano.

– Abbiamo finito per questa sera? – domandò l'assistente.

Il professore Armitage annuì debolmente: – Sono troppo stanco e non ci vedo più bene.

Il tenente MacLeod, osservando il lavoro di uno studente dell'Istituto Marittimo, scosse la testa con indulgenza.

– Quelle cifre ci porterebbero a cinquecento chilometri all'interno. È probabile che tu abbia sbagliato nel fare le correzioni dovute alla rifrazione.

Il cadetto Glasskamp, astioso, mise su il broncio. Il problema era in ogni caso futile; la navigazione celeste era usata di rado in quell'epoca di Loran* e piloti automatici. L'occultazione lunare delle stelle per determinare l'ora di Greenwich era superata da tre secoli; l'esercizio non era altro che un lavoro noioso.

Il tenente conveniva ma sosteneva anche che impratichirsi con le difficoltà del vecchio sistema chiariva i concetti base dell'angolo orario, della declinazione, dell'ascensione retta, del tempo locale e via discorrendo, come nessuna delle moderne scorciatoie era in grado di fare.

Il cadetto ritornò al problema. Venti minuti dopo alzò gli occhi.

– Non riesco a trovare nulla di sbagliato. Potrebbe essere stato un errore nelle osservazioni.

– Sciocchezze! – esclamò il tenente. – L'ho visto con i miei occhi. – Tuttavia controllò le cifre di Glasskamp, una volta, due, tre per poi aprire alla fine l'Almanacco Nautico e calcolare personalmente il tempo di occultamento.

Si mordicchiò il labro con stupore.

---

* Sistema di navigazione a lungo raggio in cui i segnali a impulsi, inviati da due coppie di stazioni radio, venivano utilizzati per determinare la posizione di una nave o di un aeroplano. [N.d.T.]

– Ventidue minuti? Non ci posso credere. Questi parametri erano precisi.

– Forse non ha tenuto conto della rifrazione della luce stellare attorno alla Luna.

Il tenente MacLeod lanciò al cadetto Glasskamp un'occhiata carica di compassione.

– La rifrazione avviene quando la luce attraversa un'atmosfera. Non c'è atmosfera sulla Luna... e anche se ci fosse... – calcolò sottovoce – ... la Luna si muove di mezzo grado all'ora, da cui trenta minuti. La rifrazione dell'atmosfera terrestre è di mille secondi; se l'atmosfera della Luna fosse densa come quella della Terra, questo valore dovrebbe essere raddoppiato perché la luce ci passa attraverso due volte. Quindi duemila. Prendiamo un valore di milleduecento, da cui venti minuti. Se così fosse... ciò creerebbe quaranta minuti cronologici, a mezzo grado all'ora. A prima vista – concluse il tenente scherzosamente – sembrerebbe che la Luna abbia un'atmosfera densa all'incirca metà di quella della Terra.

La colazione della domenica mattina a casa di Sir Brampton Pasmore procedeva con la consueta pigrizia. Sir Brampton accompagnava le aringhe affumicate leggendo il suo giornale tecnico favorito; Lady Iris, dando un'occhiata al *Times Magazine*, esclamò divertita:

– Qui c'è qualcosa che rientra nel tuo campo, mio caro.

Dando un'altra scorsa, citò: – "La Luna ha un'atmosfera? Strani indizi e presagi".

– Puah! – sbuffò Sir Brampton. – Mi meraviglio che il *Times* pubblichi una tale stupidaggine sensazionalistica. Mi aspetterei una cosa simile dagli americani...

Lady Iris aggrottò le sopracciglia.

– Sembrano del tutto seri. Parlano dell'apparizione di scie di meteore.

– Ridicolo! – disse Sir Brampton, tornando al suo giornale. – Non sono passati dieci anni da quando la Luna è stata esplorata in lungo e in largo alla ricerca di minerali, prima dei trasmutatori ovviamente. Di sicuro non c'era atmosfera allora; perché dovrebbe esserci adesso?

Lady Iris scosse la testa dubbiosa.

– Non potrebbe essere che qualcuno abbia dotato la Luna di un'atmosfera?

– Irrealizzabile, mia cara – mormorò Sir Brampton.

– Non capisco il perché.

Sir Brampton mise da parte il giornale.

– È una questione scientifica, cara, che non sono sicuro capiresti.

Lady Iris si risentì visibilmente.

– Stai per caso insinuando che...

– No, naturalmente no! – la interruppe frettolosamente il marito. – Volevo dire che... Vabbè, è un problema di velocità di fuga di un corpo celeste e di moto molecolare dei gas. La gravità lunare non è in grado di trattenere un'atmosfera, almeno oltre un certo periodo di tempo: le molecole si muovono a una velocità sufficiente per perdersi nello spazio. L'idrogeno svanirebbe all'istante. L'ossigeno e l'azoto... beh, credo che probabilmente resisterebbero più a lungo, forse anni ma alla fine sfuggirebbero anche loro. Come vedi un'atmosfera sulla Luna non è possibile.

Testarda, Lady Iris tamburellò con le dita sul giornale.

– Se il *Times* dice che c'è un'atmosfera, allora è vero. Il *Times* non sbaglia mai. Perché qualcuno non ci fa un salto e lo verifica personalmente?

Sir Brampton sospirò.

– La Luna non interessa più a nessuno, mia cara. Le rovine marziane sono la notizia del momento. La Luna è scomoda nonché pericolosa, non c'è nulla da imparare e ora che il processo di trasmutazione fornisce tutti i minerali di cui abbiamo bisogno non c'è alcuna ragione per visitarla... Inoltre, ho sentito dire che c'è un proprietario pazzoide che scoraggia le intrusioni; ha una pattuglia speciale che respinge i visitatori.

– Bene, bene... – mormorò l'adorabile Deborah Fowler Lambro al marito Roger – ti ricordi di Dover Spargill? Dai un'occhiata a questo!

Allungò un bollettino dal mucchio delle news.

> La Luna è pronta per essere abitata, annuncia Dover Spargill, proprietario del satellite...

Lady Iris guardò sir Brampton con occhi euforici.

– Te lo avevo detto! – gli disse, e Sir Brampton si fece piccolo piccolo dietro al *Report of the Royal Astrophysical Society*.

Thornton Bray camminava avanti e indietro, le mani dietro la schiena. Era possibile che… No, certo che no. Inoltre… Dover Spargill si era mostrato ingenuo come un agnello, così disposto a farsi spennare.

Raggiunse il videotelefono e digitò il numero del suo avvocato.

– Herman, ricordi i primi tempi quando costituimmo la *Lunar Cooperative*?

– Sono passati venticinque anni – constatò Herman Birch, un uomo alto dal colorito giallo limone e il volto aquilino.

– C'era un vecchio incapace, ora morto, che si rifiutò di vendere. Possedeva alcuni chilometri quadrati nel cratere Aristillus, se non ricordo male. Quell'appezzamento in particolare non era incluso quando abbiamo venduto la *Lunar Coop* a Spargill. Mi chiedo in che condizione sia ora quella concessione.

Birch girò la testa, disse alcune parole a qualcuno invisibile dal videotelefono per poi tornare a rivolgersi a Bray: – Che ne pensi di questo discorso dell'atmosfera?

Bray si morse le labbra.

– Fumo negli occhi. Da dove potrebbe provenire? La superficie lunare è un tredicesimo di quella terrestre; sarebbero necessari miliardi e miliardi di tonnellate.

– Spargill potrebbe stare usando i trasmutatori.

– Lo supponi? Hai la minima idea delle dimensioni di un progetto simile? La Luna è un luogo enorme. Il trasmutatore più grande che io conosca ha una capacità di un centinaio di tonnellate al minuto, una quantità ridicola.

– Potrebbe aver costruito delle installazioni speciali.

– E dove avrebbe preso il denaro? So da fonti attendibili che Spargill era all'asciutto dopo aver acquisito la *Lunar Coop*… Aspetta un minuto, voglio chiamare la *Applied Research Foundation* e fare alcune domande.

Digitò rapidamente un numero e un attimo dopo apparve un viso cauto e tondo.

– Buongiorno Sam.

Sam Abbott annuì.

– Cosa posso fare per te, Bray?

– Avrei bisogno di una piccola informazione confidenziale, Sam.

– Cosa ti preoccupa?

– La *Applied Research Foundation* ha mai venduto un trasmutatore a Dover Spargill?

Il viso di Sam Abbott si arricciò in un ghigno di disgusto.

– Ti darò una risposta secca, Bray. No, neanche uno.

Bray sbatté gli occhi.

– Come spieghi la storia dell'atmosfera sulla Luna?

Abbott alzò le spalle.

– Non me la spiego; non mi riguarda.

Bray, borbottando irritato, tornò a Herman Birch che annuiva soddisfatto.

– Quella concessione non era ancora stata riassegnata. Ho appena inserito il tuo nome.

Bray strinse le labbra: – Ottimo. Ora ho un motivo legale per visitare la mia concessione. Affittami una nave veloce...

L'allarme radar scattò a centotrentamila chilometri dalla Luna. Il pilota abbassò l'interruttore. Una voce rude risuonò: – Vi state approssimando alla nostra proprietà!

Bray si avvicinò all'altoparlante: – E io sono diretto alla mia, la concessione Niobe nel cratere Aristillus. Se mi ostacolate, chiamerò la Pattuglia Spaziale.

La voce non diede risposta e Bray s'immaginò una ricerca frenetica fra le mappe catastali e i titoli di proprietà. Trascorsero così dieci minuti.

Una nuova voce disse. – Nave in avvicinamento: chi è che reclama la concessione Niobe?

– Io, Thornton Bray.

– Oh, Bray... – esclamò la voce con tono differente – sono Spargill. Perché non ha detto subito che era lei? Scenda pure sul campo principale.

– Dove siete? – chiese Bray con cautela.

– Siamo nel cratere Hesiodus, a sud del Mare Nubium... oltre il cratere Pitatus. I vecchi impianti Goldenrod.

Il campo d'atterraggio a Hesiodus si trovava in un tipico, vecchio insediamento minerario: una grande cupola di plastica ancorata alla roccia da una rete di cavi che serviva anche a controbilanciare la pressione interna dell'aria. Il pilota fece atterrare la nave e Bray, già in tuta spaziale, saltò a terra.

Si avvicinarono tre uomini; dietro la visiera del primo Bray riconobbe la faccia di Dover Spargill che lo salutò con un gesto.

– Come va, Bray? Bello da parte sua fare un salto... Cos'è questa storia della concessione Niobe?

Bray glielo spiegò.

– E poiché quella terra era senza proprietario, ho pensato bene di accaparrarmela.

Mentre parlava, aveva dato un'occhiata ai dintorni. Il cielo lunare, che si ricordava nero, era ora di un profondo blu giacinto.

– Sembra che tutti i discorsi sull'atmosfera lunare siano veri.

Dover annuì.

– Oh sì... venga nella cupola.

Condusse Bray lungo una superficie di pomice compressa. A circa un chilometro e mezzo si ergevano, alte e frastagliate, le pareti del cratere, alla base delle quali Bray distinse una fila di cubi neri.

– Quant'è la pressione ora, Spargill?

– All'incirca di sette libbre.

– Barometrica? Voglio dire... sulla colonnina di mercurio?

– Oh mio Dio, no! Mi sono spiegato male, sette libbre sul dinamometro.

Bray sbuffò con il maggior tatto possibile.

– Un tremendo spreco di denaro, Spargill.

– Lo crede veramente? Mi rincresce sentirglielo dire; spero proprio di arrivare un giorno a qualcosa di utile... guardi lì. – Indicò la parete della cupola. – Gerani. Crescono sulla Luna all'aperto. Non ha mai visto niente di simile ai vecchi tempi, non è così Bray?

– Ehm... A cosa servono i gerani? Uno spreco monumentale. L'atmosfera si perde nello spazio non appena viene prodotta. Qui non c'è gravità sufficiente.

Dover chiuse il portello esterno dietro di loro. Dopo che ebbero tolto le tute, Dover condusse Bray nella sala principale, dove una dozzina di uomini e donne stava seduta a leggere, chiacchierare, giocare a carte e bere birra.

– Ha proprio una bella colonia qui – constatò Bray con voce stupita. – Lavorano gratis?

Dover ridacchiò brevemente.

– Certo che no! Questa è solo una piccola parte della nostra operazione. Abbiamo squadre in quasi tutte le vecchie miniere... un caffè?

Bray rifiutò seccamente.

– Esattamente quali sono i suoi progetti, se posso chiedere?

Dover si accoccolò su una sedia.

– È una storia lunga, Bray. Innanzitutto, spero che lei voglia dimenticare il passato. Credo di averla raggirato abbastanza bene quando le portai via la *Lunar Coop*, giusto?

Bray disse con voce strozzata: – Lei avrebbe raggirato *me*? Beh... lasciamo perdere. Vorrei saperne di più circa questa... – disse, agitando il pollice verso l'alto – ... folle bravata.

Dover rispose con tono rassicurante: – Non è una cosa così irrealizzabile come crede. Consideri il futuro, Bray. Vede quello che vedo io? Foreste, prati, pascoli. La Luna, il pianeta verde! Alberi alti centocinquanta metri! In questo momento stiamo riempiendo di acqua i crateri. La Luna, il mondo di un milione di laghi! Entro cinque anni avremo una pressione di tredici libbre e sarà possibile vivere all'aperto.

– Spreco, soltanto spreco – rispose Bray cantilenando. – Non riuscirà mai a ottenere un'atmosfera stabile.

Dover si grattò la testa.

– Beh, certamente potrei sbagliarmi...

– Di sicuro! – lo interruppe Bray in modo brusco. – Dover, detesto vedere che si sta prendendo in giro da solo. In nome dei vecchi tempi, sono disposto a...

– La mia teoria – iniziò a spiegare Dover – è che sia la composizione dell'atmosfera a determinare la velocità di dispersione. Naturalmente ci aspettiamo di dover apportare le necessarie modifiche per molto tempo a venire.

– Beh, di certo...

– Ma, al momento, stiamo producendo un tipo speciale di atmosfera, piuttosto diversa da quella terrestre.

Le narici di Bray si dilatarono per l'improvviso interesse.

– In che modo?

– Beh, in primo luogo lo xeno sostituisce l'azoto. Il peso specifico è 4,5, mentre quello dell'azoto è 1. Inoltre stiamo usando gli isotopi più pesanti possibili per ossigeno, carbonio e azoto, e deuterio piuttosto che idrogeno per la nostra acqua. Tutto ciò ha come risultato un'atmosfera abbastanza densa... identica all'aria terrestre dal punto di vista fisiologico ma circa tre volte e mezza più densa. In questa maniera la perdita di vapore nello spazio è quasi annullata.

Bray fece scrocchiare le nocche. Ci doveva essere qualcosa di sbagliato.

Dover proseguì: – Se volessimo potremmo rendere l'atmosfera ancora più densa, sostituendo lo xeno con il radon.

– Radon! Mio Dio... friggereste!

Dover scosse la testa sorridendo.

– Il radon ha molti isotopi, non tutti radioattivi in maniera significativa. Sulla Terra siamo abituati solo ai prodotti di decadimento del radio, del torio, dell'attinio. Ma l'inconveniente del radon sta nella sua pesantezza. Una raffica di vento solleverebbe un uomo, come se fosse colpito da un sacco di segatura.

– Ehm... interessante – osservò Bray con aria assente. Doveva trovare il modo di rimediare a quello che ora riconosceva come un errore di giudizio: aver permesso a Dover di diventare il solo proprietario della Luna. Non proprio il solo: Bray, come titolare di una concessione lunare, aveva il diritto di essere consultato. La soluzione poteva essere quella di ragionare insieme, come fossero amici.

Ispezionò il terreno con cautela.

– Cosa si propone di fare con tutta la proprietà? – ammiccò furbescamente. – Venderla per una bella cifra?

Dover fece un gesto di disapprovazione.

– Immagino che un uomo senza scrupoli, suddividendo e vendendo, potrebbe facilmente diventare multimilionario... Ha detto qualcosa?

– No – rispose Bray deglutendo forte – ho solo tossito.

– Il mio obiettivo è un altro. Voglio vedere la Luna diventare un giardino alle porte della Terra... un parco, un'area residenziale. Di certo non desidero sulla Luna né condomini, né alberghi turistici, né...

– Ovviamente state usando i trasmutatori dell'*Applied Reserch*?

– Certo. Ce ne sono di altri tipi?

– No, non che io sappia.

– Sono delle unità speciali, mastodontiche, costruite appositamente per questo progetto. Ne abbiamo circa duemila già operative. Le collochiamo sotto una montagna e demoliamo la roccia nelle tramogge. Ogni settimana altre due unità entrano in funzione; c'è una massa enorme di materiale da trasmutare e noi abbiamo una pianificazione di quindici anni. Ciò significa che dobbiamo trattare in media tre miliardi di tonnellate al giorno, solo per quanto concerne l'atmosfera; finora ne siamo stati in grado.

Bray fece una smorfia, stringendo i pugni. Cogliendo lo sguardo interrogativo di Dover, sbottò: – Sam Abbot della *Applied Research* è un dannato bugiardo. Ha detto di non averle mai venduto alcun trasmutatore.

– Ha detto il vero. Li stiamo usando gratuitamente, in prestito.

– Gratuitamente?

Dover distese le mani in un gesto di franchezza.

– Era l'unico modo con il quale potevo intraprendere il progetto. Rilevare la *Lunar Coop* mi ha lasciato al verde. Nei primi tempi della Fondazione, però, mio padre aveva fatto una grossa donazione ed è rimasta una specie di obbligazione nei miei confronti. In pratica, siamo soci nell'affare. – Annuì in direzione degli altri occupanti della sala. – Tutto personale della Fondazione. Stanno investendo nel progetto i profitti della produzione dei trasmutatori; certamente ci ricaveranno dieci volte tanto.

– E lei mantieni ancora il controllo?

– Su tutto, tranne che sulla concessione Niobe. – Dover rise in modo gioviale. – Da questo punto di vista mi ha preceduto. Credevo di essere l'unico proprietario e ora temo che... Beh, poco importa.

Bray si schiarì la gola.

– Come ha appena detto, io e lei siamo i soli proprietari. Sono dell'idea che ora dovremmo creare qualcosa di simile a un consiglio di controllo per proteggere i nostri... interessi, per così dire.

Dover sembrò stupito: – Crede davvero che una formalità del genere sia necessaria? Dopo tutto la concessione Niobe...

Bray disse con la massima serietà: – Ho paura di dover insistere.

Dover si incupì.

– Non penso che la rivendicazione occuperà molto del suo tempo, come teme.

Bray alzò le sopracciglia.

– Cosa intende dire?

– Beh… – Dover esitò un istante – … immagino che lei non abbia ancora visitato la concessione.

– No. Tutto quello che so è che si tratta di un'area di sedici chilometri quadrati all'interno del cratere Aristillus.

Dover si alzò.

– Forse dovremmo volare fin laggiù e dargli un'occhiata.

Decollarono dall'Hesiodus in un piccolo aeromobile dalle ali corte e si diressero verso nord, costeggiando il Mare Nubium.

– Tutto buon basalto – spiegò Dover. – In pochi anni gli agenti atmosferici dovrebbero produrre della magnifica terra rossa. Stiamo facendo esperimenti con i batteri per accelerare il processo.

Il Sinus Medii passò sotto di loro, seguito dal litorale orientale del Mare Vaporum. Di fronte incombevano le grandi falesie degli Appennini mentre, leggermente a sinistra, si apriva il grande cratere Erathostenes.

Bray allungò il collo.

– Quella non sarà mica acqua?

– Oh sì – sorrise Dover. – Il lago Eratosthenes. Stiamo utilizzando l'Eratosthenes e un altro lago come punti di evaporazione primaria. L'acqua arriverà molto più tardi dell'aria; la Luna sarà un mondo arido per ancora un bel po' di tempo.

Bray disse bruscamente: – Credo che metterò su un grande hotel sulla mia proprietà… un parco divertimenti, un bel casinò, corse di cani… – diede a Dover una gomitata scherzosa. – Grazie a Dio, qui non esiste il riposo domenicale, eh Dover?

Dover disse rigidamente: – Speriamo di governarci da soli, con il solo aiuto del nostro naturale buon gusto.

– Beh… – esclamò Bray – se avessi un po' più di terra non sarei costretto a pensare in piccolo. Personalmente non mi piace l'idea, ma che ci posso fare? Ho solo la concessione Niobe e nient'altro. Spero che non si riveli una cosa spiacevole… Forse nel nome dei vecchi tempi potrebbe lasciarmi fare un buon affare, facendomi riacquistare un pezzo della *Lunar Cooperative*, cioè...

Dover scosse la testa.

– Ho paura che sia impossibile.

Bray chiuse la bocca di scatto.

– Allora dovrò fare del mio meglio con l'Aristillus. Magari un grattacielo. Lo farò diventare il luogo di maggior interesse sulla Luna. Una specie di Quartiere Latino o di Costa dei Barbari.

– Sembrerebbe interessante.

Gli Appennini si alzarono davanti a loro.

– Splendido scenario di montagna – spiegò Dover. – Straordinario. Tra venti o trent'anni ci sarà veramente qualcosa da vedere. Quella là sotto è la Palus Putredinis e più avanti, quei tre crateri...

– Archimedes, Autolycus e Aristillus – disse Bray. – Aristillus... futuro luogo di maggior interesse, attività e popolarità della Luna.

– Lago Aristillus – precisò Dover con aria assente.

Bray si gelò sul sedile. Il luccichio dell'acqua era inconfondibile.

– Un bellissimo cratere – confermò Dover – che ha prodotto un bellissimo lago profondo tremila metri, se non sbaglio.

L'aeromobile girò intorno alla placida superficie blu. Una piccola isola sporgeva al centro del lago.

Bray ritrovò la voce: – Intende dire – domandò – che ha sommerso la mia proprietà sotto tremila metri d'acqua?

Dover annuì.

– Guardi laggiù... – indicò una cascata d'acqua che rotolava giù dalla parete orientale. – Dietro quel ruscello sessanta unità stanno producendo acqua e xenon. Chiamerò il fiume con il suo nome, se le fa piacere. *Bray River*... dal suo punto di vista è una coincidenza piuttosto triste che abbiamo scelto l'Eratosthenes e l'Aristillus per i nostri primi laghi. Non ho avuto il coraggio di darle la notizia al campo.

Bray ruggì: – Questo è intollerabile! Ha sommerso la mia proprietà, ha...

Dover lo interruppe con voce conciliante: – Ovviamente non avevamo idea che la proprietà non fosse nostra; se avessimo saputo della sua intenzione di costruire "un luogo alla moda", come lo ha definito... non avremmo mai pianificato il lago.

– Farò causa, chiederò i danni!

– Danni? – chiese Dover con voce addolorata. – E perché mai…

Bray alzò gli occhi al cielo con rabbia.

– Posso provare che la proprietà valeva milioni, che…

– Ehm… da quanto tempo è entrato in possesso della concessione Niobe?

Bray si calmò di colpo. – Beh, a dir la verità… non fa alcuna differenza! Lei è colpevole di…

– È evidente, signor Bray, che ha rivendicato la proprietà quando era già sott'acqua – Dover si grattò la testa. – Sono sicuro che la richiesta sia legale, ma non vedo proprio che cosa ci farà con la sua proprietà. A meno che lei non voglia riempirla di trote…

SJAMBAK

(*Sjambak*, 1953)
Traduzione di Marco Riva e Stefano Sacchini

HOWARD FRAYBERG, direttore di produzione di *Conosci il tuo Universo!*, era un uomo dall'umore imprevedibile. E Sam Catlin, curatore della sceneggiatura dello spettacolo, aveva imparato ad aspettarsi il peggio.

– Sam – disse Frayberg – per quanto riguarda lo show di ieri sera... – fece una pausa per cercare le parole appropriate, e Catlin si rilassò. Frayberg stava solo rimuginando una critica.

– Sam, siamo prevedibili. Ma quel che è peggio, lo spettacolo è noioso!

Sam Catlin alzò le spalle, senza rispondere.

– *I trasformatori di alghe di Alphard IX...* ma chi se ne frega delle alghe!

– È roba concreta – ribadì Sam, sulla difensiva, ma senza sbilanciarsi troppo.

– Noi presentiamo di tutto... colori, fatti, romanticismo, visioni, suoni, odori... La prossima volta tocca alla spedizione Ball, sulle Montagne Mixtup di Gropus.

Frayberg si chinò in avanti.

– Sam, stiamo sbagliando approccio con questa roba, ribaltiamo tutto! Cambiamo prospettiva! Diamo alla gente il caro, vecchio punto di vista umano... il fascino, il mistero, il brivido!

Sam Catlin arricciò le labbra e annunciò: – Forse ho proprio quello che cerchi.

– Davvero? Fammi vedere.

Catlin frugò nel cestino dei rifiuti.

– L'ho archiviato dieci minuti fa... – disse lisciando le pagine.

– Bozza di Wilbur Murphy. Investigare circa il "Cavaliere dello Spazio", l'uomo che arriva a cavallo per incontrare le astronavi in avvicinamento.

Frayberg inclinò la testa di lato… – Arriva su un *cavallo*?

– È quello che dice Wilbur Murphy.

– Quanto in alto?

– Fa qualche differenza?

– No, non credo.

– Bene, per tua informazione è arrivato fino a quindicimila, o trentamila chilometri. Ha salutato il pilota, si è tolto il cappello davanti ai passeggeri e poi si è girato, cavalcando fino a terra.

– E dove ha avuto luogo il tutto?

– Su… su… – Catlin si accigliò. – Posso scriverlo ma non so pronunciarlo.

Digitò sul proprio schermo: CIRCAMESÇ.

– Sirgamesk – lesse Frayberg.

Catlin scosse la testa.

– Così parrebbe… ma quelle consonanti sono tutte gutturali aspirate. Dovrebbe essere qualcosa come *Hrrghameshgrrh*.

– Dove ha pescato questa roba Murphy?

– Non mi sono scomodato a chiederglielo.

– Beh – rifletté Frayberg – potremmo sempre fare uno spettacolo sulle superstizioni bizzarre. Murphy è da queste parti?

– Sta illustrando il suo conto spese a Shifkin.

– Portamelo qui e parliamo con lui.

Wilbur Murphy sfoggiava biondi capelli a spazzola, un largo naso lentigginoso e un vistoso strabismo laterale. Alzò gli occhi dalla sua bozza spiegazzata e guardò verso Catlin e Frayberg.

– Non è piaciuta?

– Crediamo che l'enfasi debba essere un po' accentuata – spiegò Catlin. – Invece de *Il Cavaliere dello Spazio*, noi vorremmo proporre *Strane Superstizioni di Hrrghameshgrrh*.

– Diavolo! – sbottò Frayberg. – Chiamalo Sirgamesk.

– Comunque – continuò Catlin – questa sarebbe l'idea.

– Ma non è una superstizione! – dichiarò Murphy.

– Su dai, Wilbur…

– Ho preso il fatto, puro e semplice. Un uomo arriva a cavallo per incontrare le navi in avvicinamento!

– Dove hai pescato questa favola assurda?

– Mio cognato è commissario di bordo sulla *Viaggiatrice celeste*. Sul Pianeta di Riker incontrano la navetta da Cirgamesç.

– Aspetta... – disse Catlin. – Come lo hai pronunciato?

– Cirgamesç. Lo steward della navetta gli ha raccontato questa storia e mio cognato me l'ha riferita.

– Qualcuno sta prendendo in giro qualcun altro.

– Non mio cognato, e lo steward era completamente sobrio.

– Avranno mangiato *bhang*. Sirgamesk è un pianeta giavanese, non è così?

– Giavanese, arabo, malese.

– Allora avranno fatto scorta di *bhang*, e magari pure di *hashish*, *chat* o di qualche altro allucinogeno.

– Beh... quel cavaliere non è frutto di qualche droga.

– No? Allora che cos'è?

– Per quel che ne so io, è un uomo su un cavallo.

– A quindicimila chilometri di altezza? Nel vuoto siderale?

– Esattamente.

– Senza tuta spaziale?

– Quella è la storia.

Catlin e Frayberg si guardarono l'un l'altro.

– Senti, Wilbur... – esordì Catlin.

Frayberg lo interruppe: – Quello che possiamo usare, Wilbur, è qualche superstizione di Sirgamesk. Con enfasi su voodoo o stregoneria... tipo ragazze nude che ballano... roba che abbia avuto radici sulla Terra, ma che ora è diventata tipica di Sirgamesk. Un mucchio di colori. Ammennicoli da rito segreto...

– Su Cirgamesç non c'è molto spazio per i riti segreti.

– È un pianeta grande, no?

– Non quanto Marte. Non c'è atmosfera. I coloni vivono nelle valli tra le montagne, protette da cupole ermetiche.

Catlin sfogliò le pagine della *Guida concisa dei mondi abitati*.

– Qui dice che ci sono rovine antiche di milioni di anni. Quando l'atmosfera si dissipò, gli abitanti si dispersero.

Frayberg iniziò ad animarsi.

– C'è un mucchio di materiale laggiù! Fallo tuo Wilbur! Vita! Sesso! Emozioni! Mistero!

– Okay! – rispose Wilbur Murphy.

– Ma lascia perdere questo "Cavaliere-dello-Spazio". C'è un limite alla credulità popolare e non lasciare che qualcuno ti dica il contrario.

Oltre l'oblò si estendeva Cirgamesç, lontano trentamila chilometri. Lo steward si chinò sulla spalla di Wilbur Murphy e puntò un lungo dito abbronzato.

– Proprio laggiù, signore. È arrivato a cavallo…

– Che tipo di persona era? Sembrava straniero?

– No, era un Cirgameski.

– Oh. E lo hai visto tu stesso?

Lo steward s'inchinò e il mantello, ampio e bianco, scivolò in avanti.

– Esattamente, signore.

– Nessun casco, nessuna tuta?

– Indossava una corta veste, dei pantaloni e un cappello giallo Hadrasi. Nient'altro.

– E il cavallo?

– Ah, il cavallo! Quella è un'altra faccenda.

– In che senso?

– Non posso descrivere il cavallo. Ero concentrato sull'uomo.

– Lo hai riconosciuto?

– Per la fronte del Sommo Allah! È bene non guardare troppo da vicino quando tali meraviglie si manifestano.

– Ma… lo hai *riconosciuto*!

– Devo tornare ai miei doveri, signore.

Murphy aggrottò le sopracciglia, irritato dalla ritirata dello steward, poi si piegò sulla telecamera per controllare la registrazione. Se qualcosa fosse davvero apparso, oltre a lui lo avrebbero visto anche i duecento milioni di spettatori di *Conosci il tuo Universo!*

Quando alzò lo sguardo, Murphy dovette afferrarsi freneticamente al parapetto prima di riprendere fiato. Cirgamesç era entrato nella "Grande Contrazione". Era un'illusione, un capriccio della mente. Un attimo prima il pianeta si distendeva davanti agli occhi; ma bastava battere le palpebre o voltarsi un attimo e quando lo si guardava di nuovo... il "davanti" era diventato il "sotto". Il pianeta aveva oscillato addirittura di novanta gradi nel cielo, e si provava la sensazione di *cadere!*

Murphy si chinò sul parapetto e mormorò a se stesso: – La "Grande Contrazione"... mi piacerebbe portarla su duecento milioni di schermi!

Trascorsero parecchie ore. Cirgamesç crebbe. I monti Sampan s'innalzarono come una crosta scura; i sultanati delle valli di Singhalût, Hadra, Nuova Batavia e Boeng-Bohôt apparvero come luccicanti orme di gallina mentre la Colonia del Grande Rift di Sundaman si estendeva attraverso le colline, come la scia di una lumaca.

La voce di un altoparlante fece tremare la nave: – *Attenzione passeggeri per Singhalût e altre località di Cirgamesç! Preghiamo gentilmente di preparare i bagagli per lo sbarco. La dogana di Singhalût è particolarmente scrupolosa. I passeggeri sono avvisati di non portare a terra droghe, armi o esplosivi. Questo è importante!*

L'avviso si rivelò un eufemismo. Murphy fu riempito di domande. Ma soprattutto subì ispezioni di natura molto intima. Fu sottoposto a raggi-x tridimensionali, con una gamma di frequenze calcolata per suscitare la fluorescenza in ogni oggetto che egli potesse aver occultato nello stomaco, in un osso cavo o sotto uno strato di carne.

Anche il bagaglio fu esaminato con estrema attenzione e Murphy riuscì a malapena a salvare le telecamere.

– Perché siete così dannatamente ansiosi? Non ho droghe. Né merci di contrabbando...

– Le armi, vostra Eccellenza. Pistole, armi, esplosivi...

– Non ho con me nessun'arma.

– Questi oggetti allora?

– Sono telecamere. Registrano immagini, suoni, odori.

L'ispettore afferrò le custodie con uno smagliante sorriso di trionfo.

– Non assomigliano a nessuna telecamera che io conosca. Temo che dovrò sequestrarle...

Si avvicinò un uomo giovane con larghi pantaloni bianchi, un corpetto rosa, un foulard verde pallido e un complicato turbante nero. L'ispettore fece un rapido inchino a braccia aperte e disse: – Eccellenza!

Il giovane alzò due dita.

– Al signor Murphy si possono risparmiare queste formalità inutili.

– Come vostra Eccellenza desidera… – l'ispettore richiuse con destrezza le proprietà di Murphy mentre il giovane osservava benevolo.

Murphy ne analizzò il viso di soppiatto. La pelle era liscia, del colore della luna crescente; gli occhi erano stretti, scuri, all'apparenza tranquilli. L'effetto complessivo era quello di una formalità vellutata, con un temperamento acceso appena sotto la superficie.

Soddisfatto dello zelo dell'ispettore, il giovane si voltò verso Murphy.

– Mi permetta di presentarmi, *Tuan* Murphy. Sono Ali-Tomàs, della Casa di Singhalût, e mio padre il Sultano la prega di accettare la nostra umile ospitalità.

– Caspita, grazie – disse Murphy. – Questa è una piacevole sorpresa!

– Se mi permette di farle da guida…

Poi si rivolse all'ispettore: – Il bagaglio del signor Murphy, a palazzo!

Murphy seguì Ali-Tomàs all'esterno, adattando il suo passo veloce all'andatura felina del Principe. – Le cose si stanno mettendo bene – pensò fra sé. – Avrò una splendida suite, con cesti di frutta e *gin pahits*,* e magari due o tre morbide ragazze con pelle come crema vellutata che mi porteranno gli asciugamani dopo la doccia… Bene, bene… non è poi così male lavorare per *Conosci il tuo universo!* Suppongo che mi dovrò tenere sempre pronto con la telecamera…

Il Principe Ali-Tomàs lo guardò con interesse e chiese: – Com'è il pubblico di *Conosci il tuo universo!*?

– Preferiamo chiamarli "partecipanti".

– Una definizione calzante… e di quanti partecipanti siete al servizio?

– Oh, l'indice Bowdler sale e scende. Abbiamo circa duecento milioni di schermi, per una stima di cinquecento milioni di partecipanti.

– Affascinante! E mi dica… come registrate gli odori?

Murphy mostrò il registratore di odori sul lato della telecamera, e indicò il circuito gelatinoso che serviva a fissare la traccia molecolare.

– E gli odori che vengono ricreati… sono come gli originali?

– Molto simili. Non esattamente uguali, ma nessuno dei partecipanti

---

* Cocktail di origine malese, letteralmente "gin amaro". [N.d.T.]

conosce la differenza. E a volte l'odore sintetizzato è addirittura migliore.

– Sorprendente! – mormorò il Principe.

– E qualche volta... Beh, Carson Tenlake andò a riprendere i fiori di mirra, su Venere. Era un giorno caldo, come sempre su Venere... e la camminata fu lunga. Quando lo spettacolo finì, si sentiva più l'odore di Carson che quello dei fiori.

Il prinicipe Ali-Tomàs rise educatamente.

– Svoltiamo qui.

Uscirono in un recinto pavimentato con mattonelle rosse, verdi e bianche. Nel fondovalle s'intravvedevano un canale sinuoso pieno di foschia e una luce, calda, dorata. Ovunque l'occhio potesse spaziare, le pendici delle colline erano terrazzate, striate di varie tonalità di verde. Sparsi lungo il fondovalle c'erano alti padiglioni di tela, tende, cabine, capanne.

– Naturalmente – disse il Principe Ali-Tomàs – speriamo che voi e i vostri partecipanti possiate apprezzare Singhalût. È ovvio che, al fine di importare, si debba anche esportare. Desideriamo incoraggiare una piacevole risposta al marchio "Prodotto a Singhalût" sui nostri batik, sulle sculture e sulle lacche.

Attraversarono silenziosamente la piazza sino ad un veicolo di superficie con l'emblema della Casa. Murphy si adagiò su un cuscino voluminoso e fresco.

– I vostri ispettori sono piuttosto attenti circa le armi.

Ali-Tomàs sorrise compiacente.

– La nostra esistenza è ordinata e pacifica. Conosce il concetto di *adak*?

– Non credo.

– Una parola, un'idea della vecchia Terra. Ogni atto della vita è ordinato da un rituale. Ma la nostra eredità è passionale... e quando l'inflessibile *adak* subentra come un'emozione irresistibile, allora c'è disordine e a volte anche omicidio.

– Un *amok*.

– Esatto. È risaputo che l'*amok* non ha altre armi oltre al suo coltello. Altrimenti ucciderebbe venti persone al posto di una.

Il veicolo attraversò una strada stretta, disperdendo i pedoni su entrambi i lati, come la prua di una barca che spande la schiuma. Gli uomini indossavano larghi pantaloni bianchi e una corta veste aperta; le donne solo pantaloni.

– Bel gruppo di persone – osservò Murphy.

Ali-Tomàs sorrise di nuovo compiaciuto.

– Sono sicuro che Singhalût presenterà uno spettacolo bello e stimolante per il vostro programma.

Murphy si ricordò il punto fondamentale delle istruzioni di Howard Frayberg: *Emozione! Sesso! Mistero!* Frayberg non teneva in gran conto l'ispirazione o la bellezza.

– Immagino – disse con fare casuale – che voi celebriate numerose feste interessanti. Danze colorate? Tradizioni uniche?

Ali-Tomàs scosse la testa.

– Al contrario. Abbiamo lasciato sulla Terra le superstizioni e il culto degli antenati. Siamo musulmani tranquilli e ci concediamo pochissime festività. Forse è questa la ragione per *amok* e *sjambak*.

– Sjambak?

– Non siamo orgogliosi di loro. Sentirà delle voci maliziose ed è meglio che io la informi in anticipo su quale sia la verità.

– Che cosa è uno sjambak?

– Sono banditi, trasgressori dell'autorità. Gliene mostrerò uno fra poco.

– Ho sentito dire – enunciò Murphy – di un uomo che vola a cavallo nello spazio per incontrare le astronavi. Come spiega una storia di questo genere?

– È del tutto impossibile – rispose il Principe Ali-Tomàs. – Non abbiamo cavalli su Cirgamesç. Assolutamente nessuno.

– Ma...

– Chiacchiere inutili. Tali assurdità non interesseranno i vostri intelligenti partecipanti.

Il veicolo entrò in una piazza di circa cento metri per lato, bordata da lussureggianti alberi di banano. Sul lato opposto c'era un enorme padiglione di seta dorata e viola con una dozzina di spioventi a punta che proiettavano riflessi cangianti. Al centro della piazza un palo di sei metri sosteneva una gabbia, larga circa mezzo metro, lunga uno e alta uno e mezzo. All'interno della gabbia c'era un uomo nudo, accovacciato.

Il veicolo ci passò davanti. Il Principe agitò pigramente una mano. L'uomo in gabbia guardò in basso con gli occhi iniettati di sangue.

– Quello – dichiarò Ali-Tomàs – è uno sjambak. E come può vedere... – una debole nota di scusa trapelò nella voce – proviamo a scoraggiarli.

– Che cos'è quell'oggetto metallico che ha sul petto?

– Il marchio del suo mestiere. Grazie a quello si possono riconoscere tutti gli sjambak. In questi tempi instabili solo noi della Casa possiamo coprirci il petto... tutti gli altri devono mostrarlo per potersi dichiarare veri Singhalûsi.

Murphy confidò con timidezza: – Dovrei tornare qui e fotografare quella gabbia.

Ali-Tomàs sorrise e scosse la testa.

– Le mostrerò le nostre fattorie, i vigneti e i frutteti. I vostri partecipanti ne rimarranno deliziati. Non hanno certo interesse al dolore di un ignobile sjambak.

– Beh – spiegò Murphy – il nostro obiettivo è una produzione a tutto tondo. Vogliamo mostrare i contadini al lavoro, i membri della grande Casa nell'adempimento delle proprie responsabilità, così come il meritato destino dei malfattori.

– Ma certo! Per ogni sjambak ci sono almeno diecimila Singhalûsi industriosi. Ne consegue che solo una decimillesima parte del vostro film sarà dedicata a questa infame minoranza.

– Questo vorrebbe dire circa tre decimi di secondo.

– Non meritano di più!

– Non conoscete il mio direttore di produzione. Il suo nome è Howard Frayberg e...

Howard Frayberg era in riunione con Sam Catlin, sotto l'influenza di quella che Catlin chiamava la sua "pedata filosofica". Era la fase che Catlin temeva di più.

– Sam – chiese Frayberg – conosci il pericolo di questo lavoro?

– L'ulcera – rispose Catlin prontamente.

Frayberg scosse la testa.

– Dobbiamo combattere una malattia professionale: la progressiva miopia mentale.

– Parla per te – replicò Catlin.

– Rifletti. Siamo seduti in ufficio. Pensiamo di sapere che genere di spettacolo vogliamo. Inviamo il nostro staff per realizzarlo. Firmiamo gli assegni e in cambio abbiamo quello che abbiamo chiesto. Lo guardiamo, lo ascoltiamo, lo annusiamo… e in breve ci crediamo: è la nostra versione dell'universo, sbocciata dai nostri cervelli, come una Minerva che voglia imbrogliare Zeus. Comprendi quello che voglio dire?

– Capisco le parole.

– Abbiamo la nostra immagine di quello che succede. La chiediamo e la otteniamo. Questa si sviluppa sempre di più… e alla fine ci ritroviamo come fossimo dei topi, in una trappola costruita dalle nostre stesse idee. Cannibalizziamo i nostri cervelli!

– Nessuno ti potrà mai accusare di essere avaro con le metafore.

– Sam, diciamo la verità. Quante volte sei stato fuori dalla Terra?

– Una volta sono andato su Marte. E ho trascorso un paio di settimane all'*Aristillus Resort*, sulla Luna.

Frayberg si appoggiò alla sedia come fosse scioccato.

– E noi saremmo una coppia di esperti planetologi!

Catlin emise un brontolio in gola.

– Non sono mai stato in giro per lo zodiaco, e allora? Alcuni minuti fa tu hai starnutito e io ho detto *gesundheit*, ma questo non significa che io abbia una laurea in medicina.

– Arriva il tempo nella vita di un uomo – dichiarò Frayberg – di tirare le somme, di cambiare prospettiva.

– Rilassati, Howard, rilassati.

– Nel nostro caso significa tirare fuori le nostre idee preconcette, esaminarle bene e confrontare le nostre illusioni con la realtà.

– Stai parlando seriamente?

– Un'altra cosa… – riprese Frayberg – voglio fare alcune verifiche. Shifkin dice che i resoconti delle spese sono terrificanti. Ma non può farci niente. Quando Keeler sostiene di aver pagato dieci *munit* per una pagnotta su Nekkar IV, chi può contestarlo?

– Dannazione, lasciagli mangiare il pane! È più economico che fare un safari in giro per l'ammasso, alla ricerca di supermercati.

Frayberg non prestò attenzione. Toccò un bottone e apparve una sfera del diametro di un metro, piena di puntini luccicanti. La Terra era al centro, con intorno sottili linee rosse, le regolari rotte spaziali che s'irradiavano in tutte le direzioni.

– Vediamo che razza di giro potremmo fare – propose Frayberg.

– Gower è su Canopus, Keeler qui su Blue Moon, Wilbur Murphy su Sirgamesk…

– Non dimenticare – borbottò Catlin – che abbiamo uno spettacolo da portare avanti.

– Abbiamo materiale per un anno – lo schernì Frayberg. – Contatta la *Space-Lines*. Iniziamo con Sirgamesk e vediamo cosa sta combinando Wilbur Murphy.

Wilbur Murphy fu presentato al Sultano di Singhalût dal Principe Ali-Tomàs. Il Sultano, un uomo piccolo e mite di circa settanta anni, sedeva a gambe incrociate su un enorme cuscino ad aria, rosa e verde.

– Mettetevi comodo, signor Murphy. Qui rinunciamo volentieri al protocollo non indispensabile.

Il Sultano aveva una voce asciutta e l'aria di un dirigente di società alquanto stressato.

– Mi sembra di capire che voi rappresentiate l'*Earth-Central Home Screen Network*.

– Sono un fotografo dello staff dello spettacolo *Conosci il tuo Universo!*

– Esportiamo molto sulla Terra – rifletté il sultano – ma non quanto ci piacerebbe. Siamo molto lieti del vostro interesse per noi e naturalmente vogliamo aiutarvi in ogni modo possibile. Domani il custode degli archivi presenterà una serie di diagrammi che mostrano l'andamento della nostra economia. Ali-Thomàs vi condurrà personalmente agli allevamenti ittici. Vogliamo che voi sappiate che stiamo facendo un grande lavoro, quaggiù a Singhalût.

– Sono certo di questo – rispose Murphy a disagio. – Tuttavia non è proprio quello che sto cercando.

– No? Esattamente quali sono i vostri desideri?

Ali-Tomàs accennò con tatto: – Il Signor Murphy ha mostrato un forte interesse nei confronti dello sjambak visibile in piazza.

– Oh. E tu gli hai spiegato che quei rinnegati potrebbero non interessare gli studiosi seri del nostro pianeta?

Murphy iniziò a spiegare che, riuniti attorno a duecento milioni di schermi sintonizzati su *Conosci il tuo Universo!*, c'erano quattro o cinquecento milioni di partecipanti, la maggior parte dei quali niente affatto seri né tantomeno studiosi.

Il Sultano tagliò corto: – Ora le farò una comunicazione importante. Noi Singhalûsi ci stiamo preparando a reclamare quattro valli, per un'area complessiva di circa duemilacinquecento chilometri quadrati! Metterò a sua disposizione i modelli fisiografici: potrete usarli a vostro piacimento!

– Sarò lieto dell'opportunità – dichiarò Murphy – ma domani mi piacerebbe fare un lungo giro nella valle, incontrare il vostro popolo, osservare le usanze, i riti religiosi, il corteggiamento, i funerali…

Il sultano fece una smorfia.

– Noi siamo noiosi da morire. Le feste sono celebrate tranquillamente nella propria casa. Non c'è molto fervore religioso. I corteggiamenti sono regolati da contratti familiari. Ho paura che troverete ben poco materiale sensazionale, qui a Singhalût.

– Non avete danze nei templi? – chiese Murphy. – Niente cammina-tori sul fuoco, incantatori di serpenti… riti voodoo?

Il Sultano sorrise con condiscendenza.

– Ci siamo trasferiti qui su Cirgamesç per sfuggire alle antiche superstizioni. Le nostre vite sono calme, ordinate. Anche gli *amok* sono praticamente scomparsi.

– Ma non gli sjambak…

– Trascurabili.

– Allora – dichiarò Murphy – mi piacerebbe visitare alcune di quelle antiche città.

– Lo sconsiglio – dichiarò il Sultano. – Sono ruderi, pietre consu-mate. Non ci sono iscrizioni né reperti artistici. Non troverete nessun stimolo nella pietra morta. Orsù. Domani ascolterò un resoconto sulle piantagioni di soia ibrida nel distretto dell'Alto Kam. Voi vorrete di sicuro partecipare.

La suite di Murphy superava ogni più rosea aspettativa. A sua disposi-zione erano state messe quattro stanze e un giardino privato circondato da una macchia di bambù. Le mura del bagno erano ricoperte da lastre di lucida actinolite, intarsiate di cinabro, giada, galena, pirite e malachite blu, con raffigurazioni di uccelli fantastici. La camera da letto era una tenda alta dieci metri. Due pareti erano di tessuto verde scuro, una terza color ruggine dorata e la quarta aperta sul giardino privato.

Il letto di Murphy era una costruzione quadrata rosa e gialla, di tre metri per lato, soffice come tela di ragno e profumata di legno di sandalo rosa. Delle vaschette di lacca nera intagliata contenevano frutta; due dozzine fra vini, liquori, sciroppi ed essenze scorrevano con un tocco dai numerosi rubinetti d'ebano.

Il giardino circondava una piscina di acqua fredda, molto piacevole nel clima da serra di Singhalût. L'unico difetto che Murphy trovò fu la mancanza di giovani adorabili servitrici. Si impegnò comunque a colmare questa mancanza e in una ombreggiata vineria dietro il palazzo, chiamata il Barangipan, fece la conoscenza di una musicista, una ragazza di nome Soek Panjoebang. Egli trovò seducenti i toni di tremula dolcezza ricavati da un *gamelan*, strumento molto amato nella vecchia Bali. Soek Panjoebang aveva le fattezze delicate e la pelle trasparente degli abitanti di Sumatra, gli arti lunghi e flessibili del popolo arabo e un paio di occhi grandi e dorati, eredità di qualche luogo dell'Europa celtica. Murphy le comprò un calice di scaglie ghiacciate, ognuna con un profumo diverso, mentre lui optò per una birra di riso bianco. Soek Panjoebang mostrò un forte interesse nei confronti della Terra, e Murphy trovò difficile guidare la conversazione.

– Weelbrrr... – lei disse. – Che strano nome, Weelbrrr. Credi che potrei suonare il *gamelan* nelle importanti città e nei grandi palazzi della Terra?

– Certo. Non ci sono leggi che proibiscano il *gamelan*.

– Parli in maniera divertente, Weelbrrr. Mi piace ascoltarti.

– Suppongo che ti annoi un po', qui a Singhalût...

La ragazza scrollò le spalle.

– La vita è piacevole, ma riguarda solo piccole cose. Non abbiamo grandi avventure. Coltiviamo fiori, suoniamo il *gamelan*.

Lei lo guardò di lato, con malizia.

– Amiamo... dormiamo...

Murphy sorrise.

– Praticate l'*amok*.

– No, no, no. Non più.

– Tranne gli sjambak, o sbaglio?

– Gli sjambak sono malvagi. Ma sempre meglio dell'*amok*. Quando un uomo sente il nodo che si forma attorno al petto, abbandona il suo *kris* e corre in strada... allora diventa uno sjambak.

Questo era interessante.

– Dove va? Cosa fa?

– Ruba.

– Che cosa ruba? E che cosa ci fa con la refurtiva?

La ragazza si chinò verso di lui.

– Non è bene parlare di loro.

– Perché no?

– Il Sultano non lo desidera. C'è gente che ascolta, ovunque. Quando qualcuno parla degli sjambak, le orecchie del Sultano si drizzano, come quelle di un gatto.

– Supponiamo pure che lo facciano... che differenza fa? Io ho un legittimo interesse. Ho visto uno di loro nella gabbia, là fuori. Quella è tortura! Voglio conoscerne le cause.

– È una persona malvagia. Ha spalancato il veicolo monorotaia, facendo fuoriuscire l'aria. Quarantadue fra Singhalûsi e Hadrasi si sono gonfiati e sono esplosi.

– E cosa è successo allo sjambak?

– Ha preso oro, denaro, gioielli e poi è fuggito.

– Fuggito dove?

– Fuori, attraverso la Grande Pianura di Pharasang. Ma è stato uno stupido. È tornato a Singhalût per vedere sua moglie. È stato catturato e messo alla gogna davanti a tutti, affinché si possa dire "questo è il destino degli sjambak".

– Dove si era nascosto lo sjambak?

– Oh... – Soek guardò vagamente attorno alla stanza – fuori sulle pianure. Tra le montagne.

– Deve aver avuto un rifugio, una cupola d'aria.

– No. Il Sultano avrebbe spedito fuori una nave-pattuglia e l'avrebbe distrutto. Loro vagano tranquilli. Si nascondono tra le rocce e badano ai loro distillatori d'ossigeno. A volte visitano le città antiche.

– Mi domando – ripensò Murphy fissando la sua birra – se poteva essere uno sjambak quello arrivato a cavallo per incontrare le astronavi...

Soek Panjoebang aggrottò le nere sopracciglia, come se fosse preoccupata.

– È il motivo per cui sono qui – proseguì Murphy. – Per la storia dell'uomo che cavalca nello spazio.

– Ridicolo! Non abbiamo cavalli su Cirgamesç.

– D'accordo, lo steward non giurerebbe sul cavallo. Supponiamo che l'uomo fosse lassù a piedi o su una bicicletta. In ogni caso lo steward lo ha riconosciuto.

– E chi era quell'uomo, di grazia?

– Lo steward si è ammutolito... e comunque il nome non mi avrebbe detto niente.

– *Io* potrei riconoscere quel nome...

– Puoi chiederlo tu stessa allo steward. La nave è ancora qui.

Lei scosse la testa lentamente, fissandolo con i suoi occhi dorati.

– Non farò nulla per attirare l'attenzione di steward, sjambak... o del Sultano.

Murphy disse spazientito: – In ogni caso, non è importante il chi... ma il *come*. In che modo avrebbe potuto respirare quell'uomo? Il vuoto prosciuga i polmoni, fa esplodere lo stomaco, le orecchie...

– Noi abbiamo eccellenti dottori – affermò Soek Panjoebang rabbrividendo – ma ahimè... io non sono una di loro.

Murphy la guardò intensamente. La voce della ragazza aveva la sonora dolcezza del suo strumento, con alcune sfumature di cinica ironia.

Murphy precisò: – Doveva esserci una specie di sfera invisibile attorno a lui, per trattenere l'aria.

– E se fosse?

– Sarebbe un qualcosa di nuovo e, nel caso, vorrei scoprirlo.

Soek sorrise languidamente: – Sei il tipico abitante del vecchio mondo, preoccupato, corrucciato, vivace. Ti dovresti rilassare, coltivare il *napau*, goderti la vita come facciamo noi qui a Singhalût.

– Cos'e il *napau*?

– È la nostra filosofia, con la quale troviamo significato, vita e bellezza in ogni aspetto del mondo.

– Quel sjambak nella gabbia fa a meno del *napau* in questo momento.

– Senza dubbio è infelice – concordò lei.

– Infelice! Viene torturato!

– Ha infranto la legge del Sultano. La sua vita non gli appartiene più. Ora appartiene a Singhalût. Se il Sultano desidera usarla come monito per gli altri malfattori, il fatto che l'uomo soffra è di scarsa importanza.

Gettando uno sguardo sul suo petto nudo, Murphy chiese: – Se tutti indossano quell'ornamento di metallo come possono sperare di farla franca?

– Appaiono di notte... scivolano attraverso le strade come fantasmi...

Lei guardò a sua volta la larga camicia di Murphy.

– Noterai persone che ti sfioreranno, ti toccheranno – la ragazza posò la mano sul petto di lui – e, quando succederà, saprai che loro sono agenti del Sultano, poiché solo gli stranieri e i membri della Casa possono indossare una camicia. Ma ora, lascia che io canti per te... una canzone dell'Antica Terra, dell'antica Giava. Non capirai la lingua, ma nessun altro idioma si sposa con la voce del *gamelan*.

Murphy esclamò: – Questa è una pacchia... al posto di una suite-giardino con piscina privata, di solito dormo in una tenda, con nient'altro da mangiare che cibo condensato.

Soek Panjoebang strizzò l'acqua dai suoi lucenti capelli neri.

– Forse, Weelbrrr, ti dispiacerà lasciare Cirgamesç...

– Beh – alzò gli occhi per guardare il tetto trasparente, appena visibile, dove il sole si raccoglieva e si rifrangeva – non mi attira in modo particolare stare chiuso come un uccello in un voliera... è leggermente claustrofobico, per i miei gusti.

Dopo colazione, bevendo del caffè forte da sottili coppe d'argento, Murphy stette per un po' a guardare pensieroso Soek Panjoebang.

– Cosa stai pensando, Weelbrrr?

Murphy terminò il caffè.

– Sto pensando che sarebbe meglio se mi mettessi al lavoro.

– E cosa farai?

– Per prima cosa, filmerò il palazzo, con te seduta qui in giardino mentre suoni il tuo *gamelan*.

– Ma Weelbrr... non *me*!

– Sei una parte dell'universo, una parte piuttosto interessante. Poi andrò nella piazza...

– Lo sjambak?

Una voce tranquilla parlò dietro di loro – Un visitatore, *Tuan* Murphy.

Murphy girò la testa. – Lo faccia accomodare.

Poi si voltò di nuovo verso Soek Panjoebang. La ragazza era in piedi.

– È necessario che me ne vada.

– Quando potrò rivederti?

– Stasera... al Barangipan.

La voce tranquilla annunciò: – Il signor Rube Trimmer, *Tuan*.

Trimmer era un ometto di mezz'età, con spalle sottili e la pancetta. Mostrava un atteggiamento esageratamente spavaldo, residuo di vent'anni prima. La sua pelle aveva l'aspetto cereo, come di una floridezza perduta, il ciuffo di capelli bianchi era ruvido e sottile, le palpebre pendevano di lato, nel modo che i fisionomisti dilettanti sono soliti associare all'astuzia.

– Sono il direttore residente della *Import-Export Bank* – si presentò Trimmer. – Ho sentito che eravate qui e ho pensato di porgervi i miei omaggi.

– Suppongo che non vediate molti stranieri.

– Non molti... non c'è nulla che li spinga fin qui. Cirgamesç non è un confortevole pianeta turistico. Troppo periferico, chiuso. Qui una persona con una psiche sensibile impazzisce facilmente.

– Esatto – confermò Murphy. – Stavo pensando la stessa cosa questa mattina. Quella cupola comincia a darmi i brividi. Come la sopportano i nativi? Se lo fanno...

Trimmer tirò fuori un portasigari. Murphy rifiutò l'offerta.

– Tabacco locale – spiegò Trimmer. – Molto buono.

Divenne pensieroso.

– Beh, si potrebbe dire che i Cirgameski siano schizofrenici. Nelle loro vene scorre il sangue docile dei giavanesi, misto però all'impeto arabo. La parte giavanese controlla il comportamento, anche se ogni tanto si può scorgere un lampo di arroganza... Lei non può immaginare. Sono qui da nove anni e sono ancora considerato uno straniero.

Soffiò sul sigaro, studiando Murphy con occhi attenti.

– Ho sentito che lavorate per *Conosci il tuo Universo!*.

– Sì, sono uno degli inviati.

– Deve essere un bel lavoro.

– Si vede un bel po' della galassia e ci si imbatte in storie strane, come quella che riguarda gli sjambak.

Trimmer annuì senza sorpresa: – Il mio consiglio per voi, Murphy, è di lasciare perdere gli sjambak. Non è salutare girargli attorno.

Murphy fu sorpreso dalla franchezza.

– Qual è il grande mistero su questi sjambak?

Trimmer diede un'occhiata alla stanza.

– Questo luogo è pieno di cimici.

– Ho trovato due fonorivelatori e li ho tagliati – commentò Murphy.

Trimmer rise.

– Quelli erano solo impianti alla buona. Li hanno nascosti dove fosse possibile individuarli con facilità. Quelli veri non li potete scovare. Sono inseriti nei tessuti... dispositivi sensibili alla pressione.

Murphy guardò con occhio indagatore le pareti di stoffa.

– Non preoccupatevi – precisò Trimmer. – Ascoltano più per abitudine che per altro. Se preferite, possiamo farci una passeggiata.

La strada conduceva oltre il palazzo, in campagna. Murphy e Trimmer bighellonarono lungo un fiume tranquillo, invaso da ninfee e brulicante di grandi anatre bianche.

– La questione sjambak – sostenne Murphy. – Tutti ne parlano, ma non si riesce a mettere alle strette nessuno.

– Me incluso – aggiunse Trimmer. – Io sono più o meno privilegiato da queste parti. Il Sultano finanzia le sue bonifiche attraverso la banca, sulla base dei miei resoconti. Ma a Singhalût non c'è solo il Sultano.

– Ovvero?

Trimmer agitò il sigaro scherzosamente.

– Ora stiamo entrando in una faccenda di cui preferirei non parlare. Vi darò un indizio. Il Principe Ali pensa che coprire nuove valli sia uno spreco di denaro, specialmente quando Hadra, New Batavia e Sundaman sono così vicine.

– Intendete... una conquista armata?

Trimmer rise.

– Voi lo avete detto, non io.

– Non possono portare avanti una guerra... a meno di far viaggiare i soldati con la monorotaia.

– Forse il Principe Ali crede di avere la soluzione.

– Gli sjambak?

– Io non l'ho detto – rispose Trimmer, mellifluo.

Murphy sorrise. Dopo un attimo chiese: – Ho incontrato una ragazza di nome Soek Panjoebang che suona il *gamelan*. Suppongo che lavori per il Sultano o il Principe. La conoscete?

Gli occhi di Trimmer scintillarono. Scosse la testa.

– Potrebbe essere per entrambi. C'è un modo per scoprirlo.

– Davvero?

– Portatela dove siete sicuro che non ci siano microspie. Ditele due cose... una per Ali, l'altra per il Sultano. A seconda della reazione saprà chi le sta dietro.

– Per esempio?

– Beh, per esempio, la ragazza potrebbe scoprire che voi sapete improvvisare un raggio ipnotico con una batteria del flash, un pezzo di bambù e un po' di cavo. Ciò potrebbe far sudare terribilmente Ali. Egli non può avere armi. Assolutamente nessuna. E invece per il Sultano... – Trimmer si stava riscaldando per il suo intrigo, masticando il sigaro con gusto – ditele che avete per le mani un catalizzatore che trasforma l'argilla in alluminio e ossigeno in presenza di luce solare. Il Sultano venderebbe la sua gamba destra per qualcosa di simile. Si impegna molto per Singhalût e Cirgamesç.

– E Ali?

Trimmer esitò.

– Io non ho mai detto quello che sto per dire. Non dimenticate... io non l'ho mai detto.

– D'accordo. Non lo avete mai detto.

– Mai sentito parlare di *jihad*?

– La guerra santa musulmana?

– Ci crediate o meno, Ali vuole scatenare uno *jihad*.

– Sembra un po' incredibile.

– Certo che è incredibile. Non dimenticate: io non ho detto nulla a riguardo. Ma supponiamo che qualcuno... in modo strettamente ufficioso, naturalmente... lasci filtrare l'idea al *Peace Office* durante il viaggio di ritorno a casa.

– Ah! – esclamò Murphy. – Questo è il motivo per cui siete venuto a trovarmi.

Trimmer gli rivolse uno sguardo carico di ferita innocenza.

– Ora, Murphy, siete un po' ingiusto. Io sono un tipo amichevole. Ovviamente non mi farebbe piacere se la mia banca dovesse perdere quello che è stato concluso con il Sultano.

– Perché non mandate voi stesso una denuncia?

– L'ho fatto! Però quando ascolteranno la stessa cosa da voi, un uomo di *Conosci il tuo universo!*... potrebbero mettersi in moto.

Murphy assentì.

– Bene! Ci siamo capiti l'un l'altro... – commentò Trimmer con calore – è tutto chiaro.

– Non del tutto. Come farà Ali a scatenare uno *jihad* non avendo a disposizione armi, navi da guerra e rifornimenti?

– Ora – dichiarò Trimmer – entriamo nel campo delle supposizioni.

Fece una pausa e si guardò indietro. Un contadino che stava spingendo una motozappa fece un inchino educato e proseguì lungo la strada. Dietro c'era un giovane con un turbante nero, orecchini d'oro, una veste nera e rossa, pantaloni bianchi e pantofole nere con la punta arricciata. S'inchinò e passò oltre. Trimmer alzò la mano: – Non perdere il tuo tempo qui; saremo di ritorno in pochi minuti.

– Grazie, *Tuan*.

– A chi devi riferire? Al Sultano o al Principe Ali?

– Il *Tuan* è di sicuro in grado di penetrare il velo dei miei diversivi. Non fingerò. Sono un uomo del Sultano.

Trimmer annuì.

– Ora, se tu potessi gentilmente spostarti di un centinaio di metri, dove il tuo fonorivelatore non potrà funzionare.

– Con il vostro permesso, io vado.

Il giovane si ritirò senza fretta.

– Quasi certamente lavora per Ali – disse Trimmer.

– Una bugia non molto sottile.

– Oh sì... di terzo livello. Ha pensato che io l'avrei considerata di secondo livello.

– Come sarebbe?

– Ovviamente non gli avrei creduto. Sapeva che io sapevo. Quindi quando ha risposto "Sultano", io ho pensato che non avrebbe mentito semplicemente ma che avrebbe mentito due volte… e che stesse davvero lavorando per il Sultano.

Murphy rise.

– Supponiamo che vi abbia detto una bugia di quarto livello?

– Inizierebbe a essere una situazione alquanto incerta – ammise Trimmer. – Non credo che quell'uomo mi possa far credito di una tale sottigliezza… che cosa farete per il resto della giornata?

– Delle riprese. Sa dove possa trovare alcuni riti pittoreschi? Danze mistiche, sacrifici umani? Devo tirare fuori un po' di fascino e tradizioni esotiche.

– C'è lo sjambak nella gabbia. Non potrà trovare in giro niente di più "medievale" per il Commonwealth terrestre.

– A proposito dello sjambak…

– Non c'è più tempo – dichiarò Trimmer. – Devo tornare indietro. Venga nel mio ufficio… proprio in fondo alla piazza, di fronte al palazzo.

Murphy ritornò alla suite. L'indistinta figura del domestico a lui assegnato annunciò: – Sua Altezza il Sultano desidera la presenza del *Tuan* nel giardino della Cascata.

– Grazie – rispose Murphy. – Andrò subito, non appena avrò ricaricato la mia telecamera.

Il Padiglione della Cascata era un patio aperto di fronte a una cascata artificiale. Il Sultano indossava delle polverose ghette color cachi, degli stivali di plastica marrone e una polo gialla. Stava camminando avanti e indietro brandendo un ramoscello che usava come uno scudiscio, sferzando gli stivali mentre camminava. Voltò la testa non appena Murphy fece la sua comparsa, e indicò con il frustino una panca di vimini.

– La prego di sedersi, signor Murphy.

E riprese a muoversi avanti e indietro.

– Com'è la vostra suite? È di suo gradimento?

– Molto.

– Eccellente! – disse il Sultano. – Lei mi onora con la sua presenza.

Murphy attese pazientemente.

– Sono venuto a sapere che ha avuto un visitatore stamattina – affermò il Sultano.

– Sì, il signor Trimmer.

– Posso chiedere la natura della conversazione?

– Di natura strettamente personale – rispose Murphy, più brevemente di quanto intendesse.

Il Sultano annuì malinconico.

– Un Singhalûsi avrebbe impiegato un'ora per dirmi una mezza verità... distorta abbastanza per confondermi, ma non troppo imprecisa da farmi arrabbiare, se avessi sempre tenuto una microspia su di lui.

Un domestico spinse un mobiletto satinato davanti a loro, dispose dei calici sotto due rubinetti e si ritirò.

Il Sultano si schiarì la gola: – Trimmer è una persona eccellente, ma incredibilmente loquace.

Murphy si versò due dita di un liquore ghiacciato rosa pallido. Il Sultano colpì gli stivali con il frustino.

– Indubbiamente vi ha confidato tutti i miei affari privati, o almeno quelli che io gli ho permesso di apprendere.

– Ebbene... mi ha parlato delle vostre speranze di aumentare l'estensione di Singhalût.

– Quella, amico mio, non è una speranza. È una necessità indiscutibile. La densità della nostra popolazione è di millecinquecento persone per chilometro quadrato. Dobbiamo espanderci o soffocheremo. Troppo poco il cibo da mangiare, troppo poco l'ossigeno da respirare.

Murphy improvvisamente si animò.

– Potrei mettere questo tema al centro del mio pezzo! Il dilemma di Singhalût: Espandersi o Perire!

– No, sarebbe inopportuno, anzi inapplicabile.

Murphy non era però convinto.

– Sembrerebbe una cosa normale.

Il Sultano sorrise.

– Vi comunicherò parte di un'informazione confidenziale... sebbene Trimmer senza dubbio mi abbia preceduto a proposito. – Diede ai suoi stivali una frustata irritata. – Per l'espansione ho bisogno di fondi. Tali fondi sono meglio garantiti in un'atmosfera di calma e fiducia. Le conseguenze di un'emergenza sarebbero disastrose per i miei scopi.

– Beh – concordò Murphy – capisco la sua posizione.

Il Sultano guardò Murphy di sbieco: – Anticipando la vostra cooperazione, il mio Ministro della Propaganda ha organizzato un programma di un'ora, per mettere in risalto il nostro atteggiamento sociale progressista, la nostra prosperità e le prospettive finanziarie…

– Ma, Sultano…

– Sì?

– Io non posso permettere al vostro Ministro della Propaganda di usare me e *Conosci il tuo universo!* come una specie di brochure di investimento.

Il Sultano annuì stancamente.

– Mi aspettavo che assumesse questo atteggiamento… Beh! Che cosa avrebbe in mente?

– Ho cercato qualcosa con cui cominciare – rispose Murphy. – Penso che potrebbe essere il forte contrasto tra le città in rovina e le nuove valli sottocupola. Come i coloni della Terra abbiano avuto successo dove l'antico popolo fallì nell'affrontare la sfida dell'atmosfera in dissipazione.

– Bene! – disse il Sultano a malincuore. – Non male.

– Oggi vorrei riprendere il palazzo, la cupola, la città, le risaie, i boschetti, i frutteti, le fattorie. Domani vorrei fare un giro in una delle rovine.

– Capisco – asserì il Sultano. – Allora non avrà bisogno dei miei grafici e delle statistiche.

– Ebbene, Sultano, potrei filmare il materiale che il vostro Ministro della Propaganda ha preparato, e potrei riportarlo sulla Terra. Howard Frayberg o Sam Catlin lo straccerebbero, lo farebbero a pezzi, lo infarcirebbero con qualche cacciatore di teste, un po' di cannibalismo, di prostituzione sacra, e non sapreste mai di stare a guardare Singhalût. Voi urlereste di orrore e io verrei licenziato.

– In tal caso – annunciò il Sultano – la lascerò ai dettami della sua coscienza.

Howard Frayberg osservò il grigio paesaggio del Pianeta di Riker, fissando il ruggente nero Oceano di Mogador.

– Sam, credo che là fuori ci sia una storia.

Sam Catlin rabbrividì dentro il suo cappotto di vetro riscaldato elettricamente.

– Là fuori in quell'oceano? Pullula di plesiosauri mangia uomini, orribili cose lunghe dodici metri.

– Immaginiamo di lavorare su qualcosa del genere di Moby Dick. *Il Mostro Bianco dell'Oceano di Mogador*. Noi potremmo salpare su un catamarano...

– Noi?

– No – rispose Frayberg spazientito. – Ovviamente non noi. Due o tre del nostro staff. Uscirebbero là fuori, darebbero un'occhiata ai mostri grigi e rossi, potrebbero simulare un combattimento o due, ma per tutto il tempo continuerebbero a cercare il leggendario mostro bianco. Come ti sembra?

– Non penso che paghiamo i nostri uomini a sufficienza.

– Wilbur Murphy potrebbe farlo. È disposto a cercare un uomo che arriva a cavallo per incontrare le astronavi.

– Potrebbe mettere un freno a un plesiosauro bianco che si sta avvicinando al catamarano.

Frayberg si voltò. – Qualcuno qui deve pur avere delle idee...

– Sarà meglio che torniamo allo spazioporto – dichiarò Catlin. – Abbiamo due ore per prendere la navetta per Sirgamesk.

Wilbur Murphy era seduto al Barangipan, guardando le marionette che suonavano uno xilofono, delle nacchere, un piccolo gong e il *gamelan*. Il dramma aveva le sue radici nella protostorica Mohenjo-Daro. Era arrivato passando dall'India antica, alla Birmania medievale, alla Malesia e, attraverso lo Stretto di Malacca, a Sumatra e Giava. Dalla moderna Giava aveva poi attraversato lo spazio fino a Cirgamesç, un viaggio di cinquemila anni nel tempo e duecento anni luce nello spazio. Lungo la rotta aveva incontrato e assimilato la tecnologia moderna. Raggi magnetici controllavano le braccia, le gambe e i corpi, guidavano pose e posture. La faccia del burattinaio, per mezzo di morsetti, cavi, radiocomandi e minuscoli trasformatori sincronizzati, proiettava il cipiglio, il sorriso, il ghigno o la smorfia ai piccoli visi appuntiti che controllava. La lingua era quella della Vecchia Giava, che forse un terzo appena degli spettatori comprendeva. Murphy non era certo uno di quelli e, quando lo spettacolo terminò, non ne sapeva più di prima.

Soek Panjoebang scivolò sulla sedia accanto a Murphy. Indossava l'abbigliamento da musicista: un sarong di batik marrone, blu e nero, e un fantastico copricapo con piccole campanelle d'argento. Lei lo salutò con entusiasmo.

– Weelbrrr! Lo sapevo che stavi guardando...

– Molto interessante.

– Ah, sì – la ragazza sospirò. – Weelbrrr, mi porterai con te sulla Terra? Farai di me, ti prego Weelbrrr, una grande stella dello spettacolo?

– Beh, questo non te lo posso garantire.

– Io so comportarmi molto bene, Weelbrrr.

Si rannicchiò sulla sua spalla, guardandolo piena di sentimento con gli scintillanti occhi giallo nocciola. Murphy per un istante dimenticò l'esperimento che voleva fare.

– Cosa hai fatto oggi, Weelbrrr? Hai guardato tutte le belle ragazze?

– No. Ho fatto dei filmati. Ripreso il palazzo, mi sono arrampicato sulla cresta sino alle palette di condensazione. Non sapevo che ci fosse così tanta acqua nell'aria finché non ho visto il ruscello che scorre da quelle palette! Per di più *calda*!

– Abbiamo molta luce solare; fa crescere il riso.

– Il Sultano dovrebbe sfruttare un po' della luce in eccesso. C'è un procedimento segreto... Beh, è meglio non dirlo.

– Su dai, Weelbrrr! Rivelami i tuoi segreti!

– Non è un gran segreto. Solo un catalizzatore che separa l'argilla in alluminio e ossigeno quando la luce solare la irraggia.

Le sopracciglia di Soek si inarcarono, come un gabbiano che cavalca il vento.

– Weelbrrr! Non ti conoscevo come un uomo di scienza!

– Oh, pensavi che io fossi solo uno scansafatiche? Buono solo per trasformare in stelle dello spettacolo le suonatrici di *gamelan*, ma non un genio particolare...

– No, no Weelbrrr.

– Conosco un mucchio di trucchetti. Posso prendere una batteria del flash, un pezzo di lamina di rame, alcuni transistor e un tubo di bambù e ricavarci un'arma paralizzante che fredderebbe un uomo all'istante. E sai quanto costa?

– No, Weelbrrr. Quanto?

– Dieci centesimi. Si consuma dopo due o tre mesi, ma che differenza fa? Faccio queste cose per hobby... due o tre in un'ora.

– Weelbrrr! Se un uomo meraviglioso! Urrà! Beviamo!

E Murphy si sistemò in una sedia di vimini, sorseggiando la sua birra di riso.

– Oggi – precisò Murphy – indosserò una tuta spaziale e andrò alle rovine sulla pianura. Ghatamipol, credo si chiamino. Ti piacerebbe venire?

– No, Weelbrrr.

Soek Panjoeban guardò verso il giardino, le mani impegnate a infilarsi un fiore tra i capelli. Alcuni minuti dopo chiese: – Perché devi sprecare il tuo tempo tra le rocce? Ci sono cose migliori da fare e vedere. Inoltre potrebbe essere... pericoloso.

La ragazza mormorò le ultime parole con disinvoltura.

– Pericoloso? A causa degli sjambak?

– Sì, forse.

– Il Sultano mi darà una scorta. Venti uomini con le balestre.

– Gli sjambak hanno gli scudi.

– Perché dovrebbero rischiare la vita per attaccarmi?

Soek Panjoebang alzò le spalle. Dopo un attimo si alzò in piedi.

– Addio, Weelbrrr.

– Addio? Non è piuttosto brusco? Non ti vedrò stasera?

– Se è il volere di Allah.

Murphy osservò l'agile figura ondeggiante. Lei si fermò, colse un fiore giallo e guardò indietro. I suoi occhi, gialli come il fiore e lucenti come gioielli d'acqua, fissarono i suoi. Il viso era completamente inespressivo.

La ragazza si girò, gettò via il fiore con gesto sbarazzino e proseguì dondolando le spalle.

Wilbur respirò profondamente. Avrebbe potuto davvero fare uno spettacolo meraviglioso...

Un'ora più tardi Murphy incontrò la sua scorta all'ingresso della valle. Gli uomini indossavano tute spaziali adatte alle pianure, venti individui dalle facce cupe. Il viaggio a Ghatamipol chiaramente non li allettava. Murphy s'infilò nella sua tuta, controllò l'indicatore di pressione dell'ossigeno e il sigillo del colletto.

– Tutti pronti, ragazzi?

Nessuno rispose. Il silenzio si protrasse. Il custode dell'ingresso, pronto a far uscire il gruppo, ridacchiò: – Sono tutti pronti, *Tuan*.

– Bene – disse Murphy – allora andiamo.

Fuori dal portone Murphy fece un secondo controllo del suo equipaggiamento. Nessuna perdita nella sua tuta. Pressione interna: 14,6. Pressione esterna: zero. Le guardie imbronciate ispezionavano le balestre e le spade sottili.

Le bianche rovine di Ghatamipol distavano otto chilometri, sulla Pianura di Pharasang. L'orizzonte era pulito, il sole alto, il cielo nero.

La radio di Murphy ronzò. Qualcuno disse con voce acuta: – Guardate! Eccolo!

Egli si voltò; le sue guardie si erano fermate e stavano indicando. Murphy vide qualcosa di agile che svaniva in lontananza.

– Andiamo – ripetè Murphy. – Non c'è niente laggiù.

– Sjambak.

– Beh, ce n'è solo uno.

– Dove uno cammina, altri seguono.

– È una follia! Affrontate gli sjambak!

– Che ci guadagniamo? Chiese un altro.

– Questo lo valuterò io – rispose Murphy e si avviò lungo la pianura. I guerrieri riluttanti lo seguirono, borbottando attraverso l'interfono.

Le mura della città erosa si alzarono davanti a loro, riempiendo il cielo sempre di più.

Il capo del plotone gridò con voce furiosa: – Siamo andati abbastanza lontano.

– Siete ai miei ordini – dichiarò Murphy. – Attraverseremo il cancello.

Accese la telecamera e passò sotto il mostruoso portale.

La città era di un materiale più fragile delle mura e aveva ceduto alle sottili tempeste che avevano infuriato per un milione di anni dopo che la vita era sparita. Murphy si meravigliò dell'estensione delle rovine. Una zona archeologica vergine! Chissà cosa avrebbero potuto tirare fuori in poche settimane di scavi. Murphy considerò il suo fondo spese. Shifkin era l'ostacolo.

Prestigio e pubblicità sarebbero stati enormi per *Conosci il tuo universo!* se Murphy avesse scoperto una tomba, delle scritture, delle opere d'arte. Il Sultano avrebbe fornito volentieri gli operai. Erano un popolo abbastanza robusto; avrebbero potuto organizzare una bella mostra nel giro di una settimana se fossero stati pronti a mettere da parte le superstizioni, le paure e i timori.

Murphy intravide un uomo con la coda dell'occhio. Era seduto su una lastra di roccia assolata e nascondeva abbastanza bene un possibile senso di disagio. In effetti, pensò Murphy, sembrava completamente rilassato. Forse il problema di assicurarsi degli operai era dopo tutto secondario...

E qui notò uno strano dettaglio del tizio Singhalûsi. Fuori dalla valle, l'uomo indossava apertamente la propria camicia, un bell'indumento sciolto di un blu elettrico, in sfida all'editto del Sultano. Di sicuro qua fuori avrebbe potuto sentire freddo...

Murphy sentì accapponare la pelle. Come poteva avere freddo? Come poteva essere vivo? Dov'era la tuta spaziale? Il tizio oziava sulla roccia, ghignando sarcasticamente a Murphy. Indossava sandali pesanti, un turbante nero, calzoni larghi e la camicia blu. Nient'altro.

Dove erano gli altri?

Murphy diede una febbrile occhiata alle sue spalle. A quasi cinque chilometri di distanza, rimbalzando e saltellando verso Singhalût, c'erano venti figure disperate. Tutti indossavano la tuta spaziale. E quest'uomo qui... uno sjambak? Un mago? Un'allucinazione?

La creatura si alzò in piedi e avanzò a grandi passi verso Murphy. Portava una balestra e una spada, come quelle delle scattanti guardie di Murphy. Ma non indossava una tuta spaziale. Potevano esserci tracce respirabili di atmosfera? Murphy diede uno sguardo all'indicatore. Pressione esterna: zero.

Altri due uomini apparvero, muovendosi con lunghi passi elastici. I loro occhi erano luminosi, le loro facce arrossate. Si avvicinarono a Murphy e lo afferrarono per le braccia. Erano solidi, corporei. Non avevano campi di forza invisibili intorno alle loro teste.

Murphy liberò di scatto un braccio e gridò: – Lasciatemi andare, dannazione!

Ma non potevano certo sentirlo attraverso il vuoto.

Si guardò alle spalle. Il primo uomo teneva la sua lama sguainata, a pochi centimetri dalla rigonfia tuta spaziale di Murphy che decise di non fare ulteriore resistenza. Premette il pulsante della telecamera sull'automatico. Avrebbe funzionato per parecchie ore, registrando cento immagini al secondo, quattrocento per ogni centimetro di pellicola.

Gli sjambak condussero Murphy per duecento metri fino a una porta metallica. La aprirono, spinsero dentro Murphy e la richiusero. Murphy percepì le vibrazioni attraverso le scarpe e sentì un ronzio crescente. Il suo indicatore mostrò una pressione esterna di 5, 10, 12, 14, 14,5. Una porta interna si aprì. Delle mani tirarono dentro Murphy e sbloccarono il suo casco.

– Cosa sta succedendo qui? – domandò Murphy rabbioso.

Il Principe Ali-Tomàs indicò un tavolo. Murphy vide una batteria da flash, fogli d'alluminio, cavi, un kit di transistor, tubi metallici, attrezzi e qualche altra cianfrusaglia.

– Ecco qui – disse il Principe Ali-Tomàs. – Mettetevi al lavoro. Vediamo una di queste armi paralizzanti di cui vi vantate.

– Di punto in bianco?

– Proprio così.

– Per cosa vi servono?

– Importa?

– Mi piacerebbe saperlo.

Murphy era consapevole che la sua telecamera stava registrando immagini, suoni, odori.

– Comando un esercito – disse Ali-Tomàs – ma è disarmato. Datemi le armi! Guiderò il popolo ad Hadra, a New Batavia, a Sundaman, a Boeng-Bohôt!

– E come? E perché?

– È sufficiente che io lo voglia. Di nuovo, vi prego... – e indicò il tavolo.

Murphy rise.

– Mi sono messo in un bel pasticcio. E se non costruissi queste armi per voi?

– Finché non l'avrete fatto rimarrete qui, in condizioni sempre più difficili.

– Allora dovrò stare qui a lungo.

– In tal caso – disse Ali Tomàs – dobbiamo predisporre il necessario per il suo lungo soggiorno.

Ali fece un gesto. Delle mani afferrarono le spalle di Murphy. Un respiratore fu infilato nelle sue narici. Egli pensò alla telecamera e avrebbe riso, se avesse potuto. Mistero! Emozioni! Brividi! Una drammatica sequenza per *Conosci il tuo universo!*. Un membro dello staff assassinato da fanatici! Il crimine registrato sulla telecamera! Vedere il sangue, sentire il suo rantolo, annusare il veleno! Il vapore lo stava soffocando. *Che attimo! Che sequenza!*

Howard Frayberg disse: – Sirgamesk... ogni minuto più grande e luminoso.

– Deve essere stato proprio qui – disse Catlin – che è apparso l'uomo a cavallo di Wilbur.

– Giusto! ... Steward!

– Sì, signore?

– Siamo a circa quindicimila chilometri, non è così?

– Circa trentamila, signore.

– Cavalleria siderale! Che idea! Mi chiedo come se la stia cavando Wilbur con questa superstizione.

Sam Catlin, guardando fuori dall'oblò, disse con voce serrata: – Perché non glielo domandi tu stesso?

– Eh?

– Chiediglielo tu stesso! È lì... fuori, a cavallo di una specie di bestiola...

– È un fantasma... – bisbigliò Frayberg. – Un uomo senza tuta spaziale... non è possibile una cosa del genere!

– Ci vede... guarda...

Murphy li stava fissando e la sua sorpresa sembrava pari alla loro. Agitò la mano. Catlin, cauto, ricambiò il gesto.

Frayberg disse: – Non è un cavallo quello che sta montando. È una combinazione tra un ramjet* e un'automobile per bambini, con le staffe!

---

* Un motore a reazione costituito essenzialmente da un tubo cavo senza componenti meccanici e che dipende dalla velocità di volo dell'aeromobile per

– Sta salendo a bordo della nave – disse Catlin. – Quello laggiù è il portello d'ingresso...

Wilbur Murphy era seduto nella cabina del capitano, inalando attente boccate d'aria.

– Come stai ora? – lo sollecitò Frayberg.

– Bene. Solo un piccolo dolore ai polmoni.

– Non mi meraviglio – ringhiò il dottore di bordo. – Mai visto niente di simile.

– Come ci si sente là fuori, Wilbur? – chiese Catlin.

– Ci si sente terribilmente soli e vuoti. E il respiro filtra fuori dai polmoni, senza mai entrare... è una sensazione strana. E ti manca l'aria che soffia sulla pelle. Non l'avevo mai realizzato prima d'ora. L'aria sembra come... come seta, come panna montata... ha una consistenza...

– Ma non hai avuto freddo? Si suppone che lo spazio sia a zero assoluto!

– Lo spazio è nulla. Non è né caldo né freddo. Quando sei alla luce del sole ti riscaldi. È meglio stare all'ombra. Non perdi calore a causa della convezione dell'aria, ma le radiazioni e l'evaporazione del sudore ti tengono piacevolmente fresco.

– Io ancora non capisco – disse Frayberg. – Questo Principe Ali, è una specie di ribelle, giusto?

– Non lo biasimo affatto. Un uomo normale che vive sotto quelle cupole deve sfogarsi in qualche modo. Il Principe Ali ha deciso di intraprendere una crociata. Penso che ce l'avrebbe anche fatta... almeno su Cirgamesç.

– Certamente ci sono molti più uomini dentro le cupole...

– Quando si tratta di combattere – spiegò Murphy – uno sjambak può battere venti uomini in tuta spaziale. Un piccolo graffio non gli fa male, ma anche solo una minuscola scalfittura fa esplodere una tuta spaziale, e l'uomo all'interno finisce a pezzi.

– Beh! – interloquì il Capitano. – Immagino che ora il *Peace Office* manderà una squadra per sistemare le cose.

Catlin chiese: – Cos'è successo quando ti sei risvegliato dal cloroformio?

---

comprimere l'aria fornita ad un bruciatore da cui i gas caldi vengono scaricati all'indietro. [N.d.T.]

– Beh, niente di che. Sentivo di avere qualcosa sul petto, ma non gli ho dato importanza. Ero ancora un po' stordito. Mi trovavo a metà della decompressione. Tengono un uomo lì dentro per otto ore, abbassando la pressione su di lui di un chilo l'ora, in modo tale da evitare la sindrome da decompressione.

– Era lo stesso posto dove ti avevano portato, quando hai incontrato Ali?

– Sì, era la loro camera di decompressione. Volevano fare di me uno sjambak; non c'era altro posto dove avrebbero potuto tenermi. Poi, ben presto la mia testa si è schiarita e ho visto l'apparato incollato sul mio petto. – Diede un colpetto al meccanismo sul tavolo. – Ho visto il serbatoio dell'ossigeno e il sangue scorrere attraverso i tubicini di plastica... blu da me al dispositivo di carburazione, rosso al contrario... e ho afferrato tutto il meccanismo. Il diossido di carbonio esce dai tuoi polmoni, ma il sangue venoso di ritorno dal ventricolo sinistro è indirizzato verso il carburatore e sovraccaricato di ossigeno. Un essere umano non ha bisogno di respirare. Il carburatore irrora il sangue di ossigeno e il serbatoio di decompressione gli permette di adeguarsi alla mancanza di pressione dell'aria. C'è solo una cosa alla quale bisogna stare attenti: non si deve toccare nulla a mani nude. Al sole è caldo e rovente. All'ombra è abbastanza freddo da tagliare. Per il resto si è liberi come gli uccelli.

– Ma... come hai fatto a scappare?

– Ho visto quel piccolo veicolo a razzo e ho iniziato a pensare. Non potevo tornare a Singhalût; sarei stato linciato all'istante come uno sjambak. Non potevo volare verso un altro pianeta... il mezzo non ha carburante a sufficienza.

Però sapevo quando la nave sarebbe arrivata e quindi ho calcolato di volare sino a incontrarla. Ho detto alla guardia che stavo uscendo un attimo e ho preso uno dei veicoli a razzo. Non c'era nient'altro da fare.

– Bene – concluse Frayberg – è un gran soggetto, Wilbur... un gran film! Forse possiamo allungarlo sino a due ore.

– C'è una cosa che mi preoccupa... – disse Catlin. – Lo steward chi ha visto là fuori, la prima volta?

Murphy alzò le spalle.

– Poteva essere stato qualcuno in vena di fare una burla. Un po' troppo ossigeno e inizi a fare scherzi di tutti i tipi. Oppure avrebbe potuto essere stato qualcuno che aveva deciso di averne abbastanza di quella loro crociata. Uno sjambak è in una gabbia, proprio nel mezzo di Singhalût. Il Principe Ali ci passa davanti; si guardano l'un l'altro negli occhi. Ali accenna un sorriso e passa oltre. Supponiamo che quello sjambak abbia cercato di fuggire verso l'astronave. È stato preso a bordo, riconsegnato al Sultano che ha fatto di lui un esempio...

– Che cosa farà il Sultano ad Ali?

Murphy scosse la testa.

– Fossi in lui taglierei la corda.

Un altoparlante si accese: – *Attenzione a tutti i passeggeri. Siamo appena passati attraverso la quarantena. I passeggeri possono ora sbarcare. Importante: nessun tipo di arma o di esplosivo è permesso a Singhalût!*

E Murphy disse: – Sono tornato al punto di partenza.

TRIPODE JOE

(Three-legged Joe, 1953)
Traduzione di Marco Riva e Stefano Sacchini

Estratto dall'Appendice II del Manuale di Hade di Esplorazione Spaziale, Pratica e Ricerca Mineraria:

> Potrebbe essere utile fare, di sfuggita, un riferimento ai cercatori anziani. La loro esperienza è cresciuta attraverso enormi privazioni e pericoli. Non c'è da stupirsi quindi che, nell'insieme, siano riservati e solitari. È difficile guadagnarsi la loro amicizia. Sono comprensibilmente sprezzanti nei confronti della preparazione accademica. Gran parte del loro sapere morirà con loro ed è un peccato, poiché, chiusa nelle loro menti, c'è una conoscenza che potrebbe salvare migliaia di vite.

JOHN MILKE E OLIVER PASKELL gironzolavano lungo la *Bang-out Row*, a Merlinville. Neolaureati presso l'*Highland Technical Institute*, camminavano con passo svelto e sicuro per dare un'impressione di consolidata professionalità. Nei portici lungo la strada, c'erano degli anziani che li avevano fissati e si erano poi voltati con malagrazia per commentare a mezza voce qualcosa sul loro conto.

John Milke era un uomo robusto e aveva un'andatura energica: quando camminava gli dondolavano sia le guance che la discreta pancetta. Oliver Paskell era ombroso, riservato e magrissimo, sfoggiava occhiali vecchio stile e teneva in bocca una pipa sottosopra. Paskell era visibilmente meno vivace di Milke. Dove John camminava con fierezza, Oliver sembrava a disagio. Mentre Milke esaminava con aria signorile i tranquilli uomini grigi nei portici, Paskell si limitava a dare una rapida occhiata.

– Il numero 432 è proprio qui – indicò Milke. Poi aprì il cancello e si avvicinò al portico con Paskell che lo seguiva due passi dietro.

C'era seduto un uomo alto e ossuto con lo sguardo duro come il marmo.

Milke chiese: – Siete voi Abel Cooley?

– Ci state davanti.

– So che siete uno dei migliori spaziali del pianeta. Stiamo per partire per un viaggio d'ispezione e abbiamo bisogno di un buon tuttofare e vorremmo assumervi. Dovreste occuparvi della cucina, controllare le tute spaziali, caricare i campioni, cose di questo genere.

Abel Cooley studiò Milke per un attimo, poi rivolse gli occhi chiari su Paskell. Oliver distolse lo sguardo verso le venature di nudo granito che si estendevano per circa mille chilometri a ovest e a sud di Merlinville.

Cooley chiese con voce mite: – Dove pensate di andare a ispezionare, ragazzi?

Milke batté le palpebre e aggrottò la fronte. Sapeva che era una domanda indiscreta, ma un uomo aveva il diritto di sapere dove avrebbe dovuto lavorare.

– Con la massima riservatezza – rispose Milke – stiamo per andare su Odfars.

– Odfars? – l'espressione di Cooley non mutò affatto. – Cosa vi aspettate di trovare laggiù?

– Beh… l'*Almanacco di Pillson* indica una densità molto alta. Il che significa la presenza di metalli pesanti, come di sicuro sapete. L'Ufficio del Registro non riporta né rivendicazioni né lavori su Odfars, quindi abbiamo pensato di ispezionare il territorio prima che qualcun altro ci batta sul tempo.

Cooley annuì lentamente: – Quindi state per andare su Odfars… bene, vi dico cosa dovete fare. Convincete Tripode Joe ad aiutarvi. Vi sarà molto utile.

– Tripode Joe? – chiese Milke perplesso. – Dove possiamo trovarlo?

– Si trova su Odfars.

Paskell si avvicinò e chiese: – Come faremo a localizzarlo su Odfars? Cooley sghignazzò.

– Non preoccupatevi. Lasciate fare a Joe: vi troverà lui.

Dalla casa uscì un uomo dalla pelle scura, alto un metro e mezzo a largo quasi altrettanto.

Cooley disse: – James, questi ragazzi stanno per fare dei sondaggi su Odfars. Stanno cercando un tirapiedi. Sei forse interessato?

– Non oggi, Abel.

– Forse è Tripode Joe l'uomo che dovete cercare.

– Non potete vincere contro Tripode Joe.

Paskell spinse Milke in strada.

– Ci stanno prendendo in giro.

Milke precisò deluso: – Inutile cercare di far lavorare questi fannulloni. Tirano avanti con le loro pensioni e non vogliono saperne di un lavoro onesto.

Paskell constatò dubbioso: – Forse sarebbe meglio che partissimo da soli. Alla lunga potremmo avere meno problemi. Questi vecchietti non comprendono i metodi moderni. Anche se trovassimo qualcuno in grado di soddisfare le nostre necessità, dovremmo istruirlo sul generatore Pinsley e sullo Hurd. Avremmo gli aeratori fuori fase prima di riuscire a fare due escursioni.

Milke annuì: – Ci sarà più lavoro per noi ma credo che tu abbia ragione.

Paskell fece un gesto: – Andiamo in quell'altro posto, il magazzino di Tom Hand.

Milke consultò una lista.

– Spero che non si riveli un'ulteriore ricerca inutile. Abbiamo bisogno di altri filtri.

Il magazzino di Tom Hand occupava un edificio enorme e sudicio, sollevato da terra su palafitte di un metro e venti. Milke e Paskell salirono sulla piattaforma di carico. Un uomo magro e quasi calvo uscì dalla penombra.

– Che problema avete, ragazzi?

Milke aggrottò la fronte davanti alla propria lista mentre Paskell si faceva da parte, sbuffando dalla sua pipa con espressione accigliata.

– Se ci porta dal vostro sovrintendente tecnico – rispose Milke – penso di poter spiegare quello di cui abbiamo bisogno.

Il vecchio allungò due dita sporche.

– Fatemi vedere quello che vi serve.

Milke allontanò con fastidio la lista.

– Credo che sia meglio incontrare qualcuno del dipartimento tecnico.

L'uomo anziano rispose impaziente: – Figliolo, da queste parti non abbiamo dipartimenti, tecnici o altro. Fatemi vedere quello che vi serve. Vi saprò dire se ce l'abbiamo oppure no.

Milke consegnò la lista. Il vecchio fischiò attraverso i denti.

– Volete un numero sproposito di questi filtri.

– Si bruciano in continuazione – affermò Milke. – Ho diagnosticato il problema... un carico eccessivo sul circuito.

– Bah... queste cose non si bruciano. È possibile che li abbiate collegati al contrario. Questo lato qui s'infila in quel coso nero e quest'altro si connette ai circuiti. Avete fatto così?

Milke si schiarì la gola: – Beh...

Paskell si tolse la pipa dalla bocca.

– No, in effetti avevamo fatto al contrario.

Il vecchio annuì.

– Ve ne darò tre. Vi basteranno per una vita. Ora, per l'altro materiale, dobbiamo portarci sul davanti dell'edificio.

Li guidò lungo un corridoio scuro, passando davanti a scaffali pieni di stranezze, senza alcuna targhetta, fino a una stanza divisa in due da un bancone di legno scheggiato.

Tre uomini erano seduti a giocare a carte su un tavolino vicino alla porta; l'uomo massiccio di nome James stava in piedi vicino a loro.

Quest'ultimo gridò in tono scherzoso: – Dagli una brocca di acido per Tripode Joe, Tom. Questi ragazzi stanno per ispezionare Odfars.

– Odfars? – Tom scrutò Milke e Paskell con piatto interesse.

– Non so proprio come potrete riuscire nell'impresa, ragazzi. Tripode Joe...

Milke chiese brusco: – Quanto ti dobbiamo?

Tom Hand scribacchiò il conto e prese il denaro di Milke.

Paskell domandò timidamente: – Chi è Tripode Joe? Ci state prendendo in giro o c'è veramente qualcuno laggiù?

Tom Hand si chinò sulla cassetta dei soldi. Gli uomini al tavolo presero le carte sul panno verde mentre James si era voltato da un'altra parte.

Paskell infilò di nuovo la pipa in bocca, succhiando con accanimento.

Sulla via del ritorno, Milke ripetè con amarezza: – Sempre la stessa storia: tutte le volte questi anziani si burlano degli stranieri, e ce la mettono tutta...

– Ma chi o cosa è Tripode Joe?

– Beh – rispose Milke – suppongo che prima o poi lo scopriremo.

Odfars era il quattordicesimo pianeta in una serie di mondi abbandonati. Girava attorno a Sigma Sculptoris, in un'orbita tanto lontana che il sole assomigliava a una fioca lanterna.

Paskell manovrava i controlli con cautela mentre Milke scandiva la superficie del pianeta con il radar regolato al massimo della sensibilità. Milke si concentrò su un'area liscia come uno specchio, che si snodava come un fiordo fra falesie a testa d'ascia.

– Guarda qui, una zona di atterraggio ideale... perfetta!

Paskell disse perplesso: – Sembra una catena di laghi.

– Proprio così... laghi di mercurio – Milke rivolse a Paskell uno sguardo carico di rimprovero. – La temperatura è allo zero assoluto. Non possono fare a meno di essersi solidificati, se temi qualcosa.

– Vero – dichiarò Paskell. – Ma hanno un insolito aspetto morbido.

– Se è mercurio liquido – scherzò Milke – mi mangio il tuo cappello.

– Se lo è – ribatté Paskell – nessuno di noi due mangerà... mai più. Forza... andiamo.

L'impatto all'atterraggio confermò la supposizione di Milke, il quale corse all'oblò per guardare fuori.

– Uffa... in questa oscurità non riesco a vedere nulla senza i visori notturni. In ogni caso, abbiamo una buona superficie per la nostra tenda dei test.

Paskell rilesse nella sua mente una pagina del Manuale di Hade:

La tenda dei test è di norma un pallone in pellicola di plastica sostenuto dalla pressione dell'aria. Il suo uso elimina i fumi nocivi, acidi o velenosi dall'interno di una nave, in passato fonte di grossi fastidi. Alcuni esperti consigliano un'indagine sul campo prima di portare fuori la tenda. Altri sostengono che erigere la tenda per prima cosa faciliterà l'esame dei campioni raccolti durante l'indagine, ed io in generale prediligo quest'ultima pratica.

Milke disse disinvolto: – Alcuni preferiscono aspettare prima di tirare su la bolla. Altri la montano per prima cosa, per avere un posto dove scaricare i campioni. In generale mi piace innalzarla subito e non pensarci più.

– Sì, sì – confermò Paskell. – Tiriamola su subito.

Si misero le tute spaziali, i visori notturni e lasciarono la nave. Lo sguardo di Paskell spaziò lungo il lago di mercurio, sino alla rocce sporgenti... gelide e nere ma luminose attraverso il visore. Il lago splendeva come nichel lucidato; l'estremità vicino a loro sembrava un lungo dito che puntava verso una gola; dalla parte opposta scompariva oltre la curva dell'orizzonte.

Paskell sottolineò con incerto sarcasmo: – Non vedo Tripode Joe da nessuna parte.

Milke sbuffò rumorosamente negli auricolari.

– Si suppone che egli sappia che siamo qui.

Milke parlò seccamente: – Mettiamoci a lavorare.

Da un ripostiglio esterno presero la tenda dei test e la trascinarono lungo il lago di mercurio per quindici metri, tanto quanto lo permetteva la lunghezza del tubo dell'aria. Milke aprì la valvola. La tenda si gonfiò diventando una semisfera di quattro metri e mezzo di diametro.

Milke controllò la chiusura con la destrezza acquisita durante le escursioni sul suolo lunare. Appoggiò la camera stagna contro la tenda e ci trasferì l'aria attraverso una valvola di non ritorno, sigillò l'ingresso esterno, aprì la valvola interna, lasciò che la camera si riempisse d'aria ed entrò nella tenda.

– Funziona a dovere – annunciò a Paskell con fiducia. – Prendiamo l'equipaggiamento.

Dal ripostiglio presero il banco pieghevole e lo portarono dentro attraverso la camera stagna. Milke estrasse una rastrelliera di reagenti e polverizzatori. Paskell invece portò fuori la fornace e rientrò poi nella nave per prendere lo spettroscopio.

– Per un po' dovrebbe andare bene – affermò Milke. Gettò uno sguardo al lontano Sigma Sculptoris. – Qui il giorno dura sei ore... ne abbiamo ancora due di luce. Hai voglia di dare una rapida occhiata in giro?

– Potrebbe essere una buona idea. – Paskell tastò il passante della cintura. – Penso che mi porterò dietro un'arma.

Milke ridacchiò.

– Non c'è nulla di vivo qui. C'è il vuoto e lo zero assoluto. Hai lasciato che le chiacchiere su Tripode Joe ti scoraggiassero.

– Hai perfettamente ragione – assentì Paskell. – In ogni caso, mi sentirò meglio ad andare in giro armato.

Milke lo seguì nella nave.

– Tanto vale prendere l'abitudine di portarsela dietro – e mise nella fondina la propria pistola.

I due si avviarono attraverso il lago, oltrepassarono la tenda e imboccarono la gola seguendo lo stretto dito di mercurio.

– Strana roba – dichiarò Paskell sgretolando un frammento dal dirupo. – Sembra gesso... gesso grigio.

– Non può esserlo – ribatté Milke. – Il gesso è una roccia sedimentaria.

– Qualunque cosa sia – disse Paskell – è strano e continua a sembrarmi gesso.

La fenditura si allargò, i dirupi si abbassarono all'improvviso. Un altro lago di mercurio si estendeva davanti a loro.

– Ideale per una passeggiata – osservò Milke. – Meglio che arrampicarsi tra le rocce.

Paskell osservò la superficie a specchio: faceva pensare a un ghiacciaio che serpeggiava tra le scogliere e curvava poi con precisione sotto l'orizzonte.

– È probabile che i laghi di mercurio siano tutti collegati.

Milke gli fece un cenno: – Vedi quella pietra rosa? È rodocrosite. E guardala nella parte bassa... in qualche modo è stata fusa e ridotta, lasciando il metallo puro.

– Molto incoraggiante – giudicò Paskell.

– Incoraggiante? – sbottò Milke. – Ma che dici... è assolutamente meraviglioso! Se anche non trovassimo nient'altro oltre a questa vena, ce l'avremmo fatta lo stesso... forse potrebbe essere vantaggioso estrarre anche il mercurio...

Paskell guardò il sole.

– Non c'è rimasta molta luce. Forse...

– Oh, solo fin dietro la prossima curva – ribadì Milke. – È una camminata agevole.

Indicò davanti a sé un'enorme massa di materiale nero e lucido che sporgeva dalla rupe.

– Guarda quella massa di galena... interessante.

Paskell percepì una vibrazione e un brusio. Abbassò lo sguardo sul quadrante, si fermò di colpo, si spostò a sinistra, si voltò e ritornò a destra. Alzò lo sguardo verso la massa di roccia nera e lucida.

– Non è galena, è pechblenda.*

– Perbacco! – borbottò Milke con riverenza. – Hai ragione! Grande quanto quella scoperta a Margan-Annis... Oliver, amico mio, ce l'abbiamo proprio fatta.

Con la fronte corrugata Paskell si domandò: – Non riesco a capire perché il pianeta non sia stato valorizzato...

Osservò nervoso le ombre profonde, che si stavano sensibilmente allungando.

– Mi chiedo...

– Tripode Joe? – Milke si fece una risata. – Una favoletta.

Guardò Paskell: – Che problema c'è ora?

Paskell rispose con un sussurro rauco: – Senti che rumore proviene dal terreno.

Milke rimase immobile.

Thud-bump. Thud-bump. Thud-bump.

Il sole scese dietro una rupe. Neanche i visori si rivelarono utili nell'ombra improvvisa.

– Andiamocene – disse Paskell. Si girò e camminò in fretta lungo il lago.

– Aspettami – ribadì Milke senza fiato.

Fecero una pausa sul crinale della roccia gessosa che divideva i due laghi e si guardarono indietro. Il suolo pareva solido e immobile sotto i piedi.

– Strano – disse Milke.

---

* La pechblenda è uranite in forma colloidale, una delle fonti principali di uranio. [N.d.T.]

– Molto strano – aggiunse Paskell.

Superarono il crinale. La mole della nave catturava gli ultimi raggi radenti di Sigma Sculptoris.

Paskell si fermò all'improvviso. Milke lo fissò, poi seguì il suo sguardo.

– La nostra tenda dei test!

Corsero verso il punto dove il tessuto giaceva in un mucchio spiegazzato.

– Ci doveva essere un buco – mormorò Paskell.

– Pensi a Tripode Joe? – chiese Milke con sarcasmo. – Più probabile una falla.

Paskell diede un calcio al materiale, ora rigido per il gelo, come lamiera.

– Impiegheremo un mucchio di tempo a sistemarla.

– Oh, la situazione non è così disperata. Pomperemo dentro dell'aria calda…

– E poi?

– Beh, se c'è una falla, non appena l'aria esce nel vuoto si condensa. Quindi cercheremo un piccolo getto di vapore.

Paskell si espresse in maniera categorica: – Non c'è nessuna falla.

– No? E allora perché…

– Non abbiamo acceso il riscaldamento. L'aria all'interno si è liquefatta.

Milke si girò per scrutare il lago. Paskell con calma collegò il cavo. L'energia iniziò a circolare attraverso gli elementi inseriti nel tessuto della tenda.

Milke si voltò, sbattendo assieme i guanti.

– È l'unica cosa che possiamo fare finché l'aria non torna gassosa…

Guardò Paskell, che era rimasto in piedi, come in ascolto.

– Che problema hai?

Paskell indicò furtivo il suolo. Milke osservò con attenzione.

Thud-bump. Thud-bump. Thud-bump.

– Tripode Joe – sussurrò Paskell.

Milke guardò svelto in tutte le direzioni.

– Non ci può essere nulla qua fuori.

Si voltò. Paskell era scomparso.

– Oliver! Dove sei?

– Nella nave – rispose con voce calma.

Senza fretta Milke indietreggiò verso il portello. Su Odfars era calata la notte. La luce delle stelle si rifletteva sul lago di mercurio: intensificata dai visori sembrava quasi uguale alla luce lunare. Cos'era quell'ombra nera, in piedi nella gola? Fulmineo Milke si appoggiò al portello.

E lo trovò chiuso.

Iniziò a battere sul metallo.

– Aprimi Oliver!

Si guardò indietro. La forma nera sembrava essersi avvicinata.

Paskell andò al portello, guardò attentamente fuori oltre Milke e poi sbloccò la serratura. Milke balzò nella camera stagna, dentro la nave. Si tolse il casco.

– Come ti è venuto in mente di chiudermi fuori? E se quella dannata cosa mi fosse arrivata addosso?

Paskell rispose con semplicità: – Beh, difficilmente l'avremmo presa a bordo, non credi?

Milke ruggì: – Se mi avesse aggredito non mi sarei preoccupato se poi fosse salito a bordo o meno.

Balzò nella cupola centrale e accese i riflettori tutto attorno al lago.

Paskell si attaccò all'oblò laterale: – Vedi qualcosa?

– No – replicò Milke. – Ancora non riesco a credere che ci sia qualcuno là fuori. Mangiamo e cerchiamo di dormire un po'.

– Forse dovremmo rimanere di guardia.

– Di guardia per cosa? A che servirebbe se anche vedessimo qualcosa?

Paskell alzò le spalle.

– Potremmo essere in grado di affrontarlo, se solo sapessimo cosa sia.

Milke disse: – Se c'è qualcosa là fuori... – diede una manata sulla fondina – saprò come affrontarla... un paio di colpi nella sua scorza e ne raccoglieremo i pezzi.

La nave vibrò; dalla coda arrivò un suono sgradevole. Il pavimento si curvò sotto i loro piedi. Milke guardò di traverso Paskell, che sbuffò dalla pipa in modo piuttosto disperato. Milke tornò correndo al riflettore. Ma la cupola centrale lasciava in ombra la coda della nave.

– Non riesco a vedere nulla – riferì preoccupato Milke. Saltò giù sul ponte e guardò indeciso dall'oblò vicino.

La vibrazione cessò. Milke raddrizzò le spalle e indossò il casco. A rilento Paskell ne seguì l'esempio.

– Tu porta la torcia elettrica – gli suggerì Milke. – Io terrò pronta la pistola...

Entrarono nella camera stagna. Paskell con cautela mise fuori il braccio e puntò la luce verso la tenda.

– Non vedo nulla laggiù – brontolò Milke.

Spinse da parte Paskell e scese al suolo. Paskell lo seguì, roteando attorno a sé la luce della torcia.

– Qualunque cosa fosse, se n'è andata – grugnì Milke. – Ci ha sentiti arrivare...

– Guarda laggiù – bisbigliò Paskell.

Si vedevano solo delle ombre zigzaganti, una massa in movimento.

Milke tirò fuori l'arma; la pistola sputò scintille blu.

Ci furono un'esplosione e un gran fascio di luce arancione...

– Preso! – urlò Milke esultante. – Proprio in pieno!

Appena gli occhi si adattarono al chiarore della torcia non videro altro che i riflessi luccicanti del mercurio e una massa confusa e sgualcita dove si trovava la tenda dei test.

Milke parlò in tono sprezzante: – Ha rovinato la nostra attrezzatura... la nostra tenda!

– Attento! – urlò Paskell.

La torcia perlustrò il lago all'impazzata.

Milke sparò un colpo dopo l'altro contro una figura alta: le esplosioni riverberavano sulle loro tute, i bagliori arancioni li stavano accecando.

Thud-bump... Thud-bump...

– Torniamo dentro – intimò Milke. – Qui fuori non possiamo affrontarlo.

Il portello esterno si chiuse. Dopo un attimo di silenzio lo scafo venne scosso come se fosse stato strisciato contro il mercurio. Milke e Paskell erano immobilizzati dalla paura al centro del ponte.

A poppa il metallo sotto pressione scricchiolava. La voce di Milke era stridula.

– Non è stata costruita per questo genere di cose...

La nave si piegò su un lato. Paskell infilò la pipa in tasca e afferrò un montante. Milke balzò ai comandi.

– Faremmo meglio ad andarcene da qui.

Paskell si schiarì la gola: – Aspetta, credo che si sia fermato.

La nave era silenziosa. Milke si ricordò del faro della nave e fece scattare l'interruttore.

– Ah!

– Cosa c'è?

Milke guardò fuori dall'oblò.

Rispose a rilento: – Davvero non lo so. Intravvedo qualcosa di simile a un uomo con una gamba sola che si appoggia su due stampelle... è così che quella cosa cammina.

– È grosso?

– Sì – replicò Milke. – Davvero impressionante... credo che ora se ne sia andato, attraverso quella fenditura...

Scese sul ponte innervosito, aprì la tuta e se la sfilò.

– Era Tripode Joe.

Paskell si sedette svelto sulla cuccetta e prese la pipa.

– Un tipo piuttosto terrificante.

Milke rise secco.

– Adesso capisco come sia riuscito a intimorire quei vecchi bifolchi.

– Sì – Paskell annuì con franchezza. – Anch'io.

Accese la pipa e sbuffò preoccupato.

– Non può essere invulnerabile.

Milke ricadde sul letto.

– Lo prenderemo... in un modo o nell'altro.

Paskell allungò il collo dietro l'oblò.

– Fra poche ore ci sarà luce... suppongo che nel frattempo potremmo anche dormire.

– Sì – confermò Milke. – Se Tripode Joe ritornasse, penso che ce ne accorgeremmo.

Sigma Sculptoris inondò il lago di mercurio con la più pallida delle luci. Milke e Paskell esaminarono con tristezza quel che rimaneva della tenda.

L'indignazione di Milke superò il limite che si era imposto. Serrò i pugni dentro i guanti, con lo sguardo fisso sulla gola.

– Mi piacerebbe mettere le mani su quel diavolo di Tripode Joe…

Paskell era impegnato tra i resti della tenda.

– Nient'altro che brandelli.

Milke affermò con tristezza: – Inutile pensare di ripararla…

Guardò Paskell con curiosità.

– Che cosa stai cercando?

– Mi chiedo cosa lo abbia spinto a entrare nella tenda.

– Pura volontà di distruggere.

Paskell enunciò pensieroso: – Ho notato una cosa… – E fece una pausa.

– Che cosa?

– Tutti i nostri reagenti sono spariti.

Milke si chinò sui resti.

– Tutti?

– Tutti gli acidi. Tutte le basi. Ha lasciato l'acqua distillata, i sali…

– Uhm… – disse Milke. – Cosa ne pensi?

All'interno della tuta Paskell alzò le spalle. – È significativo.

– Di cosa, se posso chiedere?

– Non sono sicuro.

Paskell si mosse sul mercurio, osservando attentamente la super-ficie.

– Era qui all'incirca, quando gli hai sparato?

– Più o meno.

Paskell si chinò e raccolse un ruvido oggetto grigio-marrone delle dimensioni del suo pollice.

– Guarda qui. Ecco un pezzo di Tripode Joe.

Milke esaminò il frammento.

– Se questo è tutto quello che le nostre armi gli hanno fatto… è resistente. E questa roba è elastica!

Paskell riprese il frammento.

– Portiamolo dentro e sottoponiamolo alle analisi.

Risalirono sulla nave. Paskell bloccò il campione in una morsa e ci lavorò con esasperante difficoltà. Alla fine riuscì a estrarne una scaglia sottile che passò a esaminare meglio al microscopio.

– Notevole.

– Fammi vedere.

Milke accostò l'occhio.

– Uhm... è come un tappeto... intrecciato in tre dimensioni.

– Esatto. Non importa in che modo tagli o strappi, le fibre s'intrecciano tra loro vanificando ogni sforzo... ora vediamo di cosa è fatto.

– Il tecnico sei tu – disse Milke.

Un'ora più tardi Paskell alzò gli occhi dal piano di lavoro.

– È un composto di silicio molto complesso. Lo spettroscopio rileva silice, litio, fluoro, ossigeno, ferro, zolfo e selenio, ma non sono in grado di dare un nome a questa roba.

– Chiamiamola "Pelle-di-Joe" – suggerì Milke.

Paskell soffiò nella pipa e guardò il tavolo da lavoro con serietà.

– Ho una teoria provvisoria sui meccanismi interni di Joe...

– Allora?

– Ovviamente ha bisogno di energia per esistere. La sua pelle non rivela radioattività, quindi deve utilizzare energia chimica. O almeno non riesco a immaginare un'altra forma di energia che possa usare.

Milke si accigliò.

– Energia chimica? Allo zero assoluto?

– È isolato termicamente. E non sappiamo quanto sia alta la sua temperatura interna.

– Che tipo di energia chimica? Non c'è ossigeno libero, né fluoro, nulla...

– Presumibilmente utilizza tutto quello che trova... qualsiasi cosa che reagisca per produrre energia.

Milke sbatté il pugno sul piano di lavoro.

– Potremmo attirarlo in una trappola, ad esempio con un blocco di ossigeno solido.

– Lo penso anch'io. Ma che genere di trappola?

Milke si accigliò.

– Una buca per animali.

– Qui su Odfars la gravità non è molto forte... dovremmo impilare diecimila metri cubi di roccia per riuscire nell'impresa.

Milke camminò su e giù per la stanza.

– Ho un'idea!

– Ovvero? – chiese Paskell incuriosito.

– Forse potresti costruire un detonatore da azionare dalla nave.

– Sì, si può fare.

– Ecco cosa faremo. Piazzeremo una decina di chili di myradyne, con il detonatore al centro. Joe arriverà e s'infilerà il fagotto nello stomaco che si ritrova. Aspettiamo che si allontani un centinaio di metri dalla nave e poi lo facciamo esplodere!

Paskell increspò le labbra.

– Se gli eventi procedono in questo modo, andrà tutto bene.

– Beh, perché non dovrebbero? Sostieni che Joe mangia…

– Non "sostengo"… "ipotizzo".

– … qualsiasi cosa produca energia. Bene, il myradyne dovrebbe apparirgli come un gelato, una caramella e una torta messi insieme. Non è altro che energia.

– Potrebbe volerci un genere differente di energia. Forse può digerire soltanto l'energia che può combinare.

– Stai cavillando – dichiarò Milke disgustato. – Dico che vale la pena provare.

Paskell alzò le spalle.

– Tiriamo fuori il tuo myradyne.

– Quanto tempo ti ci vorrà per preparare un detonatore?

– Venti minuti. Collegherò una batteria e un ricevitore di scorta alla testina…

Mentre Milke portava con cautela il contenitore dell'esplosivo lungo il lago, Paskell era rimasto di guardia dietro al portello. Milke ispezionò il paesaggio con estrema attenzione, posò il contenitore e lo spostò per alcuni metri prima a destra e poi verso la gola. Infine, soddisfatto, si voltò in cerca dell'approvazione del compagno. Paskell gli rivolse un cenno con indifferenza, senza accorgersi che l'altra mano si era posata sul pulsante del detonatore. Guardò subito verso Milke, infilò in fretta la tuta, balzò fuori dal portello e corse lungo il lago.

Milke chiese: – Qual è il problema?

Paskell rispose: – Il detonatore remoto non funziona. È meglio dargli un'occhiata.

Milke lo fissò contrariato.

– Come sai che non funziona?

Paskell fece un gesto vago, s'inginocchiò accanto al contenitore e aprì l'involucro.

– Potrebbe essere solo una tua impressione – insistette Milke.

– Beh, se proprio lo vuoi sapere, la mia mano accidentalmente ha premuto l'interruttore che non è scattato... quindi ho pensato che avrei fatto bene a correre fuori e vedere dove fosse il problema.

Milke sembrò sprofondare dentro la tuta. Per un attimo ci fu solo silenzio.

– Ah! – disse Paskell. – Nulla di tanto grave; mi ero dimenticato di agganciare i cavi della batteria... ora è pronto per funzionare...

– Me ne torno sulla nave – annunciò Milke con voce roca.

Paskell alzò lo sguardo verso Sigma Sculptoris.

– Sì, sono rimasti solo pochi minuti di luce...

Dentro la nave, senza i visori, sembrava che la notte fosse già calata sul lago di mercurio.

Milke si alzò dalla sua cuccetta, dove si era messo a sedere in silenzio. Prese il suo visore e salì nella cupola di controllo.

– Niente in vista.

Paskell interloquì con voce tranquilla: – Forse Joe non tornerà.

Milke, volgendo la schiena a Paskell, non rispose.

– Forse è tutto il giorno che ci osserva – continuò Paskell.

Milke si sporse in avanti.

– C'è qualcosa che si muove nel valico... sta arrivando la luce del giorno. Dannazione! Ora non riesco vedere nulla... e la cupola è di nuovo sulla traiettoria del faro.

Con improvvisa ispirazione Paskell gridò: – Usa il radar!

Milke corse allo schermo, spinse alcuni interruttori e attivò il faro a corto raggio. Paskell si voltò di scatto verso l'antenna.

– Eccolo! – esclamò Milke. – Proprio laggiù!

Paskell e Milke si avvicinarono allo schermo. La superficie del lago, la massa delle montagne, la spaccatura, tutto era ben visibile. Tripode Joe, molto più vicino, era sfocato.

– Non puoi regolarlo meglio? – domandò Paskell.

Milke si spostò al banco di lavoro, tornò con un cacciavite e regolò il radar a corto raggio al limite inferiore.

– Com'è ora?

– Spegni le luci. Mi sembra di essere un guardone.

– Fatto, meglio adesso?

– Sì, molto meglio.

Milke tornò allo schermo. Tripode Joe era una specie di botte sormontata da un barilotto. Le gambe erano ancora sfocate; fasci tremolanti di luce da entrambi i lati del tronco sembravano indicare appendici simili a braccia.

– Guarda – singhiozzò Milke. – Si sta fermando al contenitore.

Il grande tronco sembrò vacillare e cadere in avanti.

– Sta cercando di prenderlo.

La forma si rimise in piedi.

– Si è fermato – constatò Paskell.

– Sta mangiando il myradyne...

Tripode Joe si avvicinò ulteriormente, sfuggendo del tutto al raggio d'azione del radar.

La nave sussultò leggermente. Milke e Paskell si prepararono al peggio.

Nient'altro. Silenzio. Lo schermo del radar era vuoto. Paskell ruotò l'antenna. Nulla.

– Se n'è andato – dichiarò Milke. – Dov'è l'interruttore del detonatore?

– Aspetta! – sussurrò Paskell accendendo le luci. – Guarda!

Milke indietreggiò di colpo. Premuta sull'oblò di fronte a lui c'era una ruvida e argentea sostanza grigio-marrone. L'oblò all'improvviso divenne nero. Qualcosa sgusciò via passando davanti all'oblò di poppa.

– Via le luci! – sibilò Milke. – Al radar!

La macchia di luce dorata si trasformò in una botte e un barilotto oscillanti.

– Ora – ordinò Milke – premi il pulsante! Svelto! Prima che esca dal raggio d'azione.

– Un attimo – rispose Paskell. – E se fosse più intelligente di quanto crediamo?

– Adesso non abbiamo tempo per fare ipotesi – si lamentò Milke. – Dov'è il tasto?

Paskell lo allontanò con decisione. – Ascoltami, dobbiamo prima dare un'occhiata in giro – e si infilò dentro la tuta, mentre Milke inveiva infuriato.

Senza dargli ascolto, Paskell lasciò la nave. Dall'oblò Milke poteva vedere il bagliore della lampada del suo casco.

Lo sportello esterno cigolò nell'aprirsi e si richiuse con un tonfo. Paskell rientrò a bordo. Milke aveva il dito sull'interruttore. Paskell, impossibilitato a parlare attraverso il casco, colpì il muro con il guanto. Nell'altra mano reggeva un oggetto marrone.

La mano di Milke si ritirò nervosamente.

Paskell si sfilò la tuta.

– Ho pensato che il myradyne poteva non essergli piaciuto – proclamò trionfante. – Il tipo sbagliato di energia chimica. Lo ha lasciato accanto alla nave.

– Perdiana! – sbottò Milke con voce roca. – Per due volte nello stesso giorno ho rischiato di esplodere in mille pezzi...

Paskell rimosse il detonatore con cautela.

– Ogni giorno impariamo sempre più cose su Tripode Joe.

La voce di Milke era accalorata per l'emozione.

– Ogni giorno ci avviciniamo sempre di più al suicidio

– Domani – ribadì Paskell – tenteremo di nuovo.

Davanti a una tazza di caffè bollente, Milke chiese: – Cosa intendi per tentare di nuovo? Per quanto posso vedere, abbiamo fatto cilecca. Le nostre pistole gli fanno il solletico e lui si rifiuta di mangiare il nostro esplosivo. Di sicuro non c'è nulla al mondo che sia in grado di avvelenarlo.

– Vero – Paskell riempì la pipa con del tabacco nero. – I metodi per uccidere un essere umano non possono essere applicati a Tripode Joe.

– Non mi stupisco che quelle vecchie capre a Merlinville ci abbiano riso dietro.

Paskell sbuffò pensieroso: – Se potessimo concentrare su Joe sufficiente calore e per un tempo abbastanza lungo...

– Sciocchezze – lo interruppe Milke. – Se anche avessimo un oceano non potremmo neanche affogarlo.

Attraverso la nuvola di fumo Paskell ripropose: – Se sciogliessimo una pozzanghera nel mercurio, Joe ci cadesse dentro e il mercurio si congelasse attorno a lui...

– Impossibile. Il mercurio allo zero assoluto è un superconduttore. Dovremmo riscaldare mezzo pianeta.

– Superconduttore… cavolo! Che idea!

Lo sguardo di Paskell si perdeva sognante nella foschia.

– Mi chiedo quanto si estenda il mercurio intorno al pianeta.

– Che differenza fa?

– Potremmo fulminare Joe.

– Ah! – sbraitò Milke. – Con cosa? Un generatore da mille o duemila watt?

– Innanzitutto – rispose Paskell – dobbiamo controllare il mercurio.

– A piedi? Con Joe che ci incalza da dietro, respirandoci sul collo?

Con noncuranza Paskell asserì: – Credo che possiamo muoverci veloci quanto Joe.

– Non ne sono sicuro. Magari corre come un levriero.

– Avremo con noi le nostre pistole.

– Immagino quanto ci saranno utili.

– Beh… suppongo che potremmo sollevare la nave e orbitare attorno al pianeta. In effetti potrebbe essere la soluzione…

Il compagno era completamente assorto nelle sue teorie e Milke gli gridò allarmato: – Ti stai quasi posando nella gola!

– Bene! – ribatté Paskell. – Vogliamo avere la nave più vicina possibile alla spaccatura.

– Non ne capisco il motivo – disse Milke con voce irritata. – In realtà nemmeno immagino cosa tu stia per fare.

– Abbiamo progettato di fulminare Tripode Joe – spiegò Paskell con pazienza. – Dopo aver orbitato intorno al pianeta, abbiamo appurato che il mercurio è interconnesso ovunque, tranne che in questa grigia sella di quindici metri. A bordo abbiamo piombo e rame a sufficienza per colmare il divario con un cavo abbastanza robusto… cosa che faremo. Con la termite possiamo fondere un bel po' di mercurio.

– E poi?

– Mentre tu depositerai il cavo, io allestirò una specie di fantastica bobina d'induzione per prendere energia dal nostro generatore e accumulare watt in tutto il circuito planetario.

Milke fisso incredulo Paskell.

– A cosa servirà?

– Sistemerai il cavo in modo che Joe, quando arriverà dentro la gola, debba afferrarlo per spezzarlo. Non appena lo farà si beccherà tutto quello che abbiamo scaricato nel circuito.

Milke scosse la testa.

– Non funzionerà.

Paskell sbuffò dalla pipa.

– E perché no, di grazia?

– Penso all'isteresi in tutta quella distesa di mercurio... le insenature, le baie, i canali. Ci sarà un miliardo di piccole spirali e di vortici...

– Non ci sarà perdita di energia – ribadì Paskell. – Non c'è resistenza, quindi non può esserci alcuna produzione di calore.

– Ci saranno conflitti di campo – insistette Milke.

– Soltanto per pochi centesimi di secondo. Dopo, i campi imporranno per forza un modello di flusso che minimizzerà l'impedenza.

Milke scosse di nuovo la testa.

– Spero che tu sappia di cosa stai parlando... ma... – alzò un dito – ... abbiamo un altro problema.

– Cioè?

– Il magnetismo di questo mondo. Se iniziamo a far scorrere corrente intorno al pianeta, creeremo dei poli nord e sud artificiali. Contrasteremo il campo naturale.

Paskell sbatté le palpebre come un gufo.

– Questo pianeta non ha un campo naturale. È la prima cosa che ho controllato.

Milke alzò le mani.

– Procedi pure, Oliver. È la tua festa.

Milke e Paskell erano in piedi contemplando la gola, in mezzo alla quale, all'altezza dei loro occhi, penzolava un cavo di traverso. Vicino al lago, il cavo passava attraverso una lunga scatola, da cui partivano i contatti che correvano al generatore dentro la nave.

Paskell enunciò solenne: – C'è un trilione di ampere che scorre dentro il cavo.

– Un po' di più – lo corresse Milke. – Si gonfierà come un cucciolo avvelenato.

– C'è un limite pratico – precisò Paskell. – Allo zero assoluto la resistenza dei metalli superconduttori è infinitesimale, ma è ancora maggiore di zero. Quando il cavo conduce una carica che genera calore più velocemente di quanto il calore stesso si disperda, la temperatura nel cavo si alza sino a raggiungere il limite inferiore della superconduttività.

– E allora?

Paskell sollevò le braccia. – Niente più cavo.

Milke riguardò con ansia il suo lavoro.

– Forse è meglio dare una controllata.

– Come? A bordo non abbiamo una termocoppia tanto sensibile.

Milke alzò le spalle. – Allora tutto quello che possiamo fare è sperare.

– Giusto. Sperare che Joe scenda quel passo finché il cavo resiste.

Guardò il sole.

– Ancora un'ora o due di luce.

Milke era dubbioso: – La trappola non sembra molto letale. Supponiamo che Joe afferri il cavo e lo spezzi, e non accada nulla... che faremo allora?

– Qualcosa succederà. Stiamo alimentando il circuito costantemente con duemila watt. Se Joe spezza il cavo, quei watt dovranno pur andare da qualche parte... non svaniranno nel nulla. Continueranno a fluire... attraverso Joe. E se Joe non dovesse risentirne, lo braccherò personalmente con un coltellino tascabile.

Milke lanciò al compagno uno sguardo sconcertato: parole forti da parte dell'umile Oliver Paskell, che tamburellava irrequieto con le dita.

– Stiamo dimenticando qualcosa.

Milke si voltò verso la nave.

– Ah, ecco! – disse Paskell.

Milke fece uno strano rumore. Il suo braccio fece un sobbalzo.

– L'esca – precisò Paskell. – Dobbiamo preparare un po' di acido.

– Non pensare all'esca – gracchiò Milke. – Siamo noi l'esca... Joe è dietro di noi...

Paskell si girò di scatto. Tripode Joe, in piedi davanti alla nave, li stava guardando.

– Scappiamo! – strillò Milke. – Passiamo sotto il cavo... e se non funziona... che Dio ci aiuti...

Tripode Joe si fece avanti, come un uomo con una gamba sola sulle stampelle.

Paskell si era paralizzato.

– Corri! – urlò Milke.

Fece un balzo indietro, afferrò il braccio di Paskell e iniziò a correre in maniera scomposta.

– Più veloce! – ansimò Milke. – Ci sta per raggiungere.

Paskell corse sul fianco della montagna, cercando di farsi strada con le unghie sulla roccia a picco.

– No, no! – urlò Milke. – Attraverso la gola!

Paskell si girò, passò sotto una delle enormi braccia di Joe e fuggì verso la gola.

Milke lo bloccò.

– Sotto il cavo... non addosso! *Sotto!* – afferrò le gambe di Paskell, trascinandolo sotto il cavo. Tripode Joe avanzava verso di loro con indifferenza.

Paskell si alzò in piedi e si guardò attorno in maniera frenetica.

– Calma... – lo esortò Milke – con calma...

Con cautela arretrarono nella gola.

Milke ripetè ansimando: – Ora non serve più correre. Se il tuo marchingegno non funziona, tanto vale prepararci a morire.

Paskell chiese improvvisamente. – Hai acceso il generatore?

Milke si raggelò.

– Il generatore? Dentro la nave? Intendi la corrente nel circuito?

– Sì, il generatore...

– No, non lo hai fatto tu?

– Non ricordo!

Milke annunciò disperato: – Lo sapremo nel giro di un minuto. Joe sta arrivando...

Tripode Joe fece una pausa davanti al cavo, poi riprese ad avanzare. Il petto toccò il cavo e le braccia si sollevarono.

– Chiudi gli occhi! – strillò Paskell.

Il bagliore improvviso fece filtrare dei dardi di luce attraverso le loro palpebre.

– Avevi acceso il generatore – constatò Milke.

Tripode Joe giaceva a una dozzina di metri, tremando debolmente.

– Non è morto – mormorò Paskell.

Milke fissava la massa grigio-argento.

– Non possiamo farlo a pezzi. Non possiamo legarlo. Non possiamo…

Paskell si mise a correre verso la nave.

– Tiriamo fuori gli uncini.

Tornati all'Ufficio del Registro a Merlinville, Milke e Paskell entrarono nel magazzino di Tom Hand per acquistare una nuova tenda e rimpiazzare il set di reagenti.

Abel Cooley e il suo amico James stavano in ozio intorno a un tavolo.

– Ah, ecco i cercatori di ritorno da Odfars – sghignazzò Cooley.

Tom Hand si avvicinò zoppicando. I suoi occhi erano rossi, l'alito puzzava di alcol e dei lividi neri e blu facevano bella mostra su un lato della faccia.

– Bene, giovanotti – esordì rivolto a Milke con voce pesante. – Cosa vi serve?

– Per prima cosa abbiamo bisogno di una nuova tenda dei test.

Dal banco vicino alla finestra arrivò una risatina.

James gridò con il suo vocione scherzoso: – Tripode Joe ha forse cercato di venire a letto con voi?

Milke lo liquidò con un gesto noncurante mentre Paskell succhiava la sua pipa.

– La tenda la trovate sulla piattaforma di carico – disse Tom Hand. – Vi serve altro?

– Un set di reagenti per i test – Milke consegnò una lista.

Tom Hand li scrutò da sotto le sopracciglia.

– Ancora fuori a fare ricerche, ragazzi?

– Certamente. Perché no?

– Non ne avete avuto abbastanza?

Milke alzò le spalle. – Odfars non era così male. Non ci aspettavamo di avere vita facile con le prospezioni. Joe ci ha fatto passare un periodo piuttosto difficile ma siamo riusciti a risolvere il problema.

Hand si chinò in avanti, sbattendo gli occhi arrossati.

– Che cosa?

– Non ci dispiace rivelarvi come. Abbiamo tutto sotto controllo e fatto la registrazione.

Abel Cooley chiese: – Avete risolto il problema? Intendete forse dire che Joe è morto?

– No, è ancora vivo. Lo abbiamo messo dove non può scappare. Un gruppo di ricercatori dell'Istituto sta arrivando per esaminarlo.

James si fece avanti.

– Lo avete messo dove non può scappare? Ho visto Joe strappare una rete di cavo spesso cinque centimetri come se fosse carta velina. Abbiamo fatto saltare una montagna addosso alla sua caverna. Venti minuti dopo si era aperto la strada... Ora venite a dirmi che siete riusciti a metterlo dove non può fuggire.

– Esatto! – mormorò Paskell. – Proprio così.

Milke si volto verso Tom Hand: – Ci servono circa quattrocento litri di perossido di idrogeno e ottocento litri di alcol.

– Dobbiamo mantenere in vita Joe – rivelò Paskell a James.

– Assurdo – sbuffò Abel Cooley.

Tom Hand alzò le spalle e si diresse all'interno del negozio.

James parlò, con voce levigata: – Facciamo che la smettete di girarci intorno e ci dite quello che avete fatto al povero vecchio Tripode Joe.

– Perché no? – rispose Paskell. – Ma vi avviso... state lontani da lui.

– Lascia perdere le battute... sono tutto orecchie.

– Beh, per prima cosa lo abbiamo folgorato, frastornandolo.

– Per davvero?

– Non potevamo ucciderlo né legarlo... quindi, mentre era ancora in preda agli spasmi, gli abbiamo avvolto intorno alle gambe degli uncini, issandolo a una trentina di chilometri nello spazio e lasciandolo in orbita intorno a Odfars. Dove si trova tuttora... vivo e vegeto anche se, immagino, debba sentirsi un po' impacciato.

James assunse un atteggiamento pensieroso e si rivolse verso Abel Cooley.

– Cosa ne pensi Abel?

Abel Cooley grugnì, guardando fuori dalla finestra.

James si sedette al tavolo.

– Sì – assentì in tono grave – immagino che Tripode Joe debba sentirsi proprio ridicolo.

– Più o meno come voialtri, ragazzi – giunse la voce di Tom Hand da dietro gli scaffali.

IL DONO DELLA PARLANTINA

(*The Gift of Gab*, 1955)
Traduzione di Marco Riva

NEI FONDALI BASSI era pomeriggio inoltrato: il vento era caduto e il mare era piatto e lucente come la seta. Verso sud, sotto le nuvole, pendeva una nera cortina di pioggia; per il resto l'aria era densa e avvolta in una foschia rosa. Spessi banchi di alghe galleggiavano sui Fondali: su uno di questi era ancorata la zattera *Bio-Minerals*, un rettangolo di metallo lungo poco meno di settanta metri e largo una trentina.

Alle quattro, la sirena in alto sull'albero annunciò il cambio dei turni di lavoro. Sam Fletcher, l'assistente del sovrintendente, uscì dalla sala mensa, attraversò il ponte e si diresse verso gli uffici: aprì la porta scorrevole e guardò dentro. Dove Carl Raight di solito stava seduto a compilare i rapporti di produzione c'era solo una sedia vuota. Fletcher si voltò per guardare oltre il ponte verso il laboratorio, ma Raight non si vedeva da nessuna parte. Strano. Fletcher rientrò in ufficio e controllò il tonnellaggio della giornata:

Tricloruro di rodio 4.01
Solfuro di tantalio 0,87
Renicloruro di Tripyridyl 0,43

Secondo il calcolo di Fletcher, il tonnellaggio lordo ammontava a 5,31, una produzione media. Ancora una volta aveva battuto Raight in quella che loro chiamavano la "Lotteria della Bottiglia". L'indomani era la fine del mese e lui si sarebbe accaparrato il whisky *Haig & Haig* di Carl. Immaginando le proteste e le lamentele di Raight, Fletcher sorrise e fischiettò tra i denti. Si sentiva allegro e fiducioso. Un altro mese, poi il suo contratto semestrale sarebbe scaduto e avrebbe fatto ritorno a Starholme con sei mesi di paga all'attivo.

Ma dove diavolo era finito Raight? Fletcher guardò fuori dalla finestra. Nel suo campo visivo scorgeva l'elicottero, piazzato sul ponte al riparo delle tempeste Sabriane, l'albero, la nera sagoma del generatore, il serbatoio dell'acqua e, all'estremità della zattera, i polverizzatori, le vasche di lisciviazione, le colonne Tswett e i silos di stoccaggio.

Un profilo scuro si affacciò alla porta. Fletcher si voltò, ma era Agostino, l'addetto al turno di giorno, che era stato sostituito proprio in quel momento da Blue Murphy, l'operatore di Fletcher.

– Dov'è Raight? – chiese Fletcher.

Agostino si guardò intorno.

– Credevo che fosse qui.

– Forse è andato nella zona di lavorazione.

– No, vengo proprio da lì.

Fletcher attraversò la stanza per guardare nel bagno. – Non è neanche qui.

Agostino si voltò per uscire.

– Vado a fare una doccia.

Ancora sulla porta aggiunse: – Siamo a corto di cirripedi.

– Manderò fuori la chiatta.

Fletcher seguì Agostino sul ponte, dirigendosi poi al laboratorio di trasformazione.

Oltrepassò il molo dove erano ormeggiate le chiatte ed entrò nella stanza del polverizzatore. La Rotante 1 stava macinando i cirripedi per produrre il tantalio; la numero 2 stava polverizzando le lumache di mare ricche di renio. La macina a sfera era pronta per un carico di corallo rosa-arancio, con noduli di sali di rodio.

Blue Murphy, con la frangia di capelli rossi sopra la faccia paonazza, stava effettuando un controllo di routine su cuscinetti, alberi, catene, valvole, indicatori e sui diari di produzione. Per farsi sentire al di sopra del rumore dei frantoi, Fletcher gli gridò nell'orecchio: – Hai visto passare Raight?

Murphy scosse la testa.

Fletcher si addentrò nella camera di lisciviazione, dove veniva effettuata la prima separazione dei sali dalla polpa attraverso il labirinto di tubi Tswett, quindi uscì sul ponte. Raight era irreperibile. Doveva essere rientrato in ufficio mentre lui lo stava cercando.

Ma l'ufficio era vuoto.

Fletcher proseguì verso la mensa. Agostino era intento a rimpinzarsi con una ciotola di chili. Dave Jones, lo steward dalla faccia scarna, era sulla soglia della cambusa.

– Raight è venuto qui? – chiese Fletcher.

Jones scosse cupamente la testa: non diceva mai due parole quando ne bastava una.

Agostino si guardò intorno e poi domandò: – Hai controllato la chiatta dei cirripedi? Potrebbe essere andato giù ai Fondali.

– È successo qualcosa a Mahlberg? – volle sapere Fletcher, perplesso

– Sta mettendo i nuovi denti alla catena della linea di dragaggio.

Fletcher ripensò alla fila di chiatte lungo il molo. Se la chiatta di riserva di Mahlberg non si era mossa per le riparazioni, poteva darsi che Raight fosse uscito da solo. Fletcher si preparò una tazza di caffè.

– Può darsi che sia laggiù.

Si sedette.

– Non è da Raight fare straordinari gratis.

Mahlberg entrò nella mensa.

– Dov'è Carl? Devo ordinare altri denti per la draga.

– Dev'essere andato a pescare – disse Agostino.

Mahlberg rise allo scherzo.

– Forse si becca una bella anguilla elettrica. O magari un Dekabrach.

Dave Jones grugnì: – Se lo cucinerà da solo.

– Confido che i Dekabrach siano buoni da mangiare – ipotizzò Mahlberg – perché sono simili alle foche.

– E a chi piacciono le foche? – ringhiò Jones.

– Direi che sono più simili alle sirene – osservò Agostino – con stelle marine a dieci braccia al posto delle teste.

Fletcher posò la tazza.

– Mi chiedo a che ora sia partito Raight.

Mahlberg alzò le spalle; Agostino non aprì bocca.

– Ci vuole solo un'ora da qui ai Fondali. Ormai dovrebbe essere già tornato.

– Potrebbe aver avuto un guasto – suggerì Mahlberg – anche se la chiatta funzionava benissimo.

Fletcher si alzò in piedi. – Provo a chiamarlo.

Lasciò la mensa e tornò in ufficio, dove compose la sigla T3 sullo schermo dell'interfono, la dicitura per la chiatta dei cirripedi.

Lo schermo rimase spento.

Fletcher attese. La lampadina al neon pulsava, si accendeva e si spegneva per indicare gli squilli di chiamata sulla chiatta.

Nessuna risposta.

Fletcher stava incominciando a preoccuparsi. Lasciò l'ufficio, andò all'albero maestro e salì con l'ascensore fino alla cupola. Da lassù poteva ammirare la zattera, i cinque acri della distesa di alghe e tutto l'oceano intorno.

All'estremo nord-est, al confine dei Fondali Bassi, la nuova zattera *Pelagic Recoveries* appariva come una piccola macchia scura, quasi invisibile nella foschia. A sud, dove la Corrente Equatoriale correva attraverso un varco nei Fondali, le conchiglie dei cirripedi erano disposte in una lunga fila irregolare. A nord, dove il *Macpherson Ridge* risaliva dagli Abissi sovrastando di una decina di metri la superficie, alcuni piloni di alluminio sostenevano le trappole per le lumache di mare. Qua e là galleggiavano ammassi di alghe, a volte ancorati al fondo, a volte mantenuti in posizione dall'azione delle correnti.

Fletcher mosse il binocolo lungo la linea dei cirripedi e individuò subito la chiatta. Cercando di mantenere le braccia il più ferme possibile, aumentò l'ingrandimento e mise a fuoco la cabina di comando. Non vide nessuno, anche se non riuscì a tenere il binocolo abbastanza fermo per accertarsene.

Fletcher esaminò il resto della chiatta.

Dov'era Carl Raight? Forse nella cabina di comando, fuori dalla vista.

Fletcher scese sul ponte, fece il giro del laboratorio e guardò dentro.

– Ehi, Blue!

Apparve Murphy, mentre si asciugava con uno straccio le grandi mani arrossate.

– Vado fino ai Fondali con la lancia – disse Fletcher. – La chiatta è ormeggiata là, ma Raight non risponde alle chiamate.

Murphy scosse la grossa testa calva, perplesso. Accompagnò Fletcher al molo, dove una lancia si dondolava all'ormeggio. Fletcher sollevò la cima, si spostò verso la poppa della lancia e saltò sul ponte dell'imbarcazione.

Murphy lo chiamò: – Vuoi che venga con te? Posso incaricare Hans di controllare i lavori.

Hans Heinz era l'ingegnere-meccanico.

Fletcher esitò.

– Non penso di aver bisogno di aiuto. Se è successo qualcosa a Raight, beh... credo di potercela fare anche da solo. Tieni d'occhio lo schermo nel caso debba fare una chiamata.

Entrò nell'abitacolo, si sedette, abbassò la cupola e avviò la pompa.

Rollando e beccheggiando, la lancia prese a muoversi e immerse il corpo arrotondato sotto la superficie dell'acqua finché solo la cupola rimase fuori.

Fletcher disinnestò la pompa; l'acqua entrò a fiotti dal davanti per venir convertita in vapore, fuoriuscire a poppa e permettere la propulsione.

La zattera *Bio-Minerals* divenne una macchia grigia nella foschia rosa, mentre i contorni della chiatta e della catena di gusci si stagliavano e diventavano sempre più nitidi. Fletcher spense il motore; la lancia emerse e si accostò allo scafo scuro, agganciandosi alle piastre magnetiche che consentivano a chiatta e lancia di rimanere ormeggiate assecondando il moto delle onde.

Fletcher fece scivolare indietro la cupola e balzò sul ponte.

– Raight! Ehi, Carl!

Nessuno rispose.

Fletcher esaminò il ponte da prua a poppa. Raight era un uomo robusto, forte ed energico, ma poteva essere rimasto vittima di un incidente. Fletcher scese lungo il ponte verso la cabina di comando. Superò la stiva 1, piena di cirripedi verde-neri. Nella stiva 2 era tutto pronto per la fuoriuscita dell'acqua.

La stiva 3 era ancora vuota. Nella cabina di comando non c'era nessuno.

Carl Raight non era a bordo della chiatta.

Poteva essersi allontanato con l'elicottero o con la lancia, o essere caduto in mare. Fletcher si sporse dal parapetto per controllare nell'acqua scura, in tutte le direzioni. All'improvviso si piegò da una parte cercando di vedere meglio attraverso i riflessi, ma la pallida forma sott'acqua era un Dekabrach, lungo quanto un uomo e liscio come il raso, che se ne andava silenzioso per i fatti suoi.

Fletcher guardò pensieroso a nord-est, dove la zattera *Pelagic Recoveries* galleggiava sotto una cortina di foschia rosa. Era una nuova installazione, eretta da soltanto tre mesi, di proprietà e gestita da Ted Chrystal, ex biochimico della *Bio-Minerals*. L'Oceano Sabriano era inesauribile: il mercato del metallo era insaziabile e le due imprese con le loro zattere non avevano problemi di competizione. Fletcher non poteva nemmeno pensare che Chrystal o i suoi uomini avessero un motivo per assalire Carl Raight.

Doveva essere caduto in mare.

Fletcher tornò alla cabina di comando e salì la scaletta fino al tetto. Diede un'ultima occhiata all'acqua intorno alla chiatta, pur sapendo che si trattava di un gesto inutile: la corrente, penetrando nel varco alla velocità costante di due nodi, avrebbe trascinato il corpo di Raight verso gli Abissi. Fletcher scrutò l'orizzonte. La fila dei gusci dei cirripedi si perdeva lontano nell'oscurità rosa. L'albero della zattera *Bio-Minerals* segnava il riferimento a nord-ovest e non era possibile vedere la zattera *Pelagic Recoveries*. Non c'era anima viva in vista.

Dallo schermo in cabina risuonò il segnale di chiamata. Fletcher ridiscese. Blue Murphy stava chiamando dalla zattera.

– Hai novità?

– Nessuna – disse Fletcher.

– Cosa intendi dire?

– Raight non è qui.

La grande faccia rubizza si incupì. – Chi c'è lì fuori?

– Nessuno. Ho idea che Raight sia caduto fuori bordo.

Murphy fischiò. Non c'era niente da dire.

Alla fine domandò: – Hai idea di come sia potuto succedere?

Fletcher scosse la testa.

– Non ne ho la minima idea.

Murphy si passò la lingua sulle labbra.

– Forse dovremmo interrompere i lavori.

– Perché? – chiese Fletcher.

– Beh… magari per rispetto verso i morti.

Fletcher fece un sorriso amaro.

– Meglio continuare.

– Come vuoi. Ma siamo a corto di cirripedi.

– Carl aveva caricato una stiva e mezza… – Fletcher esitò ed emise un profondo sospiro. – Tanto vale che provveda io a terminare il carico.

Murphy trasalì.

– È una storia che mi piace poco, Sam. Sei un tipo assolutamente privo di nervi.

– Ormai per Carl non fa differenza – dichiarò Fletcher. – Prima o poi dovremo raccogliere i cirripedi. Mettersi a piangere non serve a niente.

– Suppongo che tu abbia ragione – ammise Murphy dubbioso.

– Tornerò tra un paio d'ore.

– Non cadere in mare come Raight.

La comunicazione si interruppe. Fletcher rifletté che ora era diventato il sovrintendente della zattera, fino all'arrivo del nuovo equipaggio, un mese più tardi. Non avrebbe voluto quella responsabilità, ma ora spettava a lui.

Ritornò lentamente sul ponte, salì sul tavolato del verricello e lavorò per un'ora, tirando fuori dal mare dei mucchi di conchiglie, tenendoli sospesi sopra la stiva mentre i bracci del raschietto estraevano la polpa dai grappoli nero-verdi, e rigettando i gusci vuoti nell'oceano. Forse Raight aveva fatto lo stesso lavoro prima della sua scomparsa. Come poteva essere caduto in mare dalla piattaforma del verricello?

Fletcher provava un forte disagio che pian piano gli stava aggredendo i nervi e il cervello. Spense il verricello e scese dal pulpito. Sul ponte si fermò di colpo, alla vista di una grossa corda.

Era uno strano cordone luccicante, traslucido, spesso un pollice. Giaceva in un anello sciolto sul ponte e un'estremità pendeva fuori bordo. Fletcher iniziò a scendere, poi esitò. Una corda? Non era di certo una delle attrezzature della chiatta.

Meglio fare attenzione, pensò Fletcher.

Un raschietto era appeso al palo vicino, uno strumento come una piccola accetta che veniva utilizzato per l'apertura manuale delle valve nel caso che, per qualsiasi motivo, le macchine automatiche si fossero guastate. Era posata a terra a un paio di metri di distanza. Fletcher scese sul ponte. La corda vibrò; l'estremità si contrasse e si avvolse intorno alle caviglie di Fletcher.

Fletcher si allungò per afferrare l'accetta, ma la corda diede uno strattone facendolo cadere a faccia in giù. Il raschietto gli sfuggì di mano. Fletcher scalciò e si dimenò, ma quel cordone lo trascinava sempre più verso il parapetto: gli aveva sollevato le caviglie per trascinarlo fuori bordo. Con un ultimo sforzo Fletcher riuscì ad agguantare l'accetta: si protese in avanti e cominciò a colpire ripetutamente la corda che alla fine si afflosciò e si spezzò, per poi serpeggiare e scivolare in mare.

Fletcher si rialzò e barcollò verso il parapetto. La corda stava scomparendo sott'acqua, appena visibile a causa dei riflessi del cielo nel mare. Poi, per un attimo, il movimento di un'onda permise a Fletcher di vedere un Dekabrach che nuotava a un metro sotto la superficie: riuscì a distinguere il grappolo rosa-dorato delle braccia irradiarsi, come in una stella marina, e la macchia nera al centro che poteva essere un occhio.

Fletcher si ritrasse dal parapetto, perplesso, spaventato e snervato dall'imminenza della morte. Si maledì per la propria stupidità e la spericolata imprudenza... come poteva essere stato tanto idiota da rimanere lì a caricare la chiatta? Era evidente fin da prima che Raight non era morto per caso. Qualcuno o qualcosa aveva ucciso Raight e Fletcher l'aveva invitato a uccidere anche lui. Zoppicò fino alla cabina di comando e accese le pompe. L'acqua venne aspirata dall'orifizio di prua ed espulsa a poppa attraverso le prese d'aria. La chiatta si allontanò dal banco di cirripedi; Fletcher impostò la rotta a nord-ovest, verso la *Bio-Minerals*, poi uscì sul ponte.

La giornata stava volgendo al termine e il cielo diventava sempre più scuro, con una sfumatura marrone. Poi l'oscurità si fece densa come acqua insanguinata. Geideon, un gigante rosso opaco, il più grande dei due soli di Sabria, scomparve dietro l'orizzonte. Per qualche minuto solo la luce del verde-azzurro Atreus fece capolino tra le nuvole. La foschia rossastra si trasformò in un verde pallido che, per qualche illusione, rendeva tutto più luminoso di prima. Quindi anche Atreus tramontò e il cielo si oscurò del tutto.

Mentre la chiatta si avvicinava Fletcher vide brillare le luci della *Bio-Minerals* montate sull'albero che si alzava nel cielo e le sagome nere degli uomini delineate contro il bagliore. Tutto l'equipaggio lo stava aspettando: i due operatori Agostino e Murphy, il meccanico Mahlberg, il biochimico Damon, lo steward Dave Jones, il tecnico Manners e l'ingegnere Hans Heinz.

Fletcher attraccò la chiatta, salì la scaletta di corda semi affondata nel banco di alghe e si fermò davanti agli uomini silenziosi. Li guardò in faccia uno per uno. Erano fermi in attesa sulla zattera dopo aver sentito dell'inattesa morte di Raight: bastava guardarli per capire che erano rimasti più colpiti di lui.

Alle loro facce perplesse Fletcher rispose: – Non è stato un incidente. So cosa è successo.

– Che cosa? – chiese qualcuno.

– Sul ponte c'era un cordone bianco – disse Fletcher. – Uno dei capi finiva in mare. Quando un uomo si avvicina, quella corda gli scatta intorno alle gambe e trascina fuori bordo il malcapitato.

Murphy chiese a bassa voce: – Sei sicuro?

– Ha quasi catturato anche me.

Damon il biochimico chiese con voce scettica: – Una corda viva?

– Suppongo che dovesse essere qualcosa di vivo.

– Cos'altro poteva essere?

Fletcher esitò.

– Ho guardato in acqua. Ho visto un Dekabrach. Uno di sicuro, e forse altri due o tre.

C'era silenzio. Gli uomini guardavano in acqua.

Con voce meravigliata Murphy domandò: – Allora sono stati i Dekabrach?

– Non lo so – ribadì Fletcher con voce tesa e tagliente. – Una corda bianca, o una fibra, mi ha quasi intrappolato. L'ho fatta a pezzi. Quando ho guardato fuori bordo ho visto dei Dekabrach.

Gli uomini emisero silenziose espressioni di meraviglia e di timore.

Fletcher si voltò e si diresse verso la mensa. Gli uomini si soffermarono sul molo, esaminando l'oceano e parlando a voce sommessa. Nell'oscurità davanti a loro brillavano le luci della zattera. Non c'era nient'altro da vedere.

Più tardi Fletcher salì le scale verso il laboratorio sopra l'ufficio, per parlare con Eugene Damon impegnato ad esaminare dei microfilm.

Damon aveva un viso magro con la mascella allungata, lisci capelli biondi e occhi sovreccitati. Era industrioso e meticoloso, ma aveva lavorato all'ombra di Ted Chrystal, che aveva lasciato la *Bio-Minerals* e portato una propria zattera su Sabria. Chrystal era un uomo di grandi capacità. Era riuscito ad adattare la lumaca marina terrestre alle acque Sabriane per poter così estrarre il vanadio; aveva trasformato la specie rara e malata dei cirripedi facendola diventare una coltura ad altissimo rendimento per ricavare il tantalio. Damon aveva sempre lavorato il doppio delle ore di Chrystal: svolgeva i suoi compiti di routine in modo efficiente, ma gli mancavano l'estro e la risorsa immaginativa di Chrystal, il quale poteva saltare da un problema all'altro senza apparenti passaggi intermedi.

Alzò lo sguardo quando Fletcher entrò nel laboratorio, ma subito dopo si incollò di nuovo al microschermo.

Fletcher restò un momento in attesa e poi chiese: – Che cosa stai cercando?

Damon rispose nel modo ponderato e leggermente pedante che a volte divertiva e a volte irritava Fletcher.

– Sto cercando nell'indice per vedere se riesco ad identificare quella lunga "corda" bianca che ti ha attaccato.

Fletcher emise un suono vago; si chinò a guardare le impostazioni selezionate da Damon e codificate come "Lungo", "Sottile", "Bianco" (cioè le sigle E, F e G). In base a queste istruzioni, il selezionatore, dopo aver esaminato l'intero elenco delle forme di vita Sabriane, aveva sputato fuori le schede di sette organismi.

– Trovato niente? – chiese Fletcher.

– Non ancora. – Damon fece scivolare un'altra scheda nel proiettore.

Sullo schermo apparve lo schema del "Anellide Sabriano RRS-4924", un lungo verme segmentato. La scala mostrava che era lungo circa due metri e mezzo.

Fletcher scosse la testa.

– La cosa che mi ha afferrato era lunga quattro o cinque volte tanto. E non mi è sembrato che fosse segmentato.

– Finora questo è l'animale che gli assomiglia di più – disse Damon.

Poi rivolse a Fletcher uno sguardo interrogativo. – Immagino che tu sia abbastanza sicuro di quello che affermi... una lunga "corda" marina bianca?

Fletcher lo ignorò, raccolse le sette schede e le rimise nel contenitore, poi sfogliò il libro dei codici e resettò il selettore.

Damon sapeva a memoria i codici e fu in grado di leggere direttamente dai quadranti le sigle per "Appendici", "Lunghezza", "Dimensioni" e "Colore"... D, E, F, G.

Il selettore sputò tre schede.

La prima rappresentava un essere bianco pallido a forma di piattino, che nuotava trascinandosi quattro lunghi prolungamenti.

– Non è questo – affermò Fletcher.

Nella seconda si vedeva uno scarabeo acquatico nero a forma di siluro, dotato di un flagello posteriore.

– Nemmeno questo.

Il terzo era una specie di mollusco, col plasma a base di selenio, silicio, fluoro e carbonio. Il guscio era un emisfero di carburo di silicio, con un'apertura da cui sporgeva un sottile tentacolo prensile.

La creatura aveva il nome di "Stryzkal's Monitor", in onore di Esteban Stryzkal, il famoso primo pioniere tassonomista di Sabria.

– Potrebbe essere quello – indicò Fletcher.

– Non è mobile – obiettò Damon. – Stryzkal lo trovò nei Fondali Bassi del Nord, ancorato agli ammassi di pegmatite e in prossimità delle colonie di Dekabrach.

Fletcher si mise a leggere il materiale descrittivo: *Il sensore è elastico senza limiti osservabili; in apparenza funziona come organo esplorativo, raccoglitore di cibo e seminatore di spore. Il Monitor lo si trova soltanto vicino alle colonie di Dekabrach. La simbiosi tra le due forme di vita non è impossibile.*

Damon lo guardò interrogativamente: – Quindi?

– Ho visto alcuni Dekabrach nelle colonie dei cirripedi.

– Non puoi essere sicuro di essere stato attaccato da un Monitor – dichiarò Damon dubbioso. – Dopo tutto, non nuotano.

– Secondo Stryzkal non lo fanno – asserì Fletcher.

Damon iniziò a parlare, poi notando l'espressione di Fletcher, continuò con voce più sommessa: – C'è sempre spazio per un errore.

Nemmeno Stryzkal avrebbe potuto elaborare molto di più di un semplice riassunto della vita planetaria.

Fletcher leggeva altre indicazioni sullo schermo.

– Ecco l'analisi fatta da Chrystal di un Monitor che aveva studiato.

C'erano gli elementi e i composti primari di cui era costituito uno Stryzkal Monitor.

– Niente di interesse commerciale – dichiarò Fletcher.

Damon sembrava assorbito da un particolare pensiero.

– Chrystal ha davvero catturato lui stesso un Monitor?

– Sì. Era rimasto molto tempo sott'acqua, immerso col batiscafo.

– Ognuno ha i propri metodi – commentò brevemente Damon.

Fletcher rimise le schede nel contenitore.

– Che ti piaccia o no, nel suo campo è bravissimo. Dai al diavolo ciò che gli è dovuto.

– A me sembra che la fase di ricerca sia terminata – borbottò Damon. – Abbiamo già impostato la linea di produzione e questo richiede un lavoro a tempo pieno per poter aumentare il rendimento. Ovviamente potrei sbagliarmi.

Fletcher rise e diede una pacca sulla magra spalla di Damon ed esclamò: – Non voglio criticare, Gene. Il fatto è che c'è troppo da esplorare per un uomo solo. Dovremmo tenere occupati quattro uomini.

– Quattro? – lo interpellò Damon. – Almeno una dozzina! Su Sabria ci sono tre diverse fasi protoplasmatiche rispetto all'unico gruppo di carbonio esistente sulla Terra! Anche Stryzkal ha solo graffiato la superficie!

Guardò Fletcher per un po', poi chiese con curiosità: – Cosa cerchi adesso?

Fletcher stava ancora una volta esaminando l'indice.

– Quello che ero venuto qui a controllare... i Dekabrach.

Damon si appoggiò allo schienale della sedia.

– Perché i Dekabrach?

– Ci sono molte cose su Sabria che non sappiamo – rispose Fletcher con moderazione. – Sei mai andato a vedere una colonia di Dekabrach?

Damon strinse le labbra. – No, non l'ho mai fatto.

Fletcher impostò il codice per la scheda dei Dekabrach.

Nel visualizzatore comparve il file relativo. Lo schermo mostrava il disegno originale di Stryzkal che, per molti versi, era più esauriente di una foto tridimensionale a colori. L'esemplare raffigurato era lungo quasi due metri, con un corpo pallido simile a una foca e con tre alette propulsive all'estremità. Dalla testa si propagavano le dieci braccia da cui la creatura prendeva il nome: arti flessibili lunghi una cinquantina di centimetri che circondavano il disco nero che Stryzkal pensava fosse un occhio.

Fletcher passò in rassegna il resoconto piuttosto approssimativo dell'habitat, della dieta, dei metodi riproduttivi e della classificazione protoplasmatica della creatura. Si accigliò insoddisfatto.

– Considerando che sono una delle specie più importanti, qui non ci sono molte informazioni. Diamo un'occhiata all'anatomia.

Lo scheletro del Dekabrach era basato su una cupola ossea anteriore con tre vertebre cartilaginee flessibili, ciascuna terminante con una paletta propulsiva.

Non c'erano altre informazioni.

– Pensavo avessi detto che Chrystal aveva fatto degli studi sui Dekabrach – ringhiò Damon.

– Infatti.

– Se è un ricercatore così bravo, dove sono finiti i suoi dati?

Fletcher sorrise.

– Non incolpare me, lavoro qui anch'io.

Inserì di nuovo la carta nel proiettore.

Alla voce "Commenti generali", Stryzkal aveva annotato: *i Dekabrach sembrano appartenere al gruppo Sabriano di Classe A, la fase silico-carbo-azoto, sebbene ne differiscano in molti aspetti importanti.* Aveva anche aggiunto alcune note speculative riguardo a possibili relazioni dei Dekabrach con altre specie Sabriane.

Chrystal si era limitato a commentare: – Controllato per applicazione commerciale: nessuna raccomandazione specifica.

Fletcher non fece commenti.

– Quanto bene avrà controllato? – chiese Damon.

– Nel suo solito modo spettacolare. Scese con la batisfera, ne arpionò uno e lo trascinò in laboratorio. Passò tre giorni a sezionarlo.

– E ha scritto pochi commenti senza importanza – borbottò Damon.

– Se lavorassi tre giorni su una nuova specie come i Dekabrach, potrei scriverci un libro.

Rilessero le informazioni.

Damon puntò il lungo indice ossuto.

– Guarda! Qui qualcosa è stata cancellata. Vedi quei triangoli neri sul margine? Sono segni di una cancellatura!

Fletcher si strofinò il mento.

– Sempre più sospetto.

– È addirittura criminale – gridò Damon indignato – cancellare materiale senza indicarne il motivo o la correzione.

Fletcher annuì con lentezza.

– A questo punto mi sembra opportuno scambiare due parole con Chrystal – decise Fletcher. Dopo un breve silenzio, aggiunse: – Lo farò subito.

Scese in ufficio, dove chiamò la zattera *Pelagic Recoveries*.

Lo stesso Chrystal venne allo schermo a rispondere. Un uomo piuttosto robusto, biondo con una carnagione rosea e quell'aria di affabile innocenza che camuffava la prontezza della mente; in modo simile, il suo fisico mascherava una potente muscolatura. Salutò Fletcher con cauta cordialità.

– Come vanno i "bio minerali"? A volte vorrei tornare con voi... lavorare per conto proprio è spesso molto sfibrante.

– Da noi c'è stato un incidente – annunciò Fletcher. – Ho pensato che fosse meglio avvisarti.

– Un incidente? – Chrystal sembrava ansioso. – Cos'è successo?

– Carl Raight ha portato fuori la chiatta e non è più tornato.

Chrystal era scioccato. – È terribile! Come... perché...

– In apparenza qualcosa lo ha trascinato in mare. Penso che sia stato un mollusco: il Monitor di Stryzkal.

La faccia rosea di Chrystal si raggrinzì per lo stupore.

– Un Monitor? Ma la chiatta non era nei Fondali Bassi? Loro non vivono in acque poco profonde. Non capisco.

– Nemmeno io.

Chrystal rigirava tra le dita un cubo di metallo bianco.

– Questo è davvero strano. Pensi che Raight sia... morto?

Fletcher annuì cupo.

– Questa è ciò che pensiamo. Ho avvertito tutti di non uscire in mare da soli; ho pensato che sarebbe stato meglio consigliarti di fare lo stesso.

– Grazie, Sam – Chrystal aggrottò la fronte, guardò il cubo di metallo e lo posò.

– Non ci sono mai stati problemi su Sabria prima d'ora.

– Ho visto dei Dekabrach sotto la chiatta. Potrebbero essere coinvolti in qualche modo.

Chrystal sembrava perplesso.

– Dei Dekabrach? Sono abbastanza innocui.

Fletcher annuì senza molta convinzione.

– A proposito... ho provato a consultare le schede sui Dekabrach nella micro-libreria. Non c'erano molte informazioni. Un bel po' di materiale è stato cancellato.

Chrystal inarcò le sopracciglia pallide.

– Perché mi dici questo?

– Perché pensavo fossi stato tu a cancellarlo.

Chrystal sembrava offeso.

– Ora... perché avrei dovuto fare qualcosa del genere? Ho lavorato sodo per la *Bio-Minerals*, Sam, lo sai bene quanto me. Ora sto cercando di far soldi per conto mio. E non è come dormire in un letto di rose, ti assicuro.

Toccò il cubo di metallo bianco, poi notò gli occhi di Fletcher che lo guardavano e lo spinse sul lato della scrivania, sopra al *Manuale universale delle costanti e delle relazioni fisiche* di Cosey.

Dopo una pausa Fletcher ripetè: – Beh, hai o non hai cancellato parte delle informazioni sulle schede dei Dekabrach?

Chrystal aggrottò la fronte mentre pensava.

– Potrei aver cancellato una o due idee che si erano rivelate sbagliate, niente di molto importante. Ricordo in modo confuso di aver tolto qualcosa dalla banca dati.

– Quali erano quelle idee? – chiese Fletcher con voce sardonica.

– Al momento non me lo ricordo. Probabile che fosse qualcosa sulle abitudini alimentari. Sospettavo che i Dekabrach avessero ingerito del plancton, ma non sembrò che fosse così.

– No?

– Si nutrono di funghi sottomarini che crescono sui banchi del corallo. Questa era stata la mia ipotesi più probabile.

– È tutto quello che hai cancellato?

– Non riesco a ricordare nient'altro.

Lo sguardo di Fletcher si rivolse al cubo di metallo. Aveva notato che copriva il titolo del Manuale, dalla "v" al centro di "universale" alla "o" in "costanti".

– Cos'è che hai sulla scrivania, Chrystal? Ti interessa la metallurgia?

– No, no – disse Chrystal. Prese il cubo, lo guardò in modo critico. – È solo una lega. Sto controllando la resistenza ai reagenti. Beh… grazie per aver chiamato, Sam.

– Non hai idea su cosa possa essere successo a Raight?

Chrystal sembrava sorpreso.

– Perché diavolo lo chiedi a me?

– Qui su Sabria sai più cose sui Dekabrach di chiunque altro.

– Temo di non poterti aiutare, Sam.

Fletcher annuì.

– Buonanotte.

– Buonanotte, Sam.

Fletcher rimase seduto a guardare lo schermo spento. Il mollusco Monitor, i Dekabrach, il micro-film cancellato. Tra quelle cose doveva esserci un rapporto che non riusciva a identificare, quale direzione seguire per scoprirlo. I Dekabrach erano coinvolti e, per associazione, lo era Chrystal. Fletcher non aveva creduto alle sue proteste e sospettava che gli avesse mentito su quasi tutti gli argomenti, di sicuro per una questione personale. La mente di Fletcher andò al cubo di metallo. Chrystal era sembrato un po' troppo impacciato, troppo veloce a chiudere la questione. Fletcher prese la propria copia del Manuale. Misurò la distanza tra la "v" e il centro della "o": 4,9 centimetri. Il cubetto doveva pesare un chilogrammo, come era prevedibile per tali blocchi campione, e Fletcher fece qualche calcolo: un cubo di 4,9 centimetri di lato aveva un volume di 119 cc… ipotizzando una massa di 1000 grammi, la densità risultava essere di 8,4 grammi per centimetro cubo.

Fletcher considerò quel valore. Di per sé non era molto indicativo. Avrebbe potuto riferirsi a una qualsiasi fra cento leghe metalliche. Non aveva senso andare troppo oltre su una serie di ipotesi, quindi sfogliò il Manuale. Nichel, 8,6 grammi per cc. Cobalto, 8,7 grammi per cc. Niobio, 8,4 grammi per cc.

Fletcher si appoggiò allo schienale e rifletté. Niobio? Un elemento costoso e difficile da sintetizzare, con risorse naturali insufficienti a coprire le richieste di mercato. L'idea era stimolante. Chrystal aveva sviluppato una fonte biologica di niobio? Se era così, la sua fortuna era fatta.

Fletcher si rilassò sulla sedia. Si sentiva stremato, mentalmente e fisicamente. I suoi pensieri andarono a Carl Raight. Immaginò quel corpo che andava alla deriva nella notte, trascinato dalle correnti sottomarine, affondando attraverso chilometri d'acqua in luoghi dove la luce non sarebbe mai arrivata. Perché Carl Raight era stato ammazzato?

Fletcher soffriva di rabbia e frustrazione, per la futilità e l'umiliazione della morte di Raight. Carl era stato un uomo troppo buono per venire trascinato fino alla morte nell'oscuro oceano di Sabria.

Fletcher si alzò di scatto, uscì dall'ufficio e risalì i gradini verso il laboratorio.

Damon era ancora impegnato con il suo lavoro di routine. Aveva tre progetti in corso: due riguardavano l'estrazione di platino da diverse specie di alghe Sabriane; il terzo era un tentativo di aumentare la produzione di renio dalle piatte spugne *Alphard-Alpha*. In tutti i tre progetti la sua tecnica di base era la stessa: sottoporre le generazioni successive a una concentrazione crescente di sali metallici, in condizioni favorevoli alla mutazione. Alcuni organismi avrebbero cominciato presto ad assorbire il metallo in modo funzionale, sarebbero stati isolati e trasferiti alla salamoia Sabriana. Alcuni non sarebbero sopravvissuti al trattamento, altri si sarebbero adattati alle nuove condizioni per poi iniziare ad assorbire l'elemento divenuto necessario.

Mediante questo allevamento selettivo, si sarebbero intensificate le qualità desiderabili di questi ultimi organismi, per poi coltivarli su larga scala. Le inesauribili acque Sabriane sarebbero state destinate a fornire un altro prodotto.

Entrando nel laboratorio, Fletcher trovò Damon che disponeva i vassoi delle colture di alghe secondo precise linee geometriche. Si voltò a guardare Fletcher con un'espressione seria.

– Ho parlato con Chrystal – disse Fletcher.

Damon fu subito interessato: – Che cosa ti ha detto?

– Dice che potrebbe aver cancellato dal microfilm alcune informazioni sbagliate o inutili.

– Ridicolo – sbottò Damon.

Fletcher andò al tavolo e guardò pensieroso lungo la fila di colture di alghe.

– Hai mai scoperto del niobio qui su Sabria, Gene?

– Niobio? No. Non in una concentrazione apprezzabile. Ce ne sono tracce nell'oceano, naturalmente. Credo che la composizione di uno dei coralli ne mostri una quantità infinitesima.

Inclinò la testa con curiosità, simile a un uccello.

– Perché me lo chiedi?

– Solo un'idea casuale, forse folle.

– Non credo che il colloquio con Chrystal sia stato soddisfacente.

– Proprio per niente.

– Allora quale sarà la nostra prossima mossa?

Fletcher si addossò al tavolo.

– Non ne ho idea. Non è che possa fare molto. A meno che... – ed ebbe un'esitazione.

– A meno che cosa?

– A meno che io stesso non effettui un'indagine subacquea.

Damon era sconvolto.

– Cosa speri di trovare?

Fletcher sorrise.

– Se lo sapessi, non avrei bisogno di andarci. Ricordati che Chrystal si è immerso e che dopo il suo ritorno ha cancellato delle informazioni sul micro-file.

– Me ne rendo conto – dichiarò Damon. – Tuttavia, penso che sia piuttosto... beh, arrischiato, dopo quello che è successo.

– Forse, e forse no – Fletcher si scostò dal tavolo dirigendosi verso il ponte. – In ogni modo aspetterò fino a domani.

Lasciò Damon che preparava il suo foglio di controllo giornaliero e scese sul ponte principale.

Blue Murphy lo stava aspettando ai piedi delle scale.

Fletcher chiese: – Cosa c'è, Murphy?

Sul viso, tondo e rosso, era comparsa un'espressione perplessa.

– Agostino era lassù con te?

Fletcher si fermò di colpo. – No.

– Avrebbe dovuto darmi il cambio mezz'ora fa. Non è nel dormitorio e nemmeno alla mensa.

– Buon Dio... – esclamò Fletcher – un altro?

Murphy si girò a guardare l'oceano.

– L'hanno visto circa un'ora fa nel locale mensa.

– Andiamo – ordinò Fletcher. – Cerchiamo in tutta la zattera.

Guardarono dappertutto: in laboratorio, nella cupola sull'albero maestro e in tutti gli angoli e i varchi dove Agostino potesse essere finito. Le chiatte erano tutte al molo; la lancia e il catamarano dondolavano ai loro ormeggi; l'elicottero era inattivo sul ponte, con le pale abbassate.

Non trovarono Agostino da nessuna parte. Nessuno sapeva dove potesse essere andato o quando fosse sparito.

Tutto l'equipaggio della zattera si raccolse nella mensa, erano agitati e nervosi, e guardavano l'oceano attraverso gli oblò.

Fletcher aveva ben poco da dire.

– Qualunque cosa ci stia cercando, e non sappiamo cosa sia, ci sta tenendo d'occhio e può sorprenderci. Dobbiamo stare attenti, molto attenti!

Murphy sbatté il pugno sul tavolo e urlò: – Ma cosa possiamo fare? Non possiamo starcene con le mani in mano a guardarci intorno stupidamente!

– Sabria è in teoria un pianeta sicuro – ricordò Damon. – Secondo Stryzkal e l'Indice Galattico, qui non ci sono forme di vita ostili.

Murphy sbuffò: – Vorrei che il vecchio Stryzkal fosse qui a ripetermelo.

– Sarebbe capace di inventare una teoria secondo cui Raight e Agostino non sono spariti. – Dave Jones guardò il calendario. – Manca ancora un mese alla fine del nostro periodo di servizio.

– Faremo un solo turno di lavoro – disse Fletcher – finché non arriveranno i sostituti.

– Chiamali pure rinforzi – mormorò Mahlberg.

– Domani – annunciò Fletcher – scenderò col batiscafo, mi guarderò intorno cercando di farmi un'idea di cosa sta succedendo. Nel frattempo, è meglio che tutti tengano accette o mannaie a portata di mano.

C'era un suono debole alle finestre, sul ponte esterno.

– Piove – disse Mahlberg. Guardò l'orologio sul muro. – Mezzanotte.

La pioggia sibilava nell'aria, tamburellava sui muri; scorreva sui ponti e i riflettori sull'albero brillavano attraverso le strisce oblique.

Fletcher si avvicinò alle finestre scorrevoli e guardò verso il laboratorio.

– Immagino che sia meglio chiudere bottega per stanotte. Non c'è motivo di…

Sbirciò fuori dalla finestra, poi corse alla porta e uscì sotto la pioggia.

L'acqua gli colpì il viso, poteva vedere ben poco tranne il bagliore delle luci sotto la pioggia. Scorse qualcosa lungo il lucido grigio-nero del ponte, come un vecchio tubo di plastica bianca.

Sentì uno strappo alle caviglie: i suoi piedi vennero sollevati e cadde di schianto sul metallo bagnato.

Dietro di lui udì uno scalpiccio. C'erano grida concitate e imprecazioni, poi un violento rumore metallico e uno stridore prolungato; la presa sulle caviglie di Fletcher si allentò.

Fletcher balzò in piedi e si appoggiò barcollando contro l'albero.

– C'è qualcosa nel capanno di lavorazione! – gridò.

Gli uomini si precipitarono sotto la pioggia seguiti da Fletcher.

Ma non c'era niente nel capanno di lavorazione. Le porte erano spalancate e le stanze illuminate. Da un lato i massicci polverizzatori, dietro c'erano i serbatoi a pressione, le vasche e i tubi di sei colori diversi.

Fletcher premette l'interruttore principale; il ronzio dei macchinari si spense.

– Chiudiamo e torniamo al dormitorio.

La mattina si verificava il fenomeno contrario della sera. Prima il crepuscolo verde di Atreus, che poi si colorava di rosa quando Geideon si alzava dietro le nuvole. Era una giornata burrascosa, con raffiche di vento che trascinavano ammassi di nuvole scure tutt'intorno.

Fletcher fece colazione, si vestì indossando una tuta aderente dotata di impianto termico e completata da uno scafandro impermeabile, con il casco di plastica.

Il batiscafo era appeso alla gru sul bordo est della zattera, un guscio di plastica trasparente con le pompe in una cella metallica a tenuta stagna nel centro della barca. Immergendosi, lo scafo si riempiva d'acqua attraverso le valvole, che poi venivano chiuse; poteva immergersi fino a centoventi metri: metà della pressione era sopportata dallo scafo, il resto dall'acqua racchiusa nell'interno.

Fletcher si calò nell'abitacolo; Murphy collegò i tubi delle bombole di ossigeno al casco di Fletcher, quindi chiuse il portello. Mahlberg e Hans Heinz manovrarono la gru. Murphy andò a stare vicino al controllo del paranco; per un attimo esitò, guardando l'acqua screziata di rosa scuro, poi Fletcher e poi di nuovo l'oceano.

Fletcher agitò la mano.

– Calatemi.

La sua voce proveniva dall'altoparlante sulla paratia dietro di loro.

Murphy mosse l'impugnatura di controllo. Il batiscafo incominciò a scendere. L'acqua entrò dalle valvole, avvolgendo il corpo di Fletcher fino a sommergerlo. Delle bolle d'aria salirono dalla valvola di scarico del casco.

Fletcher provò il funzionamento delle pompe, poi staccò gli agganci. Il batiscafo sprofondò nell'acqua.

Murphy sospirò. – Ha più coraggio di quanto io potrei mai averne.

– Può sfuggire a qualunque cosa lo stia inseguendo – disse Damon. – Potrebbe benissimo essere più al sicuro di noi qui sulla zattera.

Murphy gli diede una pacca sulla spalla.

– Damon, ragazzo mio, vai ad arrampicarti. In cima all'albero sarai al sicuro; è improbabile che vengano così in alto per tirarti in acqua.

Murphy alzò gli occhi alla cupola, trenta metri sopra il ponte.

– Penso che io mi rifugerei lì, se solo qualcuno mi portasse il cibo.

Heinz indicò l'acqua.

– Ecco le bolle. È passato sotto la zattera. Ora è diretto a nord.

Il tempo peggiorava. Alte ondate si frangevano contro la zattera e avventurarsi sul ponte significava inzupparsi fradici. Poi le nuvole si diradarono abbastanza da mostrare i contorni di Geideon e Atreus, simili a un'arancia sanguigna e un lime.

I venti cessarono all'improvviso; l'oceano si appiattì in una calma irreale. L'equipaggio era seduto nella sala mensa a bere caffè, parlando a tratti e con voci imbarazzate.

Damon divenne irrequieto e andò verso il suo laboratorio. Tornò di corsa nella sala mensa.

– Dei Dekabrach... sono sotto la zattera! Li ho visti dal ponte di osservazione!

Murphy si strinse nelle spalle.

– Qui io sono al sicuro.

– Vorrei catturarne uno – comunicò Damon. – Vivo.

– Non abbiamo già abbastanza problemi? – ringhiò Dave Jones.

Con pazienza Damon spiegò: – Non sappiamo nulla sui Dekabrach. Sono una specie altamente sviluppata. Chrystal ha distrutto tutti i dati che avevamo e avrei bisogno di avere almeno un campione da esaminare.

Murphy si alzò in piedi.

– Suppongo che possiamo raccoglierne uno in una rete.

– Bene – disse Damon. – Intanto vado a preparare la vasca grande dove metterlo.

L'equipaggio uscì sul ponte. Il tempo era diventato afoso. L'oceano era piatto e oleoso; la foschia offuscava mare e cielo insieme in una gradazione uniforme di colore, dallo scarlatto sporco vicino alla zattera al rosa pallido in alto.

Il boma venne slegato, con attaccata una rete da paracadute che fu calata in silenzio in acqua. Heinz era vicino al verricello; Murphy si sporse dalla ringhiera, fissando attentamente l'acqua.

Una pallida forma uscì da sotto la zattera.

– Sollevate ora! – gridò Murphy.

Il cavo si tese di scatto; la rete uscì dall'acqua in una cascata di spruzzi. Al centro c'era un Dekabrach alto quasi due metri che pulsava e si dimenava, mentre le fessure branchiali si aprivano e si chiudevano alla ricerca dell'acqua.

Il boma venne mosso verso l'interno, la rete venne aperta e il Dekabrach scivolò nel serbatoio di plastica.

Prese a nuotare in modo frenetico, avanti e indietro, urtando contro le pareti di plastica, deformandole. Poi si calmò e rimase a fluttuare tranquillo al centro del serbatoio, con i tentacoli della testa ripiegati all'indietro contro il torso.

Si affollarono tutti intorno al serbatoio. Il punto nero dell'occhio li guardava attraverso le pareti trasparenti.

Murphy chiese a Damon: – E adesso?

– Avrei bisogno che il serbatoio sia trasportato sul ponte, davanti al laboratorio dove posso averlo a portata di mano.

– Detto e fatto.

Il serbatoio venne sollevato e fissato nel punto indicato da Damon che, nel frattempo, si era allontanato eccitato per pianificare la sua ricerca.

L'equipaggio osservò il Dekabrach per dieci o quindici minuti, poi tornò alla mensa.

Passò del tempo. Le raffiche di vento rastrellavano l'oceano, via via aumentando d'intensità. Alle due l'altoparlante emise un sibilo; l'equipaggio si irrigidì alzando la testa.

Dall'altoparlante arrivò la voce di Fletcher: – Saluti a voi della zattera. Sono a circa due miglia a nord-ovest. State pronti a issarmi a bordo.

– Meno male! – gridò Murphy, sorridendo. – Ce l'ha fatta.

– Avevo scommesso quattro a uno contro di lui – saltò su Mahlberg. – Sono fortunato che nessuno abbia accettato.

– Diamoci una mossa; sarà sotto bordo prima che siamo pronti.

L'equipaggio si diresse verso il ponte. Il batiscafo stava arrivando alla deriva, con la cupola luccicante che si stagliava contro l'oscura superficie delle acque.

Scivolò silenzioso fino alla zattera; i ganci furono assicurati alle piastre anteriori e posteriori. L'argano cigolò, il batiscafo si sollevò dal mare, scaricando la sua zavorra d'acqua.

Nell'abitacolo Fletcher sembrava teso e stanco. Si arrampicò fuori dal portello, si stiracchiò, aprì la zip della tuta impermeabile e si tolse il casco.

– Eccomi di ritorno! – esclamò guardando i compagni. – Sorpresi?

– Avrei perso la scommessa – gli rispose Mahlberg.

– Cosa hai trovato? – chiese Damon. – Qualcosa di importante? Fletcher annuì.

– Un mucchio di cose. Fatemi indossare dei vestiti puliti. Sono sudato fradicio. – Si fermò di colpo, guardando il serbatoio sul ponte del laboratorio. – Quando è arrivato a bordo?

– Lo abbiamo pescato verso mezzogiorno – raccontò Murphy. – Damon ne voleva uno da esaminare.

Fletcher rimase con le spalle incurvate a guardare il serbatoio.

– Qualcosa non va? – chiese Damon.

– No – enunciò Fletcher. – Tanto, peggio di così non potrebbe andare.

Si voltò e si diresse verso il dormitorio.

L'equipaggio andò nella mensa ad aspettarlo. Arrivò dopo una ventina di minuti. Si preparò una tazza di caffè e si sedette.

– Bene – cominciò Fletcher. – Non posso esserne sicuro, ma sembra che siamo nei guai.

– Per i Dekabrach? – chiese Murphy.

Fletcher annuì.

– Lo sapevo! – Murphy gridò trionfante. – Basta guardare quei "chiacchieroni" per capire che non stanno combinando nulla di buono.

Damon aggrottò la fronte, disapprovando i giudizi emotivi.

– Qual è la situazione? – chiese a Fletcher. – O almeno come ti sembra, dal tuo punto di vista?

Fletcher scelse attentamente le parole: – Succedono cose di cui non eravamo a conoscenza. In primo luogo, i Dekabrach sono organizzati socialmente.

– Vuoi dire che sono intelligenti?

Fletcher scosse la testa. – Non posso dirlo con certezza. È possibile. È anche possibile che vivano d'istinto, come una collettività di insetti.

– Come diavolo… – iniziò Damon

Fletcher alzò una mano.

– Vi dirò cosa è successo, in seguito farete tutte le domande che vorrete.

Finì di bere il caffè.

– Quando mi sono immerso, ero in allerta e tenevo gli occhi aperti. Nel batiscafo mi sentivo abbastanza al sicuro, ma sono successe cose molto strane ed ero piuttosto nervoso. Non appena in acqua ho visto cinque o sei Dekabrach.

Fletcher fece una pausa, sorseggiò il caffè.

– Cosa stavano facendo? – chiese Damon.

– Niente di speciale. Andavano alla deriva vicino a un grande

Monitor che si era attaccato alle alghe. L'arto del mollusco penzolava come una corda, lontano dalla vista. Mi sono avvicinato per vedere cosa avrebbero fatto i Dekabrach, ma si sono subito allontanati. Non volevo perdere troppo tempo sotto la zattera, quindi sono andato a nord, verso gli Abissi. A metà strada ho visto una cosa strana; ero già passato oltre e ho dovuto girarmi per dare un'altra occhiata. C'erano dei Dekabrach, circa una dozzina. Stavano vicino a un Monitor enorme. Un gigante. Era appeso a una serie di palloncini o bolle, una specie di baccello che lo manteneva fluttuante, e i Dekabrach lo spingevano in questa direzione.

– In questa direzione? – rifletté Murphy.

– Che cosa hai fatto? – domandò Manners.

– Beh, forse era solo una gita innocente, ma non volevo correre rischi. L'arto di quel Monitor era più grosso di una gomena. Ho rivolto il batiscafo contro le bolle, ne ho fatto scoppiare alcune e ho sparpagliato le altre. Il Monitor è precipitato come una pietra. I Dekabrach si sono dispersi in tutte le direzioni. Ho pensato di aver vinto quel round. Ho continuato ad andare a nord, e ben presto sono arrivato al punto in cui inizia il dirupo che scende negli Abissi. Stavo viaggiando a circa sei metri sotto la superficie, poi mi sono abbassato a sessanta. Ho dovuto ovviamente accendere le luci perché questo crepuscolo rosso non illumina oltre una certa profondità. – Fletcher bevve un altro sorso di caffè. – Per tutto il tragitto attraverso i Fondali Bassi ho attraversato banchi di corallo ed evitato foreste di alghe. Dove il baratro digrada verso gli Abissi il corallo diventa qualcosa di fantastico... che suppongo sia dovuto a un movimento più intenso dell'acqua, a più nutrimento, a più ossigeno. Cresce a trenta metri di altezza, con guglie e torri, ombrelli, piattaforme e archi: è bianco, azzurro e verde chiaro. Quando sono arrivato sull'orlo di una scogliera sono rimasto sbalordito... un minuto prima le mie luci illuminavano il corallo, tutte quelle torri e quei pinnacoli bianchi... poi non c'era più niente. Ero oltre gli Abissi. Sono diventato un po' nervoso. – Fletcher sorrise. – Era irrazionale, ovviamente. Ho controllato con lo scandaglio: il fondo era a quattromila metri più in basso. Mi sentivo sempre più a disagio e mi sono voltato per tornare indietro. Poi ho notato delle fievoli luci alla mia destra. Ho spento la mia illuminazione e mi sono diretto da quella parte per indagare. Le luci sono aumentate e mi è sembrato che stessi navigando sopra una città... ed era proprio così.

– Una città dei Dekabrach? – chiese Damon.

Fletcher annuì: – Sì, dei Dekabrach.

– Vuoi dire che l'hanno costruita da soli? Con le luci e tutto il resto?
Fletcher aggrottò la fronte.

– Questo è ciò di cui non posso essere sicuro. Il corallo era cresciuto in forme che presentavano piccoli cubicoli per nuotarci dentro e fuori, oppure starci dentro e fare tutto ciò che si vorrebbe fare in una casa. Di sicuro non hanno bisogno di protezione dalla pioggia e non hanno costruito queste grotte di corallo come noi costruiremmo una casa, ma non mi sono sembrate del tutto naturali. È come se avessero fatto crescere il corallo per adattarsi alle loro necessità.

Murphy disse dubbioso: – Allora sono intelligenti.

– No, non necessariamente. Dopotutto, le vespe costruiscono nidi complicati senza alcuna attrezzatura ma seguendo solo l'istinto.

– Qual è la tua opinione? – chiese Damon. – Che impressione ti ha dato?
Fletcher scosse la testa.

– Non posso esserne sicuro. Non so che tipo di riferimento applicare. "Intelligenza" è una parola che significa molte cose diverse e il modo in cui di solito la usiamo è artificioso e limitato.

– Non ti capisco – insistette Murphy. – Vuoi dire che sono intelligenti o no?

Fletcher rise. – Gli uomini sono intelligenti?

– Sicuro. Così almeno dicono.

– Ebbene, quello che sto cercando di dire è che non possiamo usare l'intelligenza umana come misura della mente dei Dekabrach. Dobbiamo giudicarla in base a un diverso insieme di valori, quelli dei Dekabrach. Gli uomini usano strumenti di metallo, ceramica, fibra... roba inorganica o come minimo morta. Dobbiamo immaginare una civiltà che dipende da strumenti viventi, da creature specializzate, che la razza superiore usa per scopi ben definiti. Possiamo supporre che i Dekabrach vivano su queste basi? Che costringano il corallo a crescere nelle forme che vogliono? Che usino i Monitor come torri di sollevamento o come argani? O che li usino come trappole per afferrare qualcosa intorno o fuori dalla superficie del mare?

– A quanto pare, quindi – ripetè Damon – tu credi che i Dekabrach siano intelligenti.

Fletcher scosse la testa.

– "Intelligenza" è solo una parola, una questione di definizione. Ciò che i Dekabrach fanno potrebbe non essere conciliabile con le nostre definizioni umane.

– È al di là della mia comprensione – asserì Murphy, accomodandosi sulla sedia.

Damon insistette sull'argomento: – Non sono un metafisico o un semantico, ma penso che potremmo sottoporli, o provare a sottoporli, a un test decisivo.

– Che differenza fa, in un modo o nell'altro? – chiese Murphy.

Fletcher dichiarò: – Fa una grande differenza, per quanto riguarda la legge.

– Ah! – ricordò Murphy. – Il *Responsibility Act*!

Fletcher annuì: – Potremmo essere radiati dal pianeta per aver ferito o ucciso autoctoni intelligenti. È già accaduto.

– Esatto – confermò Murphy. – Ero su Alkaid Due quando la *Graviton Corporation* si è trovata in quel tipo di guai.

– Quindi, se i Dekabrach sono intelligenti, dobbiamo andarci coi piedi di piombo. Ecco perché ci sono rimasto male quando ho visto quello nella vasca.

– Insomma, lo sono o non lo sono? – domandò Mahlberg.

– C'è un test fondamentale – ripeté Damon.

L'equipaggio lo guardò in attesa.

– Quale sarebbe? – chiese Murphy. – Sputa il rospo.

– La capacità di comunicare.

Murphy annuì pensieroso: – Sembra avere senso.

Guardò Fletcher.

– Hai notato che stavano comunicando tra loro?

Fletcher scosse la testa. – Domani porterò con me una videocamera e un registratore di suoni. Allora lo sapremo per certo.

– Inoltre – li interruppe Damon – perché mi avevi domandato informazioni sul niobio?

Fletcher se n'era quasi dimenticato.

– Chrystal ne aveva un cubetto sulla scrivania. Forse non era niobio, non ne sono sicuro.

Damon annuì.

– Potrebbe essere una coincidenza, ma l'organismo dei Dekabrach ne contiene una percentuale elevata.

Fletcher lo fissò a bocca aperta.

– È nel loro sangue e ne hanno una forte concentrazione anche negli organi interni.

Fletcher rimase seduto con la tazza a metà strada verso la bocca.

– Abbastanza per ricavarne un profitto?

Damon annuì: – Almeno cento grammi in ogni organismo, forse di più.

– Beh… – commentò Fletcher – questo è davvero molto interessante.

La pioggia cadde con violenza per tutta la notte; si alzò un forte vento che sollevò e sospinse la pioggia e la spuma. La maggior parte dell'equipaggio era andata a letto, salvo Dave Jones, lo steward, e Manners, il radiotelegrafista, che stavano giocando a scacchi.

Tutto a un tratto un nuovo suono si levò al di sopra del vento e della pioggia: un cigolio metallico, uno scricchiolio che presto divenne troppo forte per essere ignorato. Manners balzò in piedi e andò alla finestra.

– L'albero!

Offuscato dalla pioggia, lo si poteva vedere ondeggiare come fosse una canna, con archi di oscillazione sempre più ampi.

– Cosa possiamo fare? – gridò Jones.

Una serie dei tiranti di sostegno si spezzò.

– Per ora niente.

– Chiamiamo Fletcher.

Jones corse nel passaggio verso il dormitorio.

L'albero diede uno scricchiolio improvviso, rimase inclinato per un attimo, poi si rovesciò sul tetto del laboratorio.

Fletcher arrivò e guardò fuori dalla finestra: con le luci dell'albero spente, la zattera era scura e minacciosa; scrollò le spalle e si voltò.

– Stanotte non possiamo fare niente. Non vale la pena di uscire su quel ponte e rischiare la vita.

Al mattino, l'esame del relitto rivelò che due dei tiranti erano stati segati o tagliati di netto. L'albero, di costruzione leggera, fu rapidamente tagliato in pezzi e i segmenti contorti furono trascinati in un angolo del ponte. La zattera sembrava calva e piatta.

– Qualcuno o qualcosa – disse Fletcher – è ansioso di darci più fastidi possibile. Guardò attraverso l'oceano rosa plumbeo fino al punto in cui la zattera *Pelagic Recoveries* galleggiava oltre il campo visivo.

– A quanto pare – precisò Damon – ti riferisci a Chrystal.

– Ho dei sospetti.

Damon guardò fuori attraverso l'acqua.

– Io invece ne sono sicuro.

– I sospetti non sono prove – disse Fletcher. – In primo luogo, cosa spererebbe di ottenere Chrystal attaccandoci?

– E cosa ci guadagnerebbero i Dekabrach?

– Non lo so – disse Fletcher. – Ma mi piacerebbe scoprirlo.

E andò a vestirsi con la tenuta da subacqueo.

Il batiscafo era pronto. Fletcher inserì una telecamera in un supporto esterno e collegò un registratore di suoni a un diaframma molto sensibile sullo scafo. Si sedette all'interno e si tirò la cupola sopra la testa.

La batisfera fu calata nell'oceano. Si riempì d'acqua e la cupola luccicante scomparve sotto la superficie.

L'equipaggio andò a riparare il tetto del capanno di lavorazione e montò un'antenna improvvisata.

La giornata passò; vennero il crepuscolo e la sera color prugna.

L'altoparlante sibilò e scoppiettò; la voce di Fletcher, stanca e tesa, annunciò: – State pronti, sto arrivando.

L'equipaggio si radunò al parapetto, aguzzando gli occhi nel crepuscolo.

Uno dei fronti d'onda dalla forma arrotondata e luccicante si avvicinò: era il batiscafo.

I ganci furono allacciati e bloccati; mentre l'acqua di zavorra fuoriusciva, la batisfera fu issata sui blocchi di ormeggio.

Fletcher saltò giù sul ponte e si appoggiò esausto a una delle gru.

– Per un po' non voglio più sentir parlare di immersioni.

– Cosa hai trovato? – chiese Damon ansioso.

– È tutto nel filmato. Lo proietterò non appena la mia testa smetterà di rimbombare.

Fletcher fece una doccia calda, poi scese in mensa e mangiò la ciotola di stufato che Jones gli aveva messo davanti. Intanto Manners riversava dalla telecamera al proiettore il filmato che Fletcher gli aveva dato.

– Ho determinato due cose – comunicò Fletcher. – Primo: i Dekabrach sono intelligenti. Secondo: se comunicano tra loro lo fanno in maniera impercettibile per gli esseri umani.

Damon sbatté le palpebre, sorpreso e insoddisfatto: – È quasi una contraddizione.

– Guarda e basta – gli ingiunse Fletcher – puoi giudicare da solo.

Manners avviò il proiettore; lo schermo divenne luminoso.

– Nei primi minuti non si vede nulla di molto interessante – spiegò Fletcher. – Sono andato subito ai margini delle colture di cirripedi e ho navigato lungo il bordo degli Abissi. La scarpata scende rapidissima e sembra la fine del mondo. Ho trovato una grande colonia a circa dieci miglia a ovest di quella che avevo visto ieri, una vera città.

– "Città" implica civiltà – affermò Damon con voce pedante.

Fletcher si strinse nelle spalle.

– Se civiltà significa manipolazione dell'ambiente, e da qualche parte ho sentito quella definizione, allora i Dekabrach sono esseri civili.

– Ma comunicano tra loro?

– Guarda il film e giudica tu stesso.

Lo schermo era scuro a causa del colore dell'oceano.

– Ho fatto un ampio giro sopra gli Abissi – precisò Fletcher – ho spento le luci, ho acceso la telecamera e sono avanzato lentamente.

Una pallida costellazione apparve al centro dello schermo, che si separò in uno sciame di scintille. Queste si illuminarono e si espansero: dietro di esse apparvero i contorni, alti e fiochi, di minareti di corallo, torri, guglie e punte, che andavano man mano prendendo forma più definita all'avvicinarsi del batiscafo. Dallo schermo proveniva la voce registrata di Fletcher: – *Queste formazioni variano in altezza dai venti ai settanta metri, lungo un fronte di circa mezzo miglio.*

L'immagine si espanse. Sulle pareti delle guglie si vedevano delle grosse aperture nere da cui le pallide silenziose forme dei Dekabrach entravano e uscivano nuotando.

Notate che… – disse la voce – *l'area di fronte alla colonia sembra essere una piattaforma o un deposito. Da quassù è difficile vedere; scenderò per una trentina di metri.*

L'immagine cambiò e lo schermo si oscurò.

– *Adesso sto scendendo... il profondimetro legge centodieci metri... centoquindici... non riesco a vedere bene; spero che la telecamera stia filmando tutto.*

Fletcher commentò: – Ora state vedendo meglio di quanto potevo io allora; laggiù le aree luminose nel corallo non mandano molta luce.

Lo schermo mostrava la base delle strutture di corallo e uno spiazzo pianeggiante largo una quindicina di metri. La telecamera fece un ampio movimento e, passando oltre il bordo della piattaforma, arrivò a filmare l'oscurità sottostante.

– Ero curioso – continuò Fletcher. – La spianata non sembrava naturale. E infatti non lo è. Notate i contorni in basso? Sono appena percettibili. Lo spiazzo è artificiale: una terrazza o un portico frontale.

La telecamera tornò a filmare la piattaforma, che ora sembrava essere delimitata in aree di colore vagamente differenziate.

La voce di Fletcher continuò: – *Quelle aree colorate sono come appezzamenti in un giardino... e c'è un diverso tipo di pianta, erba o animale su ognuna di esse. Mi avvicinerò. Ecco ora ci sono anche i Monitor.*

La visione sullo schermo mostrò due o tre dozzine di massicci emisferi, poi passò a qualcosa che ricordava un nido di anguille coi bordi seghettati, attaccate alle strutture con una ventosa. Nelle vicinanze c'erano delle bolle galleggianti, quindi un gran numero di coni neri con code larghe e molto lunghe.

Damon chiese con voce perplessa: – Cosa li tiene lì?

– Dovrai chiederlo ai Dekabrach – rispose Fletcher.

– Lo farei se sapessi come.

– Non li ho ancora visti fare nulla di intelligente – disse Murphy.

– Guarda – rispose Fletcher.

Nel campo visivo nuotavano un paio di Dekabrach, i cui occhi neri fissavano fuori dallo schermo gli uomini nella mensa.

– *Ecco i Dekabrach* – proseguì la voce di Fletcher dallo schermo.

– Fino a questo momento, non credo che mi avessero notato – commentò lo stesso Fletcher. – Non avevo luci accese e non creavo contrasto con lo sfondo. Forse avevano sentito i rumori della pompa.

I Dekabrach si voltarono nello stesso momento e si allontanarono rapidi verso la spianata.

– Un fatto importante! – esclamò Fletcher. – Hanno notato un problema ed entrambi hanno reagito allo stesso modo e nel medesimo momento. Senza un'avvertibile comunicazione.

I Dekabrach si erano ridotti a due macchie pallide su una delle aree scure dello spiazzo.

– Non sapevo cosa potesse accadere – precisò Fletcher – ma ho deciso di muovermi. E poi è successo qualcosa che la telecamera non può mostrare... ho sentito degli urti sullo scafo, come se qualcuno stesse scagliandoci contro dei sassi. Non potevo vedere di cosa si trattasse finché qualcosa non colpì la cupola proprio davanti alla mia faccia. Era un piccolo siluro, con un lungo muso aguzzo come un ferro da calza. Sono subito scappato via, prima che i Dekabrach mi lanciassero contro qualcosa di più pericoloso.

Lo schermo era diventato nero. La voce di Fletcher riprese: – *Sono fuori dagli Abissi, sto navigando parallelo al bordo dei Fondali Bassi.* – Forme indistinte nuotavano sullo schermo, come pallidi ciuffi offuscati dalla distanza. – *Sono tornato indietro e ho trovato la colonia che avevo visto ieri.*

Ancora una volta lo schermo mostrava guglie e strutture alte, azzurro chiaro, verde chiaro, avorio. – *Mi sto avvicinando* – precisò la voce di Fletcher. – *Vado a guardare in una di quelle aperture.*

Le torri si ingrandirono e al centro dello schermo comparve una cavità nera.

– Qui ho acceso la luce anteriore – specificò Fletcher.

All'improvviso la buia apertura si trasformò in una luminosa camera cilindrica profonda cinque metri. Le pareti erano rivestite di globi colorati scintillanti, come gli ornamenti per un albero di Natale. Un Dekabrach galleggiava al centro della camera. Dalle pareti della camera si estendevano dei viticci traslucidi, con una protuberanza all'estremità, che sembravano colpire a turno la liscia pelle da foca del Dekabrach.

– Non sapevo cosa stesse succedendo – ripetè Fletcher – ma ho avuto l'impressione che non gli piacesse sentirsi osservato.

Il Dekabrach si era subito rintanato in fondo alla camera e i viticci nodosi erano schizzati via, ritirandosi nelle pareti.

– Sono andato a guardare nel buco successivo.

Rischiarata dalla luce del riflettore, un'altra apertura buia si tramutò in una camera luminosa. Un Dekabrach galleggiava silenzioso, tenendo davanti all'occhio una sfera di gelatina rosa. I viticci del muro non si vedevano.

– Questo non si è mosso – evidenziò Fletcher. – Era addormentato o ipnotizzato o troppo spaventato. Avevo appena iniziato ad allontanarmi quando sono stato colpito da qualcosa con un forte scossone. Pensavo di essere spacciato.

Lo schermo ebbe un grande sussulto. Qualcosa di oscuro era sfrecciato oltre, verso le profondità.

– Ho guardato in alto – disse Fletcher – ma non vedevo altro che una dozzina di Dekabrach. Apparentemente avevano fatto galleggiare un grosso sasso su di me e l'avevano lasciato cadere. Ho avviato la pompa e sono tornato qui.

Lo schermo si spense.

Damon era impressionato.

– Sono d'accordo che mostrano modelli di comportamento intelligente. Hai rilevato dei suoni?

– Niente. Ho tenuto il registratore acceso tutto il tempo. Nemmeno una vibrazione, soltanto i colpi sullo scafo.

La faccia di Damon era ironica e insoddisfatta.

– Devono comunicare in qualche modo… altrimenti come potrebbero vivere socialmente?

– A meno che non siano telepatici… – propose Fletcher. – Ho guardato con attenzione. Tra loro non hanno emesso suoni o fatto movimenti, proprio nessuno.

Manners chiese: – Potrebbero irradiare onde radio? O infrarossi?

Damon affermò cupo: – Quello che abbiamo nella vasca non lo fa.

– Oh, andiamo… – esclamò Murphy – possono esistere razze intelligenti che non comunichino tra loro?

– Nessuna – dichiarò Damon. – Possono usare metodi diversi… suoni, segnali, radiazioni, ma tutte le specie intelligenti comunicano.

– Che ne dici della telepatia? – suggerì Heinz.

– Non abbiamo mai incontrato razze telepatiche e non credo che ne troveremo qui – ricordò Damon.

– La mia teoria personale – propose Fletcher – è che pensano allo stesso modo e quindi non hanno bisogno di comunicare.

Damon scosse la testa dubbioso.

– Supponiamo che lavorino su una base di empatia comune – continuò Fletcher – e che questo sia il modo in cui si sono evoluti. Gli uomini sono individualisti; hanno bisogno della parola. I Dekabrach sono tutti identici; sono consapevoli di cosa sta succedendo senza bisogno di parlare. – Rifletté per alcuni secondi. – Suppongo che, in un certo senso, comunichino. Ad esempio, se uno vuole estendere il giardino davanti alla sua torre, può aspettare che un altro Dekabrach si avvicini e, con una pietra, gli indica cosa vuole fare.

– Comunicazione attraverso l'esempio – disse Damon.

– Esatto, se si può chiamarla comunicazione. Permette una misura di cooperazione, ma chiaramente nessuno scambio di idee, nessuna pianificazione per il futuro o tradizioni del passato.

– Forse nemmeno la consapevolezza del passato o del futuro; forse nessuna cognizione del tempo! – gridò Damon.

– È difficile stimare la loro intelligenza nativa. Potrebbe essere notevolmente alta o bassissima; la mancanza di comunicazione deve essere un formidabile handicap.

– Handicap o no – intervenne Mahlberg – di sicuro ci hanno dato un sacco di noie.

– E perché? – gridò Murphy, picchiando sul tavolo con il suo grosso pugno rosso. – Questa è la domanda. Non li abbiamo mai disturbati. E all'improvviso Raight scompare, e poi Agostino. Quindi il nostro albero viene fatto a pezzi. Chissà cosa stanno progettando per stanotte. Ma perché? Questo è quello che vorrei sapere.

– Questa – concluse Fletcher – è una domanda che farò domani a Ted Chrystal.

Fletcher indossò un leggero spigato blu, fece una veloce colazione e salì sul ponte di volo.

Murphy e Mahlberg avevano staccato le corde di ormeggio dall'elicottero e ripulito la cupola dalla pellicola di sale.

Fletcher entrò nella cabina, girò le manopole di controllo. La luce era verde: tutto in ordine.

Con una mezza speranza Murphy propose: – Forse è meglio che venga con te, Sam… se ci fosse qualche possibilità di guai.

– Guai? Perché dovrebbero esserci dei problemi?

– Non mi fido di Chrystal.

– Nemmeno io – confermò Fletcher. – Ma sono certo che non succederà niente.

Mise in moto le pale. Le turbine si avviarono; l'elicottero si sollevò, si inclinò alzandosi e si allontanò dalla zattera, poi si diresse verso nord-est. La *Bio-Minerals* divenne un rettangolo lucente nella distesa irregolare di alghe.

La giornata era tediosa, buia e senza un filo di vento: a quanto pareva si stava preparando l'arrivo di una delle tremende tempeste elettriche che si verificavano a intervalli di alcune settimane. Fletcher accelerò, sperando di concludere la missione il più presto possibile.

Miglia di oceano sfilarono sotto di lui finché in lontananza apparve la *Pelagic Recoveries*. Una ventina di miglia a sud-ovest dalla zattera, Fletcher sorvolò una piccola chiatta carica di materia prima per i maceratori e le colonne di lisciviazione dell'azienda di Chrystal; notò che c'erano due uomini a bordo, entrambi rannicchiati all'interno del tettuccio di plastica e Fletcher pensò che forse anche loro avessero avuto dei guai.

La zattera di Chrystal era simile alla *Bio-Minerals*, tranne per il fatto che l'albero si alzava ancora dal ponte centrale e il laboratorio era in piena attività. Qualunque fossero i loro guai, non avevano sospeso i lavori.

Fletcher atterrò sul ponte di volo. Quando fermò le pale, Chrystal uscì dall'ufficio: un uomo grosso e biondo con una faccia bonaria e allegra.

Fletcher saltò giù sul ponte e lo salutò con voce guardinga: – Ciao, Ted.

Chrystal si avvicinò con un sorriso cordiale.

– Ciao, Sam! Era un bel pezzo che non ci si vedeva.

Gli strinse la mano con calore e aggiunse: – Come vanno le cose alla *Bio-Minerals*? Sono molto dispiaciuto per Carl.

– Questo è proprio ciò di cui dobbiamo parlare.

Fletcher si guardò intorno e notò che due uomini dell'equipaggio si erano fermati a guardarli.

– Possiamo andare nel tuo ufficio?

– Certo, come desideri. – Chrystal fece strada verso l'ufficio e ne aprì la porta. – Eccoci qua.

Chrystal entrò, si diresse alla sua scrivania e invitò Sam ad accomodarsi.

Fletcher si sedette su una sedia.

– Ora, che sta succedendo? Ma prima beviamo qualcosa? Ti piace lo scotch, se ricordo bene.

– Non oggi, grazie – Fletcher si mosse sulla sedia. – Ted, qui su Sabria ci troviamo di fronte a un problema serio e dovremo parlarne con franchezza.

– Certo – assentì Chrystal – continua.

– Carl Raight è morto. E Agostino lo stesso.

Le sopracciglia di Chrystal si inarcarono per lo shock.

– Anche Agostino? E come?

– Non lo sappiamo. È appena scomparso.

Chrystal rimase un momento in silenzio per digerire le informazioni. Poi scosse la testa perplesso. – Non riesco a capire. Prima d'ora non avevamo mai avuto problemi del genere.

– Qui da voi non è successo niente?

Chrystal aggrottò la fronte.

– Beh, niente di cui doverne parlare. La tua chiamata ci ha messo in guardia.

– I Dekabrach sembrano essere i responsabili.

Chrystal sbatté le palpebre e strinse le labbra, ma non disse nulla.

– Tu lavori sui Dekabrach, Ted?

– Bene, Sam ora... – Chrystal esitò, tamburellando con le dita sulla scrivania. – Non è certo una domanda leale. Anche se stessimo lavorando sui Dekabrach, o sui polipi o sul muschio o sulle anguille, non credo che vorrei rivelarlo ai quattro venti.

– Non mi interessano i tuoi segreti aziendali – precisò Fletcher. – Il punto è questo: i Dekabrach sembrano essere una specie intelligente. Ho motivo di credere che tu li stia catturando per il loro contenuto di niobio. Apparentemente stanno facendo del loro meglio per vendicarsi e non si preoccupano di chi feriscono. Hanno ucciso due dei nostri uomini. Ho il diritto di sapere cosa sta succedendo.

Chrystal annuì: – Posso capire il tuo punto di vista, ma non seguo la tua catena di ragionamenti. Ad esempio, mi hai detto che un Monitor aveva ucciso Raight. Ora nomini i Dekabrach. Inoltre, cosa ti porta a credere che io stia estraendo del niobio?

– Non prendiamoci in giro a vicenda, Ted.

Chrystal sembrò sorpreso, poi seccato.

– Quando lavoravi ancora per la *Bio-Minerals* – proseguì Fletcher – hai scoperto che i Dekabrach contengono notevoli quantità di niobio. Hai cancellato quelle informazioni dai file, hai ottenuto un sostegno finanziario, hai costruito questa zattera. Da allora ti sei occupato solo dei Dekabrach.

Chrystal si appoggiò allo schienale, fissando Fletcher con freddezza.

– Non stai esagerando con le conclusioni?

– Se è così, tutto quello che devi fare è negare.

– Il tuo atteggiamento non è molto gradevole, Sam.

– Non sono venuto qui per essere gentile. Abbiamo perso due uomini e anche il nostro albero. Abbiamo dovuto sospendere i lavori.

– Mi dispiace sentirlo… – iniziò Chrystal.

Fletcher lo interruppe: – Finora ti ho concesso il beneficio del dubbio.

Chrystal era stupito: – Come sarebbe a dire?

– Ho supposto che non sapessi che i Dekabrach sono una razza intelligente e che sono protetti dal *Responsibility Act*.

– E quindi?

– Ora lo sai. Non hai più la scusa dell'ignoranza.

Chrystal rimase in silenzio per alcuni secondi.

– Bene, Sam, queste sono tutte affermazioni piuttosto sorprendenti.

– Le neghi?

– Ma certo! – ribadì Chrystal con veemenza.

– E non stai facendo esperimenti coi Dekabrach?

– Calmati, ora. Dopo tutto, Sam, questa è la mia zattera. Non puoi salire a bordo e trattarmi in questo modo. È ora che tu lo capisca.

Fletcher si ritrasse, come se la semplice vicinanza di Chrystal gli riuscisse sgradevole.

– Non mi stai dando una vera risposta.

Chrystal si appoggiò allo schienale della sedia, intrecciò le dita e gonfiò le guance.

– Non ho intenzione di dartela.

La chiatta che Fletcher aveva sorvolato stava costeggiando la zattera. Fletcher la guardò attraccare contro il piano di ormeggio e fissare i grappini, e chiese: – Cosa c'è su quella chiatta?

– A essere sincero, non sono affari tuoi.

Fletcher si alzò in piedi e andò alla finestra. A disagio, Chrystal protestò, ma Fletcher lo ignorò. I due addetti alle chiatte non erano usciti dalla cabina di comando. Sembrava stessero aspettando che una passerella venisse spostata dal boma di caricamento.

Fletcher osservava con crescente curiosità e perplessità. La passe-rella era stata costruita come una specie di trogolo, con alte pareti di compensato.

Si rivolse a Ted: – Che succede là fuori?

Chrystal si stava mordicchiando il labbro inferiore, piuttosto rosso in faccia.

– Sam, sei venuto qui come una furia, facendo accuse azzardate e lanciandomi appellativi sgradevoli, anche se sottintesi, e io non ho detto niente. Ho tenuto conto della tensione a cui sei sottoposto e voglio assecondare la buona volontà tra le nostre due organizzazioni. Ti mostrerò alcuni documenti che proveranno una volta per tutte... – e si mise a frugare in un mucchio di opuscoli vari.

Fletcher era sempre alla finestra: con un occhio guardava Chrystal e con l'altro quello che stava succedendo sul ponte.

La passerella venne messa in posizione; gli operai sulla chiatta furono pronti a sbarcare.

Fletcher decise di andare a vedere cosa stavano facendo e si diresse alla porta.

La faccia di Chrystal divenne rigida e fredda.

– Sam, ti avverto... non andare là fuori!

– Perché no?

– Perché lo dico io.

Fletcher aprì la porta; Chrystal accennò ad alzarsi dalla sedia; poi ricadde con lentezza all'indietro.

Fletcher uscì e attraversò il ponte dirigendosi verso la chiatta. Dalla finestra del laboratorio un uomo lo vide e cominciò a fare grandi gesti agitati.

Fletcher esitò, poi si voltò a guardare la chiatta. Ancora un paio di passi e avrebbe potuto guardare nella stiva. Fece un passo avanti e allungò il collo. Con la coda dell'occhio, vide i gesti di prima diventare frenetici. L'uomo scomparve dalla finestra.

La stiva era piena di Dekabrach bianchi e molli.

– Torna indietro, stupido! – venne un urlo dal capanno di lavorazione.

Fu forse un debole suono ad avvertire Fletcher che, invece di indietreggiare, si gettò sul ponte. Un piccolo oggetto gli volò sopra la testa proveniente dall'oceano, con uno strano ronzio svolazzante. Colpì una paratia e cadde: sembrava un siluro, simile a un pesce, con una lunga proboscide a forma di ago. Si mosse lanciandosi verso Fletcher, che si alzò in piedi, lo schivò e corse accovacciato verso l'ufficio.

Altri due siluri simili a pesci lo mancarono di un soffio; Fletcher si gettò nell'ufficio.

Chrystal non si era mosso dalla scrivania. Fletcher gli si avvicinò ansimando.

– Peccato che non sia rimasto colpito, vero?

– Ti avevo avvertito di non andare là fuori.

Fletcher si voltò a guardare attraverso il ponte. Gli addetti alle chiatte corsero fino al capannone, lungo quella passerella simile a un abbeveratoio. Uno scintillante sciame di siluri balzò fuori dall'acqua, colpendo i ripari di compensato.

Fletcher si voltò di nuovo verso Chrystal.

– Ho visto dei Dekabrach su quella chiatta, a centinaia.

Chrystal aveva riacquistato la compostezza perduta.

– Beh… e se anche fosse?

– Sai quanto me che sono esseri intelligenti.

Chrystal scosse sorridendo la testa.

Fletcher aveva perso la pazienza.

– Stai rovinando il nostro lavoro su Sabria!

Chrystal alzò la mano. – Calma, Sam. I pesci sono pesci.

– Non quando sono intelligenti e uccidono gli uomini per rappresaglia.

Chrystal scosse la testa.

– Davvero sono intelligenti?

Fletcher prese tempo finché non riuscì dominarsi.

– Sì. Lo sono.

Chrystal ribatté: – Come fai a sapere che lo sono? Hai parlato con loro?

– Ovvio che non ho parlato con loro.

– Mostrano solo alcuni modelli sociali. Proprio come fanno le foche.

Fletcher si avvicinò e lanciò un'occhiataccia a Chrystal.

– Non ho intenzione di discutere le definizioni con te. Voglio che tu smetta di dare la caccia ai Dekabrach, perché stai mettendo in pericolo le vite umane a bordo di entrambe le zattere.

Chrystal si appoggiò leggermente all'indietro.

– Andiamo, Sam, sai che non puoi minacciarmi.

– Hanno ucciso due uomini, e per tre volte c'è mancato poco che non ci rimettessi la pelle anch'io. Non corriamo questi rischi per arricchire te.

– Stai saltando a conclusioni esagerate – protestò Chrystal. – In primo luogo non hai alcuna prova...

– Le ho invece! Devi smetterla... è tutto quello che devi fare!

Chrystal scosse la testa senza fretta.

– Non vedo come puoi costringermi, Sam. – Sollevò la mano da sotto la scrivania stringendo una piccola pistola. – Nessuno può darmi ordini, non sulla mia zattera.

Fletcher reagì all'istante, prendendo Chrystal di sorpresa. Afferrò il polso di Chrystal sbattendolo contro l'angolo della scrivania. Dalla pistola partì un raggio che incise un solco profondo nel legno. L'arma cadde sul pavimento sfuggendo dalle dita flosce di Chrystal che imprecò e si chinò per recuperarla. Fletcher scavalcò la scrivania e lo spinse contro lo schienale della sedia. Chrystal si mise a scalciare e lo colpì a uno zigomo, facendolo crollare in ginocchio.

Si tuffarono entrambi per prendere la pistola; Fletcher la raggiunse per primo e si alzò in piedi, con le spalle alla parete.

– Ora è chiaro a che punto siamo arrivati.

– Metti giù quella pistola!

Fletcher scosse la testa.

– Ti dichiaro agli arresti... arresti civili. Verrai alla *Bio-Minerals* e ci resterai fino all'arrivo dell'ispettore.

Chrystal sembrava sbalordito: – Che cosa?

– Ho detto che ti porto alla zattera *Bio-Minerals*. L'ispettore arriverà tra tre settimane e ti consegnerò a lui.

– Sei pazzo, Fletcher.

– Forse. Ma non voglio correre rischi con te.

Fletcher fece un cenno con la pistola: – Esci e sali sull'elicottero.

Chrystal incrociò le braccia con indifferenza. – Non ho intenzione di muovermi. Non credere di spaventarmi agitando quella pistola.

Fletcher alzò il braccio, prese la mira e premette il grilletto. Il getto di fuoco sfiorò il fianco di Chrystal che si alzò di scatto, portando le mani sulla bruciatura.

– Il prossimo colpo sarà un po' più accurato – disse Fletcher.

Chrystal lo fissò con gli occhi iniettati di sangue.

– Ti rendi conto che posso accusarti di rapimento?

– Non ti rapisco. Ti sto mettendo agli arresti.

– Farò causa alla *Bio-Minerals* e vi estorcerò tutti i vostri soldi.

– A meno che non siamo noi a fare causa a te. Andiamo!

L'intero equipaggio venne incontro all'elicottero: Damon, Blue Murphy, Manners, Hans Heinz, Mahlberg e Dave Jones.

Chrystal saltò altezzoso sul ponte, guardando gli uomini con cui un tempo aveva lavorato. – Ho qualcosa da dire a voi tutti.

L'equipaggio lo osservò in silenzio.

Chrystal indicò Fletcher: – Sam si è messo nei guai. Gli ho detto che gli farò causa e state sicuri che non scherzo. – Li guardò tutti in faccia. – Se voi lo spalleggiate, siete suoi complici. Vi consiglio di disarmarlo e di rimandarmi sulla mia zattera.

Si guardò intorno, ma incontrò solo freddezza e ostilità. Si strinse nelle spalle con rabbia. – Molto bene, sarete considerati responsabili delle stesse accuse contro Fletcher. Il rapimento è un crimine grave, non dimenticatelo.

Murphy chiese a Fletcher: – Cosa dobbiamo fare con questo mascalzone?

– Mettilo nella stanza di Carl, per lui è il posto migliore. Muoviti, Chrystal.

Dopo aver rinchiuso a chiave Chrystal si ritrovarono alla mensa e

Fletcher volle precisare all'equipaggio: – Non c'è bisogno di dirvelo, ma fate attenzione. Chrystal è astuto. Non parlate con lui. Non eseguite commissioni di alcun tipo. Chiamatemi se vuole qualcosa. Avete capito bene?

Damon chiese dubbioso: – Non è che ci stiamo ficcando nei pasticci?

– Hai una valida alternativa? – chiese Fletcher. – Sono pronto ad ascoltarti.

Damon rispose: – Non pensi che potremmo persuaderlo a smettere di dare la caccia ai Dekabrach?

– No. Non vuole affatto smettere.

– Bene – Damon parlò con riluttanza – immagino che stiamo facendo la cosa giusta. Ma dobbiamo avere delle prove valide per incriminarlo. All'ispettore non importerà se Chrystal ha danneggiato la *Bio-Minerals*.

Fletcher proclamò: – Se ci sarà qualche ritorsione, me ne assumerò la piena responsabilità.

– Sciocchezze – prese la parola Murphy. – Siamo tutti sulla stessa barca. Dico che hai fatto bene. In realtà, dovremmo consegnare quel furfante ai Dekabrach e vedere cosa gli fanno.

Dopo pochi minuti Fletcher e Damon salirono al laboratorio per osservare il Dekabrach imprigionato. Fluttuava silenziosamente al centro della vasca, con le dieci braccia ad angolo retto rispetto al corpo e la nera zona dell'occhio che li fissava attraverso la parete trasparente.

– Se è intelligente – ragionò Fletcher – dovrebbe essere interessato a noi quanto lo siamo noi a lui.

– Non sono così sicuro che sia intelligente – ripetè Damon ostinato. – Perché non cerca di comunicare?

– Spero che l'ispettore non la pensi come te – si preoccupò Fletcher. – Dopo tutto, non abbiamo alcuna prova inconfutabile contro Chrystal.

Damon sembrava preoccupato.

– Bevington non è un uomo molto fantasioso. È invece piuttosto pignolo e realista.

Fletcher e il Dekabrach si stavano fissando.

– So che è intelligente, ma come posso dimostrarlo?

– Se è intelligente – insistette Damon ostinato – deve poter comunicare.

– Ma se non ci riesce – disse Fletcher – allora dobbiamo escogitare noi qualcosa.

– Cosa intendi?

– Dovremo insegnargli a comunicare.

L'espressione di Damon divenne così perplessa e preoccupata che Fletcher scoppiò a ridere.

– Non vedo cosa ci sia di tanto divertente – si lamentò Damon. – Dopotutto, quello che proponi è... beh, non ha precedenti.

– Suppongo di sì – assentì Fletcher – ma dobbiamo tentare. Qual è il tuo background linguistico?

– Molto limitato.

– Il mio lo è ancora di più.

Rimasero a guardare il Dekabrach.

– Non dimenticare – rammentò Damon – che dobbiamo tenerlo in vita. Ciò significa che dobbiamo dargli del cibo. – Lanciò a Fletcher un'occhiata ironica. – Suppongo che sarai d'accordo con me sul fatto che anche lui deve mangiare.

– So per certo che non vive di fotosintesi – dichiarò Fletcher. – Non hanno abbastanza luce. Se ricordo bene, nel micro-film, Chrystal aveva menzionato che mangiano i funghi del corallo. Aspetta un momento.

Si avviò alla porta.

– Dove stai andando?

– Vado a chiedere a Chrystal. Ha di sicuro analizzato il contenuto del loro stomaco.

– Non ti dirà nulla – esclamò Damon alle spalle di Fletcher.

Fletcher tornò dieci minuti dopo.

– Beh? – chiese Damon con voce scettica.

Fletcher sembrava soddisfatto di se stesso. – Funghi del corallo, soprattutto. Pezzi di teneri giovani germogli di alghe, vermi *stylax*, arance di mare.

– E Chrystal ti ha detto tutto questo? – chiese Damon incredulo.

– Sì. Gli ho spiegato che lui e il Dekabrach sono entrambi nostri ospiti, che abbiamo in programma di trattarli esattamente allo stesso modo. Se il Dekabrach mangia bene, anche Chrystal avrà del buon cibo. Era l'unica cosa che poteva fare.

Più tardi, Fletcher e Damon rimasero nel laboratorio a guardare il Dekabrach ingerire palline nero-verdastre di funghi.

– Sono passati due giorni – fece notare Damon con amarezza – e cosa abbiamo ottenuto? Niente.

Fletcher era meno pessimista.

– Abbiamo fatto progressi, anche se in senso negativo. Siamo abbastanza sicuri che non ha un apparato uditivo, che non reagisce ai rumori e che, in apparenza, manca di mezzi per emettere suoni. Per stabilire un contatto dobbiamo pertanto utilizzare un metodo visivo.

– Invidio il tuo ottimismo – dichiarò Damon. – La bestiola non ha dato segno di poter comunicare o anche solo di volerlo fare.

– Abbi pazienza... – ribadì Fletcher – probabilmente non ha ancora capito cosa stiamo cercando di fare e sono sicuro che teme il peggio.

– Non dobbiamo solo insegnargli una lingua – borbottò Damon – dobbiamo prima educarlo all'idea che la comunicazione è possibile. E poi inventare un linguaggio.

Fletcher sorrise. – Andiamo a lavorarci sopra.

– Sì certo – disse Damon – ma come?

Esaminarono il Dekabrach mentre l'occhio nero li guardava a sua volta, attraverso la parete della vasca.

– Dobbiamo elaborare una serie di convenzioni visive – affermò Fletcher. – Le dieci braccia sono gli organi più sensibili e presumo che siano controllati dalla sezione più organizzata del cervello. Quindi... proviamo a elaborare una serie di segnali basati sui movimenti delle braccia del Dekabrach.

– Saranno abbastanza?

– Penso di sì. Le braccia sono dei tubi flessibili di tessuto muscolare. Possono assumere almeno cinque posizioni distinte: dritto in avanti, diagonale in avanti, perpendicolare, diagonale indietro e dritto indietro. Poiché la bestia ha dieci braccia, evidentemente ci sono dieci alla quinta combinazioni, cioè centomila.

– Credo che saranno sufficienti.

– Il nostro lavoro è elaborare la sintassi e il vocabolario... un po' difficile per un ingegnere e un biochimico, ma ci proveremo.

Damon stava cominciando a interessarsi al progetto.

– È solo una questione di coerenza e solida struttura di base. Se il Dekabrach ha anche solo una minima comprensione, riusciremo a capirci.

– Se invece va male – dichiarò Fletcher – faremo una figura da citrulli... e Chrystal ne uscirà vittorioso e finirà per impossessarsi della zattera *Bio-Minerals*.

Si sedettero al tavolo del laboratorio.

– Dobbiamo presumere che i Dekabrach non abbiano un linguaggio proprio – enunciò Fletcher.

Damon borbottò incerto; si passò le dita tra i capelli, irritato e confuso.

– Non è provato. E non credo sia nemmeno probabile. Potremmo discutere per anni sulla possibilità che la loro vita sociale sia basata su un'empatia di gruppo, o una cosa del genere... ma resteremmo sempre lontani anni luce dall'avere la certezza che lo *fanno*.

– *Potrebbero* usare la telepatia, come abbiamo detto, o anche emettere raggi X a modulazione di frequenza, stabilendo un codice di segnali brevi e lunghi, in qualche sottospazio, iperspazio o interspazio a noi sconosciuto... *potrebbero* fare un mucchio di cose di cui non abbiamo mai sentito parlare.

– Per come la vedo io, la nostra migliore possibilità, e anche la migliore speranza, è che *abbiano* una qualche forma di sistema di codifica attraverso il quale comunicano tra loro. È ovvio, come sai bene anche tu, che devono avere un sistema interno di codifica e comunicazione, una struttura neuromuscolare con circuiti di riscontro. Qualsiasi organismo complesso deve avere un sistema di comunicazione tra i vari organi interni. Il punto importante da chiarire è questo: la necessità di un linguaggio come mezzo di classificazione di forme di vita sconosciute va distinta tra il vero e proprio sistema di comunicazione di entità individuali pensanti e quello sociale, come hanno gli insetti, uguale per tutti e la cui intelligenza è solo apparente.

– Ora, *se* laggiù hanno una società simile a un formicaio o a un alveare, siamo fregati e Chrystal vince. Non puoi insegnare a parlare a una formica; il "gruppo nido" ha l'intelligenza, ma il singolo individuo no.

– Quindi dobbiamo presumere che abbiano una lingua o, più in generale, un sistema di codifica formalizzato per le intercomunicazioni.

– Possiamo anche presumere che utilizzino un sistema non captabile dai nostri organismi. Ti sembra sensato?

Fletcher annuì: – Prendiamola come ipotesi di lavoro, tanto per avere un punto di partenza. Di una sola cosa siamo certi: finora non abbiamo avuto alcuna indicazione che il Dekabrach abbia cercato di comunicare con noi.

– Il che suggerisce che la creatura non sia intelligente.

Fletcher ignorò il commento.

– Se sapessimo di più sulle loro abitudini, emozioni, atteggiamenti, avremmo un quadro migliore su cui costruire questo nuovo linguaggio.

– Intanto mi sembra sia abbastanza tranquillo.

Il Dekabrach muoveva pigramente le braccia avanti e indietro. L'occhio continuava a studiare i due uomini.

– Bene – concluse Fletcher con un sospiro – per prima cosa dovremmo elaborare un sistema di segnali.

Andò a prendere il modello della testa di Dekabrach che Manners aveva costruito. Le braccia erano di materiale flessibile e potevano essere piegate in varie posizioni.

– Numeriamo le braccia da 0 a 9 in senso orario, iniziando da questa qui in alto. Le cinque posizioni... avanti, diagonale avanti, dritto, diagonale indietro e indietro, le chiameremo A, B, K, X, Y, con K come posizione normale, e quando un braccio è in K, non sarà considerato.

Damon annuì in segno di assenso. – Finora mi sembra vada bene.

– Il primo passo logico dovrebbe essere il poter formulare dei numeri.

Insieme elaborarono un sistema di numerazione e costruirono il grafico seguente:

Il segno due punti (:) indica un segnale composito,
cioè due o più segnali separati.

Numero	0	1	2	ecc.
Segnale	0Y	1Y	2Y	...
Numero	10	11	12	...
Segnale	0Y, 1Y	0Y, 1Y:1Y	0Y, 1Y:2Y	...
Numero	20	21	22	...
Segnale	0Y, 2Y	0Y, 2Y:1Y	0Y, 2Y:2Y	...
Numero	100	101	102	...
Segnale	0X, 1Y	0X, 1Y:1Y	0X 1Y:2Y	...
Numero	110	111	112	...
Segnale	0X, 1Y:0Y, 1Y	0X, 1Y:0Y, 1Y:1Y	0X, 1Y:0Y, 1Y:2Y	...
Numero	120	121	122	...
Segnale	0X, 1Y:0Y, 2Y	0X, 1Y:0Y, 2Y:1Y	0X, 1Y:0Y, 2Y:2Y	...
Numero	200	201	202	...
Segnale	0X, 2Y	...	...	...
Numero	1000	...		
Segnale	0B, 1Y	...		
Numero	2000	...		
Segnale	0B, 2Y	...		

Damon osservò: – È coerente, ma forse complicato; ad esempio, per indicare il numero 5766 è necessario fare i segnali... vediamo: 0B, 5Y, quindi 0X, 7Y, quindi 0Y, 6Y, quindi 6Y.

– Non dimenticare che questi sono segnali, non vocalizzazioni – precisò Fletcher. – Sembra goffo, ma non è più ingombrante di "cinquemilasettecentosessantasei"...

– Suppongo che tu abbia ragione.

– Adesso... le parole.

Damon si appoggiò allo schienale della sedia.

– Non possiamo inventare un vocabolario e chiamarlo lingua.

– Vorrei avere più esperienza di teoria linguistica – disse Fletcher. – Anche se, per semplicità, non ci occuperemo di nessuna astrazione.

– La nostra struttura inglese di base potrebbe essere un buon punto di partenza – rifletté Damon – usando le stesse parti del discorso. Cioè, i nomi sono cose, gli aggettivi sono attributi di cose, i verbi sono gli spostamenti che le cose subiscono, o l'assenza di spostamento.

Fletcher rifletté: – Potremmo semplificare ancora di più, usando solo nomi, verbi e modificatori verbali.

– Pensi sia fattibile? Come diresti, ad esempio "la grande zattera"?

– Potremmo usare un verbo che significa "crescere in grande", oppure "zattera cresciuta" o qualcosa del genere.

– Uhm – borbottò Damon. – Non sarà un linguaggio molto espressivo.

– Non vedo perché non dovrebbe esserlo. Sono sicuro che i Dekabrach modificheranno tutto ciò che diciamo loro, per adattarlo alle loro esigenze. Se insegniamo loro un insieme di concetti fondamentali, poi potranno rielaborarlo. E in seguito potrà venire qui qualcuno capace di far meglio.

– Ok – disse Damon – vai avanti con il tuo *Dek* di base.

– Innanzitutto, dobbiamo elencare i concetti che a un Dekabrach possano risultare utili e familiari.

– Iniziamo con i nomi – propose Damon – tu occupati dei verbi… e ti lascio anche i tuoi modificatori.

E scrisse, Nome 1: "acqua".

Dopo numerose discussioni e modifiche, concordarono per un elenco scarso di nomi e verbi di base, a cui vennero assegnati i relativi segnali.

La testa del finto Dekabrach venne disposta davanti al serbatoio, con una serie di luci su un pannello vicino, per rappresentare i numeri.

– Con una macchina di codifica potremmo digitare il nostro messaggio in modo più semplice – fece notare Damon. – La macchina detterebbe gli impulsi alle braccia del modello.

Fletcher assentì.

– Sarebbe bello, se avessimo l'attrezzatura e diverse settimane per trafficarci sopra. Peccato che non le abbiamo. Ora, iniziamo. Prima i numeri. Tu accendi le luci, io muovo le braccia. Solo dall'uno al nove per il momento.

Passarono parecchie ore. Il Dekabrach galleggiava silenzioso e tranquillo, con l'occhio nero che li osservava.

L'ora del pasto si avvicinava. Damon dispose le palline di fungo davanti alla vasca; con le braccia del modello Fletcher eseguì il segnale corrispondente a "cibo" e alcuni bocconi furono gettati nella vasca.

Il Dekabrach li risucchiò silenzioso nel suo tubo orale.

Damon rifece la pantomima di offrire cibo al modello. Fletcher ridispose le braccia col segnale "cibo". Accertatosi che il Dekabrach lo stesse guardando, Damon introdusse la pallina di funghi nel tubo orale del modello, poi si rivolse verso la vasca e offrì il cibo anche al Dekabrach.

Il Dekabrach continuava a osservare impassibile.

Passarono due settimane. Fletcher andò nella vecchia stanza di Raight per parlare con Chrystal, trovandolo sdraiato mentre leggeva un libro preso della videoteca.

Chrystal spense il proiettore con l'immagine del libro, spostò le gambe sul lato del letto e si mise a sedere.

Fletcher annunciò: – Tra pochissimi giorni arriverà l'ispettore.

– E allora?

– Mi è venuto in mente che potresti aver commesso un errore in buona fede. Per lo meno posso pensare a questa possibilità.

– Grazie – rispose Chrystal ironico – grazie tante.

– Non voglio che tu rimanga vittima per quello che può essere stato un errore involontario.

– Grazie ancora, ma cosa vuoi?

– Se collaborerai con me affinché i Dekabrach vengano riconosciuti come una forma di vita intelligente, non sporgerò denuncia contro di te.

Chrystal inarcò le sopracciglia. – Questa è davvero grossa! E dovrei tenere per me le mie lamentele?

– Se i Dekabrach sono intelligenti, non potrai lamentarti.

Chrystal guardò attentamente Fletcher: – Non sembri troppo soddisfatto. Il Dekabrach non parla, eh? – E Chrystal rise per la battuta.

Fletcher tenne per sé il senso di fastidio. – Stiamo continuando gli esperimenti.

– Ma stai cominciando a sospettare che non sia così intelligente come pensavi.

Fletcher si voltò per andarsene. – Finora conosce solo quattordici segnali. Ma ne sta imparando altri due o tre al giorno.

– Ehi! – Lo richiamò Chrystal. – Aspetta un minuto!

Fletcher si fermò sulla porta. – Per cosa?

– Non ti credo.

– Questo è un tuo privilegio.

– Fammi vedere questo Dekabrach mentre fa i segnali.

Fletcher scosse la testa. – È meglio che tu rimanga qui.

Chrystal lo fulminò. – Non è un atteggiamento piuttosto irragione-vole?

– No, affatto – Si guardò intorno nella stanza. – Ti occorre qualcosa?

– No – Chrystal girò l'interruttore e sul soffitto si riaccese lo schermo col libro.

Fletcher lasciò la stanza e chiuse la porta rimettendo i catenacci. Chrystal si alzò e corse in punta di piedi ad ascoltare dietro il battente.

I passi di Fletcher si attutirono lungo il corridoio. Chrystal tornò di corsa al letto, allungò una mano sotto il cuscino e tirò fuori un pezzo di cavo elettrico, staccato dalla lampada da scrivania. Aveva adattato due matite come elettrodi, intaccato il legno fino alla mina e legato un filo attorno al nucleo di grafite. Come resistenza aveva inserito una lampadina nel circuito.

Andò alla finestra. Poteva vedere il ponte fino al bordo orientale della zattera, e persino dietro l'ufficio fino ai contenitori di stoccaggio sul retro del capannone.

Il ponte era deserto. Si vedevano soltanto un filo bianco di vapore che si alzava dal condotto di circolazione e le nuvole rosa e scarlatte nel cielo.

Chrystal si mise al lavoro, fischiettando silenzioso nonostante le labbra increspate. Inserì il cavo nella striscia del battiscopa, avvicinò le due matite alla finestra, fece scintillare un arco e bruciò la scanalatura che ormai correva lungo metà del perimetro della finestra: quello era l'unico sistema per riuscire a tagliare il vetro temprato di berilsilicato.

Era un lavoro lento e molto delicato. Il debole arco era discontinuo; i fumi gli irritavano la gola e gli facevano lacrimare gli occhi, ma Chrystal perseverava, voltando la testa da una parte e dall'altra per aspirare una boccata d'aria. Mezz'ora prima del pasto serale, alle cinque e mezzo, smise e ripose l'attrezzatura. Non osava lavorare dopo il tramonto, per paura che il tremolio della luce potesse destare sospetti.

I giorni passavano. Ogni mattina Geideon e Atreus illuminavano il cielo opaco con le loro luci scarlatte e verde pallido; ogni sera svanivano in tristi tramonti oscuri dietro l'oceano occidentale.

Al posto dell'albero schiantato era stata eretta un'antenna improvvisata sulla cima del laboratorio. Un giorno, nel primo pomeriggio, Manners fece risuonare con brevi squilli l'allarme generale per annunciare il primo segnale dallo LG-19, entrato nell'orbita di Sabria per la regolare visita semestrale. L'indomani sera, dall'orbita, sarebbero scese le bettoline, portando i rifornimenti, l'ispettore del settore e i nuovi equipaggi per la *Bio-Minerals* e la *Pelagic Recoveries*.

Quella sera in mensa si fece festa aprendo bottiglie di vino e liquori; ci furono discorsi accalorati, progetti coraggiosi, risate.

Esattamente all'ora prevista, quattro navette sbucarono dalle nuvole. Due si stabilirono nell'oceano accanto alla *Bio-Minerals*, altre due vicino alla *Pelagic Recoveries*.

Vennero lanciati gli ormeggi e le bettoline furono attraccate alla zattera.

Il primo a salire a bordo della zattera fu l'ispettore Bevington, un ometto dall'aspetto vivace, immacolato nella sua uniforme bianca e blu scuro. Rappresentava il governo e ne interpretava le leggi, i regolamenti e le ordinanze; aveva il potere di giudicare i reati minori, prendere in custodia i criminali, indagare sulle violazioni della legge galattica, controllare le condizioni di vita e le pratiche di sicurezza, esigere il pagamento di imposte, multe, dazi e dogane, e, in generale, di rappresentare il governo sotto tutti gli aspetti.

Un simile lavoro avrebbe potuto benissimo favorire soprusi e traffici illeciti, se gli ispettori stessi non fossero stati soggetti a minuziosi controlli.

Bevington era considerato l'ispettore più coscienzioso e serio. Non era molto amato, ma per lo meno tutti lo rispettavano.

Fletcher andò a incontrarlo mentre saliva a bordo della zattera. Bevington gli lanciò un'occhiata indagatrice, chiedendosi perché Fletcher stesse sorridendo in quel modo. Fletcher stava pensando che sarebbe stato un momento drammatico se uno dei Monitor dei Dekabrach fosse emerso dal mare per afferrare le caviglie di Bevington. Ma non ci fu alcun disturbo e Bevington salì sulla zattera senza problemi.

Strinse la mano a Fletcher e si guardò intorno, su e giù per il molo.

– Dov'è il signor Raight?

Ormai abituato all'assenza di Raight, Fletcher fu colto alla sprovvista.

– È morto.

Fu il turno di Bevington di essere sorpreso. – Morto?

– Venga in ufficio – disse Fletcher – e le spiegherò tutto. Quest'ultimo mese è stato orribile.

Alzò lo sguardo verso la finestra della vecchia stanza di Raight aspettandosi di vedere Chrystal che guardava giù. Ma la finestra era vuota. Fletcher si fermò. Non solo vuota! Alla finestra mancava anche il vetro! Iniziò a scendere di corsa dal ponte.

– Ehi! – gridò Bevington. – Dove sta andando?

Fletcher si fermò un attimo per voltarsi e gridargli: – Farebbe meglio a venire con me!

Poi corse alla porta che portava in mensa. Bevington lo seguì, aggrottando la fronte per l'irritazione e la sorpresa.

Fletcher guardò nella sala mensa, esitò, tornò sul ponte, guardò la finestra vuota. Dov'era finito Chrystal? Dato che non era passato sul ponte nella parte anteriore della zattera, doveva essersi diretto al centro di lavorazione.

– Da questa parte – indicò Fletcher.

– Solo un minuto! – protestò Bevington. – Voglio sapere cosa e dove...

Ma Fletcher stava scendendo lungo il lato orientale della zattera verso l'officina, dove l'equipaggio della bettolina stava già esaminando le casse di minerale prezioso da trasbordare. Alzarono lo sguardo quando Fletcher e Bevington arrivarono di corsa.

– Avete visto passare qualcuno? – chiese Fletcher. – Un tipo alto e biondo?

– Sì, è andato da quella parte – dissero, indicando il laboratorio.

Fletcher si voltò di scatto e corse attraverso la porta. Accanto alle colonne di lisciviazione trovò Hans Heinz, agitato e furibondo.

– Hai visto passare Chrystal? – gli domandò Fletcher con voce ansimante.

– Altroché! È passato come un uragano. Mi ha dato un pugno in faccia.

– Dove è andato?

Heinz indicò: – Fuori sul ponte anteriore.

Fletcher e Bevington corsero via, con Bevington che chiedeva petulante: – Si può sapere cosa sta succedendo qui?

– Glielo potrò spiegare tra un minuto – urlò Fletcher. Corse sul ponte, guardò verso le chiatte e la lancia.

Di Ted Chrystal nemmeno l'ombra.

Poteva essere andato in una sola direzione: tornare verso gli alloggi, dopo aver costretto Fletcher e Bevington a fare un giro completo della zattera.

Un pensiero improvviso colpì Fletcher: – L'elicottero!

Ma l'elicottero era immobile, con le gomene di ormeggio tese. Murphy si avvicinò a loro, voltandosi a guardar indietro perplesso.

– Hai visto Chrystal? – chiese Fletcher.

Murphy indicò: – È appena salito lassù.

– Il laboratorio! – esclamò Fletcher in preda a un'ansia improvvisa. Con il cuore in gola si affrettò su per le scale, con Murphy e Bevington alle calcagna. Sperava che Damon fosse in laboratorio, non sul ponte o alla mensa.

Il laboratorio era vuoto, tranne che per la vasca con il Dekabrach.

L'acqua era torbida, bluastra. Il Dekabrach si dimenava da un capo all'altro della vasca, con le dieci braccia piegate e contorte.

Fletcher saltò su un tavolo e si tuffò senza esitazione nella vasca. Avvolse le braccia attorno al corpo che si contorceva e lo sollevò. La forma flessuosa gli sfuggì di mano. Fletcher lo afferrò di nuovo, si sollevò disperato e lo trasportò fuori dal serbatoio.

– Dammi una mano – sibilò a Murphy a denti stretti. – Appoggiamolo sul tavolo.

Damon si precipitò dentro. – Che sta succedendo?

– Veleno – spiegò Fletcher. – Dai una mano a Murphy.

Damon e Murphy riuscirono a distendere il Dekabrach sul tavolo.

Fletcher abbaiò: – State indietro, fra poco qui si allagherà tutto!

Svitò i morsetti laterali del serbatoio e la parete flessibile collassò: mille litri d'acqua sgorgarono sul pavimento.

La pelle di Fletcher cominciava a bruciare.

– Acido! Damon, prendi un secchio, lavalo via dal Dekabrach. Tieni la bestiola sempre bagnata.

Si mise a pompare salamoia nel serbatoio attraverso il sistema di circolazione. Mentre la vasca veniva lavata, Fletcher si strappò i pantaloni che l'acido gli faceva appicciare alla pelle, si diede una rapida risciacquata e infine rigirò il tubo della salamoia intorno al serbatoio lavando via l'acido del tutto.

Il Dekabrach giaceva inerte, con le branchie che tremavano. Fletcher si sentì male e scoraggiato.

– Prova con il carbonato di sodio – suggerì a Damon. – Forse possiamo neutralizzare parte dell'acido.

Poi con un pensiero improvviso si rivolse a Murphy: – Vai a prendere Chrystal. Non lasciarlo scappare.

In quello stesso momento Chrystal decise di entrare nel laboratorio. Si guardò intorno con lieve sorpresa, saltando su una sedia per evitare l'acqua.

– Che succede qui?

Fletcher dichiarò cupo: – Lo scoprirai.

Poi si rivolse a Murphy: – Non lasciarlo scappare.

– Assassino! – gridò Damon con una voce spezzata per la rabbia e il dolore.

Chrystal inarcò le sopracciglia, scioccato. – Assassino?

Bevington spostava lo sguardo tra Fletcher, Chrystal e Damon: – Cos'è successo qui? Un assassinio?

– Sì, proprio, come è specificato dalla legge – precisò Fletcher. – La distruzione consapevole e volontaria di una specie intelligente. Omicidio.

La vasca era stata risciacquata; venne richiusa e cominciarono a riempirla con salamoia fresca.

– Adesso – disse Fletcher. – Riportiamo dentro il Dekabrach.

Damon scosse la testa senza speranza.

– Non c'è più niente da fare. Non si muove più.

– Rimettiamolo dentro comunque – insistette Fletcher.

– Mi piacerebbe mettere Chrystal lì con lui – annunciò Damon con appassionata amarezza.

– Ora basta! – si intromise Bevington. – Smettetela di parlare. Non so cosa stia succedendo, ma non mi piace niente di quello che sento.

Chrystal, sembrando divertito e distaccato, confermò: – Neanch'io so cosa stia succedendo.

Sollevarono il Dekabrach e lo calarono nella vasca.

L'acqua era profonda solo quindici centimetri e saliva troppo lentamente rispetto a come Fletcher avrebbe desiderato.

– Ci vuole dell'ossigeno – ordinò Fletcher a Damon che corse all'armadietto.

Fletcher guardò Chrystal. – Quindi non sai di cosa sto parlando?

– Se il vostro pesce da compagnia muore, non cercate di dare la colpa a me.

Damon porse a Fletcher un tubo collegato alla bombola di ossigeno; Fletcher lo gettò nell'acqua accanto alle branchie del Dekabrach. L'ossigeno gorgogliava; Fletcher agitò l'acqua e la spinse nelle aperture branchiali. Ora l'acqua era profonda ventitré centimetri.

– Ora ancora del carbonato di sodio – ripeté Fletcher senza voltarsi – abbastanza per neutralizzare ciò che resta dell'acido.

Bevington chiese con voce incerta: – Vivrà?

– Non lo so.

Bevington guardò di sbieco Chrystal, che scosse la testa. – Non incolpate me.

L'acqua salì. Le braccia del Dekabrach giacevano flosce, fluttuando in tutte le direzioni come i riccioli di Medusa.

Fletcher si asciugò il sudore dalla fronte.

– Se solo sapessi cosa fare! Non posso dargli un bicchierino di brandy; probabilmente lo avvelenerei.

Le braccia iniziarono a irrigidirsi, ad estendersi.

– Ah – sussurrò Fletcher – così va meglio.

– Fece un cenno a Damon: – Gene, continua tu... mantieni l'ossigeno nelle branchie.

Saltò sul pavimento dove Murphy stava lavando l'area con secchiate d'acqua.

Chrystal stava parlando con Bevington, con grande animosità.

– In queste ultime tre settimane ho avuto paura per la mia vita! Fletcher è del tutto pazzo; bisognerebbe chiamare un dottore o uno psichiatra. – Incrociò lo sguardo di Fletcher e fece una pausa. Fletcher attraversò lentamente la stanza. Chrystal tornò a parlare con l'ispettore, la cui espressione era turbata e inquieta.

– Sporgo una denuncia ufficiale – annunciò Chrystal – contro la *Bio-Minerals* in generale e Sam Fletcher in particolare. In qualità di rappresentante della legge, insisto affinché lei metta Fletcher agli arresti per reati contro la mia persona.

– Beh… – disse Bevington, guardando con cautela Fletcher. – Farò sicuramente un'indagine.

– Mi ha rapito puntandomi contro una pistola – gridò Chrystal. – Mi ha tenuto rinchiuso per tre settimane!

– Per impedirgli di uccidere i Dekabrach – spiegò Fletcher.

– È la seconda volta che mi accusi – osservò Chrystal minaccioso. – Bevington è mio testimone. Sei responsabile di calunnia.

– La verità non è calunnia.

– Ho pescato dei Dekabrach, e allora? Ho anche tagliato alghe e pescato celacanti. Voi fate lo stesso.

– I Dekabrach sono esseri intelligenti. Questo fa la differenza.

Fletcher si rivolse a Bevington: – Lo sa bene quanto me. Ammazzerebbe gli uomini per il calcio nelle loro ossa se potesse ricavarci dei soldi!

– Sei un bugiardo! – gridò Chrystal.

Bevington alzò le mani.

– Facciamo ordine qui! Non posso andare in fondo alla faccenda a meno che qualcuno non mi esponga dei fatti.

– Non ne ha – insistette Chrystal. – Sta cercando di portare via la mia zattera da Sabria… non sopporta la concorrenza!

Fletcher lo ignorò e parlò a Bevington: – Ecco la storia. Avevamo messo il Dekabrach in quella vasca per provare che sono intelligenti, e Chrystal ci ha versato dentro dell'acido per impedirlo.

– Veniamo ai fatti – lo interruppe Bevington.

Poi guardò Chrystal con uno sguardo duro e gli domandò: – Ha davvero versato l'acido in quella vasca?

Chrystal incrociò le braccia. – La domanda è del tutto ridicola.

– Lo ha fatto? Non può tergiversare.

Chrystal esitò, poi enunciò con fermezza: – No. E non ci sono prove che l'abbia fatto.

Bevington annuì. – Capisco.

Si rivolse a Fletcher. – Ha parlato di fatti. Quali?

Fletcher andò alla vasca, dove Damon stava ancora facendo turbinare l'acqua ossigenata nelle branchie.

– Come va?

Damon scosse la testa dubbioso.

– Si comporta in modo strano. Ho paura che l'acido possa aver leso qualche organo interno.

Fletcher osservò la forma lunga e pallida per mezzo minuto.

– Bene, proviamo lo stesso. È tutto ciò che possiamo fare.

Attraversò la stanza, spinse avanti il modello del Dekabrach.

Chrystal rise e si voltò disgustato.

– Cosa intende dimostrare? – chiese Bevington.

– Le mostrerò che i Dekabrach sono intelligenti e che sono in grado di comunicare.

– Bene, bene – disse Bevington. – Questo è di sicuro qualcosa di nuovo.

– Esatto.

Fletcher aprì il suo taccuino.

– Come avete fatto a imparare la loro lingua?

– Non è un linguaggio, è un codice che noi stessi abbiamo elaborato.

Bevington esaminò il modello e abbassò lo sguardo sul taccuino.

– Sono questi i segnali che usate?

Fletcher spiegò il sistema: – Ha un vocabolario di cinquantotto parole, senza contare i numeri fino a nove.

– Capisco. – E Bevington si sedette. – Vada avanti. È il vostro spettacolo.

Chrystal si voltò. – Non voglio assistere a questa farsa...

Bevington lo interruppe: – Farebbe meglio a restare qui e proteggere i suoi interessi; se non lo fa lei, nessun altro lo farà.

Fletcher incominciò a fare dei movimenti con le braccia del modello.

– Questo è un manichino rudimentale; con tempo e denaro potremmo costruire qualcosa di meglio. Ora comincerò con i numeri.

Chrystal ribadì con disprezzo: – Potrei addestrare un coniglio a contare in quel modo.

– Dopo proverò qualcosa di più difficile – disse Fletcher. – Gli chiederò chi è stato ad avvelenarlo.

– Un attimo! – gridò Chrystal. – Non puoi pensare di accusarmi in questo modo!

Bevington prese il taccuino. – Come lo chiederà? Quali segnali userà?

Fletcher li indicò: – Per prima cosa il segnale di "interrogazione". Questa idea è un'astrazione che il Dekabrach non comprende ancora del tutto, per cui abbiamo stabilito un sistema a scelta, o alternativa, tipo "vuoi questo o quest'altro?" Forse capirà cosa sto cercando di domandargli.

– Molto bene... segnale di interrogazione... e poi?

– "Dekabrach ricevere acqua calda?" Uso acqua calda per indicare l'acido. Poi ancora "interrogazione: Uomo dare acqua calda?"

Bevington annuì. – Questo è abbastanza giusto. Vada avanti.

Fletcher eseguì i segnali. L'occhio nero lo osservava.

Damon era molto in ansia e precisò: – È irrequieto e molto a disagio.

Fletcher completò i segnali. Le braccia del Dekabrach si agitarono una o due volte, con uno scatto brusco.

Fletcher ripetè la serie di segnali, aggiungendo un ulteriore "interrogazione: Uomo?".

Le braccia si mossero lente: "Uomo" – lesse Fletcher.

Bevington annuì. – Uomo, ma chi?

Fletcher disse a Murphy: – Mettiti di fronte alla vasca.

E segnalò: "interrogazione: Uomo dare acqua calda?".

Le braccia del Dekabrach si mossero.

– "Zero" – lesse Fletcher. – Che significa no.

– Damon, mettiti davanti al serbatoio.

Fece segno al Dekabrach. – "interrogazione: Uomo dare acqua calda?".

– "Zero".

Fletcher si rivolse a Bevington: – Si metta lei di fronte al serbatoio.

Rifece i segnali.

– "Zero".

Tutti guardarono Chrystal. – Ora è il tuo turno – gli impose Fletcher. – Fatti avanti.

Chrystal si si mosse con lentezza: – Non sono un idiota, Fletcher. So che è tutto un trucco.

Il Dekabrach si mise a muovere le braccia.

Mentre Bevington controllava Fletcher lesse sul taccuino i segnali di risposta: "Uomo dare acqua calda".

Chrystal iniziò a protestare, ma Bevington lo zittì: – Rimanga di fronte al serbatoio, Chrystal!

A Fletcher ordinò: – Lo chieda ancora una volta.

Fletcher rifece i segni.

Il Dekabrach rispose: "Uomo dare acqua calda. Uomo Giallo. Improvviso. Venire. Dare acqua calda. Partire."

Nel laboratorio ci fu silenzio.

– Bene – confermò Bevington in tono piatto – penso che la sua dimostrazione abbia avuto successo, Fletcher.

– Non crederete di potermi incastrare con queste cose – disse Chrystal.

– Stia zitto – intimò Bevington. – È abbastanza chiaro cosa è successo...

– È chiaro cosa succederà ora – ribatté Chrystal con una voce roca per la rabbia. Teneva in mano la pistola di Fletcher. – L'ho presa prima di venire qui, e sembra che... – alzò l'arma verso il serbatoio e strizzò gli occhi: la mano sbiancata era serrata sul grilletto. A Fletcher sembrò che il cuore gli si fermasse.

– Ehi! – gridò Murphy.

Chrystal sussultò. Murphy gli lanciò contro il secchio che aveva in mano; Chrystal sparò a Murphy, mancandolo. Damon gli saltò addosso e Chrystal ruotò la pistola verso di lui. Il raggio incandescente trafisse la spalla di Damon che, urlando come un cavallo ferito, afferrò Chrystal col braccio sano. Fletcher e Murphy si avvicinarono, strapparono via la pistola e bloccarono le braccia di Chrystal dietro la schiena.

– Lei si è cacciato nei guai, Chrystal. Guai molto seri... ammesso che non fossero già abbastanza seri prima – dichiarò con voce grave Bevington

Fletcher disse: – Ha ucciso centinaia e centinaia di Dekabrach. In modo indiretto ha provocato la morte di Carl Raight e John Agostino. Ha molte accuse di cui rispondere.

L'equipaggio sostitutivo si era trasferito sulla zattera dall'LG-19. Fletcher, Damon, Murphy e il resto del vecchio equipaggio erano seduti nella mensa, pensando ai sei mesi di tempo libero davanti a loro.

Il braccio sinistro di Damon pendeva da una fascia a tracolla; con la destra giocherellava con la tazza di caffè.

– Non so bene cosa farò. Non ho programmi. Il fatto è che mi sento piuttosto sperduto.

Fletcher andò alla finestra e guardò fuori verso l'oscuro oceano scarlatto.

– Io resto qui.

– Che cosa? – gridò Murphy. – Ti ho sentito bene?

Fletcher tornò al tavolo. – Sì, anche se nemmeno io so spiegarmi perché lo faccio.

Murphy scosse la testa incredulo.

– Non puoi dire sul serio.

– Sono un ingegnere, un tecnico – spiegò Fletcher. – Non ho brama di potere o alcun desiderio di cambiare l'universo, ma sembra che Damon e io abbiamo messo in moto qualcosa... qualcosa di importante... e voglio portarlo a termine.

– Intendi insegnare ai Dekabrach come comunicare?

– Sì. Chrystal li ha attaccati e costretti a proteggersi. Ha sconvolto le loro vite. Damon e io abbiamo rivoluzionato la vita di questo Dekabrach in un modo completamente nuovo. Ma abbiamo appena iniziato. Pensa alle potenzialità! Immagina una popolazione di uomini in una terra fertile... uomini come noi ma che non hanno mai imparato a parlare. Poi qualcuno li mette in contatto con un nuovo universo... uno stimolo intellettuale che non avevano mai sperimentato. Pensa alle loro reazioni, al loro nuovo abbraccio alla vita! I Dekabrach sono nella stessa situazione, tranne per il fatto che abbiamo appena iniziato con loro. Nessuno sa cosa potremo ottenere, e in qualche modo io voglio farne parte. Sono deciso ad arrivare fino in fondo e non lascerò mai di mia iniziativa il lavoro a metà.

Damon esclamò all'improvviso: – Penso che resterò anch'io.

– Voi due siete impazziti – dichiarò Jones. – Io non vedo l'ora di scappare via.

L'LG-19 era ripartito da tre settimane; a bordo della zattera le operazioni erano diventate routine. I turni si susseguivano; i magazzini cominciavano a riempirsi di nuovi lingotti, nuovi blocchi di metallo prezioso.

Fletcher e Damon avevano lavorato a lungo con il Dekabrach e quello era il giorno del grande esperimento.

Il serbatoio venne issato sul bordo del molo.

Fletcher segnalò ancora una volta il suo messaggio finale.

"Uomo mostrare te segnali. Tu portare molti Dekabrach. Uomo mostrare loro segnali. Segno interrogazione".

Le braccia si mossero in segno di assenso. Fletcher indietreggiò; la vasca fu sollevata, abbassata fino al bordo dell'acqua e poi rovesciata sul fianco.

Il Dekabrach si immerse, nuotò un attimo vicino alla superficie, poi si tuffò in profondità.

– Ecco Prometeo – annunciò Damon – che porta il dono degli dei.

– Meglio chiamarlo il dono della parlantina – stabilì Fletcher sorridendo.

La pallida forma era scomparsa.

– Cinquanta a dieci che non tornerà – esclamò Caldur, il nuovo sovrintendente.

– Non scommetto – replicò Fletcher – ho solo speranze.

– Cosa farà se non tornasse?

Fletcher si strinse nelle spalle.

– Forse ne pescherò un altro per insegnargli. Prima o poi il sistema funzionerà.

Passarono tre ore. Calarono le nebbie e la pioggia offuscò il cielo.

Affacciato al parapetto, Damon guardava l'oceano. Si voltò e disse: – Vedo un Dekabrach. Ma sarà il nostro?

Un Dekabrach salì in superficie.

Mosse le braccia: "Molti Dekabrach. Mostrare segnali".

– Professor Damon – disse Fletcher – è arrivata la tua prima scolaresca.

UNA RAGAZZA D'ORO

(*Golden Girl*, 1951)
Traduzione di Marco Riva e Stefano Sacchini

IL DES MOINES POST aveva fatto uno degli scoop mondiali più famosi della storia e Bill Baxter era diventato un eroe.

Un'ora dopo l'uscita della prima edizione, ogni strada che portava a Kelly's Hill fu intasata da carovane di curiosi, pubblico amatoriale e professionisti: giornalisti, fotografi e corrispondenti dei servizi di informazione, nazionali e stranieri. L'FBI e l'intelligence dell'esercito erano arrivati per primi. I blocchi stradali avevano respinto un migliaio di macchine, i cordoni attraverso i campi intercettato le persone a piedi e gli aerei da combattimento scacciato gli aeroplani che si dirigevano verso Kelly's Hill come falene verso la luce.

La sopravvissuta all'incidente era rimasta per tutta la notte nel piccolo ospedale del dottor Blackney dove l'aveva portata Bill Baxter. La mattina dopo si era svegliata presto rimanendo a fissare il dottor Blackney, con le dita d'oro che stringevano le lenzuola. Un paio di agenti federali erano in piedi accanto alla porta della sua stanza; altri duecento sorvegliavano l'ospedale e respingevano la folla di coloro che venivano a osservare, meravigliandosi e mormorando fra di loro. Un medico dell'esercito e un individuo anonimo, presumibilmente collegato ai servizi segreti, avevano controllato la diagnosi di Blackney, la clavicola incrinata e lo stato di shock associato, e avevano approvato il trattamento. La donna si era sottomessa con un'aria d'impotente disgusto.

La segretezza aveva stimolato la stampa invece di scoraggiarla. L'immaginazione era stata spinta a scatenarsi. La notizia dello schianto ricordava la brezza proveniente da isole esotiche, un accenno di nuovi, enormi campi di verità. Il resto del mondo si era ridotto a una località; le notizie più accattivanti sembravano rinsecchite e ordinarie. Migliaia di colonne di giornali erano piene di speculazioni, tonnellate di carta profuse su voci, fotografie, carte nautiche, mappe stellari e disegni fantasiosi. Qualcuno aveva persino recuperato una foto di Bill Baxter, il giornalista che, credendo di indagare su uno spettacolare meteorite, aveva trovato un'astronave distrutta e tirato fuori la claudicante giovane donna dalla pelle dorata. Un'aggiunta nota esplicativa a questa magnifica bolla sensazionalistica, come ultima irresistibile sfumatura, diceva che la donna dorata fosse splendida. Giovane e seducente in modo straordinario.

All'inizio, Bill Baxter aveva rifiutato di essere separato dalla donna. Trascorreva ogni minuto possibile sulla poltrona dall'altra parte della stanza, studiandone di nascosto il viso. La donna dorata era qualcosa di intimo e complicato, un meraviglioso gioiello trovato nella notte. Lo affascinava e suscitava i suoi più accaniti istinti protettivi, come se, tirandola fuori dallo scafo in fiamme, fosse diventata sua proprietà.

La proposta di occuparsi di lei aveva incontrato un'accettazione riluttante, come se anche il governo riconoscesse qualche prioritaria legge sui tesori ritrovati, o almeno ammettesse che Baxter avesse lo stesso diritto di agire come suo agente, al pari di chiunque altro. Il dottor Blackney considerava la sua presenza naturale e desiderabile; gli agenti federali lo osservavano scambiandosi commenti pacati e sarcastici, ma non provarono in alcun modo a ostacolare i suoi contatti con la donna.

Mangiava poco, perlopiù brodo e succhi di frutta, ogni tanto un pezzo di pane tostato; rifiutava uova, latte e carne con malcelata ripugnanza. Per la maggior parte del tempo, durante i primi due giorni, era rimasta spossata e passiva, come stordita dalla catastrofe che l'aveva investita.

Il terzo giorno si alzò sui gomiti e si guardò intorno. Scrutò fuori dalla finestra per un minuto o due, poi si distese lentamente. Non prestò attenzione a Baxter e al dottor Blackney, che la stavano osservando dall'altra parte della stanza.

Blackney, un brizzolato medico di campagna senza pretese di onniscienza, fece schioccare la lingua pensieroso.

– Non va bene che lei sia così debole... è del tutto sana e perfettamente in forma. La sua temperatura è salita di un grado, ma potrebbe essere normale per la sua specie. Dopotutto, sappiamo poco di lei.

– Normale – Baxter si soffermò sulla parola. – È una... normale donna umana, dottore?

Blackney sorrise debolmente.

– I raggi X mostrano uno scheletro umanoide e organi apparentemente umani. I suoi lineamenti, la conformazione... beh, lo può vedere di persona. L'unica caratteristica distintiva è la pelle metallica.

– Sembra solo semicosciente – mormorò Baxter. – Non si interessa a nulla...

– A causa dello shock – disse Blackney. – Il suo cervello si sta abituando pian piano... Ecco perché non è stata ancora spostata.

– Spostata? – gridò Baxter. – Perché trasferirla? Dove? E per ordine di chi?

– Ordini da Washington – rispose Blackney. – Ma non c'è fretta. È debole, confusa. Dovrebbe avere il tempo di riprendersi. Sta bene qui come altrove.

Baxter annuì con enfasi. A Washington, fra così tante personalità, avrebbe potuto essere messo da parte. Si strofinò il mento e serrò le labbra.

– Dottore, quanti anni potrebbe avere?

– Beh... se invecchia secondo i nostri parametri, forse diciannove o venti.

– Se è così, è minorenne agli occhi della legge... pensa che potrei essere nominato suo tutore legale?

Blackney scosse la testa. – Nessuna possibilità nemmeno in mille anni, Bill. Non dimenticare che questa ragazza non è una normale trovatella che ha bisogno di un tutore.

– Qualcuno deve badare a lei – disse Baxter ostinato.

Blackney sorrise lievemente.

– Immagino che sarà sotto la tutela del governo.

Baxter aggrottò la fronte, serrando le mani nelle tasche.

– Questo resta da vedere.

Nel pomeriggio del quarto giorno, Baxter rimase sbalordito nel vederla gettare via le coperte e lasciare il letto senza alcun segno di stanchezza.

Andò alla finestra e guardò per diversi minuti il giardino di Blackney. Baxter si agitava dietro di lei preoccupato che non si indebolisse, ma riluttante a ostacolarla in alcun modo. Alla fine la ragazza si voltò: in quella lunga camicia da notte bianca sembrava giovane e inoffensiva in modo incredibile. Per la prima volta parve rendersi conto di Baxter, esaminandolo dalla testa ai piedi in maniera disinvolta e indifferente.

Baxter impiegò la tecnica consigliata da mille precedenti. Fece un passo avanti, si toccò il petto e disse: – Bill.

Lei alzò le sopracciglia come se fosse sorpresa che lui avesse avuto un pensiero intelligibile e, a bassa voce, ripeté: – Bill.

Baxter annuì con entusiasmo e, indicandola, chiese: – Tu?

La ragazza si toccò e pronunciò una parola piena di consonanti farfugliate e vocali gutturali. Il suono più simile che Baxter riuscì a cogliere suonava come *Lurr'lu* o *Lurulu*.

Con ardore, iniziò a insegnarle la lingua e, sebbene non sembrasse entusiasta, lei afferrò immediatamente i concetti e non dimenticò mai una parola dopo che era passata tra le sue labbra.

La sua storia, come Baxter mise insieme a poco a poco, era abbastanza semplice. La sua casa era un mondo "molto lontano dal flusso di stelle blu", che nella sua lingua era chiamato *Ghh'lekthwa*. Baxter, incapace di padroneggiare la parte gutturale iniziale, lo pronunciò semplicemente *Lekthwa*, cosa che sembrò divertire la ragazza.

Gli disse che l'astronave era un mezzo da diporto, tipo uno yacht terrestre; erano capitati sulla Terra senza un motivo particolare. Una riparazione fatta con poco impegno aveva indebolito uno dei motori di controllo che, guastandosi in un momento critico, aveva fatto precipitare la nave fino a farla schiantare a Kelly's Hill.

Il settimo giorno Blackney dichiarò che la ragazza era in buona salute e Baxter spedì un'infermiera a comprarle dei vestiti. Quando tornò nella stanza, sebbene lei non mostrasse alcuna traccia di pudore, la trovò a esaminarsi allo specchio, con un'espressione compiaciuta.

– Avete ritrovato nel relitto qualcuno dei miei indumenti personali? Questi... – disse distendendo la gonna di cashmere – ... sono pittoreschi, ma provocano irritazione... mi danno una strana sensazione sulla pelle.

Baxter, che la considerava magnifica, balbettò una risposta: – Tutto è stato distrutto dal calore... Ma se mi dicessi cosa vuoi, potrei farti avere qualcosa di più adatto. Certo, saresti piuttosto appariscente.

Lei si strinse nelle spalle.

– Indosserò questi.

Baxter fece una domanda che da tempo gli bruciava dentro: – Ti aspetti... di tornare a casa tua? Puoi comunicare con la tua gente? Sai come costruire un'astronave?

Fissando il giardino, la ragazza rispose: – No. Conosco solo i principi più semplici... Lekthwa è lontana molte stelle. Non saprei proprio come tornarci.

Baxter la guardò con intensità. La sua voce era stata calma e molto dolce, come una pozza scura nella foresta. Con una stretta ansiosa in gola e guardandola di soppiatto, prese uno dei libri che aveva portato. Raggiungendola alla finestra, le mostrò una mappa.

– Qui è dove siamo – disse indicando. Lei chinò la testa e Baxter ne studiò il suo profilo. Non le era stato più così vicino dalla notte in cui l'aveva portata via dal relitto, e uno strano battito palpitante gli si risvegliò in gola.

Lei alzò lo sguardo e Baxter la fissò a fondo negli occhi color ambra. Vide le sue pupille cambiare e lei che si scostava un poco. Poi tornò a guardare la mappa.

– Dimmi di più sul tuo mondo.

Baxter le fece un riassunto della storia della civiltà, indicando il Nilo, la Mesopotamia, la valle dell'Indo. Le mostrò la Grecia, le descrisse il pensiero ellenico e il suo effetto sulla cultura europea, poi abbozzò la rivoluzione industriale fino ai tempi correnti.

– Quindi ancora oggi ci sono parti del mondo indipendenti e ostili l'una dall'altra?

– Questo purtroppo è vero – ammise Baxter.

– Parecchie centinaia di migliaia di anni fa – spiegò Lurulu – abbiamo avuto un periodo chiamato "L'Era della Follia": fu allora che le persone dai capelli bianchi del sud e le persone dai capelli dorati del nord si uccisero a vicenda, con premeditazione. – Fece una pausa, poi disse in modo vago: – Avevano una cultura più o meno simile alla vostra.

Baxter la esaminò. – I tuoi capelli sono di un dorato molto chiaro.

– I popoli dai capelli bianchi e dai capelli dorati ora sono ben mescolati. Durante le epoche barbare ci furono grandi pregiudizi contro le persone dai capelli d'oro, in qualche modo considerate meno pregevoli. Adesso sembra tutto così strano e crudele.

Posò il libro e andò alla finestra.

– Mi piacerebbe stare alla luce del sole. Il vostro è un sole molto simile al nostro.

Un aeroplano passò nel cielo.

– Sulla Terra esiste il volo aereo? – chiese con leggera sorpresa.

Baxter assicurò che i viaggi aerei erano all'ordine del giorno, ed era così da una ventina d'anni. Lei annuì distratta.

– Capisco. Bene… allora andiamo a fare una passeggiata.

– Come desideri – disse Baxter.

Gli agenti federali, che prima erano nell'atrio, li seguirono rimanendo dietro di loro.

Lurulu fece un cenno in direzione delle guardie. – Qual è la loro funzione e qual è la tua? Sono una prigioniera?

Baxter in fretta la rassicurò, spiegandole che era una persona libera.

– Sono solo per proteggerti dalle molestie degli eccentrici. Quanto a me… sono tuo amico. – E aggiunse rigido: – Non mi intrometterò, se non lo desideri!

Lurulu non rispose, ma uscì sul marciapiede e guardò su e giù per la strada. La polizia aveva innalzato delle barriere alle estremità dell'isolato, oltre le quali c'era una piccola folla che sperava di dare un'occhiata alla donna extraterrestre. Le guardie corsero avanti facendo loro cenno di tornare indietro.

Lurulu ignorò gli spettatori, completamente indifferente agli occhi sbarrati e al chiacchiericcio eccitato. Baxter, a disagio e in qualche modo risentito, la seguì da vicino mentre svoltava per la strada. Sembrava godersi la luce del sole e teneva la mano tesa, come se sentisse la consistenza della luce. La sua pelle risplendeva come uno splendido tessuto di raso. Respirò profondamente e guardò le case che fiancheggiavano la strada. Il piccolo ospedale di Blackney si trovava in un elegante sobborgo, ombreggiato da alti olmi, e le case erano ben distanziate tra i giardini.

All'improvviso si rivolse a Baxter: – Quindi la tua gente vive tutta sulla superficie?

– Beh... abbiamo appartamenti in condominio – rispose Baxter. – Si innalzano per decine di metri nell'aria... Come vivete su Lekthwa?

– Abbiamo luoghi piacevoli che fluttuano nel cielo... a volte nell'aria limpida e soleggiata, a volte tra le nuvole. Non ci sono suoni, tranne il vento. Ci godiamo la solitudine e gli splendidi panorami.

Baxter la fissò, quasi incredulo. – Nessuno vive sul terreno? Non ci sono case?

– Oh... – lei fece un gesto vago – ... di tanto in tanto vicino a qualche bel lago o foresta c'è una villetta o un accampamento. La superficie di Lekthwa è per la maggior parte selvaggia, ad eccezione del "Segmento Industriale" e dei bacini fotosintetici.

– E chi lavora nelle industrie?

– Soprattutto i giovani... i bambini. Il lavoro fa parte della loro educazione. A volte portano migliorie ai macchinari o sviluppano nuovi "biologotipi"... non avete una parola simile? No? Non importa. Dopo un periodo di servizio alle macchine, coloro che lo desiderano diventano progettisti, ingegneri o tecnici avanzati.

– E quelli che non vogliono?

– Oh, alcuni sono pigri, alcuni diventano esploratori, artisti, musicisti; altri fanno un po' di tutto.

Per alcuni secondi Baxter camminò in un profondo silenzio.

– Mi sembra qualcosa di passivo... sembrerebbe noioso.

Lurulu rise ad alta voce, e non rispose né diede spiegazioni, la qual cosa infastidì Baxter ancora di più.

– E ci sono criminali? – chiese poi.

Lei lo guardò sorridendo appena appena.

– A Lekthwa tutti adorano vivere e amano la propria individualità. Solo raramente avvengono reati e questi sono trattati con una forma di riorganizzazione del cervello.

Baxter grugnì.

– Il crimine si verifica quando la società è impopolare – aggiunse lei disinvolta – quando la cultura non offre vie di fuga alle pulsioni umane.

Con una leggera punta di sarcasmo nella voce Baxter chiese: – Come potete discutere i problemi sociali in modo così autorevole quando su Lekthwa non ne avete?

La ragazza strinse le spalle.

– Conosciamo diversi mondi dove esistono problemi sociali. Abbiamo inviato missioni su questi mondi e ora stiamo gradualmente attuando delle riforme.

Baxter chiese perplesso: – Anche su questi altri mondi vivono degli uomini, degli esseri umani? Trovo molto strano che i nostri due mondi abbiano prodotto specie identiche...

A quelle parole lei sorrise ironica.

– Suppongo che la nostra struttura fisica sia più o meno la stessa. Ma non siamo affatto "identici".

Si fermò a esaminare un letto di gerani rossi in fiore. Baxter si chiese quale sarebbe stata la sua reazione se le avesse messo un braccio intorno alla vita. Il suo braccio si contrasse... ma le guardie gironzolavano intorno e i loro occhi li fissavano da ogni lato.

Raggiunsero l'incrocio e si fermarono. Lurulu guardò nel negozio di alimentari all'angolo e osservò il mercato della carne. Si voltò verso Baxter con gli occhi spalancati.

– Quelle sono carcasse?

– Beh... sì – ammise Baxter.

– Mangiate animali morti?

Essere costantemente sulla difensiva cominciava a irritare Baxter.

– Non sono veleno – spiegò – e sono una salutare fonte di proteine.

– Non mi avrai mica dato da mangiare qualcosa del genere... della carne animale?

– Per ora, molto poco. Sembra che tu preferisca frutta o verdura.

Lurulu si voltò e passò rapidamente davanti al negozio.

– Dopotutto – disse Baxter – è solo carbonio, ossigeno, idrogeno... Tu mostri un'ossessione piuttosto particolare, un pregiudizio di vedute ristrette – e la sua voce era diventata di nuovo calma e vaga.

Lei rispose: – Ci sono ragioni psicologiche per non mettersi in bocca la morte...

La mattina dopo un'auto nera di natura senza dubbio ufficiale si fermò davanti all'ospedale; scesero un uomo in uniforme dell'esercito e altri due in abiti civili. Le guardie dell'FBI si irrigidirono appena. Ci fu uno scambio di mormorii e i tre salirono i gradini. Nella sala d'attesa furono accolti dal dottor Blackney.

– Sono il generale di divisione Devering – disse l'uomo che indossava l'uniforme. – Vengo dallo OSS. Questo è il dottor Rheim, dell'Istituto di Ricerca Avanzata, e questo è il professor Anderson della Ledyard University.

Il dottor Blackney strinse la mano a tutti e tre: il generale Devering era un uomo robusto con un bitorzoluto naso rosa, occhi lucenti e leggermente sporgenti; il dottor Rheim era longilineo, magro e solenne; il professor Anderson era basso, grasso e altrettanto maestoso.

– Suppongo – suggerì il dottor Blackney – che siate venuti per contattare la mia ospite.

– Esatto – rispose Devering. – Immagino che stia abbastanza bene da essere interrogata. I miei uomini mi hanno riferito che ieri ha fatto una passeggiata e che sembrava stesse conversando con il signor Baxter.

Blackney strizzò gli occhi pensieroso, increspando le labbra. – Sì, dal punto di vista fisico sembra in forma. Perfettamente bene, per quanto posso vedere.

– Allora, forse – suggerì il dottor Rheim – sarebbe possibile spostarla in un luogo per noi più facilmente accessibile? – Alzò le sopracciglia con aria interrogativa.

Blackney si strofinò il mento con aria accigliata. – Accessibile per quale scopo?

– Perché... per studio, vari tipi di esami...

– Fisicamente è in grado di andare ovunque – disse Blackney – ma finora la sua posizione legale non è stata stabilita. Non vedo davvero la necessità di spostarla, a meno che lei stessa non voglia farlo.

Il generale Devering strinse gli occhi.

– A parte questo aspetto, dottore, questa giovane donna potrebbe avere informazioni di grande valore per il paese. Non pensa che sia importante che la teniamo sotto controllo? In ogni caso, lei non ha alcuna autorità in materia.

Blackney tirò indietro il mento, aprì due volte la bocca per parlare e due volte la richiuse. Poi disse: – Ho autorità su chiunque entri in questo ufficio. Tuttavia, potete parlare con la giovane donna.

Devering si fece avanti. – Per favore, ci mostri la sua stanza.

– In fondo al corridoio, prego.

Bill Baxter sedeva accanto a Lurulu a un tavolo da gioco, insegnandole a leggere. Alzò lo sguardo, sorpreso e seccato.

Blackney presentò i visitatori.

– Questi uomini – disse a Lurulu – desiderano farti delle domande sulla tua vita a Lekthwa. Hai qualche obiezione?

La ragazza guardò i tre con scarso interesse. – No.

Il generale Devering si avvicinò leggermente. – Abbiamo un programma piuttosto ampio e vorremmo che ci accompagnasse in nuovi quartieri, cosa che sarà più conveniente per tutti gli interessati.

Baxter balzò in piedi. – Niente di tutto ciò! – urlò. – Dio, che faccia tosta! Una cosa che non succederà è un "programma intensivo", un terzo grado, comunque vogliate chiamarlo!

Devering lo guardò freddamente. – Vorrei ricordarle, signor Baxter, che non ha una posizione ufficiale nei confronti di questa giovane che è sotto la responsabilità del governo e quindi soggetta alle leggi sulla sicurezza.

– Avete un mandato? – chiese Baxter. – In caso contrario, siete di fatto in una posizione peggiore della mia. Per quanto riguarda le domande, capisco che ci sia molto che volete sapere e mi piacerebbe aiutarvi, ma potete fare le vostre domande qui, per un'ora o due al giorno. Potete adeguare le vostre domande alle necessità della signorina, piuttosto che fare il contrario.

La bocca di Devering si aprì leggermente, mostrando i denti bianchi, e il suo mento si sporse in avanti. – Faremo esattamente quello che riteniamo opportuno, senza alcuna interferenza da parte di un giornalista insolente.

Il dottor Blackney si intromise: – Posso suggerire, signori, di lasciare la decisione alla ragazza? Dopotutto è la persona più direttamente coinvolta.

Lurulu osservava con la fronte leggermente aggrottata.

– Non mi interessa andare con questi uomini. Ma risponderò alle loro domande.

Entrò un'infermiera e sussurrò qualcosa all'orecchio di Blackney che inarcò le sopracciglia e si alzò rapidamente. – Scusatemi, c'è una chiamata del Presidente.

– Mi faccia parlare con lui – disse Baxter con impeto. – Gli dirò io una cosa o due.

Blackney lo ignorò e lasciò la stanza. Cadde un cupo silenzio: Devering e Baxter si guardavano in cagnesco, gli scienziati fissavano la donna Lekthwana mentre lei, ignara, osservava un colibrì fuori dalla finestra.

Blackney tornò, respirando in maniera piuttosto affannosa. – Il Presidente – disse rivolto a Lurulu – l'ha invitata a trascorrere una settimana alla Casa Bianca.

Lurulu guardò senza volerlo Bill Baxter. Il quale, a malincuore, disse: – Suppongo che per lei sarebbe la cosa migliore, date le circostanze. Quando inizierebbe la visita?

Blackney rifletté. – Immagino subito. Non ho pensato di chiedere.

Baxter si voltò. – Tanto vale andarcene ora.

Devering si diresse alla porta e se ne andò senza una parola; i due scienziati lo seguirono dopo essersi inchinati alla donna dorata.

Washington reagì alla donna Lekthwana con un fervore senza precedenti. Innanzitutto non era una celebrità del solito tipo. Non aveva costruito imperi, non ne aveva distrutti, non era stata eletta a nessun incarico, non si era resa ridicola sul palcoscenico o sullo schermo, non era associata a nessun vizio o depravazione. Era solo una visitatrice da un'altra stella. Inoltre era stato riferito che era bella in modo straordinario. L'effetto complessivo fu devastante.

Lurulu sembrava indifferente al tumulto. Andò a diverse feste, assistette all'Opera e ricevette numerosi regali da produttori affamati di pubblicità: quattro automobili nuove, vestiti di ogni tipo, profumi, cesti di frutta. Un costruttore si offrì di erigerle una casa secondo le specifiche che lei avesse presentato. Fu portata in un sontuoso giro turistico a New York. La signora Bliss, assistente della spedizione, chiese se esistessero edifici così monumentali sul suo pianeta. Lurulu rispose di no; dubitava che su tutta Lekthwa ci fosse una struttura alta tre piani o un ponte di tronchi d'albero più lungo di qualche metro, per attraversare un ruscello.

– Non abbiamo bisogno di cose così grandi – disse alla signora Bliss. – Le persone non si riuniscono mai in gruppi tanto numerosi da aver bisogno di enormi edifici e, per quanto riguarda i fiumi e i mari, sono semplicemente parte della superficie del pianeta sopra la quale trascorriamo gran parte della nostra vita.

Baxter era sempre presente, una compagnia che ora lei incoraggiava. Baxter era consapevole delle sue simpatie e antipatie, e proteggeva la ragazza dalla maggior parte degli agenti e delle assistenti. E mentre lei arrivò a trovarlo utile, così lui si sentì necessario a lei, e niente nella sua vita ebbe significato tranne Lurulu.

Una frase volgare giunse al suo orecchio, e con uno spirito turbato la confidò a Lurulu, che alzò lo sguardo sorpresa. – Davvero? – Poi non si interessò più all'argomento. Baxter se ne andò arrabbiato.

Organizzò due ore al giorno di colloqui con gli scienziati: biologi, fisici, linguisti, storici, antropologi, astronomi, ingegneri, tattici militari, chimici, batteriologi, psicologi e altri. Questi trovarono la sua conoscenza generale vasta ed eccitante, ma vaga nei dettagli... utile soprattutto in quanto lei era in grado di indicare i confini di regioni ancora da esplorare. Dopo una di queste sedute, Baxter la trovò nell'appartamento che le aveva affittato, distesa da sola su un divano. Era quasi il crepuscolo e lei era intenta a guardare fuori nel parco, nel luminoso cielo grigio-azzurro.

Si sedette accanto a lei. – Sei stanca?

– Sì... molto affaticata. Stanca di queste persone curiose... di domande pesanti... di discorsi... di queste sciocchezze...

Lui non disse nulla, rimase seduto a fissare il crepuscolo. Lei si rese conto del valore del suo silenzio.

– Scusami, Bill. Non mi dispiace parlare con te.

Il suo umore cambiò all'istante; si sentì più vicino, più intimo con lei che in qualsiasi altro precedente momento.

– Non hai mai menzionato la tua vita personale – iniziò con timidezza. – Sei sposata?

Lei rispose tranquillamente: – No.

Baxter aspettò.

– Ero un'artista... di un tipo a voi sconosciuto qui sulla Terra. – Parlava a bassa voce, gli occhi ancora fissi sul cielo che si oscurava. – Concepiamo nel cervello: colori, movimenti, spazio, suoni, sensazioni, umore... mentre tutto è in movimento, è mutevole, in evoluzione. Quando l'artista è pronto, immagina l'intera sequenza della sua creazione nel modo più vivido possibile... e tutto ciò viene rilevato da un registratore psichico e salvato. Poi, per gioire di quella creazione, una persona inserisce la registrazione in un apparato che trasferisce quelle stesse immagini nella sua mente. In questo modo egli percepisce il movimento, il modello dei colori, gli scorrimenti e i flussi dello spazio, le fantasie nella mente dell'artista, insieme alle immagini, ai suoni e, soprattutto, ai diversi stati d'animo presenti... è uno strumento difficile da padroneggiare, perché richiede un'enorme concentrazione. Sono solo una principiante, ma alcune delle mie fantasie sono state elogiate.

– Questo è molto interessante – disse Baxter con lentezza. Poi, dopo un intervallo: – Lurulu...

– Sì?

– Hai progetti per il futuro?

Lei sospirò. – No. Niente. La mia vita è vuota – Fissava il cielo dove ora si vedevano le stelle. – Lassù c'è la mia casa e tutto ciò che amo.

Baxter si sporse in avanti. – Lurulu... mi vuoi sposare?

Lei si voltò e lo guardò.

– Sposarti? No, Bill.

– Ti amo moltissimo – disse, guardando il cielo. – Sei diventata tutto il mio mondo. Ti adoro... qualsiasi cosa tu faccia... o dica... o tocchi... Non so se ti importa qualcosa di me... sospetto di no... ma hai bisogno di me e io farei qualsiasi cosa al mondo per renderti felice.

Lei sorrise apatica, come distratta.

– Su Lekthwa le coppie si formano quando si trovano nel rapporto psichico opportuno. A te possiamo sembrare creature a sangue freddo.

– Forse tu ed io abbiamo un rapporto adeguato – suggerì Bill Baxter.

Lei rabbrividì in maniera quasi impercettibile.

– No, Bill. È... impensabile.

Lui si alzò.

– Buonanotte.

Sulla porta si fermò, tornò a guardare dove lei sedeva nell'oscurità, continuando a fissare il cielo notturno e le lontane stelle bianche.

Tornato al suo appartamento, trovò il dottor Blackney che lo aspettava, comodamente seduto su una poltrona con un giornale. Bill lo accolse con un entusiasmo moderato. Blackney lo guardò attentamente mentre Bill preparava un paio di forti *highball*.

– Sono venuto a vedere come la mia ex paziente si sta adattando alla vita sulla Terra.

Bill non disse niente.

– Qual è la tua opinione? – chiese Blackney.

Bill si strinse nelle spalle. – Se la sta cavando bene. È piuttosto stanca di così tante persone... e le ho appena chiesto di sposarmi.

Blackney si appoggiò allo schienale con il suo *highball*. – E lei ha detto di no...

– E questo è tutto.

Blackney posò il bicchiere e prese un libro accanto a lui sul divano.

– Mi è capitato per caso, rovistando fra roba vecchia... è un capitolo piuttosto lungo. Non lo leggerò. Ma il succo... – aprì il libro fino a una pagina coperta di caratteri piccoli e alzò rapidamente lo sguardo su Bill. – Per inciso, il titolo è *Strange Tales of the Seven Seas*, pubblicato nel 1839 e questo capitolo si intitola *Shipwrecked Off Guinea, a Personal Diary*.

– Si tratta del diario di un naufragio... nel 1835 una nave britannica affondò durante una tempesta al largo dell'Africa equatoriale. Nella confusione la signorina Nancy Marron, una ragazza dall'infanzia delicata, si trovò sola su una delle barche della nave. La barca resistette alla tempesta e andò alla deriva vicino a una piccola isola, allora inesplorata e oggi conosciuta come Matemba. Il continente africano si trovava solo a circa trenta miglia oltre l'orizzonte, ma questo Nancy Marron non poteva saperlo. In ogni caso, riuscì a trascinarsi a riva e sulla spiaggia, dove un nativo la trovò e la portò al suo villaggio. – Voltò pagina. – Venne accolta con grande rispetto. Gli indigeni non avevano mai visto un uomo o una donna bianchi e la considerarono una divinità. Le costruirono una nuova grande capanna dal tetto di paglia; le portarono del cibo, gran parte del quale, così annotò nel suo diario, trovò immangiabile: lumache, interiora e simili. Inoltre, erano cannibali e mangiavano i corpi dei membri della tribù che morivano.

Blackney alzò lo sguardo. – Il suo diario racconta tutto questo in modo piuttosto obiettivo. Era una brava cronista e, nel complesso, non scrisse troppi riferimenti alla nostalgia per la propria casa. Imparò la lingua nativa, scoprendo di essere la prima persona bianca mai vista a Matemba e che nessuna nave si era mai avvicinate all'isola. Questa rivelazione pose fine alla sua ultima traccia di speranza. L'ultima annotazione recita: *Non resisto più qui tra questi selvaggi, per quanto amichevoli possano essere. Mi sento il cuore oppresso, desidero l'Inghilterra, i volti della mia famiglia, il suono della mia lingua benedetta, gli odori e i suoni della cara vecchia campagna. So che non li vedrò né li ascolterò mai più in questo mondo. Non posso più sopportare questa solitudine orribile. Ho un coltello e mi sarà molto facile usarlo. Possa Dio capire e perdonare.*

Blackney alzò lo sguardo.

– Così finisce il diario.

Baxter sedeva come una statua.

– Assurdo, vero? – disse Blackney.

– Molto – rispose Baxter.

Dopo un momento balzò in piedi.

– Un attimo, Blackney...

Corse su per le scale, due scalini alla volta, girò nel corridoio e si fermò davanti a una porta bianca. Suonò il campanello, aspettò... aspettò...

Si gettò contro la porta; la serratura si frantumò e Baxter irruppe barcollando nella stanza buia. Accese le luci e rimase a fissare la figura sul pavimento, una ragazza dorata dal cui petto sgorgava sangue rosso...

INCONTRARE MISS UNIVERSO

(*Meet Miss Universe*, 1955)
Traduzione di Marco Riva e Stefano Sacchini

I

HARDEMAN CLYDELL, il Direttore Generale dell'Esposizione, si voltò verso Tony LeGrand, il suo giovane e acuto assistente:

– La sua idea ha un certo fascino – esclamò – ma cosa può farci migliorare ciò che abbiamo già?

– Buona domanda – rispose LeGrand. Guardò in basso, verso la loro proprietà: la *California Tri-Centennial Exposition*, un disco di cemento largo tre chilometri, impreziosito da torri bianche, terrazze rosso ruggine, giardini di smeraldo, piscine di zaffiro; il tutto attraversato da quattro grandi viali: il Nord, l'Est, il Sud e l'Ovest... cinque chilometri quadrati di splendore e opulenza nel bel mezzo del deserto del Mojave.

Un pilone di oltre millecinquecento metri, innalzandosi dal *Conclave of the Universe*, sorreggeva un enorme parasole di magnesio, come protezione contro il bruciore del sole del deserto. A metà del pilone una piattaforma sosteneva gli uffici amministrativi e una terrazza osservatorio dove Hardeman e Tony si trovavano in quel momento.

– Credo – borbottò LeGrand, aggrottando la fronte per il sigaro che Clydell gli aveva offerto – che ogni cosa possa essere migliorata, inclusa la *California Tri-Centennial Exposition*.

Clydell sorrise indulgente.

– Ammettendo che tutte quelle belle donne esistano...

– Sono sicuro di sì.

– ... come propone di attirarle fin qui, attraverso tutto quello spazio e tutti quegli anni luce?

LeGrand, spigliato e molto sicuro di sé, si considerava un uomo ricco di fascino e un profondo conoscitore della psicologia femminile.

– In primo luogo, tutte le belle donne sono vanitose.

– Lo sono tutte le donne, e anche molti uomini.

LeGrand annuì.

– Esatto! Quindi offriremo il viaggio gratuito su un trasporto di lusso e un magnifico premio per la vincitrice. Non avremo problemi a trovare concorrenti.

Clydell tirò una boccata dal sigaro. Si era goduto un buon pranzo; la costruzione, la tiratura a lucido e le decorazioni dell'Esposizione stavano procedendo secondo i piani; era nello stato d'animo adatto per una conversazione tranquilla.

– È un'idea intelligente, però ci sono delle considerazioni che vanno ben oltre la sola presenza delle belle donne – disse scrollando le spalle.

– Oh, concordo al cento per cento.

– A molta gente non terrestre non piace viaggiare. Credo che l'aggettivo appropriato sia "provinciale". E cosa useremo come premio? Quello è un problema!

LeGrand annuì pensieroso.

– Dovrà essere uno spettacolo memorabile.

Di solito era abile a spostare la terra sotto i piedi di Clydell, manovrando in modo che le obiezioni di Clydell diventassero, in maniera impercettibile, argomenti a favore.

– Memorabile non è abbastanza – precisò Clydell. – Dovremo essere anche concreti. Se mettiamo in palio uno yacht e poi vince una ragazza del Deserta Delictam che non ha mai visto altro che pozze di fango. Che cosa ci potrà mai fare con uno yacht?

– Qualcosa dobbiamo prendere in considerazione.

Clydell proseguì: – Prendiamo una ragazza da Conexxa. Se offriamo dei gioielli ci riderà in faccia. È abituata a lanciare diamanti grossi come un pugno ai suoi cani alieni.

– Forse una Rolls Royce Aeronaut…

– Stesso problema. Su Veidranus cavalcano farfalle. Immagini una loro fanciulla alla guida di una Aeronaut attraverso tutti quei rampicanti e quei fiori!

LeGrand tirò un'altra boccata dal sigaro.

– È una sfida… Hardeman, lei che genere di premio suggerisce?

– Qualcosa d'indefinito – rispose Clydell. – Diamo loro quello che vogliono. Lasciamo scegliere alla vincitrice.

– E se dovesse scegliere la città di Los Angeles? – domandò LeGrand ridacchiando.

– Qualcosa di ragionevole. Fissiamo una cifra di centomila dollari.

– Perbacco, Hardeman, penso che abbia avuto l'idea giusta! – Tony posò il sigaro. – Naturalmente ci saranno problemi…

Questa era la mossa chiave. Il motto favorito di Hardeman Clydell era: *ogni problema ha la sua soluzione*. Usare la parola *problema* spingeva il bottone più sensibile di Clydell.

– Ehm… nulla che non possa essere risolto – disse Clydell. – Ogni problema ha la sua soluzione.

Tony fece scattare la seconda fase del suo piano, così sorprendente e stravagante nel suo complesso che non aveva osato sostenere l'intera faccenda tutta insieme.

– Di certo saremmo abbastanza limitati – mormorò. – Esiste solo una mezza dozzina di mondi con vita umanoide. Alcune di questi sono di classe C e D… non del tutto umani. E non vogliamo avere a che fare con niente di seconda classe. – Si batté il pugno sul palmo. – Ci sono! Senta questo Hardeman, è una bomba!

– Sto ascoltando – rispose Clydell sul vago.

– Apriamo il concorso! Che vengano tutte! Da ogni pianeta arriveranno le migliori bellezze!

Clydell lo fissò spiazzato: – Cosa intende con *ogni*? Ogni pianeta del sistema solare?

– No! – strillò LeGrand pieno di entusiasmo. – Qualsiasi pianeta che abbia una civiltà intelligente. Lasciamo partecipare l'intera galassia!

Clydell sorrise per la fantasia del suo aiutante.

– Benone. Abbiamo una Millamede e una Johnsoniana, una Pentacynth o due e forse una Janfrill dalla Stella-blu, se riusciamo a trovarne una. Così orribili che neanche i loro mariti sono capaci di guardarle in faccia. E le mettiamo contro, diciamo, Althea Daybro o Mercedes O'Donnell. – Clydell emise un rumore dalla gola e sputò oltre la ringhiera. – Ammetto che sarebbe uno spettacolo bizzarro… ma dove entra in gioco il *concorso di bellezza*?

LeGrand annuì pensoso: – È un problema che deve essere risolto. Un problema...

Clydell scosse la testa: – Non mi piace questa prospettiva. Manca di dignità.

– Ha ragione – dichiarò Tony LeGrand. – Non possiamo farla diventare una farsa. Non si tratta del solito concorso di bellezza: è qualcosa di più importante. Pensiamolo come un esperimento sulle relazioni intermondo. Ora, se come giudici avessimo delle persone illustri... come lei ad esempio... o il Segretario Generale, Mathias Bradisnek o Herve Christom. E inoltre giudici da alcuni altri mondi, come il Primo Ministro di Ursa Major, il Prefetto di Veidranu... come si chiama? E il Gran Maresciallo Baten Kaitos...

Clydell aspirò dal sigaro. – Organizzando le cose in questo modo, il giudizio sarebbe imparziale... Ma come potrei mai mettere a confronto una ragazza carina della Terra con una Isobroda di Sadal Suud? O con una di quelle donne-drago delle Pleiadi? Qui sta il problema.

– È un ostacolo... un grosso problema. Un grosso problema.

– Beh – disse Clydell – ogni problema ha la sua soluzione. È un assioma.

Tony parlò pensieroso: – Immaginiamo di giudicare ogni candidata secondo i propri standard... gli ideali del suo popolo. In questo modo il concorso sarebbe del tutto equo.

Clydell soffiò vigorosamente sul suo sigaro.

– Possibile, possibile.

– Facciamo alcune ricerche, prendiamo l'ideale di ogni razza. Un insieme di requisiti. Chiunque si avvicinerà di più ai requisiti ideali sarà la vincitrice. Miss Universo!

Hardeman Clydell si schiarì la gola: – Tutto ciò va bene, Tony... ma sta dimenticando un aspetto molto importante. Il finanziamento.

– È un peccato – precisò Tony.

– Cosa intende dire?

– Che siamo nella posizione in cui siamo. Siamo bloccati dall'etica della situazione.

Clydell lo guardò perplesso, aprì la bocca per parlare ma Tony lo anticipò.

– Non c'è modo per noi di mettere in scena questo spettacolo straordinario.

Lo sguardo di Clydell si fece interessato.

– Pensa che frutterebbe dei soldi?

Tony sorrise con ironia.

– Quante persone hanno mai visto una Arenasaura di Marte? Figuriamoci una Pentacynth o una Helmet-head del Sagittario. E noi avremo le reginette di bellezza dell'intero universo riunite qui!

– Vero – disse Clydell – senza alcun dubbio.

– Sarà l'evento più importante dell'intera Esposizione.

Clydell gettò via il sigaro.

– Vale la pena pensarci su.

La qual cosa Tony LeGrand sapeva essere una specie di approvazione.

II

Hardemann Clydell, per ragioni note solo a lui, non si era mai sposato. In età piuttosto avanzata, appariva come un tipo robusto, con una liscia faccia rosa e i capelli bianchi e sottili, impreziositi da eleganti basette. Era una persona molto ricca e prestava la sua opera come Direttore Generale ricevendo un salario simbolico di un dollaro all'anno. Era uno sportivo convinto; possedeva un'astronave privata; gli piaceva cucinare e servire piccole cene con cibi provenienti da mondi lontani. I suoi sigari erano prodotti su ordinazione con uno speciale tabacco nero delle isole Andamane, affumicati su falò locali, fermentati con l'arrack e stagionati tra foglie di quercia.

Aveva incontrato Tony LeGrand sulla spiaggia di Tannu Tuva e gli aveva offerto un sigaro. Quando Tony aveva dichiarato che era il migliore che avesse mai fumato, Clydell seppe che aveva davanti un uomo del cui giudizio poteva assolutamente fidarsi. Aveva così assunto Tony come suo assistente privato e risolutore di problemi.

Tony si era dimostrato indispensabile. Clydell si era reso conto che alcune delle idee più geniali erano scaturite durante le chiacchierate con Tony... ad esempio il *Galactic Beauty Contest*. Dal germe di un'idea – chi l'aveva espressa per primo, lui o Tony? – Clydell aveva organizzato un progetto che avrebbe fatto parlare di sé per gli anni a venire. Appena il grande disegno era stato delineato, Clydell aveva permesso a Tony di gestire la marea di piccoli dettagli. Quando Tony s'imbatteva in qualcosa che non poteva gestire, si rivolgeva a Clydell per un consiglio. In generale sembrava che svolgesse un lavoro ben fatto.

Dopo aver considerato la lunga lista di mondi conosciuti per essere abitati da razze intelligenti o quasi, Tony, con l'ausilio di Clydell, ne aveva selezionati trentatré. I criteri applicati erano stati i seguenti:

1. La razza è organizzata socialmente?

   (*Le razze che vivono senza struttura sociale, in uno stato di intensa competizione o anarchia, potrebbero non comprendere il senso del concorso e quindi mostrarsi non collaborative, forse causare anche problemi nel caso che non dovessero vincere*).

2. Possiamo comunicare in maniera adeguata? Sono disponibili interpreti?

   (*Le tribù Merak praticano la chiaroveggenza per leggere i tormenti interni di un altro individuo. I Gong di Fomalhaut trasmettono informazioni attraverso un insieme di odori complessi, impregnati in ciocche di capelli e sputi. I Carboidi Volanti di Cepheus 9621 comunicano grazie a un sistema praticamente inspiegabile. Nessuna di queste razze è stata considerata*).

3. L'ambiente di questa razza è facilmente replicabile sulla Terra?

   (*I misteriosi e splendidi Pavos d'Oro vivono a una temperatura di 2000° K. Le molecole complesse dei Sabik Betani esplodono a pressioni inferiori alle 30000 atmosfere terrestri. La vitalità dei Casthainian Grigi dipende dal flusso sanguigno di elio fluido-gassoso, una condizione che può essere mantenuta solo a 0° K, o quasi*).

4. Esiste una componente della razza che può essere definita femminile?

   (*Tra le forme di vita dell'universo, i metodi di riproduzione sono oltremodo vari. Gli Anellidi Giganti di Mauvaise si scindono in duecento segmenti, ciascuno dei quali può diventare un organismo adulto. Fra i Grus Gammans non due ma cinque sessi differenti partecipano all'atto procreativo. Gli umanoidi Churo di Gondwana sono monosessuali*).

5. La razza è notoriamente irascibile, violenta o truculenta? È in grado di controllare le abitudini o gli istinti che potrebbero mostrarsi offensivi o pericolosi per i visitatori dell'Esposizione?

Quando i cinque criteri furono applicati alle forme di vita che popolavano i mondi della galassia, ne erano rimaste appunto soltanto trentatré, otto delle quali umanoidi, dalla classe A fino a D (la classe A comprendeva i veri umani e le varianti prossime; ogni essere inferiore alla classe D non era più considerato davvero umano).

Hardeman Clydell fece un rapido controllo della ricerca di Tony, segnalando un difetto o un errore di valutazione, aggiungendo una razza o due, trovandone altre inadatte in base a uno dei criteri.

Tony discusse le decisioni di Clydell.

– Le Soteranian... sono splendide! Ho visto delle foto! Enormi ali vaporose!

– Troppo delicato prendersi cura di loro – rispose Clydell. – Respirano fluoro... lo stesso vale per quegli insetti di porcellana che vivono nel vuoto.

Tony alzò le spalle.

– Ok. Ma in questo caso... – e indicò una delle aggiunte di Clydell – ... Mel. Non capisco. Non ho mai sentito parlare di questo posto.

Clydell annuì placido: – Razza interessante. Ho letto un articolo su di loro: sul loro pianeta sono divisi in modo rigoroso: i maschi lavorano mentre le femmine stanno a casa e si pavoneggiano. Dovrebbe essere una bella aggiunta.

– Che aspetto hanno?

Clydell tagliò l'estremità di uno dei suoi sigari. Tony cercò di sembrare indaffarato ma Clydell gli allungò il contenitore.

– Ne prenda uno Tony, si faccia una fumata. Lei li apprezza; non li sprecherei con nessun altro.

– Grazie, Hardeman. Circa questi Mel...

– A dir la verità, non ricordo molto su di loro. Vivono in città mostruose, si dice che siano ospitali all'eccesso, estremamente amichevoli su tutto. Proprio il genere di razza che cerchiamo. Creature di buona taglia.

– Okay – disse Tony. – Mel sia.

La lista finale comprendeva trentuno razze. A questo punto Tony aveva ben chiari i requisiti ideali. Mediante onde spaziali, mandò messaggi codificati ai rappresentanti della Terra su ciascun pianeta, descrivendo il problema e richiedendo dati esatti circa i concetti locali di bellezza femminile.

Quando le informazioni arrivarono e furono schedate, Tony preparò gli inviti che furono firmati personalmente da Hardeman Clydell e vennero spediti a ciascuno dei pianeti interessati. Il valore del premio fu portato a un milione di dollari, sia per invogliare i concorrenti sia per attirare l'attenzione degli organi mondiali d'informazione.

Ventitré mondi su trentuno accettarono di mandare le proprie rappresentanti.

– Ma guardi qui! – si meravigliò Hardeman Clydell. – Ventitré mondi abbastanza fiduciosi della bellezza delle proprie donne da metterle a confronto con il resto della galassia!

E Tony LeGrand iniziò subito a fare pubblicità.

– Le più splendide creature di tutto il cosmo! Potrete incontrare Miss Universo alla *California Tri-Centennial Exposition*!

III

Il giorno dell'inaugurazione la *California Tri-Centennial Exposition* aprì alle otto in punto. Durante le prime ventiquattro ore ben oltre un milione di uomini, donne e bambini fecero il proprio ingresso attraverso i tornelli collocati all'inizio dei quattro grandi viali o salendo dalle stazioni della metropolitana. Il secondo giorno le presenze furono quasi 900.000; il terzo 800.000. Dopo la prima settimana l'affluenza si stabilizzò sul mezzo milione di persone al giorno.

Il *Trans-Galactic Beauty Contest* era stato programmato per il mese di febbraio, periodo in cui ci si aspettava che le presenze alla *California Tri-Centennial Exposition* potessero subire il normale calo stagionale.

Ventitré teche di vetro, lunghe quindici metri, alte dieci e larghe sei, furono costruite sotto la supervisione congiunta della *Astrophysical*

Society of America e del *World Bureau for Biological Research*. Ciascuna teca ricreava accuratamente le condizioni domestiche di pressione, temperatura, gravità, radiazione e proprietà chimiche per ciascuna delle partecipanti. Nella maggior parte dei casi gli adattamenti furono minimi: l'aggiunta di una piccola percentuale di anidride solforosa all'atmosfera, l'eliminazione di vapore acqueo o la regolazione della temperatura.

L'interno di ciascun vivaio simulava un paesaggio del pianeta natale della partecipante. La teca n. 21 era un lago di mercurio, costellato di rocce di carburo di silicio. Il pavimento della teca n. 6 era ricoperto da alghe marroni. Una cortina di irascibili *Spiratophori* era appesa nella parte posteriore mentre un lungo igloo di muschio secco era stato montato sulla destra.

La teca n. 17 era rivestita con una ruvida fibra marrone, come una spugna enormemente ingrandita. Appesi a dei ganci c'erano degli imponenti articoli da toeletta. Era questo il vivaio nel quale Miss Mell avrebbe mostrato se stessa agli occhi dei curiosi abitanti della Terra.

La teca n. 20 era come la giungla di vegetazione rossa, gialla, blu e verde di Veidranu. La n. 15 ricreava il deserto marziano, con la curva cristallina di una cupola sul retro. La n. 9 simulava una strada di Montparnasse: platani, un bar all'aperto, chioschi tappezzati di manifesti. Quest'ultima era la sede espositiva di Miss Terra, Sancha Garay di Parigi.

Durante il mese di gennaio le concorrenti cominciarono ad arrivare allo spazioporto di Los Angeles. Essendo egli stesso un giudice, Hardeman Clydell decise di non vedere alcuna delle bellezze extraterrestri prima dell'inizio del concorso, mentre Tony LeGrand recapitava i saluti ufficiali a suo nome.

Tornato all'ufficio dell'Esposizione, fece un resoconto a Clydell.

– Ce ne sono una o due carine tra gli umanoidi. Le altre potrebbero essere belle in senso tecnico… ma non per me.

Clydell guardò con curiosità i lividi sulla faccia di Tony: – Ha fatto a botte con qualcuno?

– È stata la sua amichevole Miss Mel. Ha allungato la mano per accarezzarmi la guancia.

– Oh… – disse Clydell – è quella grossa non è vero?

– Grossa e rude. Miss *Mel* o meglio Miss *Smell*.* In parte elefante, in parte drago, in parte gorilla e in parte leone. Per giunta affettuosa! Mi ha già invitato a casa sua per una visita. Posso rimanere quanto voglio.

– Non si deve giocare con i sentimenti delle signore – lo ammonì Clydell scuotendo scherzosamente un dito e con un sorriso beffardo.

– Non mi dispiacerebbe folleggiare con Miss Veidranu o Miss Alschain... – rispose Tony consegnando a Clydell un pacchetto di opuscoli rilegati in blu.

– Che ci dovrei fare con questi? – chiese Clydell.

– Leggerli. Sono le informazioni di cui avrà bisogno per esprimere i giudizi: un aggiornamento sul background di ciascuna delle concorrenti, una descrizione dei pianeti natali e, cosa più importante, i parametri con i quali dovranno essere giudicate.

– Bene, bene... – disse Clydell – vediamo cosa abbiamo qui.

Prese un sigaro nel suo humidor e lo spinse verso Tony.

– Non ora, capo. Ho appena pranzato.

– Ma è il momento migliore!

Tony con lentezza scelse un sigaro.

– Ora – dichiarò Clydell – meglio mettersi al lavoro.

Diede un'occhiata a un foglio agganciato sulla copertina del primo opuscolo.

– È un indice – spiegò Tony. – Ne stamperemo in gran numero e li distribuiremo agli spettatori.

Clydell studiò il foglio.

IL PRIMO CONCORSO DI BELLEZZA
TRANS-GALATTICO!

Alla ricerca di Miss Universo!

PREMIO PER LA VINCITRICE: IL DESIDERIO DEL SUO CUORE.

La valutazione inizierà il primo febbraio.
Ciascuna concorrente sarà giudicata in base ai parametri
di bellezza del proprio mondo.

---

* Gioco di parole tra *Mel*, il pianeta della ragazza, e *smell*, vocabolo che significa "puzza". [N.d.T.].

I GIUDICI:

1. Mr. Skde Shproske, Ambasciatore di Gamma Gruis
2. Mr. 94-12-63-55, Agente Commerciale di Aspidiske (Iota Carinae)
3. Mr. A-O-INH, Studente di Persigian (4A563 Leonis)
4. Mr. Sseet-Treet, Agente Commerciale di Kaus Australis (Eta Sagittarii)
5. L'onorevole Hardeman Clydell della Terra

LE CONCORRENTI:

1. Miss Conexxa...

Tony LeGrand interruppe la lettura di Clydell: – Noterà che ho inserito alcune note informali dopo il nome di ciascuna concorrente. Queste sono solo per nostra informazione... non saranno incluse nel programma per il pubblico.

Clydell annuì, tirò profondamente dal sigaro e continuò la lettura.

1. Miss Conexxa (Beta Trianguli). Umanoide, tipo A. Alta, slanciata. Capelli rossi con le estremità laccate, pelle ramata, labbra e orecchie nere. Stinchi ricoperti con pelliccia nera lucida, come i gambali dei cowboys. Attraente in modo bizzarro. Peso 70 chili.

2. Miss Alschain (Beta Aquilae). Umanoide, tipo B. Minuta, come un elfo dai grandi occhi. Ciuffi di piume verdi come sopracciglia. Capelli sottili e chiari come seta di mais. Insettivora. Peso 36 chili.

3. Miss Chromosphoro (9518 Centauri). La metà superiore assomiglia a un grosso pesce rosso, circondato da diciotto gambe snodate, le ginocchia al livello degli occhi. Peso 70 chili.

4. Miss Shaula (Lambda Scorpii). Una vasca da bagno rovesciata, color marrone screziato e grigio, luccicante. Sotto ci sono un centinaio di piccole zampe a ventosa. Un occhio al centro simile a un periscopio. Peso 90 chili.

5. Miss TIX (Tau Draconis). Umanoide, tipo D. Tipo filiforme. Alta 2 metri e 70, esile. Testa voluminosa, niente mento. Occhi sfaccettati. Color scarafaggio. Ventose sulle punte delle dita (16 dita). Peso 40 chili.

6. Miss 44R951 Arietis. Un grande cespuglio secco, con un centinaio di meduse impigliate addosso. Peso 18 chili.

7. Miss Vindemiatrix (Epsilon Virginis). Anguilla traslucida con spine dorsali e quattro mani intorno alla bocca. Cervello nella lunga fascia spinale, visibilmente fosforescente durante i processi di pensiero. Peso 27 chili e 30 grammi.

8. Miss Achernar (Alpha Eridani). Armadillo con testa di vespa. Scaglie verdi. Altamente telepatica. Fare attenzione a cosa si pensa di lei. Peso 70 chili.

9. Miss Terra. Sancha Garay di Parigi. C'è bisogno di descriverla? Umanoide, tipo A. Peso 52 chili.

10. Miss Theta Piscium. Quaranta stelle marine su un bambù di due metri. Rotola, cammina eretta o salta. Peso 14 chili.

11. Miss Arneb (Alpha Leporis). Un globo di gelatina blu. All'interno ci sono sette sfere di luce gialla che fluttuano intorno a tre sfere di luce rossa. Peso?

12. Miss Jheripur (Omega Crucis). Umanoide, tipo C. Alta un metro e venti, larga un metro, gialla come burro. Niente capelli. Peso 110 chili. Davvero grossa.

13. Miss Delta Corvi. Il nome calza. Sembra un corvo. Alta, senza becco, pelle nera, niente piume eccetto una cresta che le corre lungo il collo. Peso 90 chili.

14. Miss Alphard (Alpha Hydrae). Simile a un astice di metallo, senza chele e antenne. Resta rasoterra. Si dice sia veloce a piedi, e anche piuttosto permalosa. Non bisogna scherzarci. Peso? Forse 200 chili, forse di più.

15. Miss Marte. Lorraine Jorgensen, della Colonia Polare. Bionda, grandi occhi blu. Molto graziosa. Peso 56 chili.

16. Miss Claverops. Umanoide, tipo C. Anfibia, elegante come una foca. Marrone-verdastra. Mani e piedi come una rana. Peso 80 chili.

17. Miss Mel. Un mostro. Lunga 5 metri, color ostrica cruda. Sei grandi braccia. Emette costantemente un rumore, come una forte risata. Testa simile a quella di un gorilla, torace come quello di una regina delle termiti. Peso... non oso immaginarlo. Prestare attenzione. Le piace accarezzare. Mi ritrovo lividi neri e bluastri a causa dei suoi buffetti amorosi. Puzza come un mattatoio. C'è qualcosa che sembra volere ma non riesco a capire cosa.

18. Miss Sadal Suud (Beta Aquarii). Una mandragola. Corpo simile a una carota verde e bianca. Fronde rosse le spuntano dalla testa. Sadal Suud significa la più Fortunata tra i Fortunati. Sarà forse lei a vincere? Peso 68 chili.

19. Miss Persigian (225-G Aurigae). Lucertola blu brillante. Bel colore. Si dice che punga come un'ortica. Peso 45 chili.

20. Miss Veidranu (Psi Herculis). Umanoide, tipo C. Una cosetta fragile. Ricoperta di polvere di falena. Come capelli ha dei filamenti rosa, verdi e blu, che le corrono lungo la schiena. Figura graziosa. Bella. Peso 45 chili.

21. Miss Gomeisa (Beta Canis Minoris). Una chiatta di tre metri con vela in ferro. Vive in un oceano di mercurio. Caricata elettricamente. Attenzione! Da non toccare! Peso? Pesante.

22. Miss Procyon (Alpha Canis Minoris). Una gomena di dodici metri.

23. Miss Grglash (Eta Cassiopeiae). Umanoide, tipo B. La forma femminile è fuorviante. Chimica di base basata sul silicio. Il cranio è una fornace, le fiamme escono dai pori del cuoio capelluto. Sembrano degli splendidi capelli arancioni. Bollente. Da non toccare! Peso 82 chili.

Hardeman Clydell posò il foglio.

– Bel lavoro. Una sintesi per ogni concorrente.

Scelse un opuscolo rilegato a caso: – Miss 44R951 Arietis – diede uno sguardo alla lista principale. – "Un grande cespuglio secco, con un centinaio di meduse impigliate addosso". Vediamo i dettagli: "Vive sulla superficie di laghi poco profondi ricoperti di alghe. I maschi costruiscono igloo di muschio di torba sulla riva". Mmhmm... "Esegue danze complicate sui laghi sacri..." Mmhmm... mmhmm... Ecco quello che sto cercando. I requisiti.

– Li troverà precisi – disse Tony – al millesimo.

– Sembrano piuttosto tecnici – disse Clydell: "Diametro misurato da agrix in therulta..." Guardò Tony. – In nome del cielo, cosa è un "agrix"? E un "therulta"? Dovrei saperlo?

– Sono spiegati nell'appendice. C'è un diagramma della fisiologia della creatura... "agrix" e "therulta", se non ricordo male, sono i nodi terminali di uno dei "veruli", cioè una fibra.

– Capisco, capisco... – mormorò Clydell. – Bene, bene... "Diametro misurato da agrix in therulta: 42,571 centimetri. Da clavon a gadel..." Immagino che anche questi termini siano spiegati.

– Oh sì. Assolutamente sì.

Clydell sbuffò dal sigaro.

– 38,092 centimetri. – "Gli orgoti gangliari..."

– Cose che riguardano le meduse.

– "... dovrebbero ammontare a 43." Che cosa sono tutte queste cifre? – chiese indicandole.

Tony girò attorno la scrivania e guardò l'opuscolo: – Oh, quelle. Sono indici di durezza, viscosità, temperatura e colore degli "orgoti"... che, tra l'altro non dovrebbero emanare un odore percepibile.

– Dovrei annusare questi "orgoti"... tutti e quarantatré?

– Suppongo di sì... per fare un buon lavoro.

La faccia di Hardeman Clydell si fece cocciuta e imbronciata.

– Non mi dispiace esaminare cosce e seni... ma queste stupidaggini degli "agrix" e il dover annusare gli "orgoti"... beh, non ne ho proprio il tempo – guardò pensoso verso Tony LeGrand che si chinò in avanti rapido, pescando un altro opuscolo.

– Ora questa Miss Veidranu. L'ho vista. Che angioletto! Caspita... di lei ci saranno belle cose da misurare!

Ma Hardeman Clydell non si fece distrarre.

– Tony, mi fido del tuo giudizio.

– Oh, non direi proprio!

– Sì – disse Clydell con fermezza – lasceremo il mio nome sulla lista dei giudici… ma sarà lei a giudicare.

– Ma Hardeman… non credo di essere all'altezza!

– Ma certo che lo è – ribadì Clydell bruscamente. – Conosce queste creature. Le ha studiate.

– Sì, ma…

– Faccia le valutazioni crede e formuli un verdetto equo. Io rimarrò a guardare e al momento giusto farò da prestanome.

Tony fece una smorfia.

– È soprattutto quella Miss Mel. Se solo tenesse quelle sue grandi mani lontane da me. Francamente capo… – guardò il suo sigaro, con delicatezza fece cadere la cenere in un piattino di ceramica e alzò gli occhi; Clydell lo stava guardando con aria leggermente interrogativa.

– Molto bene – mormorò Tony. – Immagino che siano le cose per le quali sono pagato.

Hardeman Clydell annuì: – Esatto!

IV

Tony fece una visita all'hotel Mira Vista, a Los Angeles, dove occupava una suite Miss Zzipii Koyae, del quattordicesimo pianeta della giostra di Alschain. Miss Koyae era adorabile per gli standard di ogni mondo. Alta appena un metro e mezzo, era leggera come un soffio di fumo, affascinante e sbarazzina come una gattina nell'erba alta. La sua pelle era verde pastello, il ciuffo di capelli sopra il volto delicato era pallido come il chiaro di luna. Indossava pantofole scarlatte, un camice di garza blu e all'orecchio aveva un monile simile a un crisantemo verde.

Sembrava una fatina di un'antica fiaba: quasi umana ma non del tutto. Accolse Tony con un'esplosione di chiacchiere ansiose e quando seppe che lui sarebbe stato uno dei giudici del concorso si fece ancora più vivace. Conosceva alcune parole di inglese e prendendo entrambe le mani di Tony nelle sue, espresse grande gioia per la sua visita.

– E dopo il concorso… dovrai venire a trovarmi. Su Plais, la stella che chiamate Alschain. Ah, è un pianeta incantevole. Sarai mio ospite, vivrai con me nella mia piccola casa sul fiume Chthis. Sicuramente vincerò, comprerò un milione di metri di preziosa seta nera e tu scoprirai che cosa significa la gratitudine per una della mia razza!

Tony rise.

– Sei dolce, piccola canaglia! – le mise un braccio attorno alle spalle che pulsavano come il petto di un uccellino. Le baciò la punta del naso e sarebbe andato oltre se lei non lo avesse frenato: – No, no, Tony mio. Dopo il concorso!

Miss Sancha Garay aveva preso un appartamento al Desert Inn, sulle pendici del monte Whitney. Il campanello suonò e una cameriera rispose alla chiamata. Riconobbe la faccia sullo schermo e informò Miss Garay tramite l'interfono: – È quel giovane dell'Esposizione. Il tipo che voleva tutte quelle informazioni.

– *Peste*! – esclamò Sancha. – Che noia. Devo proprio vederlo? – diede un calcio infastidito al cuscino per i piedi. – Molto bene. Fallo accomodare nella stanza per un paio di minuti. Non di più. Sii decisa e non accettare scuse.

Tony fece il suo ingresso nella camera. – Buongiorno Miss Garay. – Si guardò intorno. – Spero sia tutto confortevole.

– Sì, molto – Sancha, guardando fuori verso la Valle della Morte, si inginocchiò, girò la schiena a Tony e appoggiò il mento sulle mani.

– È una seccatura – disse Tony – come se già non avessi abbastanza lavoro, ora sono anche uno dei giudici del concorso di bellezza.

Con un unico movimento, Sancha Garay si girò, balzò in piedi e gli si mise di fronte con il volto raggiante.

– Toneee! È meraviglioso! E pensare che siamo così amici!

– Una cosa bella, vero? – disse Tony.

– Mmm... – annuì Sancha – Sei così dolce, Tony, a venire da me... così dolce. Dammi un bacino...

La cameriera entrò nella stanza. – Mi scusi, Miss Garay. La sarta è qui e non può aspettare. Deve venire subito.

– Accidenti! – esclamò Tony. – Va bene. Suppongo che sia meglio che vada.

– *Grand diable du sacre feu!* – mormorò a bassa voce Sancha Garay.

– Sei così forte – disse Miss Fradesut Consici, di Veidranu, con una voce roca e dolce. – Sul mio pianeta gli uomini sono effeminati. Dopo il concorso, rimarrò sulla Terra, dove gli uomini sono forti! E il denaro che vincerò... forse mi aiuterai a spenderlo? Eh, Tony?

– Certo che mi piacerebbe aiutarti – rispose Tony. – Ah, ma tu sei così morbida, fragile...

Le mise le mani sulle braccia, accarezzandole la pelle che brillava dei sottili colori degni dell'ala di una falena, e iniziò ad attirarla verso di sé. Lei svolazzò via come una delle farfalle che era abituata a cavalcare sulle paludi di Veidranu.

– No, no! Non è il momento dell'amore. Non vorrai certo che la lucentezza abbandoni la mia pelle? Devo essere splendida! Dopodiché... vedrai!

– Dopodiché – grugnì Tony – sempre dopodiché!

– Tony! – sospirò la ragazza di Veidranu. – Sei accigliato, tieni il broncio. Non sarà per causa mia?

Tony sospirò a sua volta.

– No. Niente affatto. Devo andare a vedere quel maledetto mostro di Mel e prendere accordi per farla portare all'Esposizione. È così grossa che mi serviranno due aerei da carico invece di uno.

Si fermò davanti al vivaio in cui Miss Magdalipe di Mel aveva posto la sua residenza. Lo accolse l'interprete, un piccolo e zelante Breiduscan, un umanoide sottile come il ramo di un salice e con la voce di un grillo.

– Ah, signor LeGrand, finalmente è venuto. Miss Magdalipe è ansiosa; sta aspettando di vederla.

– Un attimo – ringhiò Tony. Finalmente aveva trovato un uso per i sigari di Hardeman Clydell: il fumo sovrastava il tanfo di Mel.

Accese il sigaro, tossì e sputò.

– Okay – disse torvo – sono pronto.

L'interprete lo precedette nel vivaio. Magdalipe era accovacciata con il suo grande torace nei pressi della porta. Si era avvicinata sentendo i primi suoni striduli del discorso dell'interprete e, vedendo Tony, ruggì di piacere. Lo abbracciò, strizzandolo. Le costole di Tony scricchiolarono; i piedi si alzarono da terra. Le grandi fauci muggirono, a pochi centimetri dal suo orecchio.

Dietro Tony l'interprete tradusse: – Miss Magdalipe è contenta di vederla. Lei le piace. Dice che se vincerà il concorso la inviterà nel suo palazzo, su Mel. Dice anche che si è molto affezionata a lei; vi divertirete.

– Probabilmente non molto – rifletté Tony. Aspirò vigorosamente dal sigaro e le soffiò il fumo sul volto. Se anche uno dei sigari speciali di Clydell falliva a scoraggiarla, niente ci sarebbe riuscito. La creatura gorgogliò di piacere, si allungò per abbracciarlo di nuovo ma, non raggiungendo la schiena, gli schiaffeggiò la faccia. E la testa di Tony risuonò come una campana.

V

La notte del 31 gennaio, ventitré trasporti aerei caricarono in varie parti della California altrettanti enormi contenitori di vetro, li sollevarono e li trasportarono attraverso il deserto di Mojave sino allo scintillante fungo metallico accovacciato sulla sabbia chiara. La mattina del primo febbraio i visitatori della *Tri-Centennial Exposition* trovarono il *Conclave of the Universe* circondato da ventitré vetrine che mostravano le bellezze del cosmo.

Il primo febbraio i visitatori paganti dell'Esposizione furono più di un milione e mezzo. Il concorso iniziò alle quattro del pomeriggio. Ogni giudice doveva valutare separatamente ciascuna delle concorrenti, misurarla in ogni dimensione, analizzarne il colore, l'elasticità, la densità, l'area, la temperatura, l'indice di rifrazione, la conduttività; poi doveva confrontare tutti questi risultati con l'ideale razziale accertato in precedenza.

Fu un lavoro lento ma non c'era fretta. Ogni giorno i tornelli scattavano almeno un milione di volte, se non di più. Entro il 14 febbraio tutte le spese relative al Concorso di Bellezza erano state ripagate; poi fu solo guadagno fino al 28 del mese.

Ma l'intero pubblico non vedeva alcuna ragione per ritardare la decisione finale. L'opinione generale faceva di Sancha Garay la vincitrice, tallonata da Lorraine Jorgensen di Marte e seguita a breve misura da Miss Zzipii Koyae di Alschain, Miss Fradesut Consici di Veidranu e Miss Arednillia di Beta Trianguli, l'umanoide di tipo A con i capelli rossi appuntiti e la pelliccia nera sulle gambe.

Uno dei giornali più sensazionalistici aveva deciso di svolgere per burla un Concorso di Bruttezza, il cui risultato sarebbe stato annunciato il 15 febbraio.

Abbiamo svolto questo Concorso di Bruttezza sulla stessa base di equità che i cinque giudici stanno utilizzando per il loro Concorso di Bellezza. I nostri standard sono quelli della reazione fisica. Ci siamo chiesti: quali di queste ventitré bellezze ci nausea nella maniera più completa? Su queste basi Miss Terra, Miss Marte, Miss Veidranu, Miss Beta Trianguli e Miss Alschain falliscono miseramente. Nessuna di loro ci disgusta. Per le altre è una gara combattuta.

Abbiamo formulato i seguenti giudizi:
La faccia più spaventosa e orribile: nn. 8 e 17.
Il colorito più rivoltante: nn. 5 e 17.
L'odore più pungente: n. 17.
La più inimmaginabile: nn. 5, 21 e 23.
La meno desiderabile in un match corpo a corpo: n. 17.
La meno delicata: n. 17.
Vincitrice all'unanimità: n. 17, Miss Magdalipe di Mel.

Il pubblico concordò. Era la conclusione alla quale erano già arrivati circa venti milioni di persone. Quindi il 28 febbraio fu una grande sorpresa quando i giudici nominarono all'unanimità la concorrente n. 17, Miss Magdalipe di Mel, vincitrice del concorso e la incoronarono Miss Universo, Regina della Bellezza Interstellare.

La dichiarazione congiunta, successivamente pubblicata sulla stampa, suonava sulla difensiva:

Non c'è alcun dubbio. La decisione dei giudici si è basata sulle valutazioni più accurate ed è definitiva. Secondo le regole del concorso e con l'accordo unanime dei giudici, Miss Magdalipe di Mel, essendo la più vicina agli standard ideali del proprio mondo, è pertanto dichiarata Miss Universo, Regina della Bellezza Interstellare.

Domani, primo marzo, alle quattro, Miss Universo renderò noto il suo Desiderio del Cuore e, se sarà in potere ai funzionari della California Tri-Centennial Exposition, il suo desiderio sarà soddisfatto.

VI

Tony LeGrand fece visita a Miss Sancha Garay.

– Senti, ragazzina – le disse – non sai quanto ho faticato per te. Ho cercato di darti un'opportunità...

Lei gli si avvicinò con il passo saltellante di un vitello.

– Tu, sporco voltagabbana! – sibilò. – Vattene e non tornare mai più! Mi fai schifo!

Miss Zzpii Koyae di Alschain fu meno veemente.

– Nel mio paese non ci sono combattimenti, né nemici. Tutti sono amichevoli... e sai il perché? Perché quando abbiamo un nemico gli facciamo... questo! – e gli schiaffeggiò la guancia con un nastro. Questo brulicava di piccoli puntini neri che balzarono sulla pelle di Tony e gli s'infilarono dentro i vestiti. Quasi subito iniziarono a mordere.

Un dottore riuscì a rimuovere la maggior parte delle creature virulente dalla carne di Tony e gli prescrisse una pomata calmante. Tony non fece alcun tentativo di contattare né Miss Veidranu né Miss Beta Trianguli, dato che entrambe le razze praticavano il sacrificio umano.

Era quasi l'ora della Grande Premiazione e della presentazione del Desiderio del Cuore. Tony tornò all'Esposizione e prese l'ascensore fino agli uffici amministrativi.

Clydell lo accolse cordialmente.

– Bene, Tony, ogni cosa è andata in modo splendido. Ottimo lavoro in ogni senso... Meglio predisporre affinché i vivai vengano spediti entro stasera. Tutti eccetto quello di Miss Universo, suppongo... Miss Universo – Clydell aggrottò la faccia rosea. – Non potrebbe esserci stato un errore?

– No... i requisiti le calzavano a pennello.

– Tutto quello che posso dire è che gli uomini sul suo pianeta non mostrano traccia di buon gusto... Bene, manca un quarto alle quattro. Scendiamo e scopriamo quello che lei vuole. Gliela procureremo e la rispediremo a casa.

Scesero al *Conclave of the Universe* e montarono sulla piattaforma di presentazione che era stata eretta di fronte alla teca n. 17. Era stata addobbata con fiori, nastri metallici e insegne di gala. Erano stati sistemati dei posti per ciascuno dei cinque giudici, nessuno dei quali era ancora arrivato. Giornalisti e fotografi della TV erano impegnati con Miss Universo. Erano inclini a essere spiritosi, scherzando e ridendo fra loro, accennando a rapporti impropri tra Miss Magdalipe e il suo interprete a forma di cannello di pipa.

– Ci dica, Miss Universo, come ci si sente a essere la più bella donna nell'universo?

– Proprio come sempre – urlò – nessuna differenza.

– Riceve molte attenzioni su Mel? Molti ragazzi?

– Oh, sì. Moltissimi.

– Gli uomini devono essere piuttosto robusti, eh?

– No. Deboli e insignificanti. Lavorano.

– È rimasta sorpresa quando ha vinto?

– Nessuna sorpresa.

– Si aspettava di vincere?

– Sicuro. Non avrei mai potuto perdere.

– E perché, per l'esattezza? – le venne chiesto.

Sia Miss Universo sia l'interprete sembrarono sorpresi della domanda; conversarono tra loro, come contrabbasso e ottavino. Alla fine Miss Universo fece una dichiarazione che il filiforme Breiduscan tradusse.

– La lettera arrivata dalla Terra chiedeva i parametri della donna più bella. Questi mi si addicono. Non permetto nient'altro. Io sono la donna più bella. In effetti sono la sola donna. Depongo uova per l'intero pianeta.

Ci fu grande eccitazione e divertimento. I giornalisti individuarono Clydell e Tony e gli chiesero una dichiarazione.

– Miss Mel ha vinto il concorso correttamente? Qualche possibilità di squalifica?

Hardeman Clydell arrossì per la rabbia e guardò Tony: – C'è del vero in tutto questo?

– Per quanto ne so e credo – rispose Tony – Miss Universo ha soddisfatto tutte le condizioni per vincere il concorso. Il fatto che sia la sola donna sul pianeta costituisce un mero tecnicismo.

Clydell riprese il controllo: – Questa è la mia stessa opinione. Ora, se voi signori sarete così gentili, scopriremo cosa vuole la signora come premio. Il suo Desiderio del Cuore.

I giornalisti fecero strada. Clydell e Tony si avvicinarono al vivaio. Clydell salutò Miss Universo che, dall'altro lato del vetro, sbatté il possente torace sul pavimento. Clydell si guardò intorno: – Dove sono gli altri giudici?

Una giovane messaggera in pantaloni blu si avvicinò e sussurrò qualcosa a Clydell. Che si schiarì la gola e si rivolse ai giornalisti e alle telecamere: – Gli altri giudici ci hanno concesso tutto il tempo che potevano; e in nome dell'Esposizione voglio rendere loro nota la mia gratitudine. È ora mio dovere chiedere a Miss Universo il suo Desiderio del Cuore e, se rientra nelle mie capacità, soddisfarlo.

Si girò e si avvicinò al vivaio.

– Miss Universo, è ora mio privilegio accertare quale sia il suo Desiderio del Cuore.

L'interprete trasmise il messaggio. Miss Universo a sua volta ringhiò e borbottò una dichiarazione. L'interprete si voltò di nuovo verso Clydell. I giornalisti prepararono i registratori e le telecamere trasmisero la scena a cento milioni di spettatori.

– Dice che vuole una sola cosa. Lui! – e l'interprete indicò Tony.

Le ginocchia di Tony si afflosciarono.

– Vuole me?

– Dice che deve venire a vivere con lei nel suo palazzo su Mel. Dice che le piace molto.

Tony fece una risatina nervosa.

– Ma io non posso lasciare la Terra... è impossibile!

Tony guardò il cerchio di facce intorno a lui. Clydell era solenne; i giornalisti scuotevano la testa. Le telecamere scrutavano il suo viso con impersonali occhi di vetro.

Perché non riuscivano a capire?

L'interprete continuò: – Dice che deve trascorrere almeno un mese con lei.

Clydell disse: – Non è irragionevole, Tony. Un mese passa in fretta.

I giornalisti annuirono: – Sembra giusto.

L'interprete specificò. – Un anno di Mel equivale a quattordici della Terra.

Tony si lamentò: – Significa che un mese dura più di un anno terrestre!

– Ciascun anno – continuò l'interprete – è diviso in quattro mesi.

– Capperi! – urlò Tony. – Sarebbero tre anni e mezzo!

Un giornalista chiese: – Qual è la base di questa magnifica amicizia? Interessi in comune? Attrazione delle menti? Comunione delle anime?

– Non dica stupidaggini! – ringhiò Tony.

L'interprete aggiunse: – A Miss Magdalipe piace il suo odore. Ha un profumo molto buono. Le piace accarezzarlo.

– Solo un minuto – disse Tony – devo controllare qualcosa. Vorrei parlarle da solo.

Mentre parlava si fece avanti, sfiorò Clydell e lo spinse leggermente, per poi scusarsi rapidamente: – Spiacente, vecchio mio. È stato goffo da parte mia.

Tony entrò nel vivaio con l'interprete; Miss Universo lo picchiò affettuosa.

– Guardami – disse Tony. – Ti piace il mio odore?

Miss Universo gracchiò un assenso.

Le si avvicinò.

– Annusami adesso. Noti un cambiamento?

Miss Universo indietreggiò, con il massiccio torace che vibrava come in un'affermazione sbalordita.

– Bene, guarda da quella parte – continuò Tony – vedi quell'uomo con la faccia rosa, nell'abito marrone chiaro? Ha ancora lo stesso odore che avevo io. Con me era solo temporaneo. Ma con lui è permanente!

Clydell batté giovialmente sul vetro. – Cosa sta succedendo lì dentro?

Tony e l'interprete uscirono. Miss Universo si trascinò sino alla porta del vivaio.

L'interprete fece un cenno a Clydell. – Miss Universo vuole annusarla.

– Va bene – assentì Clydell disinvolto. – Per prima cosa prendo una precauzione... così non sentirò l'odore di Miss Mel.

Succhiò il suo sigaro e, lasciando che un filo di fumo gli uscisse dalle narici, si avvicinò a Miss Universo. La quale emise un brontolio e colpì Clydell sulla schiena.

L'interprete disse: – Miss Universo ha detto la cosa sbagliata. Non vuole Tony. Vuole *lei*.

Tony annuì pensieroso. – Anche io penso che abbia commesso un errore.

– Non capisco! – gridò Clydell.

– Sembra che lei stia per fare un viaggio verso Mel – disse uno dei giornalisti.

– È solo un mese, vecchio mio – aggiunse Tony.

– Lei e le sue idee stravaganti! – sbottò Clydell arrabbiato.

– Penserò io all'ufficio, Hardeman.

Il goffo braccio di Miss Universo circondò la vita di Clydell.

L'interprete disse: – È pronta per partire.

– Ma io non sono pronto – strillò Clydell – non ho nemmeno le valigie, ho bisogno di vestiti, dell'attrezzatura per la barba.

– Non fa freddo su Mel. Soprattutto all'interno dell'alveare. Non avrà bisogno di vestiti.

– Ma i miei affari, il mio lavoro.

– Dice che vuole partire adesso, senza indugi. In questo istante!

Tony sorrise, ricordando quanto fosse stato tentato di accendere il sigaro che aveva preso in prestito da Clydell solo un attimo prima. Se non avesse spinto Clydell e non avesse infilato quell'erbaccia nociva nella tasca di quel fumatore incallito, dove sarebbe stato ora? Nei panni di Clydell, senza dubbio.

Il sorriso di Tony si allargò. Che pensatore veloce, subdolo e sottile era stato! Si era anche ricordato dello strano modo di fare di Hardeman con i sigari. Clydell di solito ne portava quattro o cinque nella tasca del panciotto ma appena prima di accenderne uno aveva la peculiare abitudine di trasferirne l'erba nella tasca della giacca aperta e facilmente accessibile e da cui, così diceva, poteva infilarsela in bocca alla svelta, in un momento ottimale o in una sosta intermedia.

Sul suo pianeta natale Miss Universo probabilmente si godeva, come fosse champagne, un ricco bouquet di sostanze vegetali in decomposizione. Sicuramente solo la vegetazione marcescente di un pianeta alieno poteva puzzare quanto uno dei sigari di Clydell. O forse Miss Universo aveva gusti ancora più decadenti, da un punto di vista terrestre, e banchettava con...

Tony rabbrividì. Bene, ormai poteva anche pensarlo. Detriti proteici... composti organici azotati che producono aminoacidi, in uno stato di avanzata decomposizione. *Morte secca.*

Tony si avvicinò alla gabbia, con ancora una volta il sorriso sul viso.

– Arrivederci, vecchio mio! – urlò. – Buon viaggio!

L'ARCA DI ALFRED

(*Alfred's Ark*, 1965)
Traduzione di Marco Riva e Stefano Sacchini

BEN HIXEY, DIRETTORE del *Weekly Courier* di Marketville, Iowa, si appoggiò alla sedia, accese il mozzicone di un sigaro spento e osservò il suo ospite attraverso il fumo.

– Alfred, sembri l'immagine della disperazione più nera. Perché quella faccia lunga?

Alfred Johnson, grossista locale di mangimi e cereali, non rispose subito. Dapprima il suo sguardo vagò fuori dalla finestra, quindi indugiò sui propri stivali, poi su Ben e infine sulle proprie mani tozze e callose. Si grattò la folta chioma di capelli castani, alzando una leggera nube di polvere e pula. Alla fine disse: – Non so proprio come dirtelo Ben, senza causare molta agitazione.

– Comincia dall'inizio – rispose Ben – sono un tipo che si agita difficilmente. Non è che ti risposi?

Alfred scosse la testa, sorridendo con il ghigno tipico di chi ha imparato la lezione a proprie spese. – Due volte è stato sufficiente.

– Bene allora. Dimmi di quest'agitazione.

– Leggi la Bibbia, Ben?

– La Bibbia? – Ben diede un colpo con la mano all'ultimo numero di *Editor and Publisher*. – Questa è la mia Bibbia.

– Non scherzare.

– No – dichiarò Ben, soffiando una nuvola di fumo verso il soffitto – non posso dire di essere molto ferrato in materia.

– Non c'è bisogno della Bibbia per sapere che al mondo esiste la cattiveria – enunciò Alfred. – Una gran quantità.

Ben concordò: – Non che mi piaccia, ma aiuta il mondo ad andare avanti.

– Seimila anni fa il mondo era come quello di oggi... pieno di peccato. Ricordi cosa successe?

– Su due piedi, no.

– Il Signore mandò una grande inondazione, ripulendo così il mondo dalla malvagità. Ben, sta per venire un altro diluvio!

– Senti Alfred – disse Ben alla svelta – mi stai prendendo in giro?

– Nossignore. Se leggi la tua Bibbia lo scoprirai da solo. Il giorno sta arrivando e manca poco!

Ben diede una sistemata ai fogli sulla sua scrivania. – E io dovrei diffondere la notizia di quest'alluvione a grandi titoli, giusto?

Alfred si sporse in avanti e sbatté con foga il pugno sulla scrivania. – Questo è il mio progetto. Voglio riunire le brave persone di questa città e, tutti assieme, costruire un'arca, imbarcare due animali di ogni specie, fare il carico di cibo e bevande, una selezione di buona letteratura e tenerci pronti. Non ridere di me, Ben. Sta arrivando.

– E quando sarebbe il gran giorno?

– Il 20 giugno. Abbiamo meno di un anno. Non è molto, ma può ancora bastare.

– Alfred... sei serio?

– Certo che lo sono, Ben.

– Ti ho sempre considerato un uomo ragionevole, Alfred. Non puoi credere a una cosa tanto fantasiosa come questa.

Alfred sorrise.

– Non mi aspettavo che tu credessi alle mie parole. Ti darò la prova. – Prese una Bibbia dalla tasca e dopo aver girato attorno alla scrivania la tenne davanti allo sguardo inquieto di Ben. – Guarda qui...

Per mezz'ora cercò di convincerlo, evidenziando i passaggi più significativi e spiegando le implicazioni che altrimenti Ben non avrebbe colto.

– Ora – chiese – mi credi?

Ben si appoggiò allo schienale.

– Alfred, vuoi il mio consiglio?

– Vorrei il tuo *aiuto*, Ben. E mi piacerebbe avere te e la tua famiglia a bordo dell'arca. Mi sto preparando per la costruzione.

– Ti darò comunque il mio consiglio. Risposati. È il minore dei mali e ti toglierà dalla testa questa storia dell'alluvione.

Alfred si alzò in piedi. – Presumo che non farai l'annuncio sul giornale.

– Nossignore. E sai perché? Perché non voglio fare di te lo zimbello del paese. Vai a casa e datti una ripulita, corri a Davenport, fatti una bella mangiata e una bevuta, e dimentica tutta questa faccenda.

Rassegnato, Alfred agitò la mano e se ne andò.

Ben Hixey sospirò, scosse la testa e tornò al lavoro.

Dopo un attimo o due Alfred tornò sui suoi passi.

– C'è qualcosa che puoi fare per me, Ben. Voglio mettere in vendita la mia attività e ho bisogno di una bella pubblicità sulla prima pagina. In fondo voglio che venga scritto: "Alluvione in arrivo il 20 giugno. C'è bisogno di aiuto e fondi per costruire un'arca". Lo farai?

– È la tua inserzione – rispose Ben.

Due settimane dopo, su un appezzamento vuoto accanto a casa sua, Alfred Johnson iniziò la costruzione di un'arca. Nel frattempo aveva venduto la sua attività a un prezzo che i suoi amici avevano considerato scandaloso.

– Ti hanno fregato, Alfred! – ma lui scosse la testa. – Sono io che li ho fregati. Nel giro di un anno quell'attività sarà spazzata via. Ho solo preso i loro soldi perché entro un anno non serviranno più a niente.

– Alfred... – gli dissero gli amici disgustati – ti stai rendendo ridicolo!

– Può essere – ribatté Alfred. – E forse mentre voi sarete a mollo io starò all'asciutto... Ci avete mai pensato?

– Alfred, fai davvero sul serio?

– Certo. Avete mai sentito parlare di rivelazione divina? È quella che ho avuto io. Ora se siete venuti solo per chiacchierare, scusatemi. Ho del lavoro da fare.

L'arca prese forma: un barcone lungo quindici metri, largo nove e profondo tre. Alfred si trasformò in una specie di celebrità locale e, per i concittadini, divenne un'abitudine passare e controllare lo stato dei lavori. Un mucchio di consigli scherzosi fu rifilato ad Alfred.

Bill Olafson proclamò: – Di sicuro quel barcone non è grande abbastanza. Soprattutto se consideri gli elefanti, i rinoceronti, le giraffe, le tigri, gli ippopotami e gli orsi grizzly.

– Non imbarcherò animali selvaggi – spiegò Alfred – solo un po' di bestiame selezionato: mucche, cavalli e pecore, esclusivamente di buona razza. Se il Signore voleva che anche gli altri si salvassero mi avrebbe mandato più soldi. Ne ho a sufficienza solo per quello che vedete.

– Che ne dici di una donna, Alfred? Non sei sposato. Hai forse pianificato di ripopolare il mondo per mezzo dell'Immacolata Concezione?

– Se la donna giusta non arriva – rispose Alfred – mi darò da fare e ne assumerò una per quel giorno. Quando vedrà che sono l'unico uomo rimasto vivo, mi sposerà quasi subito.

L'autunno cedette il passo all'inverno. Arrivò poi la primavera e l'arca fu quasi completata. Alfred iniziò a imbarcare riserve di tutti i generi.

Un giorno Ben Hixey venne a trovarlo.

– Ebbene, Alfred, devo ammettere che hai avuto il coraggio di portare avanti le tue convinzioni.

– Non è coraggio, Ben. È paura. Non voglio annegare. Mi spiace solo che qualcuno di voialtri non sia codardo quanto il sottoscritto.

– Sono più preoccupato della bomba H, Alfred. Quella è una cosa per cui vorrei costruire un'arca.

– Nel giro di appena un mese non ci sarà più nessuna atomica, Ben. Anzi, non ci saranno più bombe di nessun tipo, se proprio devo dire qualcosa a proposito… e penso proprio di sì, per come stanno le cose.

Ben esaminò l'arca con occhio perplesso.

– Sei veramente convinto di questa storia Alfred?

– Sono sicuro, Ben. Mi si strazierà il cuore vedere un mucchio di brave persone morire… ma ho avvisato tutti voi. Ho scritto anche al Presidente, al governatore e al direttore del *Reader's Digest*.

– Sul serio? E cosa hanno detto?

– Hanno risposto ringraziandomi per i consigli. Ma ho capito che non mi avevano preso sul serio.

Ben Hixey sorrise.

– Nemmeno io, Alfred.

– Vedrai, Ben.

Giugno arrivò con un meraviglioso clima estivo. Mai la campagna era apparsa così dolce e bella. Alfred acquistò il bestiame e il 15 giugno lo imbarcò sull'arca. I suoi amici e i vicini scattarono delle foto, offrendogli cerimoniosamente un contenitore di vetro contenente due pulci. Il problema di trovare una donna, disposta a diventare la progenitrice della futura razza umana, fu risolto: un addetto stampa annunciò che la sua cliente, la bellissima stella del cinema Maida Brent, si era offerta volontaria e sarebbe stata a bordo dell'arca la mattina del 20 giugno.

– No – sostenne Alfred Johnson – il 20 giugno inizia a mezzanotte. Deve essere a bordo la notte del 19.

L'addetto stampa, previa consultazione con Miss Brent, acconsentì.

Il 18 giugno spuntò luminoso e assolato, sebbene le previsioni in radio e tv avessero fatto menzione di perturbazioni nelle correnti a getto.

La mattina del 19 giugno Alfred Johnson, scarpe e completo nuovi, andò a trovare Ben Hixey.

– Ultima occasione, Ben.

Ben alzò gli occhi da un comunicato stampa, ghignando in modo piuttosto triste.

– Ho letto le previsioni del tempo.

Alfred annuì.

– Lo so, pioggia – e tese la mano. – Addio Ben!

– Addio, Alfred. Felice sbarco.

A mezzogiorno del 19 giugno oscure e spesse nubi iniziarono ad arrivare da nord. Miss Maida Brent arrivò alle sette in punto sulla sua Cadillac decappottabile e, tra lo sfarfallio confuso di luci e flash, salì a bordo dell'arca. Anche l'addetto stampa cercò di imbarcarsi, ma Alfred gli sbarrò la strada.

– Mi spiace. L'equipaggio ora è al completo.

– Ma Miss Brent non può stare a bordo tutta la notte, signor Johnson.

– Dovrà rimanere a bordo per quaranta giorni e quaranta notti. Tanto vale che ci si abitui. Ora sparisca.

L'addetto stampa alzò le spalle e andò ad aspettare in auto. Miss Maida Brent avrebbe senza dubbio lasciato l'arca quando ne avesse avuto abbastanza.

La pioggia iniziò a cadere durante la sera e alle dieci venne giù a catinelle. Alle undici, l'addetto stampa sguazzò fino all'arca.

– Maida… Maida!

Maida Brent si affacciò da un oblò della cabina. – Sì?

– Andiamo! Abbiamo tutto il materiale di cui abbiamo bisogno.

La ragazza fiutò l'aria e diede un'occhiata al cielo nero e pesante.

– Che dicono le previsioni del tempo?

– Pioggia.

– Alfred ed io stiamo giocando a dama. La situazione è abbastanza confortevole. Tu continua con quello che stavi facendo… ciao!

L'addetto stampa alzò il bavero della giacca, saltellò sulle gambe irrigidite sino all'auto dove tentò tristemente di appisolarsi. Il rumore della pioggia lo tenne sveglio.

L'alba non riuscì a mostrarsi. Alle nove, in un'oscurità umida e tetra, l'acqua arrivava alle caviglie. La pioggia cominciò ad abbattersi ancora più forte. Lungo le strade fecero la loro comparsa le auto guidate da curiosi, con le radio sintonizzate sulle previsioni del tempo. Meteorologi perplessi parlavano di fronti freddi stazionari, di depressioni immobili, di cicloni e anti-cicloni. La previsione: pioggia.

La strada si fece affollata. Arrivò la notizia che il *Perry River Bridge* era stato spazzato via e che il *Pewter Creek* era in piena.

– In piena? Sì, proprio in piena!

Arrivò Bill Olafson, arrancando nel fango.

– Ehi Alfred! Ci sei?

Alfred si affacciò con calma dalla cabina.

– Ciao, Bill.

– Mia moglie e i bambini vorrebbero dare un'occhiata all'arca. Va bene se li porto a bordo per un po' di tempo?

– Mi spiace Bill. Non puoi farlo.

Bill tornò esitante all'auto. C'era un fragore assordante di tuoni… guardò verso il cielo con apprensione.

Alfred sentì un rumore proveniente dal retro dell'arca. Indossò l'impermeabile, gli stivali e arrancò sino a poppa, trovando due adolescenti con le fidanzate che stavano appoggiando una scala.

Alfred la spostò senza tanti complimenti.

– State lontano, ragazzi. Andatevene subito. Non voglio dirvelo un'altra volta.

– Alfred! – la voce di Maida arrivò fievole attraverso gli scrosci di pioggia. – Ci sono delle persone che stano salendo a bordo!

Alfred corse indietro, incontrando una ventina tra amici e vicini guidati da Bill Olafson e carichi di valigie.

– Scendete dall'arca amici – disse Alfred con voce cortese. – Non c'è spazio a bordo.

– Siamo qui per vedere come stanno le cose – rispose Bill.

– Tutto a posto. Ora andate via.

– Non credo proprio, Alfred – Bill allungò una mano oltre il bordo. – Okay mamma, passami Joanne e il cucciolo. Veloce, prima che ne arrivino altri.

– Se non te ne vai – ribadì Alfred – dovrò costringerti a farlo.

– Non farmi ridere, Alfred.

Alfred si fece avanti. Bill lo colpì sul naso. Altri, tra gli amici e i vicini di Alfred, lo sollevarono, lo spinsero a calci e insulti verso la ringhiera per poi scaraventarlo fuori dall'arca, nel fango.

Ci fu un ultimo tuono fragoroso. La pioggia diminuì. In cielo apparve un piccolo squarcio tra le nubi. Il sole vi penetrò attraverso e la pioggia finalmente smise.

Gli amici e i vicini di Alfred, ammassati lungo la ringhiera, guardarono giù verso Alfred. Il quale, ancora seduto nel fango, li fissava a sua volta.

Intorno a loro il sole brillava sugli edifici bagnati e le strade inondate.

FINE

NOTE DEI TRADUTTORI

Per prima cosa un grazie a John Holbrook (Jack) Vance e a sua moglie Norma per le bellissime storie che ci hanno regalato.

Un grazie a John Vance, figlio di Jack e Norma, e a Koen Vyverman della casa editrice Spatterlight per averci accordato la loro fiducia per queste traduzioni e per la pubblicazione in formato cartaceo, e a Silvio Sosio della Delos Digital per la pubblicazione in formato digitale.

Un grosso grazie al nostro amico scrittore Diego Rossi di Roma, per il suo lavoro come curatore delle versioni finali dei racconti di questa raccolta.

Le storie di questa antologia sono tutte inedite in lingua italiana, tranne due: *Il dono della parlantina* (*The Gift of Gab*) pubblicata nel 1972 nel numero 602 di *Urania* col titolo *Le ragioni degli altri* (traduzione di Renato Gari) che ora viene ripubblicata nella sua versione integrale, e *I Signori della Casa* (*The House Lords*), pubblicata dalla Delos Digital nel 2018 sulla rivista *Robot* n. 85 (traduzione di Marco Crosa), che viene ora ripubblicata su richiesta di Spatterlight e Delos Digital.

I racconti sono presentati nell'ordine in cui sono stati scritti da Jack. Appartengono tutti alla sua produzione giovanile e i temi trattati restano estremamente attuali. Il lettore può sempre immedesimarsi nei personaggi e diviene il vero protagonista, come è sempre stato in tutta la produzione di Jack Vance.

Nel lavoro di traduzione abbiamo dovuto fare delle scelte delicate per rimanere il più possibile fedeli ai testi originali e nel contempo evitare fraintendimenti. Alcune delle vicende narrate riguardano temi che oggi sono considerati "scottanti" e bisogna leggerle tenendo conto dei momenti storici in cui sono stati scritti. In questo modo tutti i lettori potranno apprezzarne lo spirito e l'ironia: Jack non esprime mai alcun giudizio e questa riservatezza rivela la sua profondità di pensiero.

Un ultimo ringraziamento alla scrittrice/traduttrice Annarita Guarnieri e alla professoressa Amalia De Francesco per i loro consigli e suggerimenti, senza i quali questo lavoro di traduzione non sarebbe stato possibile.

Buona lettura!

Marco Riva, Milano 2021
Stefano Sacchini, Roma 2021

L'AUTORE

Jack Vance (1916-2013) è stato uno dei più grandi autori di fantascienza e fantasy, e certamente tra i più amati dal pubblico. Dopo una serie di lavori di ogni genere, durante la Seconda guerra mondiale, Jack si arruola nella marina mercantile e gira il mondo. In questo periodo comincia a scrivere il ciclo della *Terra Morente*.

Tra gli Anni cinquanta e settanta viaggia, in Europa e nel resto del mondo, traendo da queste esperienze esotiche gli spunti per i suoi romanzi: *Il pianeta gigante*, *I linguaggi di Pao*, il ciclo di *Durdane*. Nella sua carriera ha scritto decine di romanzi di fantascienza, fantasy e gialli, per un totale di oltre sessanta libri; tra i titoli più famosi ricordiamo i cicli di *Lyonesse*, dei *Principi demoni*, di *Alastor*. Storie ricche di fascino, di personaggi indimenticabili, narrate con uno stile elegante e immaginifico.

Per la sua opera Jack Vance ha ottenuto tre premi Hugo, un Premio Nebula, un Premio Edgar e due Premi World Fantasy. Nel 1977 la Science Fiction and Fantasy Writers of America lo ha nominato Grand Master ed è stato inserito nella Science Fiction Hall of Fame. Vance ha ispirato generazioni di altri autori: Michael Moorcock, Neil Gaiman, Gene Wolfe, Dan Simmons, Ursula Le Guin hanno tutti riconosciuto Vance tra i propri mentori letterari.

COLOPHON

Questo libro è stato stampata utilizzando il carattere
Adobe Arno Pro per il testo e il carattere NeutraFace per i titoli.

✳

STELLE NANE
TREDICI RACCONTI RARI E INEDITI
in collaborazione con

DELOS DIGITAL

✳

Impaginazione: Joel Anderson

Grafica e quarta di copertina: Silvio Sosio

A cura di John Vance e Koen Vyverman